화
랑
애
사

1

이지혜 장편소설

화랑애사

1

네오픽션

차 례

1장 네 이름이 무엇이더냐?

소지 태후는 무료했다. 편편한 비단 요에 누워 하늘거리는 나비의 움직임을 보고도 흥이 살지 않았다. 그녀 곁으로 피리를 불고 거문고를 뜯는 악사와 시녀들이 늘어서 있었다. 하지만 그 향기로운 소리들도 그녀의 마음을 간질이지는 못했다. 무료함은 벌써 1년여가 넘도록 지속되고 있었다. 그녀의 무료함은 날이 갈수록 무거워졌다.

거문고 소리에 맞춰 손가락을 두드리던 소지 태후가 문득 손을 멈추었다. 무엇으로 이 허망한 마음을 달랠꼬 고심하던 그녀가 형형히 빛나는 눈을 들어 시비를 불렀다. 단정히 머리를 묶은 시녀가 재빨리 읍했다.

"당장 상선(上仙: 화랑도에서 물러난 풍월주) 이사달을 불러오너라."

그녀의 얼굴에 미소가 나풀거렸다. 네 아이를 생산한 어미라고 보기에는 아직 무척이나 아름다운 자태였다. 마흔 살이 다 되어가건만 세월은 그녀에게 관대한 듯 보였다.

아아, 그래그래. 왜 이제야 이걸 생각했지? 소지 태후는 그제야 맑은 피리 소리가 귀에 들어오는 듯했다. 자세를 고쳐 앉은 그녀는 어서 빨리 이사달이 오기를 바랐다. 그래서 저가 마음에 품은 이 작은 향악에 맞춰 고개를 끄덕여주기를 바랐다. 그런 그녀의 마음을 용케 읽은 듯 이사달이 한달음에 달려왔다.

"태후마마, 상선 이사달이옵니다."

"들어오시게."

들뜬 그녀의 눈빛과는 다르게 차분한 음성이 이사달을 맞았다. 3년 전 풍월주의 자리를 내려놓고 그 자리에 부제(副弟: 풍월주의 지위를 계승할 2인자) 설찬薛贊랑을 올려놓았다. 아막산성 탈환 전투에서 큰 공을 세운 두 사람이었다. 소지 태후는 이사달의 늠름한 모습을 흐뭇하게 바라봤다. 이사달은 소지 태후의 포제(胞弟: 어머니는 같고 아버지가 다른 동생)였다. 소지 태후의 어머니인 아화 부인이, 태릉왕이 붕崩하고 난 뒤 각간 사달과의 사이에서 낳은 그녀의 동생은 모습이 아름답고 기개가 당당하여 전쟁에서 큰 공을 세우고 많은 낭도들을 거느리고 있었다. 소지 태후는 그녀의 든든한 포제를 바라보며 은근히 말을 떼었다.

"아우님, 내 친히 전할 말이 있어 이리 불렀습니다. 이 누님을 도와주실 것이지요?"

"태후마마, 말씀을 낮추십시오. 미천한 저는 태후마마의 은혜와 보살핌을 받는 사람입니다. 제가 도와드릴 일이 있다면 무엇이든 말씀하시지요."

그의 말에 소지 태후가 빙그레 미소를 걸었다.

"암요, 내 상선께서 나를 위함을 잘 알지요. 해서 말인데……."

"예, 마마."

잠시 숨을 고르듯, 또는 긴장감을 부여하듯 말을 끊고 소지 태후는 이사달을 바라봤다. 그녀의 눈길을 고스란히 마주하던 이사달의 눈빛에 흔들림이 없자 소지 태후는 다시 말을 이었다.

"내 화랑을 위해 원화를 좀 뽑아야겠습니다."

"…… 예?"

소지 태후의 말에 이사달은 저가 잘못 들었나 싶었다. 좀체 머릿속으로 들어오지 않는 그 단어에 이사달이 잠시 숨을 들이켜고 다시 물어왔다.

"화랑의 원화라니. 그것은 이미 진흥왕제 때 폐지된 것 아닙니까, 마마."

"그렇지요, 맞습니다."

소지 태후는 덤덤히 고개를 끄덕였다. 그를 보는 이사달의 마음은 철렁 내려앉았다. 원화를 복귀시키겠다니! 그것은 곧 화랑을 전면 개편하겠다는 이야기가 아닌가!

"허면, 그것을 다시 부흥시키시겠다는 것입니까? 현 풍월주로 있는 설찬랑도 그 위(位)에 걸맞은 훌륭한 공덕이 많은 이입니다. 그를 내리시고 원화를 앉히시겠다는 것입니까? 화랑도의 반발이 심할 것입니다."

상선의 심각한 어조에 소지 태후가 부드럽게 웃으며 고개를 저었다. 지금의 풍월주를 내리다니. 아니 되었다. 그는 훌륭한 공신이었고, 앞으로 더욱 훌륭해질 공신이었다. 그의 앞날을 그녀가 막아설 리가 없었다.

"아니에요, 상선. 상선이 생각하는 그런 것은 아닙니다."

"허면?"

"화랑에 원화가 들어온다 하여도 그것은 3~4년은 지나야 할 것입니다. 화랑도 모르는 화랑의 주인은 어불성설이지요. 원화는 화랑의 주인이 되기 전에 먼저 화랑이 되어야 합니다. 그러니 화랑을 보듬어주고, 화랑과 함께 명산대천 어디든 유오(遊遨: 산천을 노닐며 즐기는 화랑의 풍류)하며 또 공을 세워야 할 것입니다."

이사달은 태후의 말을 듣고 잠시 생각에 빠졌다. 마마께서 하시는 말씀이 무슨 뜻인가? 원화라 하시더니, 진정 여자 화랑을 들이시려는 것인가? 어이하여?

"마마, 무례를 무릅쓰고 연유를 물어도 되겠습니까."

진중한 상선의 물음에 태후의 눈빛이 기묘하게 빛났다. 슬쩍 턱을 들어 올리고, 눈을 내리깐 그녀에게서 오만하면서 드높은 심연이 느껴졌다. 태후가 빙그레 웃음 지었다.

"재미라고 해두지요."

속을 온전히 내보이지도, 그렇다고 꽁꽁 숨기지도 않은 채 태후는 답했다. 그 확언이 이사달의 심중에 난제로 새겨지고 말았다. 그는 오래도록 그녀의 '재미'가 무엇인지 새삼 다시 고민해야 했다.

*

서라벌 예부(禮部: 의식과 예절을 담당하는 중앙 관료 조직)의 령令 이찬 미랑환에게는 딸이 셋 있었다. 그의 정실인 소춘은 소싯적 지나가기만 하여도 훈훈한 꽃바람이 불 만큼 엄청난 미색으로 이름난 여인이었다. 부인의 아름다움을 핏줄에 고이 받아 태어난 딸들 모두 절색이라 소문이 자자했다.

첫째 미령美伶은 늘씬한 키와 백옥 같은 피부로 하얀 옥매(玉梅: 국화)를 똑 닮은 미인이었고, 둘째 요령曜伶은 풍만한 자태와 간드러지는 애교로 뭇 남심을 휘어잡았다. 두 사람은 올해 열여덟, 열일곱이 되는 연년생으로 혼기가 꽉 찬

어엿한 여인이었다. 허나 예부령 미랑환의 막내딸은 이제 막 열네 살이 된, 아직 아름답다 말하기에는 얼굴도 몸도 여물지 않은 작은 아이일 뿐이었다. 또래에 비해 체구가 소담하여 아직까지 아름다움이 피어나지 못하였다. 허나 항간의 말로는 화중왕花中王들 사이에 홀로 못난 박꽃이라 하여 수군거림을 받기도 했다.

"단희端喜는 어디 간 게냐?"

예부령의 집 안 곳곳에 스며드는 소춘 부인의 목소리에 시비들은 모두 고개를 내저었다. 부엌간 구석까지 모두 살펴본 소춘 부인은 끝내 막내딸 단희를 찾을 수가 없었다. 그녀의 손에는 왕궁에서 내려온 서찰 하나가 곱게 들려 있었다. 그것을 힐끔 불편하게 내려다본 부인이 이내 한숨을 쉬며 안방으로 발걸음을 옮겼다. 갑작스럽게도 왕궁에서 단희를 호출하였다. 연유 따위는 적혀 있지 않은 채, 그저 당장 사흘 후에 입궁하라 일렀다. 걱정이 이만저만이 아니었다. 어서 막내딸에게 주의를 줘야 하건만 이 철딱서니 없는 것은 또 사촌 오라비를 쫓아 화랑들의 축국(옛 제기차기의 일종)장에 간 것이 틀림없었다.

"이번에야 말로 들어오면 단단히 혼쭐을 내줄 테다."

고운 주먹을 꼭 쥔 부인이 씩씩거리며 안방으로 들어섰다.

"오라버니! 나도 뛰게 해주어. 나도, 나도!"

"어허, 어디 어린 계집이 낭도들 축국에 끼려 하는 거야? 안 돼. 다쳐."

"그렇지만 단희 이렇게 남복하고 나왔잖아. 아무도 계집이라고 생각 안 할 거야. 응?"

자신보다 2척(약 60센티미터)은 더 큰 사내의 소매에 곧 죽어라 매달린 어린 소년의 얼굴이 절실했다. 소년의 찌푸린 눈썹이, 무엇으로 칠해놓은 것인지 지나치게 검어 어린 미동의 모습과 어울리지 않았다. 꾀를 부려 남복하고 나온 예부령 막녀 단희였다. 그녀가 고목나무 매미처럼 찰싹 붙어 있는 이는 단희의 이모 소려 부인의 아들 환웅이었다. 과연 아름답기로 소문난 화랑도 중에서도 으뜸이라는 부제라 이목구비가 수려하기 그지없었다. 오뚝한 콧날에 희디흰 피부, 맑은 눈동자가 아름다운 청년이었다. 그런 그의 얼굴이 곤혹스럽게 찌푸려졌다. 사촌 동생 단희의 투정이 그의 발걸음에 추를 매달았다. 허나 무겁지도 않은 단희가 매달려봤자였다. 단희는 그저 대롱대롱 그의 팔에 매달리다시피 그와 동행하고 있었다.

"애먼 소리 하지 마라. 너는 가면 바로 깔려 죽을 게야."

환웅의 한숨 섞인 목소리가 반은 포기한 듯 한풀 꺾여 있었다. 그에 희망을 걸며 단희가 더욱 곰살맞게 웃어 보였다.

"나는 내 또래 애들하고 2인장 축국 하믄 되지! 그리고 오라버니랑 설찬랑 하는 거 구경하고."

생글생글 웃으며 신이 나 보이는 단희의 모습에 환웅이 눈을 짓궂게 떴다.

"축국은 무슨…… 너, 설찬랑 보러 가는 거지?"

"에이! 아니지. 설찬랑 보러 가는 거면 예쁘게 하고 나왔겠지."

단희의 말에 환웅의 의심스러워하는 눈이 슬쩍 올라갔다. 자신의 가슴께밖에 오지 않는 어린 계집이 제법 잘 어울리는 남복 차림으로 어깨를 으쓱했다. 그러나 눈치 빠른 오라비는 그녀의 심중을 꿰뚫어봤다.

"예쁘게 했으면 나오지를 못했겠지."

"헤헤!"

날카로운 오라비의 말에 눈치를 보듯 슬쩍 올려다본 단희는 헤헤 웃어버렸다. 그 철부지같이 순박한 얼굴에 환웅도 애써 엄하게 먹은 마음이 사악 녹아내렸다. 이상하게 환웅은 소춘 부인 세 자매 중에서도 단희에게 제일 약했다. 개중 가장 덜 곱단한 아이인데도 말이다. 투명하고 맑은 눈동자와 곰살맞은 웃음이 사랑스러운 여아였다. 거기에 항상 언행이 깨끗하고 고운지라 정이 더 가는 듯했다.

"쯧, 그래 누가 널 말리겠니. 어차피 여기까지 온 거 조심스럽게 놀고, 구경하고 가거라. 오라비는 축국을 뛰느라 너를 못 챙길 게야."

"걱정 마시어요, 오라버니! 어차피 마지가 조금 있으면 날 찾아올 거야. 마지 오면 같이 집으로 들어가야지요, 바로."

"그래, 다 왔구나."

화랑과 낭도들이 모여 있는 낭문郎門의 입구가 보였다. 그 둔탁한 나무 문의 모습에 단희의 심장이 춘삼월 이른 봄비처럼 두근거렸다. 언제 봐도, 언제 들어가도 가슴이 참 설레는 곳이었다.

"어찌 또 데리고 온 것이야?"

"음?"

설찬의 물음에 환웅이 모르는 척 시치미를 뗐다. 그러자 설찬의 미간에 괴팍한 주름이 졌다.

"장난하지 마시게. 내 곤혹스러운 모습을 보고 즐기시는 겐가? 취미도 괴상하군."

"무슨 말을 하는지 나는 도통 알 수가 없네."

수그려 앉아 검은 목신발 위로 금띠를 야무지게 둘러맨 환웅이 웃차 소리를 내며 자리에서 일어났다. 팔짱을 끼고 그를 불편한 눈으로 내려다보던 설찬이 힐끔 시선을 돌렸다. 그 불편한 눈초리 끝에는 축국 구毬를 가지고 노는 작은 소년이 걸려 있었다. 아니, 정확히 말하면 소년인 척하는 작은 소녀였지만.

"저 아이가 온 것이지, 내가 데리고 온 게 아니라는 걸 알잖나?"

"어찌 여아를 축국에 끼워줄 생각을 한 것이야? 자네도 정말⋯⋯."

"어허, 자네도 참. 끼워주는 게 아니라 혼자 하고 있는 거 안 보이나?"

허허, 웃으며 환웅이 머리를 긁적였다. 설찬이 불편해하는 것을 알고 있었지만 환웅도 곤란한 것은 매한가지였다. 저리 사랑스러운 작은누이가 설찬랑만 좋다 쫓아다닌 지도 벌써 두 해가 다 되었다. 어린 마음에 생긴 동경이겠거니 했건만, 그 마음이 꽤나 오래가고 있었다. 게다가 어찌나 적극적인지, 우회할 줄 모르고 앞만 보고 달리는 어린 멧돼지처럼 항상 곧게 충돌하려 했다. 그것이 설찬을 불편하고 귀찮게 만드는 것도 모르고 말이다. 뭐, 진심을 다하여 심금을 울리겠다나 어쩐다나. 어린 여아가 하는 말치고는 꽤나 맹랑했다.

설찬은 그의 부제이자 오랜 친우를 떨떠름한 눈으로 바라보고는 다시 축국장 한 귀퉁이에 자리한 단희를 바라봤다. 축국 공을 만지작거리던 여아는 언제 또 그를 발견했는지 반색하며 뛰어오고 있었다.

"설찬랑!"

힘찬 목소리에 하나둘 몸을 풀던 낭도들과 화랑들의 눈이 도도도 뛰어다니는 작은 움직임으로 향했다. 누구기에 감히 풍월주의 이름을 저리 함부로 부르는가? 그를 살피던 몇몇 낭도들이 목소리의 근원지를 보며 웃음을 터트렸다.

또 왔네, 또 왔어. 이미 단희를 알고 있는 자들이 몇 있었다. 부제가 어여삐 여기는 사촌 동생이기에 그렇기도 했지만, 당돌하고 야무진 단희가 풍월주를 쫓아 몇 번이고 얼굴을 내민 적이 있었기 때문이다. 한데 오늘은 차림새가 이상했다. 어라? 눈썹도 이상했다. 풍월주와 부제의 측근들이 그녀의 우스꽝스러운 얼굴에 웃음을 터트렸다.

"끄응."

설찬의 입에서 절로 신음성이 터져 나왔다. 그를 옆에서 지켜보던 환웅이 소리 없는 웃음을 삼켰다. 우직하고 과묵한 풍월주 나리께서 저 작은 여아에게 꼼짝 못하는 모습이 재밌기도 했다. 뭐, 자신도 그를 보고 웃을 처지는 못 되지만 말이다.

"설찬랑, 설찬랑! 오늘도 늠름하고 멋지십니다!"

"너."

"예?"

숯을 발라 우스꽝스러운 눈썹이 설찬의 묵직한 부름에 위로 올라갔다. 오늘도 그는, 단희가 볼 때면 항상 그러하듯 조금 찌푸린 인상으로 그녀를 내려다보고 있었다. 저 단정한 미간이 곱게 펴지며 웃는 모습을 보고 싶건만 그의 해사한 얼굴을 보기는 참으로 어려웠다.

"지금 예서 뭐하는 것이냐."

"에?"

설찬의 근엄한 물음에 귀여운 단희의 눈동자가 데구루루 좌우로 움직였다. 마구 무섭게 추궁하려 들 것 같은 설찬의 목소리에 단희가 귀여운 시치미를 뗐다.

"이곳은 네가 장난으로 들어올 곳이 아니야. 낭도들과 화랑들의 신성한 수련 장소인 이곳을 어찌 네가 그리 가벼이 오가는 것이냐."

설찬의 말에 단희의 도톰한 입술이 삐죽 참새 입이 됐다. 소녀는 부루퉁 내민 입술과 슬쩍 비틀어진 눈을 들어 설찬을 대차게 올려다봤다.

"가벼이 오는 것이 아닙니다! 저 또한 이곳에 온 합당한 연유가 있습니다."

"뭐라?"

설찬의 눈이 의심스럽게 올라갔다. 그 눈을 야무지게 바라보며 단희가 힘주어 입을 열었다.

"합당한 연유요!"

"어떤 합당한 연유냐?"

곁에서 듣고 있던 환웅도 단희의 말에 호기심이 동하였다. 입을 삐죽이며 설찬을 올려다보던 단희와 환웅의 눈이 마주쳤다. 단희가 설토(雪土: 눈이 내린 흙) 위에 핀 봄꽃처럼 배시시 웃음을 지었다.

"부처께서 이르시길 '이것이 있으므로 저것이 있고, 이것이 없으므로 저것이 없다. 이것이 생기므로 저것이 생기고,

이것이 없어지므로 저것이 없어진다' 하였습니다. 설찬랑이 여기 계시니 단희가 여기 있고, 설찬랑이 가시니 단희가 가는 것 아니겠습니까? 이것은 천지 만물의 당연한 이치이니, 합당한 연유가 아니고 무엇이겠습니까?"

설찬은 단희의 말에 기가 차고 어이가 없어 말이 나오지 않았다. 요 맹랑한 것이 부처의 가르침을 들먹이며 제가 온 연유를 핑계 대다니! 너무 맹랑하고 황당하여 웃음이 나왔다. 설찬의 입에서 짧은 헛웃음이 새어 나와 묘하게 어그러진 입매가 위로 올라가자 단희가 그를 보고 환하게 마주 웃었다. 설찬랑이 웃자 그녀의 마음에 햇살이 내렸다. 그녀의 작은 가슴 위로 보드라운 나비가 팔랑거렸다.

방싯방싯 웃는 단희를 보며 설찬이 고개를 저었다. 그들의 뒤에서 환웅이 품 하고 허파에 바람을 빼기 시작하더니 곧 배를 잡고 박장대소했다.

"단희의 말이 꽤나 근사하게 들리지 않나? 나라면 화를 못 낼 것이야."

은근히 설찬의 옆구리를 찔러 들어오며 환웅이 귀여운 누이를 두둔하며 나섰다. 고까운 설찬의 눈이 그런 환웅을 슬쩍 노려봤다. 하여튼 둘이 작당을 한 모양이었다.

"설찬랑, 단희는 얌전히 저기서 설종과 2인장 하며 놀고 있을 것이니 심려치 마시어요. 얌전히, 아주 얌전히 있을 것입니다."

불편한 눈으로 그녀를 내려다보던 설찬이 이내 쓰게 입맛을 다시고는 몸을 휘 돌렸다. 차갑게 뒤돌아섰음에도 소녀는 그의 등을 바라보며 연신 손을 휘휘 저어 인사했다. 그가 보지 않아도 그녀의 인사는 씩씩했다. 설찬은 뒤통수가 뜨끈뜨끈했지만 애써 무시하며 축국장으로 들어섰다. 단희는 그가 말리려고 해도 말릴 수 없는 여아였다. 어찌하랴, 얌전히 있다 가겠다는데. 반쯤 포기한 그의 발걸음은 훨씬 가벼웠다.

　짐승의 가죽에 바람을 넣고, 그 위에 깃을 꽂은 구를 주워 들고 단희가 휘휘 고개를 돌렸다. 누군가가 필요했다. 분명 예서 기다리고 있을 설종이 보이지 않았다. 설종은 단희가 이곳에 들어와서 말문을 튼 동년배 낭도였다. 동년배라지만 설종은 단희보다 머리 하나는 더 컸다. 단희는 또래들보다 키가 작았다. 첫째 미령 언니는 키가 훌쩍 크고 자태가 유려하지만, 같은 핏줄이면서도 단희는 유독 키가 자라지 않았다. 요즈음 들어 무릎이 욱신거리고 뼈마디가 찌릿찌릿한 것이 곧 자라려고 그러는 것이라 여겼다. 단희는 부엌 할매의 말을 믿었다. 곧 그녀도 크겠거니와 하고 말이다. 곧.

　'근데 애는 어디 간 거야?'

　단희의 고개가 갸우뚱하고 있을 때 누군가 그녀의 등을 툭툭 쳤다.

　"내가 상대해줄까?"

돌아본 그 자리에는 단희에게도 익숙한 얼굴이 서 있었다. 단희의 얼굴이 반가움으로 단박에 밝아졌다.

"요함랑!"

"눈썹이 왜 그래? 복색은 또 왜 그렇고?"

우삼부 대화랑 요함랑이 개구지게 웃는 얼굴로 그녀 곁을 뱅글뱅글 맴돌았다. 요함랑과 단희는 환웅을 통해 알게 된 사이였다. 일전에 요함이 환웅의 자택으로 심부름을 갔다가 환웅과 목도를 잡고 노는 단희를 보게 된 것이다. 분명 여인의 복색이었지만 어찌나 사내처럼 목도를 쥐고 환웅을 쫓아다니는지, 그 모습이 재미나 그 뒤로 간혹 단희를 보면 꼭 살갑게 말을 걸어왔다.

"치! 남장한다고 한 것인데, 어찌 다들 그냥 알아보네요? 씩씩해 보이려고 눈썹도 칠했는데."

그녀의 말에 요함이 큭큭 웃음을 지었다. 역시 재밌는 여아였다.

"오늘은 목도 없나?"

"에이, 내가 축국장 와서 목도 들고 다니겠습니까? 대신 구를 들고 있잖아요."

"그렇군. 그럼 나랑 한판 할 테야?"

"좋죠! 한데……."

"응?"

단희가 씩씩하게 고개를 끄덕이다가 은근슬쩍 그를 흘겨

봤다. 그 눈이 새침하고 은근한 것이 남장을 했음에도 계집의 눈이 분명했다. 흠, 계집의 눈이라……. 어려도 계집은 계집이라 이것인가? 요함이 그녀의 눈 흘김을 귀엽다는 듯 바라봤다.

"소문난 무군武軍인 요함과 제가 똑같이 시작하면 되겠습니까? 한 수 물려주시거나 조건을 걸어주십시오."

"경기는 공평한 것이거늘, 어찌 나만 그리 불리하게 시작해야 하는 것이냐?"

"공평한 경기를 위해서는 공평한 실력이 되어야 하는 것 아닙니까? 체구도, 힘도, 경험도 다른 요함랑과 제가 경기를 하는 것은 공평한 것이 아닙니다. 또한 요함랑도 일방적으로 이기면 재미가 덜하지 않겠습니까."

배시시 웃으며 말하는 단희는 말본새가 앙증맞기 그지없었다. 저 귀여운 조동아리에서 나오는 말도 과히 틀린 말이 아니었다. 요함은 단희를 따라 픽 웃으며 마지못하겠다는 듯 고개를 끄덕여줬다.

"허면 내가 어찌해주랴?"

그의 말에 단희가 냉큼 답했다. 그녀의 얼굴이 밝아졌다.

"오른편 다리만 사용해주십시오. 한 발로만 저를 상대하십시오. 그리하면 제가 좀 상대가 되지 않겠습니까?"

"한 발만? 그것은 너무 불리한 조건 아니냐?"

"에이, 저 같은 작은 여자 하나 한 발로 상대하지 못하시겠

22

습니까? 저는 축국도 겨우 서너 번밖에 해보지 않았습니다."

단희의 도발적인 말이 요함의 가슴 안에 있는 작은 사내를 건드렸다. 사내의 승부욕과 자존심이라는 것은 별거 아닌 것에도 부풀어 오르는 법이다. 그는 흥 콧김을 내뿜으며 호기롭게 고개를 끄덕였다. 까짓것 가슴께밖에 오지 않는 여아를 상대로 두 발이 무슨 필요 있는가! 요함이 굳건한 발걸음으로 단희에게서 몇 발자국 떨어졌다. 그 모습에 단희의 앙큼한 눈이 반짝 빛났다.

'어라?'

몇 번 구를 왔다 갔다 한 요함의 얼굴에 당혹스러움이 서렸다. 그가 생각했던 것보다 단희의 발이 날래고 정확했다. 계집이라고 은근히 그녀를 우습게 봤던 요함이 두어 번 공을 마주하고는 곧 자세를 고쳐 잡았다. 아무리 10여 년을 축국을 해온 무장이라 할지라도 약속대로 한쪽 발만을 가지고는 이기기가 쉽지 않다는 판단이 들었기 때문이었다. 그의 얼굴 위로 흥미진진한 익살의 빛이 감돈다.

"너 제법이다?"

요함의 찬사에 단희가 생긋 웃으며 다시 발을 구른다. 그녀가 힘차게 발로 찬 구를 재빨리 가슴으로 받아낸 요함이 그것을 오른쪽 발로 퉁기었다. 그리고 몇 번 발을 구르던 그가 벌처럼 날래게 그것을 단희에게 넘겼다. 제법 매서운 속도로 날아오는 구를 보며 단희가 입술을 앙다물었다. 그러고는 요함이 그랬던 것처럼 가슴으로 그것을 받아냈다.

"윽!"

"단희야!"

제법 힘을 실어 날린 것을 단희가 가슴으로 받아내니 놀란 것은 요함이었다. 단희가 공이 닿은 곳이 아픈 듯 끙끙 앓는 소리를 하며 주저앉았다. 놀란 요함이 그녀를 향해 다가왔다.

"괜찮으냐? 미련하게 왜 그것을 가슴으로 받아낸 것이야! 여자아이가 무서운 줄을 몰라."

"저는 괜찮습니다."

아픈 듯 찡그린 미간 사이로 억지로 웃음을 지어 보인 단희가 가슴을 쓸어내리며 일어났다. 이제 막 몽우리가 지고 있는 가슴을 구가 내려쳐 욱신거렸다. 엎드려 누워 있기만 해도 불편한 둔덕이 강한 충격을 받았으니……. 마치 높은 곳에서 가슴으로 떨어진 듯 아팠다.

"단희야!"

큰 소리로 자신의 이름을 부르는 곳을 바라보니 환웅이 그녀를 향해 바삐 걸어오고 있었다. 그의 뒤로 무서운 얼굴을 한 풍월주 설찬을 대동하고서였다.

'헉, 큰일 났다.'

걱정이 가득한 환웅의 얼굴과는 달리 설찬의 눈은 무시무시했다. 굳게 다문 한일자 입매가 불편한 그의 심기를 그대로 보여주고 있었다. 당장이라도 그녀를 발로 차 쫓아내 버릴 것만 같았다. 단희는 욱신거리는 가슴을 부여잡고 재빨리 몸을 돌렸다. 일단은 삼십육계 줄행랑이었다. 9인장에 참여해야 하는 두 사람이니, 그때까지 숨어 있다가 나와야 할 것 같았다.

"게 서지 못해!"

눈이 마주치자마자 한달음에 내달리는 단희를 보며 설찬이 소리를 높였다. 풍월주의 천둥 같은 고함 소리에 축국장에 모여 있던 낭도들의 시선이 단희와 풍월주에게 쏠렸다. 귀가 먹먹하도록 쩌렁쩌렁 울리는 목소리에 단희는 그만 작은 가슴에 풍風이 들어찼다.

"히끅!"

단희는 서지도 뛰지도 못하고 뒤를 돌아봤다. 그의 목소리에 놀라 따끔따끔 일어나는 가슴을 주먹 모아 팡팡 내리쳤다. 엄하고 광포한 눈동자가 그녀에게 다가오고 있었다.

'으, 왜 화가 난 거지?'

단희는 안절부절, 주춤주춤 뒷걸음질 쳤다. 그런 그녀의 걸음에 설찬이 속도를 내어 다가왔다. 뒤에서 누가 쫓아오면 두려움이 일기 마련이다. 그것도 은애하는 이가 무시무시한 노여움을 품고 다가온다면 더욱 무섬증이 일 것이다. 단희는 마치 거대한 산군(호랑이)이 쫓는 듯 등골이 오싹해졌다. 주춤거리던 단희는 발걸음에 새삼 속도를 붙였다. 언제 멈췄나 싶게 줄행랑을 쳤다. 그러자 곧장 설찬이 그녀를 쫓았다.

'대체 왜 저렇게 무서운 얼굴로 쫓아오시는 거야?'

그녀의 장점이라면 장점인 것이 날램이었다. 몸이 가볍고, 발이 빠른 그녀였다. 물론 무예와 훈련으로 단련된 설찬과 비교할 바가 못 되었지만, 제법 날래게 도망갈 수는 있었다.

"거기 서지 못해!"

"그렇게 무서운 얼굴로 쫓아오시는데 어찌 설 수 있겠습니까?"

"그런다고 네가 잡히지 않을 것 같으냐!"

"으악!"

따박따박 되받아치던 단희가 결국 열 보도 가지 못하고 잡히고 말았다. 마구 버둥거리는 단희를 덜렁 들어 올린 설찬이 짐짝처럼 그녀를 어깨에 둘러맸다. 놀란 단희가 설찬의 등을 마구 밀어냈지만 옴짝달싹하지 않는 그였다. 두 사람의 뒤로 환웅과 요함이 달려왔다.

"사고 치지 말라 했거늘."

"제가 무슨 사고를 쳤다 이러십니까?"

"어찌 여인의 몸으로 이리 경거망동한단 말이냐?"

"경거망동이라니요? 축국 한다 말씀드리지 않았습니까."

"말대꾸하지 말거라."

"단희, 괜찮으냐?"

설찬의 어깨에 대롱대롱 매달려 그가 짊어지고 가는 대로 몸을 맡긴 단희의 앞으로 환웅이 얼굴을 들이밀었다. 거꾸로 매달린 탓에 피가 역류하며 단희의 얼굴이 홍시처럼 붉게 달아올랐다.

"괜찮습니다. 피가 나는 것도 아닌데……."

"멍울이 졌을 것 같은데."

"아니, 아닙니다! 보여드려요?"

손사래를 치고는 거세게 도리질하며 말하는 단희의 말에 환웅과 요함의 얼굴이 이상하게 구겨졌다. 그녀를 둘러메고 가던 설찬도 단희의 말에 헛웃음을 웃었다.

찰싹!

"아얏!"

"어디에서 무엇을 보여준다는 말이냐."

결국 매서운 설찬의 손이 그녀의 포실한 엉덩이를 내리쳤다. 깜짝 놀란 단희가 화들짝 상체를 일으켰다. 얼얼한 엉덩이를 손으로 부여잡은 그녀가 울상을 지으며 설찬에 대거리를 했다.

"설찬랑! 어찌 아녀자의……."

"네가 지금 어딜 봐서 아녀자라는 거지?"

"봐서가 아니라, 속이 여인네 아닙니까!"

"그걸 아는 아이가 축국을 그리 온몸 바쳐 한단 말이냐?"

"그거야…… 으앗!"

대차게 대꾸하던 단희의 몸이 어느 순간 쑤욱 아래로 내려왔다. 그녀를 짊어진 설찬의 발이 어느새 낭문의 입구에 당도해 있었다. 급작스럽게 땅을 내디딘 그녀의 발이 무게중심을 잃고 설찬에게 쏠려 넘어졌다.

"어라……."

휘청하는 그녀의 몸을 설찬은 잡아주지 않았다. 그저 차갑게 뜬 눈으로 냉정히 내려다볼 뿐이었다. 그 모습에 속으로 적잖이 당황한 단희가 순간 욱하고 말았다. 잡아주지 않으면, 저가 잡으면 그만이었다. 단희의 손이 재빨리 그의 단단한 허리에 감겨들었다. 야무지게 그의 허리에 손을 두르고 품에 파고들었다. 당황한 것인지 살짝 몸이 굳은 설찬의 품을 힘주어 끌어안은 단희가 맹랑하게 입을 놀렸다.

"설찬랑은 제 것입니다. 잊지 마시어요."

"휘유우!"

요함의 입술에서 짓궂은 휘파람 소리가 새어 나왔다. 그 소리의 주인을 향해 단희가 야살스럽게 웃음 지었다. 요함이 그를 마주하고 씩 웃어 보였다. 환웅의 입에도 실소가 터져 나왔다. 풍월주를 상대로 저리 맹랑하다니 하여튼 대찬 계집아이였다.

"너 이게!"

"아, 저는 이만 가보겠습니다. 오늘 면구스럽게도 신세를 많이 졌습니다. 다음에 또 뵙겠습니다!"

황당함에 설찬이 그녀를 향해 야멸친 말을 뱉어내기도 전에 단희가 선수를 쳤다. 그의 몸에서 벌떡 멀어지고는 꾸벅 인사하고 쪼르르 달려갔다. 한바탕 강바람이 휩쓸고 지나간 듯 순식간에 세 화랑을 들쑤시고 단희가 멀어졌다. 그를 멀거니 바라보는 미려한 세 남자들의 눈이 허깨비라도 본 듯 허망했다.

"풉!"

그 와중에 요함의 입술이 터졌다. 비실비실 바람이 새어 나오듯 터진 웃음은 곧이어 거센 풍랑처럼 우렁차게 몰아쳤다. 그 소리에 곧이어 환웅이 합세했다.

"푸하하하!"

"큭큭큭!"

배를 잡고 웃는 두 사람을 못마땅한 눈으로 바라보고는 설찬이 찬바람을 일으키며 낭문 안으로 들어섰다.

"부제."

눈물을 찍어내며 웃던 환웅이 그를 부르는 설찬의 소리에 우뚝 웃음을 그쳤다. 환웅이라 부르지 않고, 부제라 불렀다. 그의 심사가 가볍지 않다는 뜻이었다. 얼굴을 정리한 환웅이 설찬을 따라나서며 대답했다.

"예, 풍월주."

"다시는 단희를 낭문에 들이지 마라. 이것은 명령이다.

다시 단희가 낭문 안으로 모습을 보인다면 부제가 나를 기만하는 것이라 생각할 것이다.”

“풍월주!”

뒤돌아선 설찬에게 환웅의 당황한 모습은 보이지 않았다. 그랬기에 설찬은 환웅의 부름에도 싸늘히 앞만 보며 걸었다. 설찬은 진심으로 단희를 낭문 안에서, 화랑 사이에서 다시 보지 않기를 바랐다. 저 맹랑한 여아가 자꾸만 그의 심기를 건드리며 그를 평안치 못하게 만들었다. 그는 작은 여인에게 휘둘리고 싶지 않았고, 그럴 마음도 없었다.

‘맹랑한 것. 미랑환공의 얼굴을 봐서 오냐오냐해주었더니 나를 만만히 여기는구나.’

직격으로 다가오는 단희는 마음도, 고백도 항상 설찬은 불편하고 어려웠다. 어렵다. 설찬은 그게 싫은 것이었다. 곧고 맑은 그 눈동자에 자신을 담고 온전히 그만을 바라봤다. 그 올곧고 사랑스러운 마음이 설찬은 부담스러웠다. 그 순수한 눈동자로 그를 서슴없이 탐냈다. 여아라는 부끄러움도, 주변을 염려하는 것도 없이 그를 제 것이라 공표했다. 화랑의 풍월주인 설찬을! 참으로 맹랑하고 야살스러운 계집이었다.

‘설찬랑은 제 것입니다. 잊지 마시어요.’

또렷하고 맑은 음성이 그의 귓가를 스쳐 지나갔다. 설찬은 어림도 없다는 듯 고개를 거세게 털었다. 축국장 안으로 성큼성큼 들어서는 그의 발걸음이, 그의 주변을 맴도는 단희의 목소리를 피해 달아나듯 야멸쳤다.

바느질하던 눈을 힐끔 올려다본 소춘 부인이 속으로 혀를 찼다. 제 배에서 나온 자식이지만 보통 독한 게 아니었다. 슬금슬금 도둑 걸음으로 귀가하는 단희를 잡아다 앉힌 것이 벌써 한 시진(2시간) 전이었다. 그녀를 끌어다가 앉히고서는 찍소리라도 내면 다시는 밖으로 나가지 못할 줄 알라고 으름장을 놓았다.

그런 소춘 부인의 말 한마디에 저리 꼼짝달싹 안 하고 앙다문 입술로 한 시진을 버티고 있는 단희였다. 꿇어앉은 다리가 제법 저릿저릿할 텐데 끙 소리 하나 없었다. 도리어 벌을 내린 소춘 부인의 속이 더 답답해졌다. 그런 두 사람 사이에 낀 미령과 요령도 불편하기는 매한가지였다. 보다 못한 큰언니 미령이 슬쩍 운을 뗐다.

"어머니, 단희가 이제 많이 반성한 듯한데 그만하시어요. 다리 틀어지겠습니다."

"예, 저리 진땀을 흘리는 것 좀 보시어요."

쿵짝이 맞아 서둘러 단희를 감싸주는 자매의 말에 소춘 부인도 못 이기는 척 바느질거리를 내려놓았다. 진득한 한숨을 한번 내쉰 부인이 부러 엄하게 입을 열었다.

"단희, 그만해라."

"예, 어머니."

후욱!

얌전히 대답하고 몸을 일으키던 단희가 크게 숨을 들이켰다. 다리가 찌릿찌릿하다 못해 욱신욱신 아려왔다. 끄응 소리가 절로 나왔지만 혹시 몰라 입을 굳게 다물고 몸을 폈다. 소리는 내지 못하고 오만상을 찌푸리며 고통을 표현했다. 조금만 움직여도 다리가 울려서 몸부림도 칠 수 없었다. 그런 막내의 모습에 언니들이 곁으로 다가왔다.

"괜찮니? 잘못했다고 싹싹 빌어야지, 이리 미련하게 벌을 다 받고 있으면 어떡해."

"으휴! 이 아둔한 것."

단희가 청맹과니처럼 사방 천지를 휩쓸고 다닌다 할지라도 두 자매에게는 끔찍이도 귀여운 막내였다. 연년생인 미령과 요령은 어려서부터 그렇게 싸우고 서로를 미워했다. 으레 한 살 터울 자매가 서로를 질투하며 사랑을 갈구하는 것처럼 그들도 그러했다. 어려서부터 어여쁘기로 소문이 난 자매였으니 서로 내가 더 좋다, 낫다 하며 으르렁대기를 수차례. 하지만 이 두 사람이 얼굴을 맞대고 웃음 짓기 시작한 게 바로 막내 단희가 나오고 나서였다.

어찌된 일인지 두 언니에게 막내는 끔찍이도 사랑스러웠다. 세간에서 두 자매 사이에 낀 박꽃이라 손가락질했지만 집 안에서는 가장 어여쁨받는 아이였다. 막내답지 않게 야무지고 곰살맞은 태도가 그러했고, 보면 볼수록 정이 가는 웃음도 어여뻤다.

단희는 그런 아이였다. 하나를 주면 꼭 곁에 있는 사람과 나누었고, 무엇을 먹어도 부모님을 먼저 생각했다. 가을에 잘 여문 홍시를 먹을 때도 예쁜 것은 어머니, 아버지 먼저 드렸다. 곁에 언니들이 있으면 언니에게 먼저 내밀었다. 그런 아이였으니 예쁨을 받지 않을 수가 없었다. 바깥사람들이 자매들의 아름다움을 비교하며 손가락질해도 떼를 부리지 않았다. 속상하다 앙탈 한번 부린 적이 없었다.

단희가 저릿저릿한 다리를 주무르며 헤 웃었다. 그 웃음에 언니들이 먼저 손을 내밀어 단희의 다리를 주물러주었다.

"아야, 으아으아!"

"쫌만 참아, 이것아. 얼른 풀어줘야 피가 돌지."

"어휴."

부러 어미에게 보란 듯 단희의 다리를 야무지게 주물러주던 요령이 힐끗 눈치를 살폈다. 분명 단희에게 단단히 화가 난 어머니였다. 눈치를 보아하니, 이제 언 마음에 화가 좀 풀린 듯도 한데. 아직 눈빛이 매서웠다.

"그만하고 단희는 가까이 오거라."

"예, 어머니."

어미의 부름에 단희가 무릎 발로 쫑쫑 걸어가 그녀 곁에 섰다. 총명하고 맑은 눈동자가 어미의 눈치를 살피며 부단히 아래를 오갔다. 소춘 부인은 어린 자식의 뽀얀 얼굴을 바라봤다. 무슨 일로 왕궁에서 그녀를 부른 걸까. 여간 속이 답답한 게 아니었다. 요령도 아니고 미령도 아니고, 단희를 불렀다. 그것도 소지 태후마마의 부름이었다. 왜, 이 어린 자식을 부르셨을꼬. 초조한 소춘 부인이 손을 들어 눈에 넣어도 아프지 않을 자식의 단정한 이마를 쓰다듬었다. 그 살가운 손길에 단희가 슬그머니 웃음을 지으며 어미 품으로 파고들었다.

"어머니, 잘못했습니다. 다음부터는 꼭 말씀드리고 나갈게요."

죽어도 아니 나간다는 말은 하지 않았다. 그 고집스러운 말에 소춘 부인이 픽 웃음을 터트렸다.

"단희야."

"예, 어머니."

조용한 어미의 부름에 단희도 조용히 답했다.

"세간에서는 요령이와 미령이가 아름답다 칭송하지만 이 어미의 눈에는 너희 세 사람 모두 하나같이 꽃보다 아름답단다. 요령이는 요령이만의, 미령이는 미령이만의 그리고 단희 너는 또 너만의 아름다움을 가지고 있단다."

"……."

갑작스러운 어미의 말에 세 자매의 눈이 동그래졌다. 차분히 말을 이어가는 소춘 부인의 목소리는 낮고 진실했다.

어미라서 그런 것이 아니라, 진실로 세 자매를 아름답다고 말해주고 있었다. 어미의 말에 자매들은 수줍게 고개를 끄덕였다. 소춘의 손이 가만가만 막내의 잔머리를 넘겨주었다. 품에 안긴 작은 자식이 못내 걱정스러웠다.

"어디를 간다고 해도 기품과 청렴함을 잃지 말거라. 영혼을 맑게 하고 항상 스스로를 믿고 당당히 행동하거라. 네 마음에 부끄럼증이 나는 짓을 하지 말거라. 결국 너희를 썩게 만들 것이니. 말과 행동과 생각을 맑게 하면 결국 스스로 나서지 않아도 가장 귀한 사람이 될 것이다. 그 자리가 높고 낮음을 떠나 귀한 사람이 될 것이다."

세 자매를 하나하나 둘러보며 신신당부하는 어미의 눈에 세 자매가 결연히 고개를 끄덕였다. 본디 그 작약한 자태만큼이나 마음이 아름다운 소춘이었다. 청렴하고 우직하기로 소문난 예부령 미랑환과 만나 혼인하여 이리 고운 세 자매를 낳았으니, 그 어미와 아비의 태와 마음을 이어받은 세 자매의 마음이 곱지 않을 리 없었다. 그런 어여쁜 아이들을 뿌듯하게 바라보던 소춘의 눈이 품에 안겨 있는 단희를 바라보았다.

"단희는 이틀 후에 월궁에 다녀와야 한다."

"예?"

"월궁이라니요?"

세 쌍의 눈이 동시에 번쩍 떠졌다. 이게 대체 무슨 말인가? 왜 단희가 갑자기?

"연유는 모르나 태후마마께서 너를 부르신다. 몸을 단정히 하고 채비해야 하느니. 아버지께서 퇴청하고 오시면 너를 부를게다. 어여 방에 들어가 쉬고 있거라."

어미의 말에 방으로 돌아온 단희는 머리가 혼란스러웠다. 갑자기 태후마마께서 왜 부르신 걸까? 단희를 쫓아 방 안으로 들어선 요령과 미령도 같은 고민으로 아미^{蛾眉}를 찌푸렸다. 궁금증보다 염려가 더 컸다.

"단희, 너 무슨 잘못이라도 했어?"

미령의 말에 단희가 거세게 도리질했다.

"내가 잘못했으면 지금 바로 불려 가지 않았을까? 아니면 아버지께서 곤혹스러운 일을 당하셨겠지."

"아아, 그렇네."

"그럼, 어인 일로 단희를……."

세 자매의 의문과 걱정의 빛은 더욱 깊어졌다.

"단희는 자는 게요?"

밤늦은 시간 귀또리 소리가 장하게 울리고 있을 때쯤 예부령 이찬 미랑환이 귀가했다. 8월에 접어들어 곧 있을 시조묘 제례로 일이 쌓여 있었다. 하여 늦게까지 귀가하지 못하고 이제야 겨우 눈 붙이러 집에 들를 수 있었다. 그의 자색 포를 받아 든 부인의 조용한 대답 소리에 미랑환도 그저 조용히 고개를 끄덕였다.

"공께서도 연유를 모르시는 겝니까?"

"나라고 알 수 있겠소. 이리 갑작스럽게……. 뭐 별일이야 있겠소만."

심중에 이는 걱정을 접어두고 미랑환이 부인을 다독였다. 언제나 든든한 그녀의 지아비 미랑환공이었다. 소춘 부인이 그의 손길에 알겠다는 듯 고개를 끄덕였다.

"무엇을 어떻게 준비해 올려 보내야 할지 감이 잡히질 않습니다."

"허허, 따로 당부 말씀이 없으셨으니 그저 있는 그대로 보내야지요."

"어휴, 우리 천둥벌거숭이 단희를 그대로 보내면 큰일 납니다. 뭣도 모르는 아이가 무례라도 저지르지 않을지 걱정이 이만저만이 아니에요."

부인의 말에 미랑환공이 허허 웃음을 터트렸다. 아무리 성심을 다하고 공을 들여도 항상 자식이 걱정되는 것이 부모였다. 그 마음을 모를 리 없었다.

"그래도 야무지고 처신을 잘하는 아이니 크게 걱정하지 않아도 될 것이오. 순박해 보여도 그 아이가 눈치 하난 빠르지 않습니까?"

푹신한 요가 깔린 침상에 걸터앉는 미랑환공의 말에 부인의 얼굴에도 적잖은 공감의 빛이 서렸다. 그거 하나만은 서라벌 제일일 것이다. 날래고 눈치 빠른 것.

"그래요, 뭐 별일 없겠지요?"

"단희가 다녀오면 다 알 수 있겠지요."

부모로서의 걱정과 수심이 깊어짐에 따라 그날 밤의 기운도 깊어지고 있었다. 둥근 달이 뜬 만월의 밤이었다.

*

서탁書桌에 자리하고 앉아 찬찬히 시경(詩經: 중국 오경의 하나. 공자가 편찬했다고 알려진 시문집)을 읽어 내려가던 단희가 이내 서책을 덮고 말았다. 그토록 재미나게 읽던 시문들이 눈에 들어오지 않았다. 궁금증이 돌며 몸이 근질근질했다. 오늘따라 조용한 집 안도 이상했다. 슬그머니 문을 열고 나와봤지만 언니들도 어머니도 보이지 않았다.

'다들 어딜 간 거지?'

속이 궁금해지니 입도 궁금해졌다. 뭐라도 좀 먹을까 싶어 부엌간으로 향하던 단희의 눈에 헐레벌떡 대문간으로 뛰어가는 부엌 할매가 보였다.

"할매!"

"아이고! 아가씨."

"어디를 그렇게 급히 가? 어머니께서는 언제 나가셨어?"

"아이고, 애기씨 제가 지금 급하게 나가봐야 해서. 아, 저기 사랑채 너머에 마지 녀석 있는데 시키실 일 있으면 잠시 고놈에게 맡겨주십시오."

횡설수설하며 황급히 구부정한 몸을 돌리는 부엌 할매를 단희가 재빨리 잡아챘다. 주름 가득한 할매의 낯빛이 파리했다.

"왜 그래, 할매? 무슨 일이야?"

"아, 저, 그게."

"어허, 어서 말해봐."

제법 눈을 크게 뜨고 또렷하게 말하는 작은아가씨 부름에 부엌 할매는 조심스레 입을 뗄 수밖에 없었다.

"아들 손주 놈이 대추를 따다가 나무에서 떨어졌다고……."

"에구머니! 그럼 당장 가야지! 얼른 가! 할매, 얼른!"

깜짝 놀란 단희가 할매의 소매를 놓아주었다. 그러자 꾸벅 인사하고 할매가 황급히 문간을 넘었다. 슬슬 허리가 굽어오는 할매의 발걸음은 더뎠고 버거워 보였지만 부지런히 발을 놀렸다. 놀란 가슴에 앞만 보고 달려가던 할매가 문득 뒷목이 싸한 느낌에 돌아보았다.

"아이고야, 아가씨 따라오면 어떡하십니까? 부인마님께서 오늘은 얌전히 집에 계시라고 했지 않습니까요?"

할매 뒤로 바짝 붙어선 단희가 그녀를 졸졸 따라오고 있었다. 놀란 부엌 할매의 가슴이 한 번 더 철렁 내려앉았다. 어여 돌아가라고 아무리 말을 해도 단희는 고개를 내저었다.

"같이 상태 보고 오자. 할매 충격에 쓰러질까 봐 내 걱정이 되어 그래."

"아이고, 그냥 다리 하나 부러졌겠지요. 그 정도 봐서는 이 할매 끄떡없으니 어여 돌아가세요, 어여."

"이러고 있을 시간에 후딱 다녀오는 게 어때? 그리고 이미 멀리 나와버렸잖아, 할매."

아무리 말을 해도 듣지 않을 것 같았다. 고집이 또 쇠심줄 같은 아가씨라는 것을 아는 할매가 이내 한숨을 쉬고 부단히 다시 발을 놀렸다. 상태의 경중만 확인하고 빨리 돌아가 봐야 할 듯했다.

"목태야!"

걸음을 바삐 놀려 찾아간 곳은 민가가 모여 있는 허름한 약방이었다. 왕경(王京: 신라 수도를 가리키는 옛 이름) 내에는 평민들을 위한 시설이 그다지 많지 않았다. 그랬기에 이런 초라한 약방 하나에도 사람들이 그득하였다. 다치고 헐벗은 이들이 모여 끙끙대는 소리가 문간에서 새어 나왔다. 부엌 할매의 눈이 획획 돌아가더니 저 구석 어딘가에 몸을 기대고 앉은 목태를 찾았다.

"아이고, 이 녀석아!"

"아, 할머니."

"머리가 다 깨졌네. 아이고! 또 어디 다친 데는 없고?"

단희는 겨우 자신의 집 사랑채 한 칸만 한 곳에 수십 명
의 사람들이 모여 있는 것을 보고는 놀라서 눈을 동그랗게
떴다. 이 작고 허름한 공간에 어찌 이렇게 많은 사람들이
꾸역꾸역 자리하고 앉아 있는 것인지⋯⋯. 심히 경이로울
지경이었다. 배를 잡고 있는 사람, 줄줄 새는 피를 어쩌지
못하고 있는 사람, 우는 애기를 다독이는 아이 엄마 등 그
작은 방 안에 모여 있는 사람들이 참으로 다채로웠다. 허나
놀라운 것은 비단 사람이 많고 적음 뿐만이 아니었다. 그
다채로운 사람들만큼이나 짙은 혼란이 가득했다.

아프고 병든 이들이 쉴 곳이 이렇게 없는 것인가? 어린
새순처럼 연한 단희는 마음이 참으로 아파왔다. 자신은 조
금만 다쳐도 곧바로 의원이 달려와 그녀를 돌봐줬다. 한데
이곳에 있는 사람들은 의원을 찾아가도 순번을 기다리며
고통을 참아야 했다.

쫄래쫄래 부엌 할매를 쫓아간 단희는 할매가 끌어안고 있
는 소년을 바라봤다. 머리를 부딪혔는지 피가 새어 나왔다.

"지혈해야 하는데⋯⋯."

그를 보고 있던 단희가 저도 모르게 작은 소리로 중얼거
렸다.

"의원은? 의원은 어디 있는 거야?"

"의원님은 바빠서⋯⋯. 저기, 저기 있는데 내 차례가 오
려면 멀었어."

힘없는 손자의 말에 부엌 할매가 안절부절못하며 손자의
얼굴을 쓰다듬었다. 피를 흘려서인지 조금 파리해진 안색
이 안쓰러웠다. 그를 멀거니 보고 있던 단희는 그의 팔꿈치
에 보이는 또 다른 출혈에 눈이 갔다.

"어, 여기도 피가 나는데?"

"낭주(娘主: 처녀나 혼자 사는 여자를 가리키는 말)님!"

뒤늦게 단희를 발견한 목태가 화들짝 놀라 몸을 일으켰
다. 단희는 그의 어깨를 붙잡아 도로 자리에 앉혔다. 찢어
진 팔꿈치에 피가 흥건했다. 어서 빨리 지혈하지 않으면 신
체의 기운이 모두 빠져나갈 것처럼 보였다. 단희가 가만가
만 머리를 굴렸다. 최근 읽었던 약초에 관한 책이 꽤 되었
다. 지혈에 좋은 게 뭐더라? 아, 그래!

"할매, 잠시만."

"아가씨!"

그녀를 부르는 할매의 소리를 뒤로하고 단희가 서둘러
밖을 뛰쳐나갔다. 약방에서 조금 떨어진 곳에 개울이 있었
다. 개울가에는 쇠뜨기가 많이 난다. 약방에서 조금 떨어진
곳에 개울이 있었다. 개울가에는 쇠뜨기가 많이 난다. 평범
하고 흔하게 볼 수 있는 풀이었지만 이 쇠뜨기를 생으로 즙
을 내어 상처에 바르면 지혈 효과에 탁월했다. 단희는 그
풀을 한 움큼 뽑아 근처에서 조약돌 하나를 주워 들고 서둘
러 약방으로 향했다.

"애기씨!"

"할매, 잠깐만 기다려봐."

초조하게 손자 옆을 지키고 있던 할매가 풀 한 움큼을 뽑아 들고 온 단희의 모습에 놀라 그녀를 바라봤다. 단희는 목태 옆으로 다가가 자리를 잡더니 그 자리에서 쫑쫑쫑 풀을 빻아 즙을 냈다. 그리고 그것을 목태의 팔꿈치에 조심스레 올려놓고는 붕대를 찾아 두리번거렸다. 하지만 보이는 것은 신음하는 사람들뿐이었다. 단희는 하는 수 없이 앉은 자리에서 저가 입고 온 치마를 들쳤다.

"뭐하시는 겁니까, 애기씨!"

놀라 만류하는 할매의 말이 들렸지만 고집스러운 단희의 손은 기어코 그 아래 속치마를 부욱 찢어버렸다. 어찌나 힘이 장산지 한번에 찢겨 나오는 그 흰 치마 조각이 단희의 손에 덜렁 들렸다. 단희는 길게 찢은 그것을 목태의 팔에 둘둘 둘러매주었다. 힘주어 꼭 매듭지은 후 남아 있는 생즙을 찢어진 머리 위에 얹었다. 다행히 정수리 부근의 상처는 얕아서 엷게 펴 바르기만 하면 되었다.

목태는 놀랍게도 피가 멈추고 통증이 잦아들자 눈을 동그랗게 떴다. 할매도 단희의 빠른 손놀림을 보며 놀라움을 감추지 못했다. 들친 치맛자락을 정리하던 단희가 두 사람의 눈을 보며 배시시 웃어 보였다.

"약초 책에 나와 있었어……."

몇 해 전 아버지가 구해 온 도홍경의 『신농본초경집주』를 몰래 몇 번 읽어본 단희였다. 혹시 몰라 필사하고 다시 읽으며 머릿속에 새겨 넣은 것이 이리 도움이 될 줄이야. 한시름 놓았다 싶은 단희의 뒤로 누군가의 간절한 손길이 닿았다.

"저기, 저기……."

"예?"

그녀를 부르는 소리에 단희가 엉겁결에 뒤를 돌아보았다. 그곳에는 낡은 옷을 몇 번이나 기워 입은 젊은 어미가 서 있었다.

"낭주님! 저희도, 저희도 도와주십시오. 애가 열이 안 떨어집니다. 도와주십시오, 제발 부탁드립니다."

얼굴 가득 울음이 가득한 젊은 어미가 두 손 가득 단희의 손을 잡았다. 거칠고 메마른 손이 간절함에 덜덜 떨리고 있었다. 단희의 얼굴에는 난처한 빛이 돌았다.

"저…… 사정은 딱하나 저는 의원이 아닙니다. 혹여 민간요법을 잘못 썼다가 더 탈이 날 수도 있습니다."

"괜찮습니다! 기다리다 죽느니 뭐라도 하고 죽는 게 백번 낫습니다."

"하지만……."

"제발, 제발 부탁드립니다."

어린 단희의 손이 구명줄이라도 되는 양 여인의 손에 힘이 잔뜩 들어갔다. 도와주고 싶은 마음은 굴뚝같으나 염려와 걱정이 앞서는 단희였다. 고작 책 한두 권 읽었다고 구명救命 길에 나설 수 있는 것일까? 하지만 그렇다고 모른 척하고만 있을 수도 없었다. 할 수 있는데 겁이 난다고 뒤로 물러나서도 안 될 것 같았다. 마침 이곳은 약방이고 약재는 구하기 나름이었다. 간단한 응급처치라면 그들을 도와줄 수 있지 않을까 싶었다. 단희의 작은 얼굴에 결심의 빛이 서렸다. 야무지게 고개를 끄덕인 단희가 여인이 안고 있던 아이를 바라보았다. 네 살 정도 돼 보이는 아이의 머리에서 열이 펄펄 끓어오르고 있었다.

"할매, 깨끗한 물이랑 약탕기 좀 구해 와봐."

"예? 예, 애기씨."

"의원은 어디 있다고?"

"의원님은 저기 있습니다. 저, 저기!"

"감사합니다! 감사합니다!"

바삐 움직이는 그녀의 뒤로 아이 엄마의 울음 섞인 목소리가 들려왔다. 단희는 그것을 뒤에 남겨두고 서둘러 발길을 옮겼다. 도와주기로 마음먹은 것, 똑바로 정신 차리고 바르게 해야 했다.

단희는 의원을 찾아 연유를 설명하고 그녀가 쓰려는 약재의 이름을 줄줄 읊었다. 되도록 단순한 약재로 했다. 복합적으로 사용하려면 다년간의 경험과 풍부한 지식이 필요했다. 약재끼리의 상성이 어찌될지 모르니까 말이다. 굳이 도와주겠다는 손길을 의원이 마다할 리 없었다. 단순 해열과 상처 지혈, 환부 소독과 같은 것만도 환자의 반절을 도울 수 있는 일이었다. 거기에 척 봐도 일반 평민이 아닌 그녀였기에 의원은 두말 않고 그녀의 말에 고개를 끄덕였다.

그 뒤부터 단희의 시간은 어찌 흘러갔는지 알 수 없었다. 정신없이 약을 내리고, 환부를 닦아내고, 지혈하고. 그렇게 한 사람이 가면 다시 한 사람이 왔다. 그 한 사람이 되었다 싶으면 다른 사람이 도와달라 손을 내밀었다. 고운 비단옷이 흙먼지로 잔뜩 더럽혀질 때까지 단희는 쉼 없이 뛰어다녔다. 송골송골 맺힌 땀방울이 몇 번이고 그녀의 턱 아래로 떨어졌다. 그녀의 다리가 고단해질수록 아픈 이들의 얼굴은 맑아졌다. 그랬기에 뉘엿뉘엿 황혼이 질 때까지 단희는 그곳을 떠날 수가 없었다.

"아이고, 애기씨! 해 집니다!"

안절부절 소리치는 할매를 제외하고는 시끄러웠던 약방이 어느덧 조금 한산해져 있었다. 사방팔방 열심히 뛰어다닌 단희와 할매 덕에 신음하던 사람들이 많이들 돌아간 것이었다. 마지막으로 찢어진 상처 위에 붕대를 감아주고 단희가 빙그레 미소 지었다.

"지혈은 됐지만 상처가 깊어 꿰매야 할 것 같습니다. 그것까지는 아직 제 손이 여물지 않아 못 해드리니 의원에게

46

꼭 보여주십시오."

쟁기가 떨어져 어깨 위로 긴 상흔을 달고 나타난 젊은 사내는 단희의 희고 야무진 손을 보며 고개를 주억거렸다. 아직 채 개화하지 않은 순결한 꽃봉오리처럼 싱그러우면서도 수줍은 아름다움을 가진 여아였다. 자신보다 한참이나 작은 소녀를 보는 사내의 눈에 동경과 흠모의 빛이 서렸다. 흙먼지를 뒤집어쓰고 있어도 숨길 수 없는 고귀한 자태였다.

단희는 고개를 꾸벅 숙여 인사하는 사내에게 눈짓으로 화답해주고서는 그곳에서 멀어져갔다. 약방을 뒤로하고 서둘러 멀어지는 두 사람의 모습을 한참이나 바라보던 사내가 의원을 쿡쿡 찔러 물었다.

"저분은 대체 뉘시오?"

"그것이…… 실은 나도 잘 모르오. 갑자기 와서 도와주겠다기에 그러라 했지만서도. 아, 이봐 자네!"

어리벙벙한 표정으로 사내와 같이 두 사람이 사라진 방향을 바라보던 의원이 방 한구석에 누워 있던 목태를 불렀다. 아픈 상태에서도 두 사람을 도와 같이 뛰어다니던 목태가 의원의 목소리에 지친 얼굴을 들었다.

"저분들은 뉘신가, 대체? 저 낭주님은 귀해 보이시던데. 어느 집 낭주님인고?"

의원의 물음에 목태의 얼굴에 자랑스러움이 기세등등 떠올랐다. 마치 제집 주인을 자랑하는 것처럼 목에 힘을 잔뜩 실은 그가 벌떡 자리에서 일어나 큰 소리로 외쳤다. 그곳에 있는 사람들 모두 들으라는 듯 우렁찬 목소리였다.

"아, 저분이 바로 그 예부령 이찬 미랑환공의 막내따님 되시는 분이오! 귀한 분이신데 어찌나 마음도 곱고 명랑한 지! 곁에 있으면 저절로 마음이 정화된다니까."

아직 채 떠나가지 않은 사람들이 그의 목소리에 웅성거 리기 시작했다. 쟁기에 다친 젊은 사내도 의원도 서로 마주 보며 놀라 눈을 크게 떴다. 이찬 미랑환공의 따님이라니!

"아니, 그 모란 밭에 홀로 박꽃이라는 그 미랑환공 막내 따님이라고?"

"박꽃이라니, 예끼! 보고만 있어도 은은한 향기나 나는 것이 딱 매화의 자태구먼. 아직 어려서 그 태가 드러나지 않았음에야! 분명 집안에서 제일가는 화용월태花容月態가 되 실 것임이 틀림없어. 내 눈은 정확하다고."

"곱구먼, 고와! 마음으로부터 그 태가 고와!"

웅성거리는 사람들 사이에서 쟁기에 어깨가 찢어진 젊은 청년 미휼은 떠나간 어린 낭주의 뒷모습을 그렸다. 미천한 자신의 어깨에 닿은 그 꽃잎 같던 손가락이 환상처럼 떠돌 았다. 귀한 신분임에도 스스로를 아낌 없이 다른 이들을 위 해 뛰어다녔다. 청렴하고 깨끗한 분이었다. 그는 언제고 꼭 그가 그녀에게 도움이 되기를, 그런 날이 오기를 마음으로 바랐다.

예상대로 단희는 집으로 들어오자마자 크게 혼났다. 이틀 연속으로 말도 없이 사라진 막녀 때문에 집안이 발칵 뒤집힌 것이다. 혼비백산하여 이리 뛰고 저리 뛰어다니던 소춘 부인은 들어오는 단희를 보자 그 자리에 탁 주저앉고 말았다. 어미의 모습에 더욱 놀란 것은 단희였다. 당장 달려가 부인을 방에 들이고 잘못하였다 손이 발이 되도록 빌었다. 스스로 반성하고 어미의 팔과 다리를 정성스레 주무르는 모습에도 소춘 부인의 속은 풀리지 않았다. 어찌하여 집안의 막내 단희만 생각하면 속이 불안한 것인지.

"네가 정녕 어미의 애를 끊어놓으려 작정을 했구나! 혼난 지 하루가 채 지나지 않았거늘. 정녕 네가 어미의 말을 귓등으로 듣는 것이야!"

"아닙니다, 어머니! 어찌 그런 무서운 말씀을 하십니까. 잘못했습니다. 소녀는 그저 부엌 할매가 걱정이 되어……."

"부엌 할매는 그리 걱정하여 쫓아갔으면서, 이 어미의 타는 속은 걱정되지 않았던 것이냐!"

소춘 부인의 매서운 말에 단희는 슬픈 눈을 들어 고개를 도리질했다. 세상에서 가장 사랑하는 이가 있다면 그녀의 어미였다. 아름답고 단아하며 맑은 어머니를 단희는 가장 사랑하고 존경하였다.

"소녀가 생각이 짧았습니다. 노여움을 푸세요."

"단희, 너는!"

치맛단을 움켜쥐며 단희를 혼내려던 소춘 부인이 이내
입을 꾹 다물었다. 깊이 수그려진 단희의 고개 아래로 찢
어진 그녀의 치맛단이 보였다. 그뿐이랴, 분명 고운 진분홍
이었을 치마가 흙먼지가 잔뜩 끼어 탁해져 있었다. 구깃구
깃해진 소매 위에는 혈흔이 묻어 있기까지 했다. 그제야 소
춘 부인은 울화가 터지려던 속을 진정시키고 단희에게 사
정을 물었다. 하지만 머뭇머뭇 단희의 입을 통해 나온 말이
기가 막혔다.

"그곳에 들어서니 너무 많은 이들이 간절하였습니다. 소녀
는 그들의 간절한 눈을 지나칠 수 없었습니다. 태어나 배우
기를 그리 배워왔고, 그것이 마땅하다 생각했습니다. 측은지
심이 없으면 사람이 아니라 하였습니다. 제가 할 수 있는 일
로 그들을 도와야 한다 생각했습니다. 결코 어머니를 기만하
거나 재미로 그러한 것이 아닙니다. 용서해주시어요."

"어찌 여아가 그리 겁이 없는 것이냐! 혹여 병이라도 옮
거나 독이라도 만지면 어찌하려고 그러했느냐! 네가 잘못
되면 그래도 네가 옳은 일 하다 그리되었다고 이 어미가 쌍
수 들고 환영할 것이라 생각했느냐."

소춘 부인의 말에 단희는 고개를 푹 숙이고 말았다. 죄송
하다, 잘못하였다는 말이 속살거림으로 흘러나왔다. 허나
어미가 기다리는 다음 말이 나오지는 않았다. 어미의 속을
태우게 한 것은 잘못이었지만 그곳 사람들을 도와주고 온

것은 잘못하였다 생각하지 않았다. 그랬기에 단희는 그저 "잘못했습니다"라고 말하였다. 그 뒤로 "다시는 그러지 않겠습니다"는 말은 차마 붙이지 못했다. 다시 그런 상황이 온다면 그녀는 기어이 그리할 것이기에. 그러니 그 말을 붙인다면 거짓을 말하는 것이기에 그녀는 그저 잘못했다는 말만 읊조렸다.

소춘 부인도 그런 단희를 알기에 기어이 그녀의 입에서 다시는 그러하지 않겠다는 말을 받아내려 했다. 하지만 매를 들어도, 호통을 쳐도 단희는 차마 그 말을 하지 못했다. 막내딸의 그 고집스러운 입매는 끝끝내 열리지 않았고 소춘은 결국 그녀를 방으로 돌려보내야 했다. 내일이면 태후마마를 뵈러 가야 하는 그녀이기에 밤이 늦도록 붙잡아둘 수도 없었다.

침상 위 이부자리의 끝단을 매만지며 소춘은 한숨을 길게 내쉬었다. 퇴청하고 들어온 미랑환공이 그런 그녀의 어깨를 보듬어주었다. 나이가 들어도, 세월이 흘러도 여전히 그의 눈에 곱기만 한 부인이었다.

"기억하시는지요? 단희를 배태하였을 적 제가 꾼 꿈을요."

그때를 회상하듯 공과 부인의 눈이 아련해졌다.

"아름다운 백호랑이가 부인의 품 안으로 뛰어들었다고 했지요. 작고 귀여운 백호랑이가요."

"예, 그래서 저는 정말 단희가 아들일 줄 알았지요. 용맹하고 또랑또랑한 범과 같은 아들일 줄 알았습니다."

"하하, 용맹하고 또랑또랑한 딸아이가 태어났지요."

"그러게 말입니다. 차라리 요령과 미령처럼 고운 꽃을 품는 태몽을 꾸었어야 하는데. 이게 다 제가 못난 탓인가 봅니다. 아들을 바라는 못난 어미의 바람에 아들의 기상을 가진 딸아이가 나왔나 봅니다."

"어찌 그런 말을 하시오. 저리 씩씩하고 튼튼하니 그 또한 복이 아니오. 지나치게 강건한 감이 있지만 그래도 바르고 깨끗한 아이오."

"아아, 정말 내일이 걱정입니다."

"너무 걱정 마시오, 부인."

부군의 따뜻한 품에 안겨 있음에도 부인의 불안한 마음은 쉬이 진정되지 않았다. 그런 부인을 품에 안고 미랑환도 내일 뵙게 될 태후마마의 얼굴을 떠올려봤다. 그의 얼굴에도 슬쩍 근심의 빛이 내렸다.

월성 안 태후궁으로 향하는 단희의 발걸음이 호기심에 총총거렸다. 저택에서 수레를 타고 월성 입구 앞에 내려졌다. 남천을 건너고 왕궁에 들어서기 위해 월정교를 건너야 했다. 돌계단을 오르며 뾰족이 솟은 치미가 햇살에 반짝이는 것이 보였다. 그것을 보는 단희의 눈도 같이 반짝거리고 있었다. 수많은 나무 기둥 사이를 걷다 보면 그 끝을 알 수 없는 궁내부가 보였다.

처음으로 입궁한 단희는 눈에 보이는 모든 것들에 감탄하였다. 섬세한 옥돌도, 웅장한 기와 끝이 하늘로 뻗은 모양도, 금강명산의 절경이 옮겨온 듯 아름다운 녹원鹿苑도 숨이 막히도록 단희를 사로잡았다. 미랑환공도 반짝거리는 딸아이의 눈을 보며 발걸음을 서두르지 않았다. 두어 걸음 서두른다고 상을 받는 것도 아니고, 두어 걸음 늦는다고 벌을 받는 것도 아니었으니.

"저 높이 솟은 궁이 보이느냐? 바로 저곳이 우리 신국(神國: 신라를 '신의 나라'라 일컬음)의 태홍 대제께서 정사를 보는 남당이란다. 그 뒤로 신국의 자랑인 첨성대가 위치하고 있지."

아비의 손가락을 따라 유난히 우뚝 솟은 왕성을 바라봤다. 대제께서 집무를 보는 곳, 아비와 같이 국정을 살피는 곳이었다. 단희의 가슴이 벅찼다. 한없이 반짝이는 눈으로 그 끝을 살피던 단희의 눈동자가 순간 동그래지더니 이내 실눈을 뜨며 앞을 응시했다. 반가움과 설렘을 품은 그녀의 목소리가 봄날의 꽃망울처럼 퍼져 울렸다.

"설찬랑!"

화랑의 풍월주인 설찬도, 그녀를 데리고 입궁하는 이찬 미랑환도 고개를 돌려 서로를 바라보았다. 예상치 못한 곳에서 마주한 단희의 모습에 설찬의 눈동자가 굳었다. 재빨

리 그들 곁으로 다가와 이찬 미랑환에게 예를 표했다. 이찬
도 그를 마주하며 인사를 건넸다.

"설찬랑, 오랜만에 보는군."

"미랑환공, 그동안 강녕하셨습니까?"

"나야 항상 무탈하네. 하하! 화랑의 소식이야 단희를 따
라, 환웅을 따라 종종 듣고 있네."

"아, 한데……."

설찬은 잘 웃지 않는 사내였다. 항상 덤덤한 눈과 입매가
단정하였고 그 모습이 우직해 보이기까지 했다. 화랑이라
면 무릇 풍류를 알고 무를 익히며 문장에 능해야 하건만,
그는 유독 풍류에 무심했다. 그런 그를 알고 있는 미랑환
이었다. 해서 그의 굳은 얼굴을 무심히 웃어넘겼다. 설찬의
잔잔한 눈이 단희를 바라보며 의문의 뜻을 비쳤다. 미랑환
이 곤혹스러운 빛을 보이며 웃었다.

"태후마마께서 단희를 부르셨다네."

"태후마마께서 말이십니까?"

의외의 말에 저도 모르게 설찬의 목소리가 높아졌다. 그
의 당황한 속내가 그대로 드러나는 음성에 미랑환도 허허
로운 웃음으로 답했다.

"그렇다네. 연유는 나도 알지 못하네."

미랑환의 말을 듣고서 설찬은 단희를 내려다봤다. 가슴
께나 올 것 같은 소담한 소녀가 그의 눈길에 반색하며 배꽃

처럼 맑은 웃음을 보였다.

"설찬랑은 대제를 뵙고 나오시는 길입니까? 오늘도 멋지 십니다! 정복을 입은 모습도 근사하십니다. 하긴, 뭘 입고 있어도 멋지실 것입니다."

아비와 설찬 사이에 서서 단희가 눈동자 가득 애정을 담고 그를 올려다봤다. 발그레한 뺨과 고운 입매가 유독 살갑게 반짝였다. 엊그제와 다르게 고운 옷을 입고 화장을 하고 화사한 뒤꽂이로 머리를 장식했다. 그 모습이 개화 전의 꽃봉오리처럼 새치름하게 아름다웠다. 집안의 박꽃이라도 이리 꾸며놓으니 개나리 정도는 되어 보였다. 설찬은 그녀를 바라보며 눈썹 한쪽을 틀어 올렸다. 아비의 앞에서도 저 노골적인 애정은 사그라지지 않나 보다.

"허허, 단희야. 어찌 설찬랑을 이리 곤란케 하느냐. 칭찬이라도 상대의 마음을 불편하게 만들면 그것은 더 이상 칭찬이 아니니라."

미랑환의 말에 단희가 입술을 삐죽였다. 그러고도 설찬을 바라보며 배시시 웃는 것을 잊지 않았다. 그 모습을 보며 설찬은 더욱 입술을 굳게 다물었다.

"이만 길을 재촉해야겠네. 아니 그래도 단희에게 이것저것 설명해주느라 발걸음이 느렸거든."

"예, 그럼 살펴 가십시오. 미랑환공."

"나중에 뵈어요, 설찬랑!"

단희는 휘휘 손을 흔들며 아비를 따라 바삐 걸음을 옮겼다. 두어 걸음 가던 설찬이 우뚝 발을 멈춰 뒤를 돌아보았다. 모퉁이를 돌아 사라지는 두 사람의 모습을 오래도록 바라보았다. 곱게 꾸민 소녀의 모습도 모퉁이를 따라 사라졌다. 설찬의 눈동자에 복잡한 감정이 얽혔다. 태후마마는 어찌하여 단희를 부르는 것일까? 단희를 어이하여…….

설찬이 단희에게 한겨울 칼바람처럼 날카롭고 냉랭하게 대한다 할지라도 그가 그녀를 미워하거나 싫어하는 것은 아니었다. 아니, 오히려 오랜 친우의 사랑하는 동생이자 그가 존경하는 예부령 미랑환의 낭주인 그녀였기에 더욱 보듬어주고 싶었다. 한데 그는 그리할 수 없었다. 그가 단희에게 냉정히 굴수록 여아는 오히려 봄볕처럼 살갑게 그에게 다가왔다. 상처받기도 하고, 섭섭하기도 하련만 단희는 단 한 번도 그를 향해 앵돌아진 적이 없었다. 얼음 심장을 가지고 있는 이라도 그런 그녀 앞에서는 녹아내릴 수밖에 없을 것이다.

열세 살. 그는 애써 그 나이가 어리다고 하였으나, 이미 열세 살에 성혼하여 아이의 어미가 되는 경우도 심심치 않았다. 그는 그녀를 굳이 아이 취급을 하였다. 하지만 이마저도 조금만 더 지나면 여의치 않으리라. 벌써부터 개화의 기미가 보이고 있었다. 더 조심해야 했다. 더 거리를 두어야 했다.

"여인은 검도劍道에 독이 될 뿐이다."

월궁을 휘돌아다니는 바람 한 점이 그의 말을 앗아갔다. 무심결에 내뱉은 그의 진심 한 자락이 환영처럼 나타났다 사라졌다. 설찬은 언제 뒤돌아섰냐는 듯 무심히 발길을 옮겼다. 풍월주로서, 대제의 지엄하신 대업을 위해 용맹하게 전장을 뛰어들어야 하는 잘 벼린 검이 되리라! 그의 단단한 어깨가 한층 딱딱하게 굳었다.

쓱쓰레한 찻차를 목으로 넘기며 소지 태후는 불편한 속을 진정시켜야 했다. 사흘 동안 총 여섯 여아를 보았다. 모두 열서너 살의 진골의 피를 이은 여아들이었다. 허나 소지 태후의 눈에 흡족한 아이가 하나 없었다. 개중 취선이라는 아이의 미색이 빼어나고 태가 고와 눈에 들기는 했지만 어딘지 모르게 부족한 감이 있었다. 눈이 떨리고 숨을 삼킬 정도의 미색이지만, 자태의 아름다움이 아름다움의 전부가 아니었다.

신국은 아름다움을 숭상하는 나라였다. 아름다움은 힘이고, 아름다움은 축복이었다. 허나 겉에 보이는 아름다움은 황홀할 정도로 훌륭하나 시기가 짧고 향기 또한 오래가지 않는다. 그것을 경계해야 했다. 외外와 내內가 모두 탄탄히 아름다워야 한다. 취선이라는 아이는 내재된 향기가 부족했다. 내재된 향이라는 것은 쉽게 품을 수 있는 것이 아니었다. 그것은 천성과 품성 또는 끊임없는 성찰로 사람을 끌어들이는 숨길 수 없는 영혼의 향이었다. 태후는 취선을 생각하며 아쉬운 입맛을 다셨다. 놓치기는 아깝고, 품기에는 아쉬운 그런 아이.

"오늘 오는 아이가 마지막인 겝니까."

향긋한 칡 향에 어느 정도 속을 다스린 태후가 그녀 옆에 자리한 상선을 향해 물었다. 상선 또한 소지 태후의 못마땅한 기색을 알아차렸기에 경거망동하지 않았다.

"예, 마마. 예부령 이찬 미랑환공의 막녀 단희 낭주이옵니다."

"예부령 이찬이라면 내자를 살뜰히 보살피고 게으름이 없이 성실하여 신망이 두터운 이가 아니던가……."

지루한 듯 무료한 듯, 내리깔려 있던 소지 태후의 눈동자가 슬쩍 올라갔다.

"그렇사옵니다. 태홍 대제께서도 주시하며 아끼시는 신이옵니다."

"미랑환공에게 딸이 셋 있다 들었는데……. 개중 막녀라고 했습니까?"

"예, 마마."

소지 태후도 미랑환의 세 딸의 미색을 익히 들어 알고 있었다. 항간에는 그네들을 얻기 위해 혈전깨나 벌어졌다지만 미랑환공이 쉬이 딸들을 내어주지 않았다. 태홍 대제도 그 소문이 하도 장하여 궁내로 불러 모은 적이 있었다. 허나 갑작스럽게 관산성이 크게 침략받아 끝내 그 자매들을 보지 못했다. 그 이후로 정복 활동이 활발하여 여인을 품는 일이 소홀해졌다. 이미 정비인 보량 부인과 여러 궁주(후궁)들이 보필하고 있었기에 딱히 다시 생각나는 일은 없었다.

"한데, 개중 막녀라 하면 박색하여 박꽃이라 불리는 아이 아니던가요? 꽃들 사이에서 태어났으니 꽃은 꽃일진대 그 형색이 초라하여 박꽃이라 불린다지요? 상선께서는 먼저 본 일이 있는 게요?"

소지 태후의 말에 상선이 빙그레 웃음을 지었다. 사실 그는 이미 여러 차례 단희를 본 적이 있었다. 화랑의 상선으로서 낭문을 방문한 적도 여러 번. 또한 부제 환웅의 저택에 다녀왔을 때도 두어 번 스치듯 본 적이 있었다. 그때마다 단희를 보고 난 후 상선의 반응은 한가지였다. 방하(芳荷: 박하의 일종)를 입에 문득 상쾌하고 향기로운 아이.

"박꽃은 박꽃이었지요. 소담한 키에 큰 눈동자, 고집스러운 입매가 그리 박색은 아닐진대, 유독 아름다운 누이들 사이에 끼어 괜한 핀잔을 듣는 것 같습니다. 초롱초롱한 눈매와 깎아 만든 듯 고운 이마가 아름다운 아이입니다. 눈가를 접어 달게 웃을 때면 달밤에 고고히 피어나는 하얀 박꽃처럼 아름답습니다. 박색이라 박꽃이 아니라, 박꽃의 아름다움을 꼭 닮아 있기에 박꽃이라 부르고 싶습니다."

"호오."

상선의 말에 소지 태후가 눈을 반짝였다. 슬그머니 눈 곁으로 자리 잡은 세월의 주름이 그녀를 따라 움직였다. 상선의 말을 들으니 희망이 보였다. 상선은 결코 그녀에게 허언을 하는 이가 아니었다. 그렇다고 꾸며 말하는 이도 아니었다. 그런 상선이 여섯 여아들 사이에서 처음으로 먼저 칭찬하여 곱다 하였다. 그랬기에 그녀는 상선의 말에 따라 미랑환의 딸이 오기를 기다렸다. 그런 그녀의 마음을 읽어주듯 때마침 궁녀의 목소리가 울렸다.

"예부령 이찬 미랑환공과 그의 막녀 단희 낭주이옵니다."

"들라!"

태후의 옥음에 수차례 겹문이 열리더니 미랑환과 단희가 들어섰다. 상석에 있는 태후가 단정히 절하고 자리하는 둘을 바라봤다. 과연 상선의 말대로 경국지색은 아니었으나 은은히 사람을 잡아끄는 매력이 있었다. 특히나 처음 입궁하여 태후를 알현함에도 긴장하지 아니하고 입가에 은근한 미소를 달고 있으니 거기에서 본인에 대한 자신감과 기개가 엿보였다.

"태후마마를 뵙습니다. 천세 천세 천천세."

"천세 천세 천천세."

미랑환과 단희의 인사에 태후가 귀찮다는 듯 손을 내저었다. '천세까지 살아 무엇하라고 매번 천세를 외쳐대는지'

하며 태후는 심드렁하게 혼잣말을 중얼거렸다.

"인사는 되었네. 어디, 네가 단희렸다? 고개를 들고 나를 보거라."

"예, 마마."

태후의 명에 단희의 고개가 수줍게 올라갔다. 아직 황궁의 예를 정확히 알지 못하는 단희는 동그랗고 투명한 눈동자를 껌뻑이며 태후마마를 올려다봤다. 감히 태후의 눈을 마주하고도 단희의 눈동자는 존애(尊愛)로 반짝이고 있었다. 그를 보며 태후가 빙그레 웃음 지으니 단희도 저도 모르게 따라 웃었다. 천진하면서 맹랑한 웃음이었다.

'맹랑한지고.'

그를 보는 소지 태후가 허허 웃음을 터트렸다. 월성의 큰 마마님을 뵙는 데도 두려움이 없었다. 그저 가까운 어른을 뵙듯 소박한 웃음으로 마주했다. 다행인 것은 태후가 그런 겁 없는 모습에 호감이 갔다는 것이다.

"허허, 눈이 맑은 아이로구나."

"과찬이시옵니다."

연륜이 묻어나오는 조용하고 나른한 미소로 단희를 내려다보던 태후의 입에서 다분히 짓궂은 말이 흘러나왔다.

"네가 바로 예부령의 박꽃이로구나? 쯔쯧, 무심한지고. 어찌 이리 고운 아이에게 박꽃이라 부를꼬……. 그렇게 박처럼 못난 얼굴도 아닌데 말이야."

"송구하옵니다."

안쓰럽다 하며 누구보다 노골적으로, 직접적으로 단희를 박꽃이라 불렀다. 상선의 눈이 의심의 빛을 띠며 작게 모아 뜬 눈으로 두 사람을 힐끔거렸다. 분명 태후의 눈에는 호감의 빛이 반짝이건만 어찌 이리 짓궂은 말씀을 내리는지 알 수가 없었다. 그런 상선의 눈빛을 읽은 것인지 태후가 다시 빙그레 웃어 보였다.

"내 듣기로 세간에 너에게 손가락질하는 이들도 있다고 하더구나. 박색하다고 박꽃이라 수군거린다지? 아름다운 자매들 사이에서 홀로 못났다며 말이야. 꽃은 꽃이되, 꽃이 아닌 아이라며."

너무나 노골적인 태후의 말에 상선과 미랑환은 잠시 더운 숨을 삼켜야 했다. 아무렇지 않게 세속의 흠을 잡아 꼬집어내니 미랑환은 혹여 딸아이가 상처받고 무례한 태도를 보이지 않을까 걱정되었다. 허나 그런 아비의 걱정을 일축시키듯 단희는 흐트러짐 없는 태도로 태후의 말을 경청하고 있었다. 입꼬리 하나 흐트러지지 않고 가만히 고개를 숙이며 태후의 말이 끝나기를 기다렸다.

"그에 대하여 너는 어찌 생각하느냐? 정녕 너 자신도 박꽃이라 생각하느냐? 세속의 사람들이 무정하다 생각지는 않느냐?"

태후의 말에 단희는 빙그레 웃음을 지어 보였다. 그러고는 또랑또랑하고 맑은 눈을 들어 태후를 바라보며 아이 같지 않게 태연히 대답했다.

"무정하다니요. 당치 않습니다. 박꽃이 무슨 죄라고 욕으로 듣습니까? 어려운 이들 배고플 때 속을 내어주고, 새까만 밤이 내릴 때는 그 하얀 꽃으로 지붕을 밝혀주는 것이 박과 박꽃입니다. 좋은 꽃이지요. 사람들의 말이야 어떻게 듣느냐에 따라 다른 것이라고 생각합니다."

"그래? 그럼 너도 너 자신이 박꽃이라는 소리에 수긍한다는 말이렷다."

"수긍하고 안 하고가 무어 있겠습니까? 그들이 무어라 부르건, 저는 단희입니다. 그것이 중요하다고 생각합니다. 이찬 미랑환공의 셋째 딸 단희. 박꽃이라 하든 모란이라 하든 단희라는 이름 뒤에 올 뿐입니다."

소지 태후는 단희의 대답이 썩 마음에 들었다. 명쾌한 해답이라기보다는 스스로에 강한 자신감이 느껴지는, 그녀 본인만의 답이었다. 무어라 부르든 상관하지 않겠다, 내 스스로 내 이름에 부끄럽지 않은 사람이면 된다, 아버지의 이름에 먹칠하지 않는 자식이면 된다, 이것이었다.

잔망스러운 계집이로군. 후후, 웃음 지은 태후는 그 속마음을 숨기고 계속해서 단희에게 얄궂은 질문을 하였다.

"세간의 말이 중요치 않다는 것이냐? 사람들의 말은 민심을 만든다. 그들의 말이 곧 너에 대한 평가가 될 것이고,

곧 네 아비에 대한 평가가 될 것인데?"

단희가 눈을 동그랗게 뜨더니 곧이어 잠시간 생각에 잠겼다. 바로 대답하지 않고 잠시간 입을 다물고 속으로 저가 할 말을 다듬는 모습에 태후는 다시 한 번 그녀가 마음에 들었다. 태후의 물음에 쫓기지 않고 생각의 속도를 재촉하지 않았다. 당돌하지만 침착한 아이였다. 느긋하게 그녀를 내려다보는 태후의 눈이 찬찬히 단희의 정수리에서부터 곱게 포갠 치맛단을 완전히 훑어 내릴 때쯤 단희의 입이 열렸다.

"사람들의 평가를 만드는 것도, 민심을 끌어당기는 것도 먼저 저 자신이 있어야 하는 일이 아니겠습니까? 돌불연 불생연(突不燃 不生煙: 아니 땐 굴뚝에 연기 날까)이라 했습니다. 탁한 연기가 나온 것에는 어느 정도 본인의 책임이 있다고 생각합니다. 마찬가지로 제가 바르고 깨끗한 모습을 보이고, 청렴하고 아름다운 선행을 일삼는다면 자연히 인덕의 향기가 뒤따를 것입니다."

"하하하! 그래, 그렇구나. 결국 출발은 본인이거늘. 본인이 잘해야 한다는 거로구나?"

"태후마마께서 그렇게 말씀해주시면 그런 줄로 아뢰옵니다."

"그래, 그래. 그처럼 간단한 일이거늘."

아직 아이다운 깨끗한 대답임과 동시에 날카로운 대답

이었다. 또한 여아라고 했음에도 문자깨나 읽은 티가 났다. 말을 할 때마다 봄바람의 꽃향기가 흘러나오는 듯했다. 소지 태후는 그제야 막힌 속이 조금 후련해졌다. 바로 이 아이였다. 그녀가 찾던 여아, 겉과 안으로 향기가 나는, 그리하여 사람들의 마음을 홀릴 수 있는 계집. 아직 만개하지 못했지만 내재되어 있는 향이 가득한 소녀였다.

그래, 이 아이였다. 이 아이면 재미있을지도 모르겠다. 그녀의 무료함을 달래주고 남몰래 꿈꾸던 신국의 새로운 가능성을 일깨워줄 아이! 소지 태후의 얼굴에 은밀한 즐거움의 빛이 역력했다.

"이찬은 잠시 물러나 있겠는가?"

"…… 예?"

"내 단희와 긴히 할 이야기가 있네. 상선도 물러주시게."

미랑환은 움찔 놀라 숨을 들이켰지만 이내 순순히 고개를 조아리고 물러났다. 의구심 가득한 상선까지 모두 물리고 나자 태후는 단희를 가까이 불러들였다. 종종거리는 무릎걸음으로 그녀 곁으로 다가온 단희가 고개를 내리자 태후가 단희의 앙증맞은 턱을 향기 나는 손길로 들어 올렸다.

"단희야."

"예, 마마."

"내 너에게 재미난 기회를 하나 주고 싶구나."

"말씀하시옵소서."

단정하고도 호기심 가득한 눈동자가 반짝였다. 소지 태후는 그를 보며 다시 한 번 빙그레 미소를 지었다.

"너 화랑의 주인이 되어보지 않겠느냐?"

순간 저가 잘못 들은 것인가, 또는 환청을 들었나 싶어 단희는 눈을 깜빡였다. 한참을 아름다운 태후마마의 눈을 들여다본 단희가 갸우뚱 머리를 숙였다.

"화랑의 주인은 풍월주이십니다. 어찌 그런 말씀을 하십니까?"

"풍월주는 화랑의 주인이라기보다는 우두머리니라."

"화랑의 우두머리가 곧 주인 아닙니까? 화랑들을 대표하고, 화랑들을 보듬으며, 화랑들의 지지를 얻는 자. 곧 풍월주 아닙니까?

"그렇지, 하지만 본디 화랑의 주인은 원화였다는 것을 알고 있느냐? 아름다움으로 힘을 이끌어내고, 낭도들을 다스리며 하늘과 신국을 이어주는 천관녀. 바로 그녀였다는 것을 아느냐?"

"원화라 함은 이미 진흥대제 때 없어진 제도라 알고 있습니다."

"세상만사 언제고 생기고 사라지고 하는 것을, 없어진 것이 다시 생겨도 이상할 것이 없다."

"허면, 태후마마께서 지금 저에게 원화가 되어보라 말씀하신 것입니까?"

"그렇지."

또록또록 눈망울을 굴리던 단희가 천천히 눈을 내렸다. 태후마마께서 왜 이런 말씀을 하는 것일까? 왜? 하지만 아무리 생각해보아도 아직 모자란 자신의 머리로는 태후마마의 깊은 마음을 헤아릴 길이 없었다. 하여 단희는 돌리지도 않고, 뭉그러뜨리지도 않고 곧게 바로 물었다.

"어찌하여 그런 말씀을 내리시는지 여쭈어도 되겠습니까?"

소지 태후는 고 맹랑한 물음에도 입술만 슬며시 틀어 올릴 뿐 무엄하다 내치지 않았다.

"신국을 위해서니라."

짧고 강직한 소지 태후의 말에 단희는 입을 다물었다. 신국을 위해서 원화가 되어라. 그 말이면 모든 것이 허용되었다. 하지만⋯⋯.

"허면 전 원화가 될 수 없습니다. 마마, 명을 거두어주십시오."

"뭐라?"

다정하던 소지 태후의 눈이 꿈틀거렸다. 돌연 서슬 퍼렇게 변하는 태후의 눈빛에 단희는 황망히 고개를 내렸다. 그 순한 고갯짓에 죄스러움은 보일지언정 두려움은 보이지 않았다. 태후의 목소리가 조금 날카롭게 변하였다.

"내 너를 어여삐 보아주니 무례하고 방자하기 그지없구

나! 신국을 위해 원화가 되라 하였거늘 어찌 될 수 없다 하는 것이냐! 나라를 위해 네 목숨 하나 바치는 것은 광영이 아니냐!"

"용서하시옵소서! 저 또한 바로 신국을 위해서이기 때문입니다."

"신국을 위해서……?"

단희는 더욱 깊숙이 머리를 내리고는 되도록 침착한 목소리로 말하였다. 태후마마의 명을 단박에 물리친다는 것은 단희에게도 두려운 일이었다. 하지만 명을 받드는 것은 훨씬 더 두려운 일이기에 단희는 어렵지만 단호하게 입을 열어야 했다.

"저는 그처럼 큰일을 맡을 그릇이 되지 못하옵니다. 무릇 화랑을 이끄는 자는 아름다움이 하늘을 감명시키고, 맑은 영혼으로 낭도들의 마음을 사로잡아야 함이 옳은 것으로 알고 있습니다. 또한 풍류와 선도를 수련함이 옳고, 시나 서화에도 능하며 무예를 수련함에도 게으름이 없어야 할 것입니다. 한데 갑자기 그 모든 것이 모자란 제가 원화가 된다면 어떤 낭도들이 저를 따르겠습니까? 뿐만 아니라 저는 이미 풍월주로 계신 설찬랑을 뛰어넘을 그릇이 되지 못합니다. 이미 충분히 훌륭한 풍월주가 있사온데, 어찌 저에게 그런 크나큰 위를 맡으라 하십니까. 저로 인하여 화랑도가 무너질까 두렵사옵니다!"

단희의 목소리에 서린 결기가 꽤나 단단하였다. 그 말을 가까이 듣고 있던 소지 태후가 말을 멈추고 단희를 쳐다보았다. 찌를 듯이 날카로운 눈빛이 느껴져 단희의 정수리가 따끔따끔했다. 하지만 입술을 굳게 다문 단희는 그 시선을 견뎌내고 있었다.

잠시간 말이 없던 태후가 돌연 큰 소리로 웃기 시작했다. 신경질이 섞여 있는 듯 또는 재미있다는 듯 쩌렁쩌렁한 웃음소리가 몇 겹의 창을 타고 밖에 대기하고 있는 상선과 이찬의 귀에도 들렸다. 연유를 알 수 없는 웃음소리에 두 사람의 마음은 더욱 조마조마하기만 했다.

"너는 진정 돌릴 줄 모르는 아이로구나. 말랑말랑 넘어갈 수도 있거늘, 시키면 시키는 대로 하지는 않을 것이로군? 그것이 마음에 들기도 하지만 또 거슬리기도 하는 것은 어쩔 수 없는 법. 한데 너의 그 작은 머리가 이 소지 태후를 우습게 보고 있구나! 방자한 것."

"용서하여주시옵소서, 마마. 소녀의 이 우둔한 머리로 태후마마를 어찌 다 헤아릴 수 있겠습니까. 가르침을 주시옵소서."

"내 언제 풍월주를 내린다 하였느냐? 다만 원화가 되라 하였지. 너는 풍월주를 도와 또 다른 화랑의 주인이 되는 것이다. 허고, 또 당장 원화가 될 수도 없다. 너는 낭도를 모집하고 또 화랑의 신망을 쌓기도 해야 한다. 원화와 풍월주의 역할은 엄연히 다르다. 같지만 같지 않아. 허니 너의 그 걱정의 반은 쓸데없는 것이지 않느냐?"

"하오시면 태후마마께서 원화에게 바라시는 것이 무엇이시옵니까?"

"화랑의 어미, 화랑의 천녀가 되는 것이지!"

화랑의 어미……. 대체 이게 무슨 말인가? 축국 구와 같은 혼란스러움이 단희의 작은 머릿속을 정신없이 날아다녔다. 단 한 번도 생각해본 적 없는 단어에 똘똘한 단희의 머리도 굳어버렸다. 화랑의 어미! 묘한 전율이 그녀의 가슴을 꿰뚫었다. 그와 동시에 풍월주 설찬의 모습이 떠올랐다. 그와 함께 나란히 서 있는 그녀의 모습이 그려졌다. 생각만으로도 단희의 가슴이 벅차올랐다. 둥둥거리는 작은 북소리가 가슴을 두드렸다. 생각만으로도 황홀했고 열이 올라 귀가 다 먹먹할 지경이었다. 허나 단희는 섣부르게 이를 받아들일 수가 없었다. 아무리 맹랑하고 겁이 없다는 소리를 듣는 그녀지만, 이 같은 큰일을 덥석 받아들이는 것은 그녀에게도 용기와 각오가 필요했다.

"마마, 본디 화랑에는 화모와 화주의 존재가 있습니다. 그들로서 화랑의 어미가 되지 않습니까? 또한 부제가 풍월주를 도와주는데 원화가 정녕 필요한지요?"

"부제는 차기 풍월주이니 풍월주와 다를 바가 없다. 허고 현재 풍월주 설찬에게는 부인이 없다. 따라서 화주도 없다.

화모도 현재 지정되어 있지 않으니 화랑의 여인의 자리가 공석이지. 또한 화모도 화주도 뽑히는 것이 아니라 풍월주와 함께 자연스레 지정되는 것이지 않느냐? 그것은 화랑을 위해 활동하기에 부적합하다."

태후의 말에도 단희는 여전히 원화가 되기에는 스스로가 부족하다 생각하였다. 세간의 말대로 그녀는 박꽃이었다. 스스로는 괜찮다지만 화랑에서 그녀를 받아들일까? 아무리 좋게 생각해도 그것은 아니었다. 그 얼마나 자존심과 자부심이 높은 그들인가! 그런 화랑들이 박꽃이라 손가락질받는 자신을 받아들이기란 쉽지 않을 것이다. 하지만 태후 마마께서 그녀를 원화가 되라 하시는 것도 분명 연유가 있을 것이었다.

"네가 망설인다면 내 너에게 제의를 하나 하마."

단희가 다시 고개를 들어 소지 태후를 바라봤다. 말은 없지만 반문의 빛이 돌았다. 태후는 다시 넉넉하고 아름다운 미소를 지었다. 조였으면 풀어줘야 했다.

"원화가 되어라. 하지만 대충해서는 아니 되지. 그리하면 내 너의 소원 하나 들어주마."

달콤하면서도 나긋한 목소리, 전왕인 태륭 대제를 사랑으로 모시고, 그의 온전한 총애를 받아낸 소지 태후의 꿈같은 목소리가 단희를 간질였다. 단희의 복숭앗빛 고운 볼에 알 수 없는 홍조가 피어올랐다.

2장 사람을 가지는 힘, 인연

    태홍제는 열두 살 나이에 보위에 올라 4년의 섭정(攝政: 왕을 대신하여 다른 이가 정치를 보는 일)을 끝내고 열여섯 살의 나이에 친정(親政: 왕이 직접 정치를 함)을 시작하였다. 혈기 왕성하고 정력적인 왕이기에 친정을 시작하고 바로 왕토 순행을 거행하였다. 그는 너른 신국의 땅을 두루 돌며 국경 지대를 살피고, 어름어름 넘어오는 침략자 무리를 휩쓸었다. 그렇게 전장과 협상의 줄다리기가 어느 정도 마무리가 되니 제(帝)의 나이 벌써 스물여섯 살이 되어 있었다. 열두 살 어린 나이에 보량 부인을 맞이하고 혼인한 지가 여러 해건만 정비인 보량에게 아이가 없었다. 때문에 부인은 기꺼이 제를 여러 궁주들에게 보내주어야 했다. 천하를 아래에 둔 지배자는 가지지 못할 여인이 없었고, 그를 위해 기꺼이 옷을 벗는 꽃들이 즐비했다. 그랬기에 태룡 대제는 이미 어려서 여인을 안는 것이 지겨워졌다. 그에게 여인은 너무나 쉬웠고, 또한 한없이 넘치는 존재였다. 그에게 즐거운 것은 오직 정복, 정복 활동뿐이었다.

태흥제가 마음 놓고 정복 활동을 즐기고, 왕토 순행을 갈 수 있는 이유 중 하나가 태흥제의 어미 소지 태후 덕분이었다. 소지 태후는 강단 있고 지혜로운 여인이었다. 그녀는 전왕인 태룡 대제의 황후궁 전주(殿主: 왕의 곁에서 모든 정사를 참결하는 중책)의 역할을 하며 오랜 시간 정치를 돌봐 왔다. 또한 곳곳에 그녀의 세가 강력하게 박혀 있어서 그녀를 따르는 대등들이 상당했다. 하지만 가장 중요한 것은 그런 그녀가 바로 가장 강력한 태흥제의 지지자라는 점이었다. 때문에 제는 정복 활동 중에도 안심하고 왕실 정치를 맡길 수 있었고, 그녀는 현명하게 왕실 내정을 살폈다. 해서 제는 어지간하면 태후의 결정과 의견을 존중하는 편이었다. 정치에 있어서든 무엇이든 제는 그녀를 존중하고 존경하였다.

"…… 한데 갑자기 원화라니."

남자답고 헌걸찬 태흥제의 미간에 주름이 잡혔다. 누각 아래를 굽어보는 태흥제의 넓찍한 어깨 위로 별들이 쏟아졌다.

갑작스러운 모후의 결정에 태홍 대제 장천(長闡)의 심중이 복잡해졌다. 단순한 변덕인지, 모후의 머릿속에 다른 의사가 있는 것인지 장천은 도통 알 수가 없었다. 물론 그가 반대할 만한 일을 하지 않을 것이라는 것은 알고 있었다. 아니, 믿고 있었다. 그것은 혈류를 타고 흐르는 확신이었다. 하지만 워낙 의뭉스러운 분이니…… 장천의 단단한 입을 가르고 탄식에 가까운 한숨이 새어 나왔다. 어머니께서 대체 무슨 꿍꿍이신지.

유독 커다란 달과 아름다운 별들의 향연을 바라보는 제의 뒤로 묵직한 저음이 퍼졌다.

"부르셨습니까, 폐하."

이미 유시(酉時, 오후 5~7시)에 접어들고도 한참이 지난 늦은 시간에 갑작스레 대제는 설찬을 불러들였다. 이틀 전에 이미 제를 알현하였건만 이렇듯 다시 부르시다니……. 정복 활동을 쉬고 있는 근래 이리 자주 부르는 일이 없으셨건만 무슨 일로 부르셨나 의문이 들었다.

설찬의 얼굴은 속마음을 숨긴 채 아무런 미동이 없었다.

"…… 요즘 화랑들은 어떤가?"

예상치 못한 질문에 설찬이 잠시 장천의 뒷모습을 바라봤다. 그는 여전히 누각 아래를 살피며 그를 돌아보지 않았다.

"화랑의 수가 부쩍 많아졌기에 화랑도의 개편이 필요할 듯합니다. 해서 화랑조를 다섯 개로 나누어 편성하고, 그에 따라 화랑의 장들을 새로 나누는 일을 하고 있습니다. 군사 활동에도 조금 더 효율적으로 배치할 수 있으며 경쟁심을 자극하여 보다 적극적인 수련이 가능할 것이라 예상됩니다."

"그렇군, 화랑이 점차 커지고 있었지. 지방 낭도들의 수까지 합친다면 이미 수천 단위를 넘어섰으니……."

나직하게 울리는 제의 어조만으로는 그의 심중을 살피기가 어려웠다. 화랑에 무슨 문제라도 있는 것일까? 아니다. 제는 감히 헤아리거나 앞서 생각할 수 없는 분이다. 그가 의중을 내비치지 않는다면 설찬은 다만 묵묵히 그를 따를 뿐. 설찬은 다시 한 번 굳은 어깨를 단단히 여미며 깊숙이 고개를 숙였다.

"태후께서 원화를 복귀하시려고 하신다."

청천벽력과도 같은 태흥제의 발언에 꼿꼿하던 설찬의 고개가 아주 살짝 꿈틀거렸다. 원화? 태후? 상상도 못했던 단어의 나열로 인해 설찬의 머리가 복잡해졌다.

"허면 풍월주의 위는 폐하시는 겁니까?"

얼기설기 복잡한 가슴에서 그래도 제법 평온한 음성이 나왔다. 그제야 태흥제 장천이 뒤를 돌아 설찬을 봤다. 지엄한 하늘의 천손이라 장천의 눈빛은 달이 뜬 밤에도 형형히 빛나고 있었다. 장천은 풍월주이자 우직하기만 한 무인 설찬을 한참이나 바라봤다. 온기와 냉기가 없이 고요한 제의 얼굴은 무심하기만 했다. 그의 발아래 설찬의 얼굴 또한 적막하고 고요했다.

"그런 일은 없다. 현 화랑도의 수장은 풍월주 설찬 바로 너이다."

"허면……."

설찬의 반문에 답답하다는 듯 제의 나직한 탄성이 터졌다. 장천은 설찬을 아꼈다. 태흥제 또한 소지 태후가 섭정을 할 당시 화랑도에 몸을 담고 있었다. 그가 화랑도에 있을 때 설찬이 입적하였다. 어려서부터 타고난 인품과 뛰어난 무예, 매끄러운 문장력에 그를 따르는 낭도가 한둘이 아니었다. 장천 또한 설찬을 가까이 두고 아꼈으니 두 사람의 인연은 오래도록 두터웠던 것이다.

슬쩍 찌푸려진 제의 미간 사이로 그의 불편한 심기가 드러났다.

"설찬, 이게 네가 혼인하지 않고 혼자 지내니 벌어지는 일 아니더냐. 본디 음과 양의 조화가 천지를 더욱 아름답고 단단히 만드는 것이거늘, 너는 어찌 그리 홀로 지내어 천기의 균형을 무너뜨리느냐."

"그게 무슨 말씀이신지……."

"현재 화랑도의 균형이 좋지 않다. 본디 화랑도라는 것은 신국은 젊은 인재들을 모아 풍류와 선도(仙道)를 깨우치게 하고, 예기와 문장을 수련하며, 무예를 골고루 익히는 것을 중시한다. 따라서 언제든 조정을 위해 일할 수 있고 또한 전장에서 누구보다 의롭게 싸울 수 있는 인재들이 있는 곳 아니더냐. 한데 설찬 너의 화랑도는 어찌 병부兵部와 다를 바가 없구나."

태흥제의 발언에 설찬의 어깨가 무겁게 내려앉았다. 제의 말에 틀린 데가 없었다. 설찬을 필두로 화랑도의 화풍이 점점 무예에 치중하고 있었다. 기예를 수련하고 풍류와 선도를 수련함에 있어서도 게으름이 없어야 하건만. 어찌된 일인지 설찬에게 기예와 풍류는 그리 기껍지가 않았다. 그는 뼛속까지 무인이었다. 그의 기준은 의기와 정의에 맞추어져 있었고, 신라를 위해 한 몸 부서지길 두려워하지 않았다. 그것은 그의 사명이자 존재의 이유였다.

"송구하옵니다. 신이 미흡하고 부족하여 화랑도를 적절이 이끌지 못했사옵니다. 폐위하고 물러나 나라의 변방을 지키는 병부가 되도록 윤허하여주시옵소서."

꾸밈없이 우직한 설찬의 반응에 장천이 혀를 찼다.

"외골수 같으니라고."

"폐하."

"쯧, 감히 짐을 두고 어딜 가서 무엇을 한단 말이더냐? 너는 나의 가장 충직한 신이자 벗이니라."

장천의 말에 설찬은 가만히 숨을 들이켰다. 벗이라니, 그것은 그에게 최고의 칭찬이자 최고의 매질이었다.

"모후께서 심중에 두신 여아가 있나 보더구나. 이번 단오제 천관녀로 선을 보인다 하였다. 그 이후로 원화로서 낭도를 두게 하실 것이라 하셨다. 풍월주와 원화. 두 개의 기둥이 보다 화랑들을 강하게, 그리고 아름답게 할 것이다. 어쩌면 모후께서는 화랑에 신국의 미래가 달려 있다 생각하시는지도 모르겠다. 그 생각이라면 나와 동일한 것이지."

"허면 원화가 모습을 드러내는 것은 어림 1년 후나 될 것이란 말입니까?"

지금은 입추에 막 접어든, 그러니까 이른 가을이었다. 단오제는 여름이 오기 직전 치러지니 열 달이 채 남지 않았다는 말이었다.

"그렇지."

"하오나, 폐하. 원화라 하여 갑자기 화랑에 들이면 몇몇 불신을 가질 낭도들이 나올 것입니다. 충신으로 간언컨대, 원화 후보들은 화랑에 지속적으로 모습을 보여야 하지 않겠습니까?"

"……"

설찬의 말을 듣고 있던 장천이 시선을 내려 그를 지그시 바라봤다. 찌를 듯한 시선으로 바라보니 설찬이 가만히 고개를 숙였다. 선뜻 속을 보이지 않는 사내였다, 설찬은.

"설찬."

"예, 폐하."

"너는 괜찮은 것이냐?"

설찬의 굳은 눈동자가 천천히 장천을 올려다봤다.

"풍월주로서, 폐하의 신으로서 마땅히 따라야 할 일입니다. 신 또한 이 일이 화랑도를 위한 일이라 생각하옵니다."

*

달이 휘영청 밝았다. 설찬의 새하얀 술잔에 투명한 술이 찰랑이며 꽉 차지 못하고 슬쩍 한쪽이 모자란 달의 모습을 담아냈다. 문득 술잔에 담긴 달의 모습을 보던 설찬이 고개를 들었다. 하늘 위로 보이는 모자란 달의 모습에 저가 비춰졌다.

"완전하지 못하고 한 치가 모자란 딱 내 모습이로구나."

한탄인지 자조인지 모를 씁쓰레한 소리가 툭 튀어나왔다. 그 말을 도로 넣기라도 하듯이 설찬이 술을 털어 넣었다. 국화로 담근 술은 숨이 막히게 향기로웠다.

"오늘 술이 이리 달다니."

주안상 위에 육전 하나 입에 대지 않고 설찬은 연거푸 잔을 비워냈다. 다디단 술은 오늘 따라 그의 머리를 사로잡지 못했고 갈증만 더욱 불러일으켰다. 그렇게 홀로 술을 취하던 설찬은 문득 벗이 그리워졌다.

화랑…….

화랑으로서, 벗으로서 그를 가장 잘 아는, 그 못지않게 머리가 맑은 이.

"석이 아범, 거기 있는가?"

"예, 나리!"

멀지 않은 곳에서 대기하고 있던 석이 아범이 재빨리 달려왔다.

"가서 환웅에게 좀 보잔다고 전해주게."

"지금 당장 말씀이십니까?"

"지금 당장 예로 와달라 말하시게."

"예, 나리. 후딱 다녀오겠습니다요."

설찬의 심부름에 석이 아범이 쏜살같이 움직였다. 뛰어가는 아범의 뒤로 설찬이 다시 잔을 채웠다.

그 시각, 환웅은 미랑환공의 부름으로 그의 저택에 있었다. 미랑환은 단희의 손을 붙잡고 퇴궐하자마자 환웅을 불러들였다. 사실 그것은 단희의 요청에서였다. 태후마마를 뵙고 나온 단희의 표정은 어린아이의 그것이라 할 수 없을 만큼 복잡 미묘했다. 어찌 열세 살짜리 여아의 얼굴에서 그런 표정이 나올 수 있을까 하는 생각이 들만큼 딸아이의 표정은 좋지 않았다.

허나 미랑환은 섣불리 그 연유를 묻지 않았다. 그저 딸아이의 손을 꼭 붙잡아주고서는 천천히 걸어 돌아왔다. 잠시간 복잡한 얼굴을 했던 단희 또한 금세 표정을 거두고서는 어린 막내딸로 돌아와 조잘조잘 떠들어주었다. 아비가 그녀를 걱정하고 있다는 것을 알고 있다는 듯 더욱 어여쁘게 굴었다.

미랑환은 천방지축이라고는 하나 단희가 속이 깊은 아이라는 것을 알고 있었다. 또한 어미의 애를 태우는 일을 여러 번 저질렀지만 그중 단 하나도 못되고 악한 일은 없다는 것도 잘 알고 있었다. 해서 미랑환은 아무 소리 없이 막녀가 입을 열 때까지 기다려주기로 했다. 분명 태후마마로부터 무언가 중한 말을 들은 것이라면 그 또한 함부로 캐물을 수 없었고, 단희 또한 함부로 말할 수 없을 테니. 도움이 필요하면 언제든지 그녀를 도와줄 준비를 단단히 하면서 미랑환은 그의 저택으로 들어서는 환웅을 막녀의 옆으로 밀어주고선 조용히 자리를 비켜주었다.

"어찌 공께서 나를 다 부르셨다 했건만 단희, 네가 나를 부른 것이냐?"

환웅을 본 단희는 잠시 걷자며 저택의 작은 뒤뜰로 그를 데리고 나갔다. 환웅은 자신의 사촌 동생이 무언가 할 말이 많아 보이는 얼굴로 작은 발을 동동거리자 흔쾌히 그녀 곁을 지켰다.

"무엇이 우리 단희의 마음을 괴롭히고 있을까?"

"오라버니."

"하하, 이리 얌전히 나를 부르는 모습은 또 처음이로구나."

"치! 단희를 자꾸 이리 놀릴 거야? 나는 지금 심각한데."

"그래, 네 작은 얼굴에 수심이 깊구나. 이 늦은 밤 오라비에게 와달라 한 것은 급한 일이 있어서 그럴 터고, 미랑환공께서 불렀다는 것은 환공께서도 무엇인가 중한 일이라는 것을 알고 있다는 말이렷다? 거기에 네가 오늘 궐에 다녀왔다지? 허면 태후마마나 폐하께서 부르셨을 텐데, 폐하께선 풍월주를 부르셨으니 태후마마께서 너를 부르신 게냐? 어때, 내 말이 맞느냐?"

술술술 나오는 오라버니의 말에 단희가 탄식을 금치 못했다.

"어찌 그리 머리가 잘 돌아가시는지!"

"예끼, 이놈아. 오라비한테 머리가 잘 돌아간다니!"

환웅이 짐짓 호통하는 척하며 단희의 고운 머리카락을 마구 흩트려놓자 단희의 딱딱하게 굳어 있던 입매가 조금 풀어졌다. 단희는 곧 키득키득 웃으며 물앵두같이 고운 입술을 열었다.

"오라버니 말이 다 맞아. 태후마마께서 단희를 오라 하셨어."

"그래, 역시……. 한데 무엇 때문에 얼굴이 어두운 게야? 태후마마께 혼이라도 났니?"

"에이, 처음 뵙는데. 거기에 내가 왕족이랑 무슨 연관이 되어 있다고 혼이 났겠어."

"그건 그렇지."

단희는 고개를 주억거리는 환웅의 모습을 한참 동안 바라봤다. 늠름하고 멋진 오라버니였다. 다정하고 성실하여서 항상 단희도, 또 미령과 예령도 모두 의지하고 지내는 친족이었다. 누구 봐도 '아름다운 화랑' 그 자체였다. 한데, 내가 이런 사람들을 위해, 이들과 함께 화랑도를 이끌 수 있을까? 내가 무어라고?

"말해보거라, 우리 단희 무엇 때문에 그러는 게야?"

"나⋯⋯."

바스락.

단희의 입이 막 그녀의 속내를 드러내려 할 때 뒤뜰로 들어서는 발소리가 두 사람의 이목을 잡아 돌렸다.

"환웅랑."

"아니, 자네는 설찬랑네 석이 아범 아닌가? 어찌 이곳엘?"

깜짝 놀란 환웅의 말에 더욱 놀란 것은 단희였다.

"늦는군."

작은 주병 안에 담긴 술이 바닥을 들어낼 때쯤 설찬이 중얼거렸다. 반각은 지난 것 같은데 아직 오지 않는 것이 이상했다. 외출이라도 한 것인가? 설찬과 환웅의 저택은 그리 멀지 않았다. 슬슬 걸어가도 일다경이 못 되어 도착할 정도였다. 한데 반각이 지났는데도 오지 않는다니? 계집처럼 나갈 준비라도 하는 것은 아닐 터이고.

"여기 국화주 하나 더 가져오너라."

"예, 나리!"

보이지 않는 곳에서 대기하고 있던 부엌 어매가 종종걸음으로 다가왔다. 막 그녀가 산의 능선처럼 고운 호리병을 잡아 가져가려 할 때 반가운 목소리가 설찬을 불렀다.

"달에 취하면 될 일을, 무에 술이 필요한가?"

"무예를 한다는 친구가 어찌 이리 발이…… 아니, 네가 여길 어떻게?"

조금 놀란 듯한 설찬의 목소리에 오라비 환웅의 뒤에서 빠끔히 고개를 내민 단희가 배시시 웃고 있었다.

"실례 좀 하겠습니다, 설찬랑."

"…… 너!"

"하하하! 달이 참 곱군!"

한적했던 설찬의 뒤뜰이 순식간에 시끄럽지 않은 웃음으로 가득 차올랐다.

"돌려보내게."

단호하게 말한 설찬이 어느새 부엌 어매가 가져오는 주병을 낚아챘다.

"단희야, 돌아가란다."

"네? 저는 못 들었습니다만."

단희가 시치미를 떼며 눈을 동그랗게 떴다. 저가 눈앞에 이리 떡하니 버티고 서 있는데 굳이 환웅에게 말하는 건 무슨 심보인지. 단희도 딱 잡아떼며 모르쇠로 일관했다.

"못 들었다는데?"

"예전부터 생각한 건데 자네 사촌 동생이 참 귀가 좋지 않은가 보네."

"하하! 그랬나? 웃차! 자네 왜 벗이 앞에 있는데 자작을 하고 그러는 겐가."

능청스럽게 웃으며 스르륵 자리를 잡은 환웅이 냉큼 설찬이 기울이고 있는 주병을 낚아챘다.

"내 한잔 따라줌세."

"귀찮은 것 달고 와서는 이제 와서 잘하는 척하지 말게."

"귀찮은 것이라뇨!"

무뚝뚝한 설찬의 말에 단희가 부루퉁 투덜거렸다. 설찬은 그를 보고도 못 본 척, 들어도 듣지 않은 척하며 단희를 무시했다. 그를 보며 단희가 입술을 삐죽거렸지만 곧 털어버리고는 잽싸게 환웅의 옆으로 가 자리를 잡았다.

"돌려보내라 하지 않았나."

"단희야, 돌아가란고 하지 않니."

"저는 못 들었다니까요, 오라버니?"

또다시 반복되는 대화에 설찬이 눈살을 찌푸렸다. 그 틈으로 단희가 다시 한 번 종달새 같은 앙큼한 주둥아리를 놀렸다.

"저는 이리 눈앞에 있지 않습니까? 직접 말씀하시지요, 설찬랑."

술잔을 쥔 설찬의 손에 힘이 들어갔다. 단숨에 국화주를 털어 넘긴 그가 술잔을 탁 소리가 나도록 내려놓았다.

"돌아가라."

술이 들어갔음에도 한 치 흔들림 없는 눈동자로 설찬이 단희를 직시했다. 그 무표정한 눈동자를 마주 보던 단희가 싱긋 웃으며 말했다.

"싫습니다."

"……."

당황한 것인지 짜증이 솟은 것인지 입매를 딱딱하게 굳힌 설찬이 단희를 지그시 바라봤다. 단희 또한 지지 않고 그런 설찬의 눈을 마주 보았다. 작은 여자아이와 사내 사이에 끊어질 듯 팽팽한 긴장감이 맴돌았다. 그 숨 막힐 듯한 정적 사이로 귀뚜라미 소리 장하게 울리고 있었다.

그 옆으로 애꿏은 환웅이 요리조리 눈을 굴리다가 들고 있던 술을 들이켰다. 그 손을 따라 또한 죄 없는 잔이 탁 소리를 내며 다탁에 부딪혔다.

"크! 맛 좋구먼."

그제야 설찬이 단희에게 눈을 돌렸다. 사늘하게 노려보고 있는 것이긴 했지만 온전한 그의 시선을 받아냈던 단희의 등줄기에 전율이 찌르르 올라왔다. 가슴 서늘하게 냉랭한 시선이지만 그마저도 그저 좋기만 한 그녀였다. 하지만 그는 여전히 그녀에게 쉽지 않았다.

"오늘은 참 감정이 요동치는 밤이구먼. 그렇지 않니, 단희야?"

"후후."

환웅의 말에 단희는 예쁘게 웃기만 했다. 그렇게 스치듯 의미심장한 말을 뱉어낸 환웅이 허허 웃으며 잔을 내밀었다. 설찬이 말없이 벗의 잔을 채워주었다. 침묵을 안주 삼아 몇 번이나 빈 잔과 꽉 찬 잔이 오갔다.

그 사이로 단희는 가만히 두 사람을 살펴보기만 할 뿐 더 이상 맹랑한 말을 조잘거리지도, 어설픈 애교를 부리지도 않았다. 그저 이 두 아름다운 화랑들이 하는 양을 영특하고 맑은 눈으로 지그시 바라보고만 있었다. 그 어리고 맑은 눈동자가 무엇을 관찰하는 양 날카롭기까지 하다.

"제께서 나를 부르셨네."

마침내 고집스레 다물어져 있던 설찬의 입이 열렸다. 환웅이 고개를 끄덕였다.

"알고 있다네."

"그보다 먼저 태후께서 제를 부르셨다 하더군."

"허허, 그건 몰랐는데……."

말하며 환웅이 힐끔 단희를 바라봤다. 그러나 단희는 그녀에게 시선 하나 주지 않는 설찬만 바라보고 있을 뿐이었다.

"제께서 말씀하셨네. 원인은 조화를 이루지 못한 나라고."

어떠한 원인인지 앞뒤 설명 없이 이야기를 시작했지만 환웅은 묻지 않았다. 단희가 옆에 있기 때문이기도 했지만, 그의 친우는 아직 거기까지 이야기를 꺼낼 준비가 되어 잊지 않은 것 같았다. 속이 깊은 환웅은 그를 이미 잘 알고 있었다.

"그동안 내가 바라봤던 것은 내가 보고 싶었던 것들이었네. 제를 바라봤고, 제가 보는 신국의 미래를 위해 기꺼이 먼저 달려 나갔지. 그러고 나서 내가 보고 싶었던 것은 오직 검. 허나, 오늘 제의 말씀에 내 앞이 아닌 뒤를 돌아보게 되었네."

혼잣말을 하는 것인지, 친우에게 하는 말인지 구분이 가지 않을 만큼 그의 말은 공허했다. 다시 한 번 설찬은 국화주를 비웠다.

"내 뒤에 화랑도가 있더군. 화랑들이, 낭도들이 나를 보고 따라오고 있었어. 마치 내가 제를 따르듯 그들은 나를 따르고 있었지. 한데 무서운 게 무엇인지 아는가?"

"알 수 없군."

"하하! 그렇지. 나도 오늘까지 몰랐으니까."

끝이 시린 웃음을 입가에 매달고 공허하게 말한 설찬이 환웅을 바라봤다.

"내 뒤에 내가 있었다는 것이네. 내 뒤로, 그저 나를 닮은 수백, 수천의 낭도들이, 화랑들이 있었어. 어찌 무섭지 않은가? 나의 그림자는 결코 나를 넘어설 수 없네! 나는 그저 나의 아류들만 키워내고 있었던 것이야. 검만 알고, 앞만 보고, 휠 줄 모르고 우직하기만 한!"

"어찌 그런 말을 하는가!"

"어차피 만천하에 드러날 진실임에 내 숨길 것이 무엇 있겠는가?"

잔을 잡고 있던 설찬의 손에 힘이 들어갔다. 끔찍하다는 듯 인상을 찌푸린 설찬이 거친 숨을 토해냈다. 그를 말가니 올려다보고 있던 단희의 손이 움찔거렸다. 저 고집스럽게 구겨진 손을 잡아주고 싶었지만 그녀는 지금 움직일 수 없었다. 그녀의 가슴이 그가 느끼는 고통에 공명하고 있었다. 작은 입술을 피가 맺히도록 깨물면서 단희는 설찬을 바라봤다.

어린 계집 단희는 그렇게 처음으로 설찬의 마음 한 자락을 훔쳐볼 수 있었다. 고집스럽게 그를 쫓고 쫓더니 결국 마음으로 천년 가약 맺은 사내의 괴로운 한 자락을 몰래 볼 수 있었다. 그 누구보다 고귀하고 영명한 영혼이건만 어째서 그녀의 영롱한 영혼의 사랑 길은 쉽지가 않은지……. 단희는 그저 저 상처 많고 단단한 손을 잡아주고 싶을 뿐인데 말이다.

안타까운 단희의 눈동자가 설찬의 손에서 눈으로 천천히 올라갔다. 그때 단희의 심장이 철렁하며 아래로 곤두박질쳤다. 그녀의 올라오는 시선과 설찬의 시선이 얽혔다. 그녀의 되바라진 대답을 듣고서는 단 한 번도 그녀를 바라보지 않던 눈이 그녀를 바라보고 있었던 것이다. 단희는 조금 떨리는 눈을 접어 그에게 곱게 웃음을 보였다. 심장 안으로 수십 마리의 나비가 나붓거리는 듯 아려왔지만 단희는 입술을 한번 깨물어 그를 참아내고 웃어 보였다. 그러나 그 수줍은 미소를 보며, 그의 입에서 나온 말은 그녀를 더욱 아프게 할 뿐이었다.

　"화주(花主: 풍월주의 부인)를 맞이할 필요가 있는 것 같아. 참하고 아름다운 이로 말이야."

　설찬의 눈이 단희에게 말하고 있었다.

　그것은 네가 아니라고 말이다.

　"단희, 너는 내가 집까지 같이해주겠다."

　사촌 동생의 숨긴 아픔을 아는지 환웅이 다정히 그녀의 머리를 쓰다듬어주었다. 그러자 단희가 다시 빙그레 웃으며 고개를 저었다.

　"고맙지만 그러지 않아도 되어."

　"뭐? 혼자라도 가겠다는 것이야?"

　깜짝 놀란 환웅이 눈을 크게 뜨고 되물었다. 그들의 가는 길을 배웅하기 위해 문 앞까지 나온 설찬도 그들의 말에 무심하게 단희를 힐끔거렸다. 그러나 단희는 여전히 사람 좋게 웃으며 세차게 고개를 흔들었다. 그러고는 손을 들어 설찬의 비단 옷자락 끝을 잡아당겼다.

"난 설찬랑께서 바래다주실 것이니까. 그러니까 오라버니는 집으로 들어가."

"뭐?"

그녀의 말을 예상치 못했다는 듯이 환웅이 깜짝 놀라 되물었다. 그 옆으로 설찬도 기가 차다는 눈으로 단희를 내려다보았다. 조금 전 분명 꽤나 아픈 말을 들었음에도 그녀는 끄떡없다는 듯 여전히 웃는 낯이었다. 도대체 저 작은 여아의 심장은 무엇으로 만들어진 것인지…… 어지간한 대장부들보다 더욱 단단한 듯했다.

"가실 거지요?"

"허!"

헛웃음을 터트린 설찬이 고개를 설레설레 내저었다. 어림없다는 듯 슬쩍 눈을 구기고 고개를 돌리더니 발걸음을 돌렸다. 그 단호한 발걸음을 보는 단희의 눈이 느리게 한번 깜빡 움직였다. 들리지 않는 심호흡을 내쉰 단희가 천천히 입을 열었다.

"태후마마께서 저를 부르셨습니다."

뒤돌아 걷던 설찬의 발걸음이 우뚝 멈춰 섰다. 그의 어깨

가 천천히, 단희에게 돌아왔다. 그의 반절 정도 오는 단희
가 어깨를 펴고 고개를 들었다. 침착한 눈동자가 선하게 웃
으며 설찬을 바라봤다.

"무슨 말씀을 하셨을지…… 궁금하지 않으십니까?"

그 말을 듣고 나서 설찬은 그녀를 따르지 않을 수가 없었다.

한쪽이 조금 모자란 달이 두 사람을 따라왔다. 가을 밤하
늘은 구름 한 점 없이 깨끗해서 그 모자라지만 밝은 달의
모습이 무척이나 투명하게 보였다. 단희는 배짱 좋게 설찬
의 발걸음을 잡아끌어놓고서는 잠시간 말 하나 없이 걷기
만 했다. 그러고는 우뚝 서서 하늘을 올려다보더니 배시시
웃으며 설찬을 돌아봤다.

"저 달의 모습이 참으로 단희 같지 않습니까?"

설찬은 대답하지 않고 단희를 바라보기만 했다. 불현듯
조금 전 혼잣말을 중얼거리던 제 자신의 말이 떠올랐다.

"다 차지 못하고 조금 모자란 부분이 있는 것이 딱 제 모
습입니다. 완전하지도 않고 완벽하지도 않습니다."

그녀의 말에 스치듯 아주 잠깐 설찬의 미간에 불편한 주
름이 잡혔다가 사라졌다. 그것을 보지 못한 단희가 다시 사
근사근 혼잣말을 중얼거렸다.

"그래서 저는 저 달님이 무척 좋습니다."

예상치 못한 말에 설찬의 눈동자가 흔들렸다.

"가득 차지 못했기에 채울 수 있습니다. 완전하지 못하기

에 흔들려도 넘치지 않습니다. 저 조그마한 틈이 사람들로 하여금 생각할 여유를 주지 않습니까? 단희는 저 모자란 달이 참으로 좋습니다. 설찬랑은 저 달을 좋아하십니까?"

단희의 물음에 설찬의 굳게 닫힌 입이 들썩였다.

"안 좋아한다."

단희는 다시 웃었다. 어린 계집이라 웃음이 많은 것이 아니었다. 다른 어린 계집들이 하늘을 깨울 듯 터트리는 웃음이 아닌 마음이 담겨 있는 웃음이었다. 지금은, 조금 아린 듯 한쪽 눈을 찡그리며 웃고 있었다.

"곧 좋아하게 되실 겁니다."

그러나 단희의 말은 여전히 당돌했다.

"기다려주시어요, 설찬랑."

"……."

"단희를 기다려주시어요. 제가 곧 성장할 것입니다. 제가 곧 당신에게 맞는 여인이 될 것입니다."

무엇인가 말할 듯 입가를 들썩이던 설찬이 이내 입을 꾹 다물었다. 잠시간 그 모습을 바라보던 설희가 멈춰 섰던 발걸음을 뗐다.

"태후께서 단희를 보고 풍월주를 도우라 하셨습니다."

"도우라고?"

"예, 도우라고 하셨습니다. 신라를 위하여 화랑들을 이끌라 하였습니다. 하지만 쉬이 되라 하지 않으셨습니다. 저 또한 화랑들을 위해 준비가 되어야 하겠지요. 가득 채우진 못할지언정 누군가에게 제 안의 무엇을 나누어줄 수 있을 만큼은 채워야겠지요."

단희는 앞을 보며 똑바로 걸었다. 더 이상 애절하게 설찬을 잡지 않았다. 단희는 어리석은 여인이 되지 않을 것이다. 어리석게 사내에게 매달리지는 않을 것이다. 그를 돌아보게 만들지언정, 그를 질리게 만들 여인은 되지 않겠다고 다짐했다. 그것이 어린 그녀의, 설찬을 향한 단 하나의 자존심이었다.

"해서, 너는 그리하겠다 한 것이냐?"

설찬이 물었다.

"글쎄요, 설찬랑."

"단희."

옆을 돌아보며 단희가 기쁜 듯이 웃었다.

"드디어 제 이름을 불러주시는군요."

"너는……."

단희는 설찬의 다음 말은 듣고 싶지 않았다. 그래서 그녀는 더욱 걸음에 힘을 주어 다다다 앞으로 걸어갔다. 그러다 몇 걸음 가지도 못하고 설찬에게 붙잡혔다. 강한 힘이 느껴졌다. 찌릿찌릿한 통증에 가까운 힘이 단희의 손목을 타고 올라왔다. 새벽 깊은 산속 샘물처럼 한없이 투명에 가까운 단희의 눈동자가 설찬을 돌아보았다.

그리고 그녀가 예상치 못한 말이 그에게서 흘러나왔다.

"…… 똑바로 하거라."

"예?"

"만약, 그리하겠다고 하였거든 똑바로 하란 말이다."

힘을 주어 말하는 설찬의 말에 잠시간 눈을 동그랗게 뜬 단희가 천천히 고개를 끄덕였다.

"저는 생각보다 그리 어리석은 계집이 아닙니다."

"…… 알고 있다."

그의 말에 이번에도 단희가 웃었다. 이번엔 수줍다는 듯 다행이라는 듯 묘한 웃음이었다. 그와 함께 두 사람은 다시 발을 떼어 걸었다. 두 사람의 머리 위로 여전히 살짝 모자란 달이 길을 밝혀주었다.

설찬과 단희는 그 노란 달 아래로 나란히 걷고 있었다.

*

가을 햇볕에 바삭하게 마른 갈잎 위로 사부작사부작 꽃신이 내렸다. 무게조차 느껴지지 않을 만큼 가볍고 여린 아이의 걸음 소리가 고요한 월궁을 깨우고 있었다. 그리고 며칠 전 그때처럼 단희가 아비 이찬 미랑환공의 손을 잡고 태후궁에 들고 있었다.

"가을 물이 드는구나. 붉은빛에 싸인 월궁은 더욱 아름답단다, 단희야."

"네, 아버지. 정말 아름답습니다."

아비의 눈에는 그저 앙증맞아 보이는 그 고개를 미쁘게 끄덕이며 단희가 대답했다. 미랑환은 그 모습을 보며 새삼 손을 들어 그녀의 머리를 쓰다듬어주었다. 이렇듯 딸아이의 머리를 쓰다듬어준 것이 몇 년 만인지…… 아지랑이처럼 간지러운 부정이 그의 마음을 스치고 지나갔다.

"또 그 바싹 마른 갈잎에 고구마를 구워 먹는 것이 일품이지. 오늘은 가서 고구마를 구워보자 해볼까?"

"와아! 좋습니다. 단희는 조금 팍팍한 밤맛 나는 고구마가 좋습니다. 식혜랑 먹으면 그게 또 일품이지요."

"그래, 그렇지."

정말 기쁜 듯이 발걸음마저 가벼워지는 딸의 모습에 덩달아 미랑환도 허허 밝게 웃었다. 그러고는 그 작은 손을 꼭 쥐고서 다시 발걸음을 재촉했다. 저 멀리로 태후궁 대문이 모습을 드러냈다.

"단희야, 고구마를 구울 때는 주의할 점이 있단다."

"그것이 무엇인지요?"

지나가는 아버지의 말도 새겨듣겠다는 듯 단희가 눈을 들어 아비를 말갛게 바라봤다. 그 눈을 보며 미랑환이 빙그레 웃음 지었다.

"불이 너무 세면 고구마가 익지 않는단다. 타버릴 뿐이지. 그러니 고구마를 익힐 때는 은근한 불로 모르는 척 신경 쓰지 않는 척 내버려두면 된단다."

눈치 빠르고 총명한 단희는 아비의 말을 알아들었다. 한없이 어린 저 눈동자가 단숨에 떨리는 것을 보아도 미랑환은 알 수 있었다. 눈에 넣어도 아프지 않을 그의 막녀는 잘 해낼 것이다. 어떤 일이든지 말이다.

"그러면 어느새 포실하게 익어 있을 것이란다, 단희야."

미랑환은 단희의 손을 다시 한 번 꼬옥 그러쥐고서는 길을 재촉했다. 그의 옆으로 단희가 작게 오물거리는 소리가 들렸다.

"가랑비에 옷 젖는 줄 모르게 말이죠."

태후궁 대문 안에 들어서는 부녀의 눈동자가 따뜻하게 마주쳤다. 아비를 바라보며 단희가 빙그레 미소 짓고 있었다.

"마마, 단희 낭주 드십니다."

"오오, 들라 하라."

작은 소리 하나 없이 매끄럽게 열리는 문을 넘어 그 뒤로 새하얀 진주 발을 젖히고 들어서니 태후가 반색하며 단희를 맞아주었다.

"왔구나."

"이찬 미랑환의 단희가 태후마마를 뵈옵니다. 천세……."

"그만, 내 그것 좀 그만하라 하지 않았느냐."

"…… 예, 마마."

태후가 빙그레 웃으며 단희를 보더니 그 뒤로 말없이 시립하고 서 있는 미랑환을 바라봤다.

"미랑환을 대동하였다는 것은 내 너의 뜻이 긍정이라 받아들여도 되겠느냐."

"어찌 태후마마의 말에 소녀가 부정을 말할 수 있겠습니까."

며칠 전 대놓고 '저는 아니된다!' 말한 것은 전혀 기억이 나지 않는다는 듯 시치미를 떼는 단희의 모습에 태후가 대소^{大笑}하였다.

"깜찍한 것. 그래, 내 너의 대답을 직접 들어봐야겠구나."

태후의 말에 단희가 잠시간 짧게 숨을 들이켰다. 충분히 숙고하였고 각오도 하였지만 떨리는 마음만은 어찌할 수 없었다. 그래, 나는 사람이니 떨리는 것이 당연하다. 여생을 좌우할 수도 있는 일이니 떨리지 않을 수 없다. 애써 속을 다독이며 단희가 굳은 입매를 부드럽게 풀었다.

"태후마마의 뜻을 믿겠습니다. 그것이 신국과 화랑도를 위한 길이라 한다면 이 모자란 힘이라도 부단히 노력하여 보태겠습니다."

단희의 대답을 듣고 난 태후가 흡족하다는 듯 고개를 주억거렸다. 날카롭지만 아름다운 태후의 눈매에 서늘한 웃음이 나풀거렸다.

"그래, 단희 너의 어리지만 결기 어린 마음을 알고 있다. 내 너의 그 마음을 치하할 것이다. 원하는 것이 있느냐?"

단희는 다시 한 번 숨을 들이마셨다. 처음 그것보다 더욱 깊고 뜨겁게 들이켠 공기가 그녀의 머리를 맑게 해주었다. 상석에 자리한 태후를 향해 단희의 고개가 천천히 들어 올려졌다.

"마마, 만약 제가 잘한다 생각하신다면 저에게 상을 내려주십시오."

"상이라?"

"예, 마마."

침착한 단희의 말에 태후의 상체가 단희 쪽으로 기울었다. 그녀의 다음 말이 궁금하다는 뜻이었다.

"내가 너에게 어떤 상을 내려주길 원하느냐?"

태후를 바라보는 단희의 눈동자에 힘이 들어갔다. 잠시 간 뜸을 들이듯 입술을 들썩이던 단희가 살포시 미소 지으며 담담히 말했다.

"…… 풍월주를, 화랑의 풍월주를 원합니다. 그러니 부디 태후마마께서……."

제법 충격적인 내용과는 다르게 담백한 단희의 말이 길어질수록 소지 태후의 얼굴에는 재미있다는 미소가 깊어졌다.

"마마, 상선 이사달이옵니다. 부르셨사옵니까?"

태후의 뜰에 들어선 이사달이 몇 걸음 물러나 예를 갖췄다. 당나라나 대가야, 대불림국 등에서 들여온 온갖 꽃나무들이 조화롭게 어우러져 있는 태후의 뜰은 혼몽한 꿈의 한 자락처럼 아름다운 곳이었다. 그 사이로 오래간만에 향비파를 잡은 태후가 요염하게 미소 지으며 이사달을 맞았다.

"어서 오세요. 내 오랜만에 솜씨를 보이려 하는데 들어줄 이 하나 없어서 섭섭해하고 있었습니다."

"태후마마의 비파 소리를 들을 수 있는 기회를 주시다니. 감읍하지 않을 수 없습니다."

"호호, 손가락에 세월이 들어 뜻대로 움직여줄지 모르겠습니다."

기분이 좋은지 선뜻 웃으며 소지 태후가 손가락을 움직였다. 그녀의 손가락을 타고 애절한 비파 음이 뜰을 적셨다. 한동안 아무 소리 없이 음을 타던 소지 태후가 불현듯 입을 열었다.

"내 조금 전 단희를 보았지요."

"그러셨습니까?"

"그리고 그 전엔 취선을 보았지요."

취선을 보았다는 태후의 말이 조금 의외라는 듯 이사달이 잠시 멈칫거렸다.

"취선이라 하면……."

"예, 요도(夭桃: 어린 복숭아꽃처럼 아름다운 여인) 같은 여아. 그 아이도 보았습니다. 내 두 아이에게 모두 원화의 자리를 탐하라 하였습니다."

"태후께서는 단희를 마음에 두신 게 아니셨습니까?"

상선의 말에 태후의 비파 소리가 더욱 거세졌다. 다섯 개의 현 사이로 카랑카랑한 비파 음이 태후의 목소리만큼 또랑또랑하게 퍼지고 있었다.

"단일적인 존재는 게을러지기 십상이지요. 내 단희를 마음에 두었지만 그 아이의 가능성을 더욱 키우고 싶습니다. 또한 취선이라는 아이가 향기는 부족할지언정, 독기는 가득하더군요. 어디에서 무엇이든 될 것입니다."

"…… 어렵군요."

"어려운 일이 무에 있겠습니까. 결국 강한 자가 이기게 돼 있습니다. 또한……."

태후가 비파를 타던 손을 멈추고 상선을 보며 빙그레 웃어 보였다.

"아름답기만 한 꽃은 꺾이기 마련이랍니다."

순간 소지 태후의 미소를 보던 이사달의 등 뒤로 섬뜩한 소름이 돋았다. 그의 포제는 정력적인 여인이었다. 아름답기만 한 여인이 아니라 총명하기까지 했다. 그런 태후의 속내를 이사달은 도저히 파악할 수가 없었다. 손을 들어 시자를 시켜 차를 들이며 태후가 다시 입을 열었다.

"두 소녀가 바라는 것을 들었습니다. 정말 재미있더군요."

"예?"

잠시간 멍하니 있던 이사달이 태후의 목소리에 퍼뜩 정
신을 차리며 반문했다.

"두 아이 모두 사람을 원한다 했습니다. 한데 궁극적으로
바라는 점은 확연하게 다르더군요."

"그게 무엇이었습니까?"

"한 아이는 전군을 달라 하였습니다. 그리고 후엔 그 전
군의 원비元妃 자리까지도 말이지요. 그리고 한 아이는 풍월
주를 원한다 했습니다. 허나 그 사람을 내려달라 하지는 않
더군요. 자신이 가지고 싶은 것은 그 사람의 마음이라며 말
입니다. 너무 다르지 않습니까? 달라도 참 다른 두 아이더
군요."

호호 웃음을 터트린 소지 태후가 뜨끈한 김이 올라오는
감차甘茶를 입에 가져갔다.

"위와 마음. 과연 무엇이 먼저일까요, 상선?"

태후의 물음에 상선은 대답하지 않았다. 굳이 답을 듣고
싶지 않은 듯 태후도 말해보라 재촉하지 않았다. 문득 감차
에 손을 가져가던 상선이 다시 입을 열었다.

"그렇다면 풍월주를 원한다 한 그 아이는 무엇을 내려달
라 했습니까?"

"아아."

"그를 원하나 그를 내려달라는 게 아니라면……. 허면 그 아이는 무엇을 가지고 싶다 말한 것인지요?"

상선의 말에 조금 전 일을 회상하며 살며시 눈을 감은 태후가 재미있다는 듯 다시 웃음을 보였다.

"아무것도 달라 하지 않았습니다."

"…… 예?"

"말 그대로, 아무것도 달라 하지 않았습니다. 다만 하지 말아달라 말하더군요. 그 어린 계집이 앙큼하게도 이 태후에게 하지 말라 말하였습니다!"

호호호 웃음을 터트리는 것치고는 조금 날카로운 중얼거림이었다. 이사달은 왠지 그 '앙큼한' 계집이 누구인지 알 것만 같았다.

"먼저 나서서 풍월주의 곁을 채워주려 하지 말아달라 하더군요. 그 자리는 온전히 저의 것이니, 그 누구와도 나누고 싶지 않다 말합디다. 황명이라면 무릇 따를 자가 설찬랑이니 태후께서, 제게서 나서서 그 곁으로 그 어떤 여인도 붙이려 하지 말아달라 청하더이다. 아직은 어리다 했건만 마음만은 온전한 여인이었습니다, 그 아이."

"아아……."

어쩐지 놀라 아무 말도 나오지 않는 이사달이었다. 그저 감탄만 읊조릴 뿐이었다. 당돌하다 해야 할지 맹랑하다 해야 할지, 아니 그보다도 용맹하다고 해야 할지. 참으로 그 아이는 거침이 없구나. 저가 가야 할 길을 알고 거침없이 내딛는데 어찌 감탄이 나오지 않을까. 아직 그 무엇에도 때 묻지 않은 그 순수한 연정이 그대로 보이는 요청이었다. 순수한 연정 그것을 얼마나 오래 간직할 수 있을까……. 이사달은 식은 감차를 입에 대고는 혼몽한 정원에 나풀거리는 하얀 나비의 날갯짓을 오래도록 바라보고 있었다.

*

단희가 설찬을 찾아온 날로부터 달포가 지났다. 흐르는 시간은 막을 수 없었다. 아니 그것이 흐름이라 인지하는 순간, 시간이라는 것은 더욱 빠르게 흐른다.

화랑들과 낭도들이 모여 있는 너른 연무장 단상 위로 설찬이 올라섰다. 바람결에 펄럭이는 그의 청의 자락을 보며 화랑들은 모두 고개를 숙였고, 저 멀리서나마 풍월주를 보는 낭도들 또한 감읍하여 깊이 허리를 숙여 보였다. 그들을 조용히 훑어보던 설찬의 시선이 단상 아래 대기하고 있는 두 여아에게 닿았다.

어린 티가 나지 않을 만큼 단순호치(丹脣皓齒: 붉은 입술과 하얀 이라는 뜻으로 미인을 뜻하는 말) 한 낭주 한 명과 그 옆에 단정히 선 단희. 두 사람의 미모를 비견하기가 차마 민망할 정도로 단정한 모습의 단희가 덤덤히 앞을 바라보고 서 있었다.

달포 만에 보는 단희는 조금 자란 듯 보였고 조금 야윈 듯도 보였다. 아무도 눈치채지 못하는 미약한 변화였지만, 설찬은 어쩐지 단박에 그를 알아볼 수 있었다. 하지만 조금 성장한 듯한 그 모습 위로 단희의 미소는 여전히 당당했다.

'그래, 너는 참으로 대찬 아이다. 오히려 내가 더 마음이 심란한 것만 같구나.'

잠시간 흐릿한 눈으로 단희를 바라본 설찬이 이내 냉정하게 고개를 돌렸다. 저가 선택한 길이니, 앞으로의 일 또한 단희가 감내해야 할 것들이었다.

"오늘, 우리 화랑도에 기쁜 소식을 전할 것이다."

너른 연무장을 쩌렁쩌렁 울릴 만큼 깊고 묵직한 음성이 설찬의 목울대를 타고 흘러나왔다. 힘주어 또박또박 말하는 그의 말에 잠시간 화랑들이 웅성거렸지만 이내 잠잠해졌다.

"하늘의 뜻을 받들고 선도를 따르는 화랑도에 신과 화합하며 그 뜻을 전할 천관녀가 들어왔다. 여기 두 명의 천관녀를 선보이니 화랑들과 낭도들은 가슴 깊이 새기고 목숨처럼 따라야 할 것이다!"

설찬의 말이 끝남과 동시에 단희와 취선이 단상 위로 천천히 발걸음을 옮겼다. 이미 먼저 통보받은 부제와 전우좌 삼부 대화랑들은 담담히 그들을 맞이해주었다. 하지만 다

른 소화랑들과 낭도들에게는 청천벽력과도 같은 소식이었
다. 웅성거리는 그들은 모습을 보이기 시작하는 두 천관녀
의 모습에 더욱 혼란을 감출 길이 없었다.

"…… 화초랑 잡초인가? 어찌 저렇게 다른 모습이야?"

"응당 화랑에 들어올 이들이면 아름다움은 필수 불가결
의 조건이거늘. 저, 저 초라한 아이는 누구란 말인가?"

"어디서 많이 본 얼굴인데……."

"그래, 풍월주를 그리 따라다니던 그 여아 아니던가? 미
랑환공의 막녀라 하던!"

웅성거리는 소리는 점점 커졌다. 취선의 아름다움에 감
탄하는 목소리가 한편을 차지하고 있었지만, 대부분은 단
희의 존재에 의아함을 표현하며 웅성거리고 있었다. 그 소리
가 귀를 아프게 할 법한데 단희는 미동도 없었다. 아니, 오
히려 순하디순한 웃음으로 그들을 바라봤다.

두 천관녀가 인사하기를 잠시간 기다리니, 사뿐한 걸음
으로 취선이 먼저 나왔다. 그녀가 미소 지으니 모든 낭도들
의 입이 얼어붙었다. 웃는 모습에서 꽃향기가 흘러나올 법
한 고혹적인 미소였다.

"취선이라 합니다. 하늘을 울리고 화랑들을 이끄는 여랑
이 되겠습니다. 나의 재주가 미약할지 모르나 화랑과 신라
를 위하여 부단히 재주를 익힐 것입니다."

무슨 말을 하는지는 중요치 않았다. 지금 화랑과 낭도들

은 그 아름다움에 취해 소리를 듣지 못했다. 아아, 말을 하는 선녀가 내려왔구나, 꽃이 사람으로 변했구나, 웅성거렸다. 이윽고 취선이 들어가자 작은 발걸음으로 단희가 나왔다. 조금 자랐다고는 하나 아직 키와 몸집이 작았다. 취선이 여인에 가까웠다면 단희는 아직 여아에 가까웠다.

순간 고개를 내젓는 몇몇 낭도들이 보였다. 혀를 차는 목소리도 들렸다. 그를 보고 듣고 있던 환웅이 눈가를 찌푸렸다. 마음이 아픈 듯 그가 단희를 멀거니 바라봤다. 한데 단희는 그들의 소리 없는 야유에 별다른 감흥이 없는 듯했다. 아니, 오히려 소담히 웃는 얼굴을 거두지 않았다. 노란 나비처럼 나붓하게 팔락이는 눈꺼풀을 접은 그녀가 선뜻 한 걸음을 앞으로 내디뎠다. 그러자 때마침 산들바람이 불어와 그녀의 연한 자색 치맛자락을 펄럭였다.

"단희라고 합니다."

그것이 끝이었다. 그 어떤 말도 더하지 않은 채 단희는 조용히 고개를 숙였다. 바람결에 펄럭거리는 치맛자락과 결이 좋은 검은 머리카락이 묘하게 어우러져 꽃과 같았다. 얼굴이 보이지 않도록 깊이 숙인 고개였지만 그녀의 모습은 꽃이었다. 웅성이던 화랑과 낭도들도 일순간 입을 다물었다.

천관녀. 하늘을 받드는 신녀의 존재이건만, 그 고귀한 존재가 먼저 고개를 숙였다. 하늘을 향해 그들을 향해 가장 먼저 보여준 것이 스스로를 낮춘 자세였다. 그 순간 화랑들은 더 이상 웅성일 수가 없었다.

그리고 그 모습이, 화랑들에게 단희의 강렬한 첫인상으로 남게 되었다.

"나는 기필코 원화가 될 것입니다."

의식에 들어가기에 앞서 의관을 정제하던 단희가 손을 멈췄다. 먼저 모습을 보이고 천관녀로 입관 의식을 위한 검무劍舞를 선보이러 갈 참이었다. 달포를 꽉 채우는 시간 동안 무던히도 연습하고, 연습했던 검무.

그러나 눈앞의 취선은 같이 연습하자던 단희의 초대에 단 한 차례도 응하지 않았다. 오늘에서야 처음 보는 이가 이리 아름다울 줄, 단희는 몰랐다. 그리고 이토록 사늘하고 매서운 기세로 단희를 바라볼 줄도 몰랐다.

"나는 반드시 될 것입니다. 그리 아시지요, 단희 낭주."

칼날로 벼린 눈빛인가? 어찌 사람 눈빛이 저렇게 날카로울까 싶었다. 먹먹히 취선을 바라보던 단희가 이내 고개를 끄덕였다.

"그리하고 싶으시다면, 하시지요. 원화."

"…… 저를 지금 무시하는 것입니까?"

단희의 대꾸에 순간 더욱 매서워지는 취선의 눈빛을 보며 단희가 펄쩍 뛰며 손사래를 쳤다.

"되겠다 하시기에 되라 한 것을 언제 무시했다 하십니까?"

"허면, 지금 단희 낭주께서는 원화가 되실 마음이 없다는 것입니까?"

"아니요, 저 또한 원화가 될 것입니다."

취선의 고운 아미가 불쾌하다는 듯 구겨졌다. 그를 보며 곤란스러워 눈을 굴리던 단희가 다시 조심스럽게 입을 열었다.

"낭주께서 원하시는 대로 하십시오. 저 또한 제가 원하는 대로 행동할 것입니다. 그 끝에 우리 둘이 바라는 바는 같을 것입니다. 그러나 지금부터 그것을 알 수 있는 것도 아니지 않습니까? 그러니 그냥 원하시는 대로 하십시오."

"…… 포기하지 않겠다는 뜻이군요."

취선의 말에 단희가 생긋 웃음을 보이며 고개를 끄덕였다.

"포기할 생각이었으면 지금 이 자리에 있지도 않았을 것입니다. 낭주께서도 또한 그렇지 않습니까?"

냉랭한 얼굴로 단희를 바라보던 취선이 그녀의 말에 피식 웃음을 보였다.

"그렇지요."

"그러니 우리 잘해봅시다. 경쟁이라고 해서 꼭 이리 살벌해야만 하는 것은 아니지 않습니까?"

"그건 아니지요. 경쟁은 경쟁. 목표는 하나입니다. 정신 차리시지요? 그런 무른 자세로는 이 취선을 이길 수 없을 것입니다!"

벌침을 쏘듯 냉랭히 말한 취선이 휙 돌아 자리를 박차고
나갔다. 보기만 해도 냉기가 느껴지는 서늘한 모습이었다.
어찌 저렇게 날이 서 있지? 단희는 잠시 고개를 갸우뚱했
다. 이왕이면 잘 지내고 싶은데 취선은 전혀 그렇지 않나
보다. 흘러내리려는 화관과 색이 옅은 가리개를 고쳐 쓰며
단희도 취선의 뒤를 따라 밖으로 나왔다. 때마침 하얗고 탐
스러운 달이 막 어스름한 하늘 위로 뽀얗게 솟아오르고 있
었다. 검무를 하기 참으로 좋은 밤이었다.

각기 다른 현 소리가 하늘을 갈랐다. 횡적 부는 소리가 날
카롭게 현을 감싸 안았다. 그 사이로 당비파와 동발이 어우
러져 등장했다. 둥둥둥. 가슴속 박동을 닮은 소리가 단희를
울렸다. 그다음으로 단희를 이끈 것은 공기와 진동하는 피
리 소리였다.

홀린 듯 한 발 한 발 앞서 걸었다. 단언컨대 단희는 이전
까지 춤을 춰본 적이 없었다. 춤보다는 기마를 배웠고, 악기
보다는 칼을 다뤘다. 한데 단희의 투박한 춤사위는 보는 이
들로 하여금 시선을 뗄 수 없게 만들었다. 마치 음악을 온
몸으로 느끼는 듯 그녀의 작은 몸이 가랑비에 젖는 백화白樺
처럼 연약하고 청초하게 흔들렸다.

챙챙챙. 검이 부딪히는 소리는 날카로운데 어찌 그 사이
로 보이는 여인들의 흔들림은 청초할 수 있을까. 보는 이들

모두 달빛 아래 호젓이 빛나는 저 하얀 꽃사위가 정녕 사람
인지 눈을 비비며 확인했다. 특별히 뛰어난 기교는 아니었
다. 달이 별이 되고, 하늘이 밤이 되는 것처럼 자연스럽고
부드러운 움직임. 유려함이 있었다.

"…… 제법이군. 아니 그래, 설찬랑?"

연무장 상석에 앉아 있던 환웅이 슬쩍 운을 떼었다. 그의
옆으로 칼같이 바른 자세의 설찬이 검무를 바라보던 시선
을 돌려 환웅을 바라봤다. 환웅은 음률에 맞춰 손가락을 움
직이며 앞을 바라봤다. 참으로 능청스러운 자태였다.

"부드러움이 아쉬웠던 화랑도에 마침내 낭창낭창한 유
곡幽谷이 흘러오는 것 같지 않나? 내 사촌이라지만 오늘 참
아름답군."

"네 사촌이라 그리 느끼는 것이겠지."

"허허, 그런가? 나만 그렇게 느끼는 것일까?"

은근히 웃으며 물어오는 환웅의 말에 설찬이 구태여 대
답하지 않았다. 그저 다시 시선을 돌려 달빛 아래 움직이는
두 선녀의 환생을 바라봤다. 이미 얼굴을 가린 면포로 인해
단순호치의 아름다움은 물색이 없었다.

하지만 설찬도, 그리고 그 옆의 환웅도 누가 단희인지는
단숨에 알아볼 수 있었다. 유독 눈이 가는 쪽을 유심히 바
라보면 그 사람이 바로 단희였으니까.

설찬은 인정하지 않을 수 없었다. 밀어내고 밀어내도, 그

의 눈에 들어오는 여인은 단희밖에 없음을. 모르는 척 무시해도, 못 본 척 눈을 감아도 끝끝내 그의 심기를 어지럽혔다. 저 아름다운 춤사위를 보고 있는 지금 이 순간도 불뚝불뚝 알 수 없는 화가 솟는 것은, 저 안에 보이는 것이 단희이기 때문이리라.

설찬은 화가 났다. 아니 그것은 짜증에 더 가까웠다. 네까짓 게 뭔데. 언제까지 내 마음을 이리 들쑤셔놓으려 하는 것이냐! 목구멍의 가시처럼 귀찮고 성가신 존재였다. 설찬은 감히 저 작은 계집아이가 자신의 마음을 오가려 한다는 것이 끝끝내 마음에 들지 않았다.

순간 그는 눈을 질끈 감아야 했다. 너울거리는 손짓에 따라 하얗게 번져가며 심란해지는 마음을 다잡기 위해 설찬은 눈을 감았다. 보지 않았으면 좋겠다. 그는 정말 보고 싶지 않았다. 마음의 빗장을 단단히 걸어 잠그고 손님이 와도 모르는 척 문을 열어주지 않고 싶었다. 고집스러운 사내의 눈은 그렇게 달빛에 번지는 검무를 보며 몇 번이고 감고 뜨고를 반복했다.

*

무난하던 화랑들 삶 속에 소란스러운 바람이 불고 있었다. 소리 내어 왁자지껄 떠들지 않아도 그들의 마음이 이미 들떠 있다는 것은 공기를 타고 전해져 왔다. 화랑들은 물론 이거니와 낭도들 사이에도 살랑살랑 훈풍이 불고 있었다. 어리든 나이가 있든 그들도 사내들이었다. 어찌 아름다운 꽃을 보고 마음이 동하지 않을까? 낭문과 선문仙門 사이로 불고 있는 훈풍의 주인공인 두 낭주는 그런 사실을 아는지 모르는지 그들을 이끌어주는 별방 화랑 채훈의 뒤를 졸졸 따라다닐 뿐이었다.

"방금 지나신 게 선문과 낭문을 경계하는 대문입니다. 그 위로 보이는 목판 위의 글은 태흥제께서 설찬랑께 친히 내려주신 글이랍니다."

"풍설신風雪臣이라. 멋지네요."

"그렇죠? 전하께서도 풍월주를 특히나 아끼시니 화랑들 또한 으쓱하지 않을 수가 없지요."

채훈의 말에 단희의 얼굴로 뽀얀 웃음이 번졌다. 설찬이 태흥제에게 인정받고 있는 것이 마치 제 일처럼 가슴을 설레어 지나간 대문을 뒤돌아보았다. 그의 영역으로 한 발자국 더 가까워진 느낌이었다.

"저기 북쪽으로 보이는 것이 풍월주의 집무실입니다. 그리고 그 양옆으로 우삼부와 좌삼부가 위치하고 있습니다. 전삼부는 조금 더 지난 곳에 있습니다. 아, 천관녀께서는 전, 우, 좌삼부에서 하는 일을 알고 계시겠지요?"

그전부터 화랑에 관심이 많았던 단희는 이미 살고 있었

다. 또한 환웅을 통해서, 아비를 통해서 종종 화랑의 삶과 자세에 대해 들어오기도 했다. 선뜻 고개를 끄덕이는 그녀와는 달리 취선은 가만히 고개를 내저었다. 요도같이 아름다운 얼굴에는 웃음기 하나 없었다. 어찌 이토록 아름다운 이가 웃음이 박한 것인지…… 단희는 그녀의 어두운 얼굴에 무슨 사연이 있는 것은 아닐까 하는 궁금함이 들었다.

"아, 취선 낭주께서는 모르셨군요. 그럼 우선 저곳들을 둘러보며 간단하게 말씀드리겠습니다."

채훈은 넉넉한 웃음과 함께 취선과 단희를 이끌고 전삼부로 향하였다. 소담한 건물 안은 누런 종이가 귀하게 보관되어 있었고, 촘촘히 엮은 목간도 가지런히 정리되어 있었다. 그 안으로 소박하지만 고운 옷을 입은 여자들이 분주히 돌아다니고 있었다. 단희가 먼저 채훈에게 조심스럽게 입을 열었다.

"혹시 저 여자들이 바로 유화遊花입니까?"

"예, 그렇습니다. 서민 중에서 가장 아름다운 이들을 뽑아 온 것이지요."

채훈의 말에 단희가 갸우뚱 고개를 기울이며 미간을 찌푸렸다. 취선 또한 그들을 둘러보다가 떨떠름한 입술을 열었다.

"모두 젊은 여인들뿐이로군요. 허리에 두른 띠가 색이 다 다른데, 유화도 직급이 있는 것입니까?"

"예, 아시는지 모르겠습니다만 화랑에 속한 여인들은 유화 말고도 봉화라는 여인들이 있습니다. 낭두의 딸들이지요. 그들과 유화를 구분하기 위함입니다. 또한 봉화들 중에서 상선의 총애를 받거나 화랑들의 총애를 받아 아이를 낳은 여인들을 봉옥화, 봉로화라고 합니다. 그 또한 전삼부에서 관리하고 있지요."

"…… 허면 유화들은 나이가 차면 다시 민간으로 돌아가는 겁니까?"

듣고 있던 단희가 물으니 채훈이 고개를 끄덕였다.

"그렇습니다, 또한 전삼부에서는 유화 말고도 제사, 공사를 다루고 있습니다. 해서 이 뒤로 제사에 쓰이는 물품을 저장하는 창倉과 왕궁과 화랑과의 공식적인 의례에 쓰일 품들을 관리하는 고庫가 있습니다. 가장 엄히 관리하는 곳이지요."

그의 말에 단희와 취선이 동시에 분합창 너머의 큰 목제 건물을 힐끔 바라봤다. 그 앞으로 그를 지키는 품지기가 서넛 보였다.

그렇게 전삼부를 훑어보고 나서 채훈은 단희와 취선을 이끌고 우삼부와 좌삼부를 둘러보게 했다. 그 두 화랑 관청 또한 도의, 무사, 문사와 현묘, 악사, 예사 등을 담당하는 중요 부서였기에 두 천관녀 모두 주의 깊게 새겨보았다.

"본래 오늘 풍월주까지 뵈었어야 하지만 설찬랑께서 급

히 호출을 받고 나가시는 바람에 무산되고 말았습니다. 설찬랑을 뵙는 것은 다음으로 미루도록 하지요. 돌아보시느라 곤하실 텐데 들어가서 쉬시겠습니까?"

채훈의 말에 그녀들은 순순히 고개를 끄덕였다. 취선의 본가는 왕경의 변두리에 위치하고 있었기에 그녀의 처거는 선문 안에 따로 마련되어 있었다. 단희의 경우는 그녀의 집이 이곳에서 그리 멀지 않았기에 굳이 집을 나올 필요가 없었다.

"그럼, 저는 이만 들어가볼 터이니 내일 또 뵙겠습니다."

선문의 대문 '풍설신'이라는 목판 아래서 단희가 먼저 두 사람을 향해 인사를 건넸다. 채훈이 고개를 숙여 화답했지만 취선은 오늘 하루 내내 단희를 향했던 냉랭한 기운을 풀지 않은 채 시큰둥하게 고개를 돌렸다. 다만 별방 화랑 채훈에게만 화사하게 인사하고는 먼저 발길을 돌려 거처로 돌아갔다. 그런 취선을 보며 아쉽다는 듯 조용히 입맛을 다시는 단희가 곤란해하는 채훈을 다독였다.

"제가 마음에 들지 않으신 모양입니다. 천천히 가까워지면 되겠지요."

벙싯 웃으며 돌아가는 단희의 뒤로 채훈이 안타깝게 고개를 내저었다. 누님 말씀이 여자들의 기싸움이 전쟁보다 무서운 거라고 하던데, 어쩌면 그 말이 맞을지도.

"애기씨!"

단희가 낭문의 입구를 빠져나오자마자, 언제부터 거기 있었는지 마지가 그녀에게 성큼성큼 다가왔다. 훌쩍 큰 키와 후덕하리만치 커다란 덩치 그리고 그를 항상 웃는 낮으로 만들어주는 작고 휘어진 눈의 마지는, 단희가 아주 어렸을 적 미랑환이 다리 밑에서 주워 온 이였다. 당시에는 배도 곯고 고생을 많이 했던 터라 키도 작도 덩치도 작았지만, 이찬 댁에서 워낙 잘 먹이고 잘 재우니 왕경에서도 알아주는 덩치가 되어 있었다. 힘도 장사인지라 항상 집안의 고되고 힘든 일은 도맡아 하는 마지였다. 그중에서도 단희의 일이라면 만사 제쳐놓고 가장 우선시했다.

"마지! 오늘 기와 고친다고 일이 많다 했는데 어찌 나왔네?"

"애기씨는 밖에 내놓으면 어디로 가실지 모르니까요. 마님께서 기다리고 있다가 집으로 꼭 모셔 오라고 당부하셨습니다요."

"어머니께서?"

마지의 말에 단희가 머쓱하게 웃으며 수줍은 볼을 붉적였다. 이미 전적이 몇 번 있으니 변명의 여지가 없는 말이었다.

"어서 가시지요, 곧 있으면 해가 지겠습니다. 슬슬 해가 짧아지네요."

우직한 마지가 앞장서서 길을 재촉했다. 단희가 그 뒤를 총총 따라나섰다. 어쩐 일인지 별 불퉁거림도 없이 순순히 따라나서는 단희의 모습에 마지는 의아했지만 이내 의심을 거두었다. 왕경 내에서도 특히 사람이 많은 시전에 다다르니 단희의 눈이 새초롬해졌다. 복작복작 많은 사람들이 오가는 장소이니만큼 마지도 그 작은 눈에 힘을 주어 단희를 쫓아다녔다.

"여기만 지나가면 됩니다요, 애기씨."

그러니까 딴 길로 샐 생각일랑 하지도 마십시오. 그의 작은 눈이 그녀를 흘기며 엄하게 타일렀다.

"아하하! 마지도, 참."

그런 마지의 눈총에 단희가 멋쩍은 웃음을 터트렸다. 웃으며 손사래를 치던 단희가 문득 골목 어귀에서 눈길을 멈추었다. 익숙한 옆모습이 보였던 것이다. 어디서 봤지? 잠시 고개를 갸웃하던 단희가 이내 기억을 떠올렸다. 일전에 약방에서 그녀를 붙잡은 아이의 엄마였다. 열이 펄펄 끓어오르는 아이를 데리고 어린 단희의 손을 동아줄 잡듯 간절하게 잡던 그 여인. 아이는 잘 있으려나? 궁금증이 일었다. 약방은 그 뒤로 어찌되었으려나? 오늘도 사람들이 들끓고 있으려나? 이런저런 궁금증이 끊임없이 일어나더니 이내 그녀의 발걸음이 슬금슬금 여인의 뒤를 따랐다.

"어라? 애기씨!"

마지는 갑작스레 무명옷을 잡아끄는 단희의 손길에 못 이겨 엉겁결에 끌려가고 있었다.

"어디를 가십니까? 이러다 늦으면 또 마님의 불호령이 떨어집니다."

"아이참, 그게 아니라 잠깐만 살펴보고 가면 돼. 잠깐이면 된다니까? 그리고 마지가 있는걸, 뭐. 마지가 나를 지켜줄 거잖아?"

"지켜줄 일이 없도록 해주십시오! 제발."

"아하하하!"

종달새가 지저귀듯 상큼한 웃음소리가 울려 퍼졌다. 그와 동시에 마지는 진득한 한숨을 내쉬며 힐끔 하늘을 바라봤다. 한번 가겠다 고집을 피우면 끝끝내 가고 마는 성격이라는 것을 알고 있으니 후딱 다녀오는 게 최선이라 판단됐다.

"음, 여기는 일전에 그 약방 가는 길인데?"

사라진 여인의 뒷모습을 쫓던 단희가 익숙한 길을 기억하고는 발걸음을 옮겼다. 역시나 사라진 여인은 약방 앞에서 서성거리고 있었다.

"어라?"

"왜 그러십니까, 애기씨?"

갸우뚱 기울어지는 고개를 다잡은 단희가 종종걸음으로 약방에 조금 더 가까이 다가갔다. 약방은 일전에 봤던 것과는 달라져 있었다. 복작복작 사람이 많았다.

"저기……."

문을 열고 들어선 단희가 친숙한 뒷모습을 불러 잡았다. 그를 잡아끄는 손길에 약방 주인이 깜짝 놀라 뒤를 돌아보았다.

"아니, 낭주님은……."

약방 주인인 김 의원의 목소리에 여기저기 흩어져 있던 사람들의 시선이 한데 모였다. 개중 가장 놀란 듯 눈을 크게 뜬 이가 있었으니, 어깨가 찢어진 상처가 있었던 미휼이라는 남자였다.

"여기 사람이 많아졌네요?"

멋쩍은 듯 단희가 헤헤 웃으며 말을 걸었다. 김 의원은 그런 그녀의 손을 덥석 잡고서는 몇 번이고 고개를 숙여 인사했다.

"그 뒤로 저희 약방으로 몇 번이나 좋은 약초들을 보내주시고, 사람들도 보내주시고 하셨지요? 감사합니다, 감사합니다. 낭주님 다녀가신 후로 일을 도와주는 사람들이 많아져서 이렇게 아프고 헐벗은 사람들을 더 많이 돌봐줄 수 있게 되었습니다."

"어머나! 그랬군요. 잘되었네요."

"애기씨?"

김 의원이 붙잡아두고 있던 단희의 앞에 선 마지가 의심쩍은 눈으로 주변을 살폈다. 그러자 단희는 괜찮다는 듯 마

120

지의 팔을 두드려주었다.

"일전에 부엌 할매 따라 약방 갔다가 크게 혼난 적 있잖아. 마지, 기억나? 그때 왔던 곳이야."

"아, 예."

마지가 기억난다는 듯 고개를 주억거리며 주변을 살폈다. 허름하고 초라한 곳에 사람이 많기도 했다. 덩치 큰 마지가 손을 뻗으면 천장이 닿을 듯이 작은 곳이었다.

"낭주님이 다녀가신 후로 솔선수범하여 도와주는 일손들이 많아졌습니다. 저기기 미휼이라는 놈도 그 뒤로 꾸준히 와서 약방 일을 도와주고 있습니다요. 그때 쟁기에 어깨를 크게 다쳤던……."

그들을 곁눈질로 훔쳐보고 있던 미휼이 단희의 시선이 닿자 얼굴을 붉히며 꾸벅 인사를 했다. 다친 어깨는 괜찮아졌는지 옷소매를 걷어붙이고는 무거운 약탕기를 들고 있었다. 드러난 팔뚝 위로 툭 불거진 힘줄이 우렁찼다.

"아주 잘되었습니다. 안 그래도 그 뒤로 이곳이 걱정되었는데……. 저도 시간이 나는 대로 종종 이곳을 들러봐야겠습니다."

"애기씨!"

단희의 말에 펄쩍 놀란 마지가 그건 안 될 말이라는 듯 고개를 도리질했다. 더 이상 밖으로 나돌아 다닌다가 또 어떤 사고를 칠지 머리가 다 아찔할 지경이었다. 그런 마지의 걱정을 아는지 모르는지, 단희는 몇 번이고 마지의 마음을 녹여낸 선한 웃음을 지어 보이며 너른 그의 등을 툭툭 두드렸다.

"이 덩치도 같이 올 것입니다."

"아이고, 그러지 않으셔도 됩니다. 정말입니다."

김 의원이 감읍하며 손을 내저었지만 내심 그녀의 말이 반가운 듯 보였다. 언제고 사람이 모자란 곳이 약방이었고, 또 이찬 댁에서 보내오는 약초들은 모두 상등품들이어서 탐이 나기도 했다. 해서 김 의원은 아니 그러셔도 되는데, 하면서도 연신 그녀에게 감사하다며 허리를 숙여 인사했다. 단희는 그런 김 의원을 아픈 이들에게 돌려보내며 약방을 둘러보았다. 이곳저곳 소란스럽기는 했지만 딱히 지금 당장 그녀가 할 수 있는 일은 없어 보였다. 안심하며 돌아서려고 할 때 그녀의 앞으로 누군가 불쑥 나타났다. 깜짝 놀란 단희의 눈이 못 볼 것을 보았을 때처럼 놀라 굳었다.

"안녕?"

"요함랑!"

우삼부 대화랑 요함랑이 그녀를 보며 반갑게 웃음 짓고 있었다.

"시전에서 우연히 너를 보았단다. 요리조리 어딘가로 가는 모습이 궁금해서 따라와보았더니⋯⋯."

요함이 긴 다리로 성큼성큼 안으로 들어섰다. 안 그래도 덩치가 산만 한 마지 때문에 안이 비좁았는데, 장성한 무골武骨이 들어서니 허름한 약방이 숨 쉴 틈 하나 없어 보였다.

"재미난 곳에 와 있었구나?"

갑작스러운 그의 등장에 잠시 굳어 있던 단희가 이내 정신을 차리고는 새하얀 수국처럼 뽀얀 미소로 그를 반겼다.

"오랜만에 뵙습니다. 한데 제 뒤를 쫓아오셨다고요?"

"음, 네가 가는 곳에는 재미난 것들이 있을 것 같거든."

"우삼부 대화랑은 젊은 낭주 뒤꽁무니만 쫓아다닌다는 소문이 장하던데, 그 말이 틀린 말은 아닌가 보네요?"

반가운 듯 생글생글 웃으면서도 단희가 요함을 향해 따끔하게 말했다. 천관녀 입관 의식 날도 잠깐 얼굴을 비추고는 어디로 사라져버린 요함이었다. 그날 이리저리 유화들의 입방아에 오르기를, 그가 어제는 누구를 찾아왔다, 그 밤에는 누구를 불러 아침까지 나오지 않았다, 하는 말들이 있었다. 어제는 자색 치마, 오늘은 다홍치마 그리고 내일은 붉은 치마에 감겨 있는 사내라며 '치마 화랑'이라는 우스운 별명을 가지고 있는 그였다. 하지만 그마저도 묘하게 사람을 끄는 매력적인 미소로 시큰둥하게 받아들이는 대담한 남자였다.

"젊은 낭주들만큼 설레는 존재들이 없으니까. 나비가 꽃을 찾는 것처럼 당연한 일이지. 오늘은 단희 네 향기를 쫓아왔단다. 재미난 곳을 알고 있었구나?"

그의 말에 단희가 빙그레 웃으며 팔을 잡아끌고는 약방 밖으로 나왔다. 그들의 등장에 놀란 이들이 대화에 귀를 기울이고 있었기 때문이다.

"낭주들 말고 곁에 존재하는 이들을 돌아보시는 것도 재미있는 일이 되지 않을까 싶네요. 그리고 저는 이만 돌아갈 참이었답니다."

새침한 그녀의 말에 요함이 그녀의 동그란 코끝을 슬쩍 잡아 흔들었다.

"요놈, 사고 치는 것으로 치자면 네가 왕경 제일이렷다. 그런 애가 지금 누구한테 훈계를 늘어놓는 것이냐."

"아야!"

"이만 갈 참이라면 내가 바래다주겠다."

그가 잡아 흔든 코끝을 감싸 쥐며 단희가 흘겨봤다.

"바래다주신다면 고맙지만……. 근데, 요함랑 저 이제 천관녀입니다."

"한데?"

그녀의 말에 요함의 눈썹이 스윽 치켜 올라간다. 단희가 조심스럽게 일렀다.

"그렇게 계속 저에게 이놈, 요놈, 너녀 하시는 것은 이제 주의하셔야 할 것 같습니다. 저야 요함랑이 저의 오라버니처럼 기껍고 반갑지만 다른 이들은 그것을 치마 화랑의 흠으로 만들어버릴 수도 있으니까요."

"흠, 나야 딱히 상관은 없다만······. 허나 나의 흠이 너의 흠이 될 수도 있으니 내 자제하마, 단!"

그의 손이 다시 단희의 동그란 코끝을 톡톡 두드렸다. 과연 뭇 여심을 허물어버리는 미남자인지라 빙그레 웃는 얼굴이 햇빛 아래 빛났다.

"사석에서는 내 마음대로다."

"그러시지요."

"자, 그럼 가시겠습니까, 천관녀님?"

요함의 너스레에 단희가 까르르 웃음을 터트리며 고개를 끄덕였다. 든든한 두 남자 사이에서 단희가 사뿐사뿐 발을 옮겼다.

뜨거운 여름날 순식간에 내려치고 사라진 소낙비처럼 단희가 그렇게 한차례 약방을 소란하게 적시고 갔다. 그 뒤로 미휼이 아쉬운 듯 서둘러 나와 그녀의 뒷모습을 눈으로 쫓았다.

"천관녀라······."

화랑에 편성되었다던 천관녀. 소문은 이미 장하게 돌았고 미휼 또한 알고 있었다. 한데, 저 낭주께서 그곳에 들어가셨다니······. 미휼의 가슴이 어쩐지 묘연하게 들썩였다.

"요함랑은 화랑이 된 지 몇 해나 되신 거지요?"

"예, 천관녀님. 에, 화랑이 되고 이번 해가 벌써 세번째 해가 되었습니다."

단희의 물음에 요함이 정중한 얼굴로 대답했다. 한껏 근엄한 얼굴과 빳빳한 태도로 장난을 거는 그의 모습이 우스워 단희가 키득키득 웃었다.

"그만하시어요. 그리 정중하면 오히려 불편하답니다. 특히 요함랑께서 그러시면요."

"아니? 화랑을 그만하라 말씀하시는 것입니까? 흑흑, 천관녀께서 그리 말씀하신다면 이 우삼부 대화랑 요함 기꺼이 자리를 내어……."

"아이참, 언제까지 저를 놀리시렵니까?"

옳다구나 싶어 놀려대는 요함의 말에 단희는 그의 팔을 슬쩍 꼬집었다. 그러자 요함은 아프다고 엄살을 부리며 잘못했다 냉큼 사과를 했다.

"한데 저 약방은 어찌 다닌 게야?"

"일전에 우리 부엌 할매를 따라가게 되었지요. 그날 보니 약방의 상태가 참으로 안타깝고 애틋하여 돕지 않을 수 없었습니다. 그게 연이 되어 오늘까지 저의 발걸음을 이끌더군요."

"그래? 무엇을 보고 무엇을 도왔다는 게야?"

"그저 무른 손으로 녹초를 몇 번 빨고 환부를 깨끗하게 돌봐준 것이 전부입니다. 누구를 돕기엔 제가 너무 미숙하지 않겠습니까?"

"하하! 작고 여린 낭주가 하기엔 꽤나 독한 일을 해냈구나. 보통 여아였으면 당장 나가겠다고 눈물을 보였을 법한데."

"제가 그 정도로 어리지는 않습니다, 요함랑!"

"아이쿠, 이거 제가 다 큰 낭주님께 실례를……."

둘이 두런두런 이야기를 나누는 사이 어느새 저 멀리 단희의 집이 보였다. 묵묵히 따르던 마지가 냉큼 달려가 그녀가 오고 있음을 알렸다. 어느새 한달음에 달려 나온 소춘 부인과 부엌 할매가 그녀를 반기려 문 앞까지 나와 있었다. 그들의 뒤로 마침 집에 있던 요령도 단희를 마중하러 나왔다.

"어이구, 온 집안이 너의 발걸음에 떠들썩한가 보구나."

요란한 환대가 부끄러운 듯 뺨을 붉힌 단희가 얼굴을 곱게 가리며 웃었다.

"제때 잘 들어왔구나."

"어머나, 어머니 제가 언제 때맞춰 안 들어왔다고……."

어미의 말에 다시 쑥스러운 듯 웃음을 보인 단희가 소춘 부인의 뒤로 보이는 요령에게 달려갔다. 오늘은 환영 부인네로 바느질을 배우러 가는 날이었을 텐데 어찌 일찍 들어온 모양이었다.

"요령 언니가 오늘 같은 날 일찍 보이다니. 같이 저녁 들 수 있는 거야?"

"안 그래도 오늘 좀 일찍 파하고 오늘 길에 시전에서 군

것질거리 좀 사 왔단다. 이따 밥 먹고 같이 차 들면서 먹으려고."

품에 안기는 막냇동생을 꼭 끌어안은 요령의 말에 단희가 좋아라 손뼉을 쳤다. 그 모습이 영락없이 집안의 귀염둥이였다. 며칠 전 천관녀로 임관하던 날의 의연함과는 판이하게 다른 모습이었다. 그런 단희의 감쪽같은 변신에 요함의 마음이 불편하게 들썩였다. 단희를 아끼는 그로서는, 어린 단희가 특정한 자리에 올라 벌써부터 철이 드는 것이 안쓰럽고 안타깝기 그지없었다. 물론 그렇게까지 어린 나이는 아니었다. 허나 다른 여아들과 비교하자면 그녀는 이제 막 사랑을 하기 시작한 어린 소녀小女일뿐이었다. 평범한 아낙으로, 어느 집 막내딸로 평온하게 살 수도 있을 텐데. 무슨 연유가 되어 그 자리에 오르게 된 것일까…….

"그런데 저분은……?"

잠시간 생각에 잠겨 있던 요함이 그를 가리키는 목소리에 정신을 추슬렀다. 예부령의 식구들이 모두 그를 돌아봤다.

"아, 저분은 대화랑 요함랑이라고 해. 우연히 길에서 만나 여기까지 동행해주셨지."

단희의 담백한 소개말에 요함이 부드럽게 웃으며 고개를 들었다. 어린 단희에게 맞추어져 있던 시선이 조금 더 올라가며 풍만한 곡선을 가진 여인의 농염한 여인의 얼굴에 닿았다.

'아아……!'

요함은 속으로 고요한 탄성을 터트렸다. 사람인가, 선녀의 환생인가. 구분이 가지 않을 만큼 아름다운 여인이 그곳에 있었다. 그 옛날 선혜선인이 보았다던 구이 선녀가 이렇게 아름다웠을까? 아니다, 지금 그가 보고 있는 이 여인보다 더 아름다울 수는 없을 것이다. 그 많은 미인들을 품에 안은 그였지만 지금 눈앞에 있는 여인에게 비할 수 있는 자는 아무도 없었다.

"감사합니다. 동생이 폐를 끼쳤습니다."

잠시 말을 잃은 그가 침묵을 고수하자 먼저 입을 연 것은 요령이었다. 살포시 접히는 눈길에서 달콤함이 흘렀다. 요함은 감히 그 달콤함에 취하고 싶다고 생각했다.

"아, 아닙니다. 폐라니요. 저가 하고 싶어 한 일입니다. 연약한 여인을 지켜주는 것은 사내대장부의 보람이니까요."

"그런가요?"

요함의 말에 요령이 소매로 가린 손을 올려 웃음을 감췄다. 얄미운 비단옷이 그녀의 농염한 곡선을 가리고 있었다. 이유를 알 수 없는 안타까움을 느끼며 요함이 작게 탄성을 내질렀다.

여인의 아름다움은 죄악이요, 축복이었다. 그 누구보다 그것을 어여쁘고 기껍게 여기는 사람이 바로 저 자신, 요함이었건만 지금 그의 눈앞에 보이는 이는 진정 죄악인가 축복인가 구분이 가지 않았다. 그는 눈을 뗄 수 없음에 그저 숨을 헐떡여야만 했다. 그리고 요함은 확신했다. 그가 그녀에게 매혹되었듯이 단희의 누이, 요령의 눈동자 또한 그를 보며 보이지 않는 떨림을 숨기려 애쓰고 있다는 것을.

 배부르게 저녁을 먹고 나니 요령이 작은 다과상을 들고 단희를 찾아들었다. 은은한 차향이 방 안을 어지럽힐 때쯤 고소하게 말린 누룽지를 오독오독 씹어 먹던 단희가 슬쩍 요령의 눈치를 살폈다. 어쩐지 할 말이 있어 보이는데 아무 소리 없이 창밖으로 드리워진 나무 그림자만 살피는 언니였다.

 '어유, 의뭉스럽기는, 차암.'
 눈치 빠르기로는 왕경 내에서 으뜸이라 자부하는 단희였다. 그중에서도 없는 불씨도 만들어 피울 만한 남녀의 뜨거운 불꽃을 그녀가 못 알아볼 리 없었다. 그녀 또한 사랑에 빠져 있었으니.
 "화랑도에는 정말 눈부신 공자분들이 많이 계시지."
 "어, 뭐라고?"
 이승과 저승의 경계를 다녀온 것처럼 몽롱한 정신을 추스르며 요령이 단희의 목소리에 파드득 고개를 돌렸다. 그런 언니를 보며 얄궂은 미소를 지어 보인 단희가 입을 열었다.
 "그중에서도 전, 좌, 우방 대화랑분들께서는 알아주는 미

130

공자분들이시라고."

"아아, 그렇구나."

요령의 얼굴에 곤혹스러운 미소의 그림자가 드리워졌다. 여러 겹 흔들리는 호롱불도, 머리맡의 채등도, 모두 그런 요령의 웃음에 화사하게 흔들렸다. 단희는 새삼스럽게 언니가 가진 미美에 탄식을 금치 못했다. 매일같이 보는 사이건만 그녀의 누이들은 어찌 이리 아름다운 것일까? 조금 흐트러진 머리카락 한 올이 요령의 입술에 달라붙어 떨어지지 않았다. 그 모습이 몹시도 야릇하고 혼몽하여, 단희는 잠시간 한숨에 가까운 감탄을 내뱉어야 했다. 요령이 자신의 피붙이임이, 세상에서 저를 가장 아껴주는 언니임이 자랑스러울 정도였다.

"나도 얼굴만 봤지만, 전삼부 대화랑인 적품랑은 위화부 대아찬 적설공의 장자로, 말과 행동 하나하나가 우아한 분이라 들었어. 또 좌삼부 대화랑 갑영랑은 예작부 잡찬 춘영공의 둘째로 호기롭고 씩씩한 분이지. 특히 늠름하고 남자다운 것이 헌걸차다 전해 들었지. 그리고 음……."

단희는 부러 우삼부 대화랑 요함의 이야기를 가장 마지막에 두었다. 신경 쓰지 않는 척 뜨거운 차를 호록호록 마시는 언니의 새침한 모습이 동생인 자신의 눈에도 이리 어여쁘니 그 누가 요령 언니를 보고 반하지 않을 수 있을까? 산사로 기도드리러 간 미령도 단아하고 고매한 외견이 눈부시게 아름다웠지만, 요령은 흐늘흐늘하고 낭창한 모습이 어쩐지 더욱 남심을 애태울 만한 여인이었다. 그런 그녀의 환심을 사려고 집 앞에 무릎 꿇은 공자들이 몇인지 헤아리기도 어려웠다.

'드디어 언니의 마음을 사로잡은 공자님이 나타났다 이거지. 근데 요함랑이면……'

이 상황이 어쩐지 기쁘기고 하도 걱정도 되는 단희였다. 치마 화랑, 풍류 나비, 천하의 호색한 등 요함을 가리키는 별호가 수없이 많았다. 한 번 안은 여인에게는 가차 없으며, 웃는 얼굴로 이별을 고하는 무정한 사내가 바로 요함이었다. 버들가지가 바람에 흔들리는 것보다 쉬이 여인을 바꾸는 그였으니 어찌 언니의 사심이 반가울 수만 있을까.

하지만 단희는 보았다. 처음으로 사내를 보고 떨림을 숨기지 못한 언니의 표정을. 또한 그런 언니에게서 눈을 떼지 못하던, 숨을 쉬는 것조차 잊고선 그녀를 응시하던 요함랑을.

"그리고?"

단희의 말소리가 끊어진 것이 애가 탔는지 듣지 않는 척 시치미를 떼고 있던 요령이 단희를 재촉했다. 어서 다음 이야기를 해주라며 그녀의 손이 슬그머니 단희의 옆구리를 찔렀다.

단희가 숨죽여 웃으며 고개를 끄덕였다. 마치 아무도 모르는 비밀을 털어놓는 것처럼 목소리를 낮추며 이야기를 꺼내놓으려 하는데 바깥이 소란스러웠다.

"어쩐 일로……."

"저기에 장시가 섰는데……. 구경거리."

"이미…… 밤이 늦었……."

들리는 목소리에 순간 단희가 귀를 쫑긋거렸다.

'이 목소리는?'

언니들만큼이나 단희에게 익숙한 목소리. 그리고 그녀들만큼이나 단희를 아껴주는 누군가의 목소리. 환웅 오라버니!

"오라버니가 왔나 봐!"

단희가 벌떡 일어나 중첩 문을 열고 밖으로 나갔다. 단희의 뒤로 숨죽여 귀를 기울이고 있던 요령이 허망함에 한숨을 내쉬었다.

"환웅 오라버니!"

"어이쿠! 우리 단희님께서 버선발로 맞아주시는 게야?"

"어쩐 일이야, 이 시간에? 벌써 유시(酉時, 오후 5~7시)가 다 넘어가고 있는데?"

한달음에 그에게 달려간 단희가 환웅의 손을 잡고 반가운 웃음을 활짝 지어 보였다. 환웅도 그런 단희를 보며 방긋 웃음을 보이고는 그녀 뒤로 보이는 요령에게도 손을 흔들어주었다.

"우리 요령도 갈수록 곱다는 말로는 부족해 보이네요. 나비가 꽃으로 착각하고 들어오겠습니다, 이모님."

"어휴, 능청스럽긴."

환웅의 말이 싫지 않은 듯 소춘 부인이 눈을 휘며 말했다.

"그나저나 어디를 데려간다고 그러는 것이냐. 이제 곧 술시(戌時, 오후 7~9시)인데?"

"아아, 어디 멀리는 아닙니다. 다만 단희에게 도움이 될 만한 분을 뵙기로 했는데 소개를 좀 시켜줄까 하고……."

"소개? 누구를?"

"누구? 누구누구? 설찬랑?"

성급한 단희의 목소리에 소춘 부인이 나직한 한숨을 터트렸다. 하지만 그 주변으로 몰려든 사람들의 입에서는 야트막한 웃음소리만 은은하게 울려 퍼졌다. 어찌 저리 부끄러움이 없는지, 원. 중얼거리는 소춘의 목소리에도 단희는 헤헤 웃으며 재잘재잘 설찬랑이라고 부르짖고 있었다.

"안타깝게도 풍월주 어르신은 지금 몹시도 바쁘단다. 천관녀께서 들어오셨으니 풍월주께서 해야 할 일이 생기셨겠지? 아니 그래?"

"아니, 풍월주가 바쁘신데 부제께서는 어찌 이리 한가하셔요?"

"한가? 내가 말이냐? 지금 우리 천관녀를 위해 이리 바쁘게 왔건만, 한가하다니……. 오라비 마음이 아프구나."

"치, 그래서 지금 어디를 가려는 거예요?"

이미 환웅이 말을 꺼냈을 때부터 어디든 나가겠다 단단

히 마음을 먹은 것인지, 단희가 신을 바로 신으며 그의 주변을 서성였다. 그 모습에 쯔쯧 혀를 차던 소춘 부인도 장옷을 챙겨 단희에게 건네주었다. 철부지 어린 딸을 위해 오라비가 도우러 왔다 하니 그들을 차마 막을 수가 없었다.

"낮엔 너도 바쁘고 나도 바쁘니 야밤을 틈타야 하지 않겠느냐. 어쨌든 자, 일단 나를 따라오너라."

환웅의 말에 단희가 눈을 반짝이며 그의 뒤를 따라나섰다. 그녀가 사라진 미랑환공의 사택에 휑한 바람이 스쳐 지나갔다. 홀로 남은 요령만이 한숨지으며 외출한 단희의 뒷모습을 아쉽게 바라봤다.

반쪽으로 홀쭉한 달이 검은 비단 보료 같은 밤하늘 위로 홀로 아름다웠다. 그 옆으로 잘게 흩뿌려진 수많은 반짝임이 달을 장식하고 있었고, 구름 하나 없이 깨끗한 밤하늘을 올려다보는 단희의 가슴속으로 청아한 공기가 들어찼다.

청명한 가을 밤공기에 취해 걷던 단희가 문득 사촌 오라비 환웅을 돌아보았다. 조금 의아한 눈길로 주변을 스윽 훑어보니 어느새 눈에 보이는 것은 나무와 흙 뿐이었다. 그들이 가는 방향은 왕경 내에서도 신성하다 일컬어지는 남산의 끝자락이었다. 이 밤에 시가지를 넘어 산자락을 찾는다는 것이 의아하지 않을 수 없었다. 그런 단희의 마음을 읽은 듯 환웅이 웃으며 말했다.

"내가 설마 너를 산군에게 내어줄까?"

"남산에 산군이 산다는 얘기는 듣지 못했지만 여우는 살 거라던데?"

"하하, 허면 여우에게 넘겨줄까?"

"여우면 어떻고 산군이면 어때? 오라버니께서 아는 산군이고 여우면 안전할 터인데. 단지 이 시간에 이곳에 와본 적이 없어 낯설 뿐이야."

한마디를 해도 참으로 고왔다. 신뢰는 신뢰를 낳는다고 했건만, 이 작은 아이가 보여주는 작은 신뢰가 환웅은 참으로 고마웠다. 그리고 또 한편으로는 걱정되기도 했다. 이 투명한 눈에 들어오는 모든 인간들을 믿어서는 안 될 것이다. 특히 천관녀로 들어선 지금 낭정(郎政: 화랑의 정치)에 참여라도 하기 시작한다면 그녀를 이용하려는 무리들이 백 명은 될 터였다. 이 순진한 믿음이 배덕한 마음에 상처받는 날이 올까 봐 그는 참으로 걱정되었다.

"산군보다 무섭고 늙은 여우보다 어려운 이를 만나게 될 것이다. 단희야, 각오는 되어 있느냐?"

밤이슬에 젖어 떨고 있는 낙엽이 두 사람의 발걸음에 버석버석 비명을 질렀다. 그것이 또 안쓰러워 요리조리 피하며 걷던 단희가 슬쩍 환웅을 올려다보더니 고개를 끄덕였다. 누구인지 모르지만 오라비의 어깨가 긴장감에 굳어진 것이 보였다. 필시 그에게도 어려운 사람일 것이다 짐작한

136

그녀가 폴짝거리며 걷던 발걸음을 고쳐 한 발자국, 한 발자국 힘주어 걸었다. 각오를 다지듯 단정한 걸음걸이에 환웅도 고개를 끄덕이며 산길을 올라갔다. 가을밤의 청명한 달빛이 하도 밝아 하나도 무섭지 않은 산길이었다.

남산 자락 한구석 샛길로 요리조리 발걸음을 옮기니 단칸짜리 초가집이 덩그러니 모습을 보였다. 초가집은 너무나 작아 단희네 곳간 반절이나 될 법했다. 그러나 너른 마당은 단희네 집을 몽땅 옮겨놓아도 될 정도로 드넓었다.

그 허허벌판 같은 마당 앞에 멈춰 선 환웅이 단희의 손을 슬쩍 잡아주었다. 단희는 따뜻한 손이 의미하는 바가 무엇인지 알 것 같아 방긋 웃음을 지어 보였다. 걱정하지 말라는 단호함이 깃든 미소였다. 그 모습을 보며 같이 웃어 보인 환웅이 천천히 발을 옮겼다. 어둑해진 산속에서 잘 익은 호박의 색깔로 물든 창호 문 너머 호리호리한 인영人影 하나 모습을 보였다. 환웅이 먼저 목울대를 울려 인기척을 냈다. 그러자 벌컥 문이 열렸다.

"왔냐."

열린 문 너머로 보이는 노인의 모습에 단희는 깜짝 놀라 눈을 동그랗게 떴다. 해질 대로 해지고 노란 땟물까지 낀 옷자락을 엉성하게 걸친 노인의 행색 때문만은 아니었다. 제대로 묶지 못한 머리가 지저분하게 흘러내린 귀신 같은 외모 때문도 아니었다. 그녀가 무엇보다 놀란 것은 노인의 눈 한쪽이 처참한 흉터로 짓이겨져 있었기 때문이다. 뿐만 아니다. 멀쩡해 보이는 한쪽 눈까지 감은 채 그는 정확히 두 사람을 '보고' 있었다.

"아이고 스승님, 우리 단희 놀라겠습니다. 문 좀 살살 열지그러셨습니까?"

"우라질 놈, 우리 단희 같은 소리 하고 있네. 가만 보자. 젖비린내가 나는구나! 달콤한 꽃향기가 나는 것도 같고……. 어린 계집애가 왔구나. 철모르는 어린 계집애 하나가 집을 더럽히는구먼! 썩 가라, 이놈아!"

이미 낮에 알리고 온 것이거늘 스승의 노기 어린 음성에 환웅은 끙 소리를 냈다. 종잡을 수 없이 시시각각 변하는 스승의 성정은 아무리 나이가 들고 세월이 흘러도 변하지 않았다. 환웅이야 이미 10년이 다 되도록 모셔온 스승이니 그러려니 하고 넘어가지만, 그의 사촌 동생 단희는 이런 노인이 단연 처음일 것이다.

"아침에 미리 말씀드리지 않았습니까? 어찌 이리 성질을 내실까, 우리 스승님?"

"스승님 같은 소리 하고 있네! 이 망할 놈이 늙은 스승 산속에 조용히 살겠다는 것을 기어코 부려먹으려고 하는구나."

"아이고 우리 스승님이 늙다니요? 옥황상제님이 기가 막혀 기침하시겠습니다!"

"뭐야? 이놈아, 썩 꺼져! 거기 젖내 나는 계집애도 가버려!"

단희는 잠자코 그들의 대화를 듣고 있다가 조금 놀란 듯 동그랗게 뜬 눈으로 노인을 바라봤다. 쩌렁쩌렁 울리는 노인의 괴팍한 말투에 그녀가 놀라거나 한 것은 아니었다. 그 외양에 잠시 놀라기는 했지만 말투와 외모가 묘하게 어우러져 조금 지나니 무섭게 느껴지지 않았다. 단희조차 자신이 왜 이 노인이 무섭게 느껴지지 않는지 놀라웠다. 분명 모습도 거칠고 말투도 험악하기 그지없는데 말이다. 그녀는 노인의 성난 음성에 정말로 돌아가야 하나 고심했다. 단희는 곧 그 종달새 같은 입을 열어 노인에게 살갑게 물었다.

"저희가 너무 늦게 찾아온 것에 화가 나셨습니까?"

"뭐야?"

"아니면 혹시 저녁을 안 드셨습니까? 저녁을 안 먹으면 쉽게 지치고 화가 납니다. 어르신, 밥을 거르면 아니 되세요."

순간 바보 같을 정도로 맹한 소녀의 말에 노인은 할 말을 잃은 채 그녀를 바라봤다. 처음 환웅이 데려온다 할 때 어느 정도 평범한 계집은 아니겠거니 짐작했건만, 막상 소녀의 언행을 보니 그의 모든 예상을 뒤집어놓았다. 무섭다 칭얼대거나 무뢰배라고 성을 내거나, 그도 아니면 놀라서 오라비를 끌고 하산하지 않을까 생각했는데 말이다.

"다음부터는 제가 간단한 밤참거리라도 싸 오겠습니다. 이리 늦은 시간에 방문하는 것인데 생각이 짧았네요. 어르신, 잠시 안에 들어가도 되겠습니까?"

'얼씨구?'

환웅의 오랜 스승이자 화랑들의 전前 원상화(元上花: 화랑들의 스승) 갑춘의 입에서 기가 차다는 듯 헛웃음이 새어 나왔다. 그러거나 말거나 사부작거리는 발소리가 들리더니 맹랑한 계집아이의 걸음이 그의 단칸방 안을 비집고 들이닥쳤다. 그가 앞이 보이지 않는다고 그냥 지나치지 아니하고 머리를 숙여 집주인에 대한 예까지 표했다. 눈이 멀었다 해서 보이지 않는 것은 아니었다. 그 모든 것이 공기를 타고 냄새와 흐름으로 느껴졌다. 예리한 갑춘의 감각이 그녀의 행동을 주시하고 있었다. 온몸의 피부로 실감하는 그녀의 기운이 재미난 갑춘이었다.

단희의 뒤로 낮게 웃음을 터트린 환웅 또한 방으로 들어서려는 인기척을 냈다. 에잉, 낮게 혀를 찬 갑춘이 인상을 쓰며 홱 돌아앉았다. 그 또한 이미 속으로는 낄낄 웃음을 터트리고 있는 중이었다.

바보 같지만 동시에 맹랑하다. 사촌이라더니 느물느물 능구렁이 같은 속성이 비슷하다 느껴졌다. 웃기는 것이 굴러들었구나.

"이리 손을 줘봐라."

"네?"

"손!"

홱 돌아앉은 갑춘이 돌연 단희를 보며 손을 달라 했다. 단희는 영문을 몰라 하며 환웅을 잠시 바라보다가, 그가 웃는 것을 보고는 제 손을 갑춘에게 내밀었다. 왜소해 보이는 모습과 달리 노인의 손은 강철처럼 단단했다. 주름지고 두터운 손이 단희의 손을 이리저리 만져보며 어린 숭어처럼 팔딱거리는 맥을 짚었다. 그러더니 단숨에 목 아래 단희의 맥에 손을 댔다. 낯선 노인의 거친 손길에 움찔 놀랐지만 단희는 아무 말도 하지 않았다.

"건강하구먼."

"정말요? 저는 담도 몇 번 넘어보고, 어머니 몰래 말도 많이 타고 그랬습니다. 헤헤!"

"어린 것이 천방지축이로구나!"

"그런 말도 몇 번 들었습니다."

환웅은 몇 번이 아니라 매일 듣는 말이라 맞장구를 쳤다. 호호 웃는 낯의 단희는 야무진 손가락으로 환웅의 옆구리를 찔렀다. 하지만 그에 그칠 환웅이 아니었다. 그는 주절주절 단희가 일전에 집을 몇 번이나 탈출했고, 낭문에 숨어 들어 축국을 하고, 말을 타고 몇 리를 달려갔다 왔느니, 주욱 늘어놓았다. 그럴 때마다 노인은 재미있다는 듯 낄낄거렸다. 마지막으로 환웅이 두 해 전 단희가 시장 통에서 만난 아이와 감나무 오르기 내기를 해서 기어코 이겨먹었다는 얘기를 하자, 단희는 얼굴이 홍시처럼 붉게 달아오르더니 빽 하고 소리를 질렀다.

"그때 딴 홍시를 오라버니도 나눠 먹었으면서 이럴 거야, 정말?"

"그랬던가? 기억이 잘……. 나도 나이가 들었나 보다."

환웅이 말을 마치자마자 쇠처럼 단단한 스승의 손이 그의 머리를 쥐어박았다.

"이놈이 늙은 스승 앞에서."

윽! 소리를 낸 환웅은 오랜만에 맞아보는 쇠주먹 맛에 머리를 문지르며 엄살을 부렸다.

"아이고! 제가 번데기 앞에서 주름을 잡고 있었습니다."

환웅은 억울하고 머쓱한 표정으로 머리를 문질러댔다. 그 모습을 고소하다는 듯 바라보며 단희가 까르르 웃음을 터트렸다. 달밤에 다람쥐가 도토리를 굴리듯 귀여운 웃음소리가 잦아들 때쯤 갑춘이 말을 꺼냈다.

"그려, 몸은 튼튼해 보이고 맥도 깨끗하니 검 쓰기에는 나쁘지 않은 것 같다. 환웅이 네놈 말을 들어보니 계집애치고 겁도 없는 것 같고."

"제가 봤을 때 단희는 손놀림도 제법 날래고 나쁘지 않은 것 같습니다. 스승님 보기에도 괜찮지 않습니까?"

노인이 말없이 팔짱을 꼈다. 생각에 잠긴 듯 주름진 입술을 앙다문 모습을 보며 환웅은 고개를 끄덕였다. 스승의 침묵은 곧 긍정이라는 것을 알고 있었다.

단희는 그때까지 무슨 상황인지 제대로 파악하지 못하고
는 고개를 갸우뚱했다. 초롱초롱한 단희의 눈이 두 사람을
번갈아 오갔다. 분명 저에게 도움이 되는 사람을 소개해주
겠다며 왔건만 환웅은 여태까지 제대로 된 소개 한번 해주
지 않았다.

'소개?'

그제야 단희는 자신의 머리를 탁 치며 일어났다. 이런 무
례가 있었나! 얼굴이 붉어진 단희가 헐레벌떡 엉덩이를 일
으키니 환웅과 갑춘이 그녀를 바라봤다. 이 여아가 또 무슨
엉뚱한 행동을 하려고 이러나 호기심이 이는 얼굴이었다.
하지만 두 사람의 예상과는 다르게 단희는 다소곳하게 손
을 모았다. 거기에 옷자락을 단정히 하고서는 나비같이 가
벼운 몸놀림으로 천천히 다리를 모아 앉았다.

"예부령 이찬 미랑환공의 셋째이자 서라벌 화랑도의 천
관녀 위에 있는 단희라고 합니다. 무례하게도 인사를 너무
늦게 드리는 점 머리 숙여 사죄드립니다."

한 치의 흐트러짐도 없이 바른 절을 보이는 단희의 모습
에 방 안에 잠시간 침묵이 감돌았다. 보이지 않는 눈으로
단희를 주시하고 있던 갑춘이 떨떠름한 목소리로 물었다.

"…… 너 지금 뭐하는 짓이니?"

"방 안까지 점령하고 앉았는데 정식으로 인사를 못 드린
것 같아……. 죄송합니다, 어르신."

"웃기는 애구나."

"그런가요?"

앉은 자리에서 히죽 웃어 보인 단희를 보며 갑춘이 고개를 설레설레 저었다. 조금 부끄러운 듯 웃어 보이던 단희가 다시 정중하게 물었다.

"그럼 이제 제가 어르신의 존함을 여쭈어도 되겠습니까?"

단희의 물음에 갑춘의 주름진 입이 히죽 웃음을 달았다. 그러더니 무릎을 탁 치며 껄껄 웃어 보였다.

"이 어린 계집애가 천방지축에 고지식하기까지 하니 저 조약돌 같은 머리를 굴릴 줄도 아는구나! 제 이름을 밝히고 내 이름을 알겠다, 그런 게냐? 좋다, 내 이름을 알려주마. 내 이름은 갑춘! 거북이 등껍질 갑甲 자를 쓰는 단단한 노친네다. 허고 이제부터 너에게 무예를 가르칠 스승이기도 하다, 이것아!"

노인의 말에 단희는 놀라서 환웅을 바라봤다. 환웅이 마주 보며 웃는 눈으로 그녀에게 말해주었다. 앞으로 고생깨나 할 것이니 각오하라고 말이다.

그 시각 풍월주 설찬은 가벼운 짐 꾸러미를 단단히 말에 매고 날래게 올라탔다. 급히 부름을 받은 전삼부 대화랑 적품과 설찬을 따르는 정예 화랑들도 그의 뒤를 따랐다.

"석이 아범, 이것을 내일 볕이 들자마자 환웅에게 전하게."

"예, 나리."

콧김을 내뿜는 청풍의 목덜미를 달래듯 몇 번 쓰다듬은 설찬은 뒤를 돌아 화랑들을 바라봤다.

"급히 파벌이 왔다. 보은 삼년산성을 지키는 성지기가 살해되었다고 한다. 또한 그 부근에 요즈음 흉흉한 소문이 돌고 있다고 하니 하루빨리 조사해 오라는 어명이다. 우리 화랑이 먼저 들어가 소문의 진상을 밝히고 민심을 어지럽힌 원인을 규명해야 한다!"

화랑들은 낮고 굳건한 목소리로 대답했다. 그가 없는 달포(약 한 달 남짓) 동안 부제와 좌우 대화랑들이 대신해 왕경의 화랑을 이끌 것이다. 말고삐를 잡은 그는 마음이 놓이지 않았다. 풍월주가 움직이지 않아도 되는 사안이었지만 그는 자원해 나섰다. 머리를 식히기 위해서는 몸을 부단히 움직이는 것만큼 좋은 것이 없었다.

굳게 다문 입술, 돌 조각을 만져놓은 듯 단단하고 섬세한 턱에 힘이 들어갔다. 말고삐를 틀어쥔 설찬의 팔뚝에 뜨거운 혈류가 꿈틀거렸다. 끓어오르는 핏줄을 냉랭한 기운으로 내리누른 그가 서둘러 말을 움직였다. 발을 구르기 전 그의 눈길이 스치듯 남향을 노려보았다. 왕경 남쪽에 예부령 이찬의 저택이 자리하고 있다는 것은, 고집스럽게 내리누른 설찬의 반편짜리 마음만이 알리라.

*

몹시도 흥분되면서도 묘하게 지루한 나날이었다. 단희는 멍하니 앉아 쏟아지는 잠을 이기지 못하고 몇 번이나 고개를 넘겨야 했다. 밤이면 혹독하게 그녀를 끌고 다니는 갑춘을 따라 남산 이곳저곳을 뛰어다녔다. 아침이 되면 수천 개의 바늘로 찌르는 신경통에 쓰디쓴 칡차를 몇 번이나 마셔야 했다. 피로를 쫓고 심신을 정안케 하려고 찬물에 목욕도 수차례 했다. 그렇게 전투적인 아침을 보내고 천언부天言部로 나와 낮것(간단한 점심 요깃거리)을 들고 나면 졸음이 쏟아지는 것을 막을 방도가 없었다.

"크흠흠."

에이그! 내가 또 졸고 있었구나. 헛기침 소리에 화들짝 놀란 단희가 볼을 붉히며 소리의 진원지를 바라봤다. 하지만 소리를 높여 잠을 깨우려 하는 상대는 단희가 아니라 취선이었다. 천언부의 서기書記와 관리직을 맡고 있는 윤의 멋쩍은 눈이 취선에게 고정되어 있었다. 그의 시선을 따라 단희가 천천히 고개를 돌렸다.

"…… 어라?"

마치 명상이라도 하듯 취선의 눈이 고요하게 감겨 있었다. 세 치는 될 법한 길고 고운 속눈썹이 취선의 꽃처럼 아름다운 얼굴 위에 그늘을 만들었다. 그 아름다운 모습에 취한 듯 단희의 눈은 떨어질 줄 몰랐다. 어깨가 좁고 뼈대가 가는 단희와 달리, 키가 크고 몸의 곡선이 선명한 취선은 이미 농익은 여인의 모습이었다. 볼그스름한 볼 위로 보이는 여인의 눈썹 그늘은 이미 사내의 마음을 홀리기에 충분해 보였다. 그런 생각을 하며 멍하니 그녀를 보고 있던 단희는 그런 취선의 모습에 홀려 바라보는 것이 저뿐만이 아니라는 것을 눈치챘다.

"안 일어나네요."

"아, 예? 예……. 그렇군요."

저가 존 것은 슬쩍 밀어 넣고 단희가 작은 목소리로 윤에게 말을 걸었다. 취선을 깨워야 하건만 두 사람은 그녀가 혹여 깰까 봐 어느새 목소리를 낮추고 있었다. 당차고 똑 부러지게 보이는 취선도 졸기는 하는구나 싶어 단희는 어쩐지 지금 취선의 모습이 좋았다. 조금 더 그대로 나눠도 되겠다 싶어 손가락으로 탁상을 두드리려는 윤을 저지했다.

"조금 더 놔두세요. 밤에 잠을 못 주무셨나 봐요."

"허나 이곳은 공사를 위한 곳인데……."

책상에 쌓여 있는 각종 문서를 힐끔거리던 윤의 얼굴에 당황스러움이 번졌다. 고지식한 그는 이런 상황에 졸고 있는 것을 허용할 수 없었다. 하지만 어쩐지 천관녀들에게는 그의 고지식함을 들이밀 수가 없었다. 단희는 애교스럽게 웃으며 입가로 손가락을 가져가 다시 한 번 그를 확실하게 저지했다. 절레절레 고개를 내저은 그녀가 숨죽인 웃음으로 그를 달랬다.

"저도 이대로 있다간 기어이 머리를 책상에 부딪치고 말 것 같습니다. 잠시 바람 좀 쐬고 오겠습니다."

소곤거리듯 말한 단희가 엉덩이를 털고 일어났다. 나가면서도 끝까지 입가로 손가락을 가져가 윤에게 취선을 깨우지 말라고 다시 이르는 것을 잊지 않았다.

많은 이들이 수련하는 소리가 시끌시끌한 낭문과는 다르게 선문 안은 비교적 한적했다. 풍류를 수련하는 곳에 걸맞게 선문 안은 눈에 닿는 곳곳이 아름다웠다. 야트막한 담장을 장식하는 담쟁이넝쿨조차 붉은 꽃과 어울려 있고, 건물과 건물을 이어주는 회랑은 섬세하게 조각되어 있었다. 선문 안에서는 거문고와 비파를 타는 소리가 나비처럼 바람을 흔들었다.

유랑하듯 담장을 따라 선문을 둘러보던 단희의 발걸음은 작은 연못에 닿았다. 태자궁의 안압지의 반에 반도 되지 않는 작은 연못이었지만 누군가의 섬세한 손길이 오래도록 닿았는지 단정하고 아름다웠다. 보기 좋은 곳에는 사람들이 끊이지 않듯 둥근 바위에 앉아 도란도란 이야기를 나누는 이들이 보였다. 화려하게 치장한 유화도 보였고, 기골이 장대한 화랑도 보였다. 정다워 보이는 그 모습에 단희는 저도 모르게 웃음이 나왔다.

'나도 언제 한번 설찬랑과 함께 와야지. 저기 햇빛 잘 드는 바위에 앉아 몇 시간이고 담소도 나누고 주전부리도 나눠 먹고…….'

둥실둥실 떠오르는 상상의 나래에 단희의 뺨에 홍조가 떴다. 복숭앗빛으로 물든 뺨을 하고 두 손을 감싸 쥔 그녀가 홀로 좋아 발을 동동 굴렀다. 당돌하고 똘똘하다 하지만 그녀는 아직 마음의 첫정을 빼앗긴 소녀일 뿐이었다. 씩씩하다고는 하지만 한 사람의 사랑을 바라는 여인의 마음이었다. 그런 연약하고 보드라운 마음을 꾹꾹 눌러 담고 있다 보면 한 번씩 그것이 주체가 안 되어 저도 모르게 터져 나올 때가 있었다.

그녀의 눈앞으로 환영처럼 설찬의 모습이 나타났다 사라졌다. 벌써 보름이 넘도록 보지 못한 정인의 모습이 아른거려 그녀의 마음은 또 금세 우울하게 가라앉았다. 누군가를 마음에 품는다는 것은 그런 것이었다. 상상만으로 하늘로 두둥실 올라갔다가 별것 아닌 한마디에 철렁 떨어져 내린다. 자꾸만 홀로 성숙해가는 마음으로 단희의 애정만 농익었다.

"후우……."

단희가 옅은 한숨을 내쉬고 고개를 돌리자, 볕이 들지 않은 곳에 처연하게 앉아 있는 한 사람이 눈에 들어왔다. 모두가 웃음 짓고 있는 가운데 유독 그의 주위에만 검은 그림자가 가득했다. 축 처진 어깨, 아래로 꺾인 목, 초조한 듯 만지작거리는 손. 딱 봐도 '나 지금 심각한 고민이 있소! 너무너무 괴롭단 말이오!'라고 말하고 있었다. 어딘지 처연한 그 모습에 지금 제 모습을 보는 것 같았던 단희가 저도 모르게 그에게 다가갔다.

빳빳한 종이 넘어가는 소리가 공간을 메웠다. 매우 조심스럽고 신중하게 종이를 넘기는 손짓에서 진중하고 고요한 성격이 드러났다. 공기 중으로 나풀거리는 먼지 한 톨의 비행마저 하얗게 부서지는 햇살 속에 적나라하게 드러났다. 그 안에서 윤의 시선이 시치미를 떼며 슬쩍 옆으로 돌아갔다.

그저 한번 살피려는 것이었는데, 눈동자는 그의 마음을 따르지 못한 채 그대로 굳어버렸다. 마치 홀려버린 듯 윤의 눈동자는 백옥처럼 새하얗고 고운 여인에게서 꼼짝없이 속박되어 움직이지 않았다. 쌔액 쌔액 보드라운 숨결을 내뱉는 취선의 입술이 나른하게 부풀어 올라 있었다. 손을 대면 톡 터져버리리라. 작지만 풍성하게 부풀어 오른 그 입술은 분명 꽃물로 가득 채워져 있을 것이다. 아니면 어찌 저리 고운 색으로 물들어 있을까? 그 안에 들어 있는 꽃은 어떤 꽃일까? 채송화? 백일홍? 아니 감히 화중왕이라는 모란

150

이 아닐까? 생각하던 윤이 정신을 차렸다.

'내가 지금 무슨 생각을……'

붓을 쥔 손에 힘을 준 그가 서둘러 시선을 내렸다. 검은 것은 글씨요, 하얀 것은 종이련만 그것들이 지금 그의 눈에 들어올 리가 없었다. 여인을 보며 단 한 번도 시선을 빼앗긴 적 없는 그였다. 서라벌에서 내로라하는 미인들과 미남자들의 군집체가 이곳 화랑이었다. 또한 왕경에 아름답다 정평이 난 공주들의 행차도 여러 번 보았다. 하지만 그 누구를 보아도 '아아, 아름답군!' 한번 감탄하고 잊어버릴 뿐이었다. 그러나 지금 그의 눈앞에 앉아 있는 천관녀 취선은 달랐다. 그녀가 처음 모습을 본 그날, 그 밤. 그의 눈은 그녀의 춤사위를 따라 정신없이 돌고 돌았다. 눈이 시릴 정도로 그녀에게서는 빛이 났다. 머리카락 한 올, 섬세한 손끝마저 인간이 아닌 듯 아름다운 여인이었다.

천언부로 배속되던 날 그는 마냥 기뻐할 수가 없었다. 솔직히 말하면 좋지 않았다. 천관녀 취선을 보게 되면 그는 더 이상 예전의 그가 아니었다. 마음이 붕 뜨고 틈이 생겨 다른 생각을 하고 느슨해지는 것이었다. 나라와 화랑을 위해 일하는 것은 신성하고 진중해야 하건만 틈을 만들다니……. 윤은 입술을 질끈 깨물고 손을 들었다. 주먹 쥔 손으로 딱딱한 탁상을 두드리려는 찰나, 누군가 그의 일을 가로챘다.

"여기 아무도 없나? 천관녀를 뵈러 왔소!"

찌렁찌렁 울리는 장부의 목소리를 들은 취선의 눈꺼풀이 바르르 떨렸다. 그리고 마침내 숨겨놓은 검은 조약돌 같은 눈동자를 드러냈다. 크고 또렷한 눈망울이 완연히 모습을 보이더니 조금 내려가 있던 고개를 들어 올렸다. 화들짝 놀란 윤이 종이 위로 시선을 돌렸다.

"…… 깜빡 졸았네요."

잠에서 막 깨어나 조금 나른한 목소리가 흘러나왔다. 마치 차가 식었다는 듯 평온하고 아무렇지 않은 목소리였다. 윤은 차마 그를 올려다보지 못하고 시선을 고정한 채 짧게 대답했다.

"아, 예."

그 짧은 대답을 들은 취선은 벌떡 자리에서 일어났다. 문밖에서 누군가 천관녀를 찾고 있었다. 그녀는 꼿꼿하게 등을 펴고 사부작사부작 발걸음을 옮겼다. 마침내 그녀의 발소리가 완전히 멀어질 때쯤 윤의 시선이 올라왔다. 그는 홀린 듯 그녀의 사라진 그림자를 그렸다. 스스로를 절제하지 못한 찡그린 시선이 애틋하게 흔들렸다.

*

"말씀을 해보시어요. 그렇게 죽을상으로 앉아 있기만 하면 근심만 더 쌓일 뿐입니다."

"아닙니다. 진짜, 정말 아무 일도 아닙니다."

"아무 일도 아닌 표정이 아닌데……. 저 못에 비춰보세요. 얼굴에 그림자가 까맣습니다."

"그저 조금……. 아니, 아닙니다. 괘념치 마십시오, 천관녀님."

그의 이름은 '곡사흔'이라고 했다. 어렴풋이 눈에 익은 얼굴이어서 어디서 봤나 했더니, 처음 채훈랑이 선문 안을 안내해주었을 때 전삼부서에서 본 이였다. 그를 알아보고 더욱 반가워진 단희가 곁에 앉아 어두운 얼굴의 연유를 물었지만 곡사흔은 한사코 입을 열지 않았다.

"고집이 세네, 정말. 그때 뵈었을 때보다 야윈 것 같은데, 끼니도 못 챙겨 드실 만큼 바쁜 게 아닌 이상 마음에 짐 때문에 드시질 못하시는 거 아닙니까? 만약 바빠서 드시질 못했다면 이 시간에 나올 수는 없었을 터. 연유는 필히 그거 하나밖에 없는 듯한데……. 제가 잘못 짚은 겐지요?"

순진한 얼굴로 날카롭게 짚어낸 그녀의 말에 곡사흔이 조금 놀란 듯 그녀를 바라봤다. 아직은 앳되다 싶었지만 눈빛만은 장성한 어른처럼 총명했다. 과연 그저 뒷배의 힘으로만 천관녀라는 직책에 오르기만 한 것은 아닌 모양이었다.

"그것이……."

단희의 일침에 곡사흔이 작게 마른 숨을 토해냈다. 홀쭉하게 들어간 그의 볼에 한층 수심이 깊어졌다. 허깨비처럼 야위고 힘없는 그 모습에 단희가 쯧쯧 혀를 차더니 허리에 곱게 내린 작은 주머니를 뒤적였다.

"이게 무엇인지 아십니까?"

단희가 불쑥 손을 내밀었다. 하얗고 고운 손 위에 눈에 익은 맛깔스러운 갈색 빛이 보였다. 척 보기에도 맛있어 보이는 찹쌀 약과였다.

"이건……."

단희가 내민 약과와 그녀의 얼굴을 번갈아 보던 곡사혼이 당황한 듯 우물거렸다. 단희가 빙그레 웃음을 보였다.

"왕경에서 제일 맛있는 약과입니다. 둘이 먹다 하나가 죽어도 모를 맛이라고 들어는 보셨습니까? 이것이 바로 그것입니다. 아, 정말입니다. 저희 집 마지가 이것을 맛보더니 거품을 물고 딱 뒤로 쓰러지지 뭡니까? 자, 한번 드셔보세요."

그의 손에 약과를 건네준 그녀가 귀한 비밀이라도 털어놓듯 작게 소곤거리는 목소리로 덧붙였다.

"아무나 드리는 게 아닙니다. 그러니 어서 먹고 기운 내시어요."

속살거리는 그녀의 목소리가 하도 다정해서 곡사혼은 웃음을 터트리지 않을 수 없었다. 그의 손 위에 건네준 약과마저도 다정함이 넘쳤다. 그는 후후 웃어 보이더니 약과를 내려다보았다. 반지르르 윤이 나는 약과는 정말 세상에서 가장 맛있는 음식처럼 그를 유혹했다. 천관녀 단희의 작은 배려에 곡사흔은 수일 만에 처음으로 웃을 수 있었다. 천관녀라고 마냥 눈을 아래로 뜨고 고개를 빳빳이 들고 다니지는 않는 듯했다.

"감사합니다. 잘 먹겠습니다."

은은한 감동에 젖은 곡사흔이 입안으로 약과를 밀어 넣었다. 쫀득쫀득하고 달콤하게 퍼지는 맛이 과연 천하 일미였다. 적어도 지금의 그는 그렇게 느끼고 있었다.

"세상에서 가장 무서운 독이 뭔지 아십니까?"

곡사흔이 우물우물 약과를 먹고 있는데 단희가 말을 붙였다. 곡사흔은 '그게 무엇인지요?' 하고 눈으로 물었다.

"바로, 똥독입니다."

"쿨럭!"

"어머, 괜찮으세요?"

갑작스러운 단희의 말에 곡사흔은 기침을 쏟아내며 빨갛게 익은 얼굴로 연신 숨을 헐떡거렸다. 단희는 키득키득 웃으며 그의 등을 두드려줬다.

"더럽고도 독한 독이지요. 나갈 게 제대로 나가지 못하고 몸 안에 쌓이고 쌓이면 마침내 독이 되어 몸을 해칩니다. 숙변이 쌓이면 나쁜 기운도 쌓이게 되고, 그로 인해 신진대사 및 혈액의 순환에도 방해가 된다고 합니다. 한마디로 쌓이면 쌓일수록 스스로를 갉아먹는 병이지요. 제때제때 처리해줘야 합니다."

그의 등을 두드려주는 단희의 목소리에는 웃음기가 묻어
나왔지만 그녀가 하는 말에는 뼈가 있었다. 어느새 숨을 가
다듬은 곡사흔이 그녀를 다시 올려다봤다. 어린 천관녀는
그를 부드럽게 내려다보며 말했다.

"곡사흔랑의 숙변은 가슴과 머리에 쌓여 있는 것 같습니
다. 독이 되어 오르기 전에 잘 풀어주셔요."

순간 곡사흔은 어쩐지 작은 여우에 홀린 것 같다고 생각
했다. 그의 입이 스르륵 열리며 그토록 끙끙 앓고 있던 고
민들이 터져 나왔다. 허를 찌르는 총명함과 마음을 녹이는
달콤함을 지니고 있는 어린 천관녀에게 곡사흔은 벌써부
터 홀리고 있었다.

"그게 말입니다……."

월궁은 화랑도의 운영과 그들의 공로를 치하하기 위하여
여러 가지 녹읍을 내렸다. 그것들은 중미中米, 조미(糙米: 현
미), 황두黃豆, 소맥小麥, 명주明紬, 징포正布, 저화楮貨 등으로 화랑
도를 먹여 살리는 재산이었다. 또한 큰 공을 세운 화랑에게
는 궁에서 따로 녹읍을 내려주기도 했다. 정통 화랑들은 귀
족의 자제들이기에 선문 안 창고에 쌓인 녹읍에 대해서는
큰 욕심을 부리지 않았다. 화랑도 안에 먹여 살려야 할 이
들이 만만치 않았기 때문이다. 그래서 화랑의 창고에 쌓여

있는 것들은 순전히 화랑의 운영과 낭도들을 위하여 쓰일
수 있었다.

곡사흔은 두어 달 전에 전삼부에서 맡고 있는 녹읍 관리
직에 배속되었다. 창고 기록물을 살펴보니 허술한 게 많아
그가 직접 수량을 세어보았다. 그런데 막상 그것을 눈으로
살펴보니 기록과 실제의 오차가 너무 컸다. 그날 이후로 곡
사흔은 몇 날 며칠을 새워가며 수량을 모두 맞춰보았다. 사
라진 양이 만만치 않았지만 그것은 기록부의 실수일 수도
있으니까. 하지만 이상한 것은 수량을 맞춰놓고 조금 지나
다시 확인해보면 또 달라져 있는 것이었다. 알게 모르게 조
금씩 조금씩 수량이 줄어들고 있었다. 묘한 일이었다. 그것
도 정확히 수량을 측정하기 어려운 조미나 황두, 소맥 등의
곡물류였기에 더욱 수상했다. 그것을 홀로 조사해본다고
이리저리 뛰어다니다 보니 어느새 한 계절이 지나 있었다.
한 계절이 지나고 나니 모자란 수량은 더욱 어마어마해졌
고, 그것을 상부에 보고하기에도 더욱 어려워지게 되었다.
왜 알고도 보고하지 않았느냐고 경을 칠 것은 물론이거니
와 잘못하면 그가 횡령죄마저 뒤집어쓰게 된 것이었다.

"그런 일이……. 혹여 쥐가 드나드는 것은 아닙니까?"

"사라진 양이 겨우 주먹 한 분량이면 저도 그렇게 생각하
겠습니다. 하지만 구멍이 뚫린 곳도 없이 정교한 솜씨로 봉
합된 부분을 뜯어 조금씩 덜어가는 것입니다. 쥐가 손이 달

리지 않은 이상 그리할 수 있겠습니까?"

곡사흔의 말에 단희가 낮게 실소하며 말했다.

"말도 못하게 큰 쥐네요. 사람의 탈을 썼나 봅니다."

그녀의 말에 곡사흔의 얼굴이 더욱 어둡게 가라앉았다.

"그렇습니다. 그리고 이제 그 죄는 제가 모두 뒤집어쓰게 생겼습니다. 저는 아니라고 하지만 누가 믿어주겠습니까? 곧 있으면 감사가 내려올 텐데……. 저는 이제 죽은 목숨입니다. 풍월주께서 아시게 되면 저는 진짜 죽은 목숨입니다."

풍월주 설찬은 칼처럼 단호한 남자였다. 어지간한 일에는 노염을 보이거나 인상을 찌푸리는 일이 없었지만 대의에 어긋나거나 도의를 흐트러뜨리면 가차 없이 잘라냈다. 벌을 내릴 때는 냉혹하였고, 상을 줄 때는 후했다. 그처럼 철저한 남자였기에 따르는 자도 그를 두려워하는 자도 많을 수밖에 없었다.

"제 손으로 그것을 덮어보려 했지만 어디서부터 손을 대야 할지도 모르겠고, 이제는 자포자기한 상태이기도 합니다. 범인을 잡아보려고 했지만 품지기의 눈을 어떻게 피해 들어가는 건지! 그냥 콱 코 박고 죽어버리렵니다!"

"아니, 그게 무슨 말씀입니까!"

그의 말을 듣고 있던 단희의 음성이 매섭게 높아졌다. 갑자기 높아진 언성에 곡사흔이 움찔 놀라 움츠러들었다.

"곡사흔랑께서 한두 번 막아준다고 해서 해결되는 일이

아닙니다. 또한 이 일은 지금 곡사흔랑의 책임 아래 있는 것입니다. 그것을 제대로 해결할 생각은 하지 않고 어떻게 든 덮어 피해보려고 하다니요? 죽으면 일이 해결됩니까? 그렇게 죽어버린다면 곡사흔랑의 명예 또한 같이 죽어버리는 것입니다. 곡사흔랑은 더럽혀진 명예를 끌어안고 죽어버리겠다는 것입니까?"

"천, 천관녀."

"뿐만 아닙니다. 곡사흔랑은 일이 잘못되었음을 이미 오래전에 알고 있었음에도 계속 덮어두고 혼자 처리하려고 했습니다. 그사이 일은 또 이만큼이나 커져버린 것입니다. 이런 일은 혼자 끌어안고 있는다고 해서 해결되지 않습니다. 그것을 곡사흔랑도 알고 계셨을 것입니다. 다만 겁을 먹고 움츠러든 것뿐입니다."

따스하고 다정했던 단희가 작은 몸을 발딱 일으켜 엄한 눈으로 나무라니 곡사흔은 사색이 되어 고개를 숙였다. 그래, 그녀의 말마따나 그는 겁을 먹었던 것이다. 그녀의 말대로 어떻게든 자신의 손으로 일을 틀어막아보려 주춤거리고 있다가 벌써 두어 달이 지난 것이다. 발견했을 때 바로 상부에 보고를 올렸다면, 그가 망설이다가 잃어버린 것들은 지금 제자리에 있을지도 모른다. 그보다 한참이나 어린 그녀지만 전체를 보는 시각은 그보다 훨씬 넓었다.

한층 풀이 죽어 괴로운 얼굴을 한 곡사흔을 보며 단희가 옅은 한숨을 내쉬었다. 이미 엎어진 일로 길게 화를 내어봤자 두 사람 모두에게 좋을 일이 없었다.

"목소리를 높이고 말았군요. 곡사흔랑의 그동안의 노고와 근심을 모르는 바 아닙니다. 아니 그래도 힘드셨을 곡사흔랑에게 상처를 주고 말았습니다."

단희는 미안하다는 듯 목소리를 낮췄다. 그러자 곡사흔이 흙빛으로 변한 안색으로 도리질하며 어깨를 늘어트렸다.

"아닙니다, 천관녀님의 말씀이 옳습니다. 겁이 나서 움츠려 있던 탓에 피해가 더 커진 것이지요. 당장 오늘이라도 적품랑께 말씀을 드려야……. 아차차! 적품랑께선 설찬랑과 삼년산성에 가셨지."

전방 대화랑 적품과 설찬은 지금 왕경에 없었다. 낭패의 빛을 보이던 곡사흔이 그럼 부제에게라도 알려야겠다며 몸을 일으켰다. 순간 단희가 그의 옷깃을 잡아당겼다.

"왜 그러시는지요?"

잠시 생각에 잠긴 듯 입을 다문 그녀가 뜸을 들이더니 다시 입을 열었다.

"유향劉向이 썼다 전해지는 전국책에는 이런 말이 있습니다. 견토이거견 미위만야 망양이보뢰 미위지야見兔而顧犬 未爲晚也 亡羊而補牢 未爲遲也. '토끼를 발견하고 사냥개를 시켜도 늦지 않을 것이고, 양이 달아난 뒤 우리를 고쳐도 늦지 않다'고 말이죠. 어쩌면 아직 늦지 않았을 수도 있습니다."

"그게 무슨……?"

곡사흔의 눈이 의문으로 일렁일 때 단희가 이윤을 남길 때의 장사치처럼 영민하게 눈을 빛내며 웃어 보였다.

"저와 함께 창고에 다녀오는 게 어떻겠습니까? 어쩌면 범인을 잡을 수도 있을 듯합니다."

단희와 곡사흔은 먼저 부제인 환웅을 찾아갔다. 곡사흔은 아직 어안이 벙벙한 듯 얼떨결에 단희의 손에 이끌려 왔지만, 단희는 제법 괜찮은 생각이 떠올라 발걸음이 가벼웠다.

"부제!"

설찬과 환웅을 위한 집무관의 문을 벌컥 열어젖히며 단희가 환웅을 불렀다. 마침 집무실에 있던 환웅이 그녀의 목소리에 밖으로 나와보았다. 곡사흔과 단희? 그는 낯선 두 사람의 조합에 의뭉스럽게 눈을 찌푸렸다.

"아니, 두 사람이 어찌 함께 나를 찾아온 것이야? 곡사흔, 네 표정은 왜 그런 거지? 단희, 너 또 무슨 사고를 친 거냐?"

"아이참, 사고는 무슨 사고. 지금 그게 중요한 게 아니오."

단희가 곡사흔의 등을 부드럽게 밀어 넣었다. 조금 긴장한 듯한 그에게 괜찮다고 웃어 보이며 어서 말하라 용기를 주니 그가 주섬주섬 다시 말을 꺼냈다. 이야기를 들은 환웅은 서둘러 그들을 집무실 안으로 불러들였다.

"그런 일이 있었군. 그래, 그런 일이 종종 있다는 이야기를 듣긴 했다만 내 관심을 못 두었군."

씁쓸하게 중얼거리는 환웅을 보며 단희가 와락 그의 손을 잡았다.

"오라버니, 아니 부제. 이를 잡으려고 요란스럽게 일을 벌이면 범인이 도망갈 것입니다. 조용하고 날카롭게 처리해야 함이 옳지 않겠습니까?"

"그래, 그건 그렇지. 허나 범인을 잡는다 해도 다음에 이와 비슷한 일이 일어나게 하지 않으려면 철저히 조사하고 엄중하게 죄를 물어야 한다."

"또한 이런 일이 다시 벌어지지 않게 창고 관리에 체계를 세워야 합니다. 견물생심이라 재물이 가득한 곳을 지키다 보면 그것이 탐날 것입니다. 누가 그곳을 지키는지 항상 정확하게 파악할 수 있는 체계가 필요할 것입니다. 또한 수량체계를 다시 점검해야 할 필요도 있습니다."

단희의 말에 곡사흔이 고개를 끄덕였다.

"그 말이 맞습니다. 저 또한 창고 안의 수량을 조사하려할 적에 그 앞을 지키는 창고지기들이 너무 자주 바뀌어 누가 몇 날 몇 시에 그 앞을 지켰는지 알 수가 없었습니다."

"그렇군, 그래. 그것은 차후에 다시 이야기하도록 하고…….한데 너에게 좋은 생각이 있다고 하지 않았니?"

환웅이 단희를 돌아보며 말했다. 별을 박아 넣은 듯 총명하게 빛나는 눈동자를 빛내며 단희가 고개를 주억거렸다.

"일단 약방에 다녀와야겠습니다. 따라오시겠습니까?"

그녀의 물음에 환웅과 곡사흔이 그녀를 따르지 않을 수가 없었다.

"이런 것들로 무엇을 한다고……?"

환웅은 약방에서 단희가 구매한 것들을 바라봤다. 단희는 독초를 사 왔다. 혹시 몰라 창고지기를 물리고 바깥에도 감시를 둔 그들이 창고 안에 들어섰다. 들고 온 것을 주섬주섬 펼쳐 보인 단희는 죽통을 꺼냈다. 쥐의 수염으로 만든 붓을 죽통 안에 담근 단희는 오라비를 비켜 문 앞에 섰다. 그녀의 다른 쪽 손에는 감물을 들린 갈색 천이 들려 있었다.

"그것은 무어냐?"

"무시무시한 것이지요."

"그, 그래?"

환웅과 곡사흔은 아직도 단희의 꿍꿍이를 알 수가 없었다. 조금 수상한 눈빛을 주고받는 두 사람을 보며 단희는 초롱초롱 빛나는 눈을 흘겼다. 그러고는 손에 든 붕대로 나무 손잡이를 촘촘히 감았다. 붕대를 다 감싼 그녀가 그 위로 붓질을 하기 시작했다. 조금이라도 튈까 봐 조심조심하던 단희는 자신을 구경하듯 바라보고 있는 곡사흔과 요함을 향해 말했다.

"원래 이 문을 열 수 있는 사람은 곡사흔랑과 전삼부 대화랑 적품랑, 부제 그리고 풍월주 밖에 없지요?"

"그렇지."

"그렇다면 그분들을 제외하고 이 문을 열려고 시도한 이들이 바로 녹읍을 훔친 자들이라 할 수 있겠네요."

그녀의 말을 긍정하듯 환웅이 목울대를 울렸다. 흠, 하는 낮은 소리가 울리자 단희가 다시 창고 안으로 쪼르르 들어가 보자기 안에 있던 말린 독초를 꺼내 들었다.

"만약 오늘 밤이나 내일 밤까지 이 안에 다른 이가 들어온다면 저 문을 열어야 할 것이고, 또 이 땅을 밟아야 할 것입니다. 그들에게 흔적을 묻혀야 추적이 가능하지 않겠습니까? 또한 쉽게 구할 수 없는 것을 묻혀야 잡았을 때 발뺌을 할 수 없을 터이니 이것들이 적합할 것입니다."

"오호!"

과연 영민한 아이였다. 환웅은 새삼 동생의 재치에 손바닥을 내리쳤다. 적절히 생각하고 행동한다. 빠르고 정확하다. 그녀가 사내였으면 벌써 공훈을 세웠을 것이라 환웅은 단언했다. 어쩌면 그녀가 그토록 바라던 설찬의 옆에 서 있었을지도. 하지만 그녀는 그것을 바라지 않을 것이다. 계집으로 그의 옆에 있길 바라는 것이니까.

환웅은 쓸데없는 생각을 털어내고 단희가 바닥에 뿌리고 있는 것을 바라봤다. 그것은 말린 투구꽃을 빻아 가루로 만든 것이었다. 투구꽃은 산속 깊은 곳에서 자라는 독초였다.

164

먹으면 구토와 복통을 일으키고, 다량 복용하면 죽음에 이를 수도 있었다. 하지만 이것을 바닥에 뿌리다니……?

환웅은 단희의 다음 생각이 궁금해졌다. 그가 반짝거리는 눈으로 단희를 바라보고 있었으나, 그의 옆으로는 아직도 영문을 알지 못하는 곡사혼만 복잡한 눈으로 두 사람을 번갈아 바라보고 있었다.

*

챙!

검과 검이 부딪혔다. 단희는 이를 악물었다. 상처로 곪아 터진 작은 두 손이 검을 잡고 있었다. 달빛에 반짝이는 눈을 호기롭게 치켜뜨고 팔을 들어 올렸다. 검을 유연하게 마주하는 이는 마치 장난이라도 치듯 얄미운 움직임으로 그녀를 약 올렸다. 아무리 검을 휘둘러도 검 안쪽으로 뻗을 수가 없었다. 고작 달포도 안 되는 시간에 그 안에 닿으려는 것 자체가 어불성설이라는 것을 알지만 약이 올라 참을 수가 없었다.

"단희! 검이 성급하다!"

날카로운 검의 향연에서 조금 떨어진 바위 위에 팔을 베고 누워 있던 갑춘이 버럭 소리쳤다. 그 소리에 단희의 발걸음이 우뚝 멈췄다. 그러고는 불만 가득한 얼굴로 갑춘을 향해 입을 열었다.

"검이 성급한 것이야 당연한 거 아닙니까? 요함랑을 상대하다 보면 왠지 모르게 약이 바짝 오른단 말입니다."

"아니, 왜 내 탓을 하느냐? 나는 네 상대를 해주고 있을 뿐이거늘?"

"제가 검을 들자마자 막아서면 어떡해요! 실력을 키우려면 검을 휘둘러봐야 하는데 그 전에 막히니 제가 검을 휘둘러볼 기회조차 없습니다."

"네가 더 빨리 움직이면 되지?"

"요함랑, 제가 지금 검을 든 지 1년이 됐나요, 반년이 지났나요? 이건 너무 불공평한 거예요."

단희가 입을 삐죽거리며 불퉁거리니, 멀리 바위 위에 누워 있던 갑춘이 벌떡 일어나 신고 있던 짚신을 단희에게 집어 던졌다. 깜짝 놀란 단희가 재빨리 몸을 움직여 비켜섰다. 그래도 매일같이 연습했다고 몸이 더 날래진 듯했다.

"요함이 놈 말이 백 번 천 번 옳구먼. 네가 더 빨리 움직이면 되지! 어디서 불만을 터트리누? 그럴 시간에 한 번 더 휘둘러라, 이것아."

갑춘의 말에 단희가 조그만 입술을 삐죽 내밀었지만 이내 곧 검을 다시 고쳐 잡고는 사부를 애교스럽게 타박했다.

"아이참, 사부님. 아무리 검술을 연습하는 중이라지만 신고 있던 신발을 젊은 처자에게 집어 던지십니까?"

"제자면 그냥 제자지, 뭔 처자여. 시끄럽다! 연습이나 해!"

계집 같지 않게 능청스러운 대답을 해 보인 단희가 무거운 팔을 들어 올렸다. 약이 오르기는 하지만 달밤에 그녀를 상대해주는 요함은 고마운 존재였다. 허나 요함이 그녀를 찾아오는 이유는, 밤이면 잠도 자지 않고 동생을 기다리는 요령 때문이었다. 단희를 데려다 준다는 핑계로 요령을 볼 수 있으니까 말이다.

'그것 참 얄밉단 말이지.'

단희의 입이 심통스레 구부러졌다. 자신은 보고 싶은 임을 달포 가까이 보지 못했건만, 이들은 요즈음 하루가 멀다하고 눈도장을 찍고 있었다. 그것도 야릇한 새벽 달 아래서 말이다. 요함을 노려보며 검을 겨누던 단희의 발이 순간 치맛단에 걸려 비틀어졌다. 그녀를 향해 검을 내려치던 요함이 당황하여 검 길을 비틀었다. 순간 넘어질 것 같던 단희가 몸의 중심을 검으로 옮기며 순식간에 요함의 손등으로 검을 찔러 들어갔다.

"이런!"

생각지 못한 공격에 당황한 요함이, 그때까지 못 박힌 듯서 있던 자리에서 한발 물러서고 말았다. 단희의 공격은 아쉽게도 그의 옷자락 하나 스치지 못하고 무력해졌다. 그것이 못내 아쉬운 듯 그 자리에서 발을 동동 굴러댔다.

"으으! 아깝다!"

"아깝긴. 단희 네 검과 나 사이는 천 리 길만큼 떨어져 있다. 한참이나 멀었다 이 말이야."

예상치 못한 공격에 순간 당황했음에도 요함은 전혀 동요의 낌새를 보이지 않으며 능청스럽게 말했다.

"푸하하하! 방금 그 공격으로 천 리 길이 백 리로 줄어들었구먼. 요함이, 네놈도 요즘 수련이 부족하냐? 여자 뒤꽁무니 쫓아다니느라 감을 잃은 모양이구나."

보이지 않는 눈으로 어찌 알았는지 사부가 벌떡 일어나 요함을 손가락질했다. 순간 머쓱해진 요함이 크흠흠 목을 다듬더니 다시 검을 들어 단희를 재촉했다. 히죽 웃어 보인 단희의 손에서 다시 챙챙 검 부딪히는 소리가 울렸다.

"네가 오늘 재밌는 일을 벌인 것 같은데?"

"네?"

장난은 접어두고 본격적으로 그녀를 몰아가는 것인지, 요함의 검이 날카로워졌다. 그를 막아내기에도 정신이 없는 그녀였건만 요함은 한술 더 떠 그녀에게 대화를 시도했다.

"무슨 일을 벌인 게냐? 그 독초에 쥐새끼들이 걸려들 것 같아?"

"그것, 윽……. 그 일을 말하는 건가요?"

"으흠, 왜 그것 말고도 오늘 또 재미난 일을 벌인 게야?"

"그럴 리가요."

찔러 들어오는 검을 옆으로 비켜 피한 그녀가 뒤로 재빨리 물러났다. 달포 동안 그녀가 가장 많이 배운 것이 검을 흘리는 것이었다. 공격에는 약했지만 피하는 것은 제일이었다. 그녀를 쫓아오려는 요함의 검을 옆으로 비키니 구렁이처럼 요함의 검이 다시 쫓아왔다.

"그래, 잡힐 것 같으냐?"

그의 물음에 단희는 숨을 헐떡이느라 대답할 수 없었다. 피하기도 바쁜데 대화까지는 그녀에게 턱도 없었다. 잠시 숨을 고르던 단희가 그제야 요함의 말에 대답했다.

"두고 봐야겠죠."

옷자락이 펄럭거렸다. 단희의 하얀 치맛단이 달빛을 받아냈다. 흙바닥에 끌려서 지저분해진 치마 끝단마저 선녀의 옷자락처럼 아름다웠다. 남산 자락 한구석이 여인네의 하얀 치맛자락과 두 개의 검날로 반짝거리고 있었다. 날카로운 소리는 선율처럼 새벽의 숲을 깨우고 있었다.

간만의 수련으로 단희가 끙끙 앓는 소리를 냈다. 무거운 검을 들고 산자락을 뛰어다니는 일은 아무리 수일이 지나도 익숙해지지 않았다. 작은 손으로 어깨를 툭툭 두드린 그녀가 바쁘게 발을 움직였다.

"오셨습니까!"

환웅의 집무실 안에 들어서니 이미 와 있던 곡사혼과 요함이 그녀를 맞아주었다. 얼얼한 손을 들어 어깨를 두드리는 그녀를 보며 요함이 히죽 웃어 보였다.

하여튼 얄밉다니까. 그런 요함을 슬며시 흘겨본 단희가 그들을 이끌고 창고로 향했다.

"어디 보자, 왔다 갔나 한번 볼까?"

환웅이 단희의 당부대로 창고의 손잡이를 삼베 감은 손으로 잡아당겼다. 묵직한 참나무 문이 끄으윽 거친 소리를 내며 열렸다. 창포 꽃잎 같은 고운 치맛자락을 슬쩍 들어 올린 단희가 사뿐한 발걸음으로 들어섰다. 원하는 곳에 선 그녀가 깊이 허리를 숙여 바닥을 내려다봤다. 옅은 갈색 바닥에 희미한 족적이 보였다. 옳다구나! 왔구나, 왔어! 단정한 입매가 슬쩍 올라갔다.

"줄어들었습니까? 또 사라진 게 있는지요?"

단희가 들고 온 면포 위로 흙을 쓸어 담으며 물었다. 창고 안을 꼼꼼히 훑어보던 곡사혼이 고개를 끄덕였다.

"조미와 약콩이 줄어들었습니다."

"간도 큰 놈일세. 어제 분명 부제가 창고에 다녀갔다는 말이 은연중 돌았을진대 간밤에 다시 오다니."

기가 차다는 듯 환웅이 중얼거렸다. 그 말을 듣고 있던 단희가 슬며시 웃으며 대답해주었다.

"그래서 온 것일 겁니다. 부제가 왔다 갔으니 당분간 경비가 철저해지겠거니 생각한 거지요. 필히 어젯밤이 마지막이다 생각하고 왔을 것입니다."

오호 그렇군. 웅얼거리는 요함의 뒤로 환웅이 서 있었다. 묵묵히 창고 주변을 둘러보는 사촌 오라비에게 다가간 단희가 그를 불러 세웠다.

"부제, 화랑 안에 내당 의원이 있지요? 상주하고 있는 의원 말입니다."

"있지. 왜 그러느냐?"

"그 의원을 불러주십시오. 그리고 오늘 수련에 참가치 못한 낭두(郎頭: 낭도들의 우두머리)들을 불러주셔야겠습니다."

"아니, 그 수가 수백인데?"

"그러니까 오늘 수련에 참가하지 못한 낭두만 말입니다."

잠시 단희의 말을 생각하던 환웅이 주먹을 탁 내리쳤다.

"그렇군. 창고는 선문 안에 있는 것이니 이 안에 오갈 수 있는 자는 적어도 낭두 정도는 돼야 할 것이고, 달밤에 이곳을 오갈 수 있을 정도면 근교에 사는 인물이다, 이거로군."

환하게 얼굴을 밝힌 환웅이 서둘러 창고 밖으로 나왔다. 그 뒤로 단희와 요함, 그리고 곡사흔이 따르고 있었다.

부제에게 불려 나온 낭두는 달랑 다섯이건만 그 주변을 둘러싼 인원은 족히 수백은 넘어 보였다. 어디서 무슨 소문을 듣고 왔는지 모르지만 웅성웅성 구경하는 목소리가 불안했다. 그리고 단상 앞으로 불려 나온 다섯 낭두의 얼굴에는 훨씬 깊은 불안과 긴장이 새겨져 있었다.

부드러운 외모의 환웅이건만 오늘은 보기 드문 냉기가 서려 있었다. 밑으로 내려간 선한 눈매에 웃음기를 지우니 오히려 더욱 매섭고 서늘했다. 그림으로 그린 단정한 그의 입매가 단호하게 닫혀 있었다. 그런 그의 앞에 선 다섯 낭두가 마른침을 꿀꺽 삼키며 긴장감을 달래려 했다. 마침내 단단히 닫혀 있던 환웅의 입이 열렸다.

"곡사흔랑과 내당 의원은 앞으로."

그의 말에 조금 떨어진 곳에 대기하고 있던 곡사흔과 의원이 걸어 나왔다. 모여 있던 낭두들을 두루 살피던 환웅이 차분한 목소리로 곡사흔에게 명했다.

"말하거라, 네가 나에게 말했던 것을 그대로."

환웅의 말에 곡사흔이 잠시간 긴 호흡을 내쉬었다. 그리고 그가 새로 맡게 된 창고지기 일, 그 안에서 발견한 흔적, 며칠에 걸쳐 관찰한 결과를 줄줄 읊어댔다. 그리고 마침내 그가 오늘 아침에 확인했을 때 확연히 줄어든 조미의 약콩 수량을 말하며 말을 마쳤다. 그의 말이 끝나자 낭도들이 술렁이기 시작했다. 감히 화랑의 재산에 손을 대다니. 의롭지 못한 더러운 짓이었다.

"누구야 도대체! 저 앞에 나와 있는 이들인 거야?"

"이런 더러운! 저잣거리 놈들도 화랑의 것은 손대지 않거늘!"

"가만두면 안 됩니다, 부제!"

환웅은 조용히 오른손을 들어 웅성거림을 저지했다. 나와 있던 낭두들의 얼굴에 긴장이 짙어졌다.

"너희 다섯 낭두들은 오늘 수련에 나오지 못했다. 자, 차근차근 그 이유를 한번 들어볼까?"

갑자기 연유를 묻는 이유는 무엇인고? 서로를 마주 보던 낭두들이 하나둘 입을 열기 시작했다. 무엇 때문인지는 모르지만 조심하지 않으면 이곳에서 죽을 판이었다.

"저, 저는 아내가 아파 나갈 수가 없었습니다. 늙으신 조모 한 분이 계신데 제가 돌보지 않으면 움직일 수가 없어서……."

"저는 신세 진 사아찬 마작공 댁에서 급히 사람이 필요하다 하여 갔습니다."

"저는 배탈이 나서 아침부터 움직일 수가 없었습니다……."

하나둘 서로의 변명거리를 내놓았다. 환웅은 그중 아내가 아프다고 한 낭두와 미진부공에게 갔다는 낭두 그리고 석조 계단 증축에 일손을 보태고 왔다는 낭두를 제외했다.

안도의 숨을 내쉬며 급히 물러난 세 사람을 제외하니 더욱 새파래진 안색의 두 사람만 남게 되었다. 그 둘을 보며 환웅이 곡사흔에게 손을 내밀었다. 곡사흔은 냉큼 품 안에 있던 은수저를 꺼냈다. 그것은 조금 전 단희가 그에게 건넨 것이었다. 조금 떨어진 단상 옆에서 단희와 요함이 그들을 바라보고 있었다. 그들은 구경꾼같이 태평한 모습이었다.

"너희 두 사람은 손을 펴보거라."

부제의 명에 두 낭두는 영문도 모른 채 부들부들 떨기만 했다. 그중 하나가 주먹을 쥔 손을 소매 아래로 숨기며 움찔 물러났다. 환웅의 얼굴에 냉랭한 비소^{誹笑}가 걸렸다. 환웅이 살갑지 못한 목소리로 다시 힘주어 말했다.

"부제의 명이 우습다는 건가?"

"아, 아닙니다."

눈치를 보던 낭두가 마지못해 쭈뼛쭈뼛 손을 펴 보였다. 궂은일에 헤지고 때가 낀 손 하나와 울긋불긋 진물이 올라온 손 하나가 보였다. 환웅이 곁에 서 있는 의원에게 두 사람의 손을 보였다.

"손이 왜 이런 거지?"

"저 그게, 뜨거운 것을 잘못 잡아……."

"화상이라? 의원, 이게 화상의 흔적인가?"

마른 사내가 변명하듯 말하고 주춤주춤 소매 아래로 손을 내렸다. 그러자 의원이 냉큼 그자의 손을 잡고 유심히 살펴봤다. 마른 사내의 몸이 사시나무 떨듯 떨고 있었다.

"이건 화상이 아닙니다. 의원이나 의녀들이 옻을 정리할 때 보이는 증상입죠."

의원이 말이 끝나자마자 환웅은 쩌렁쩌렁 울리는 목소리로 사내를 다그쳤다.

"거짓을 고했겠다! 네 마음에 어둠이 있으니 거짓으로 치장하려 한 것이겠지!"

"아닙니다! 저, 저는 모르는 일입니다."

"허면 의원이 거짓을 말한다는 것이냐! 바른대로 말하거라. 이 손의 연유를 말해보란 말이다. 어제 새벽, 창고에 다녀오고 나서부터 이 증상이 올라온 것이 아니냐!"

"부제! 아, 아닙니다. 옻이 어디 있어 만졌겠습니까? 저는 모르는 일입니다. 갑자기, 그냥 갑자기……."

새하얗게 질린 사내가 우물우물 변명을 토해냈다. 하지만 실상은 이러한 것이었다. 단희가 손잡이에 바른 것은 옻나무의 진액이었다. 바싹 오른 여름 옻은 닿기만 해도 두드러기가 올라왔다. 옻은 당나라에서 들여온 무척 귀한 나무였다. 나라에서 관리하는 품목이었으니 옻에 의한 두드러기는 흔하지 않았다.

"허면 지금 내가 생억지를 부린다는 것이냐? 의원이 거짓을 말하는 것이라고? 좋다, 허면 네 신발을 보자."

"신발은 어이하여……!"

"내 어제 창고 바닥에 독초를 뿌려놨다. 그 독이 너의 발에 닿았는지 안 닿았는지 봐야겠구나!"

또다시 토를 달며 아니 보여주려고 하는 그에게 대기하고 있던 낭도들이 다가갔다. 벌러덩 뒤로 엎어진 사내가 아니 된다 발버둥을 쳤지만 세 명의 장정이 들러붙어 그의 검은 화靴를 벗겨냈다. 동물의 가죽과 검은 천을 덧대어 만든 신발의 밑창이 흙으로 지저분했다. 그것을 손에 쥔 환웅이 다른 손에 들고 있던 검은 수저를 대보았다.

"은은 부정한 것을 질색한다지?"

환웅이 신의 밑창에 수저를 들이대니 잠시 후 변색이 시작되었다. 거무튀튀한 기분 나쁜 색으로 변해가는 은처럼 사내의 얼굴이 사색이 되었다. 그런 사내를 바라보고 있던 환웅의 시선 속에 시린 눈발이 흩날리고 있었다.

"화랑도는 남의 것을 탐하지 않는다. 그것은 치욕이요, 부끄러움이며 차라리 죽는 것을 택하는 것보다 못한 일이다. 너는 낭두나 되는 것이 어째서 화랑의 창고에 손을 댈 생각을 한 것이냐?"

이미 곤장 스무 대가 죄인의 볼기를 붉은 피로 물들였다. 아니다 부정하던 것도 한두 번. 결국 매에는 장사가 없었다. 마한은 죄를 실토하고 실성한 듯 웃었다. 그가 저지른 죄는 곱게 죽일 수도 없는 중한 일이었다. 화랑도는 나라의 재산이자 국력의 저장고였다. 또한 신국의 자부심이요, 모두에게 본을 보여야 하는 곳이었다. 그런 화랑도의 재산을 탐한 이를 쉽게 용서할 수도, 고이 죽일 수도 없었다. 그 죄로 곤장 스무 대면 참으로 관대한 처사였다. 허나 문제는 아직 참형이 끝나지 않았다는 것이다. 습기가 가득한 옥사를 들여다보며 환웅이 다시 물었다.

"죄도 죄지만 그 죄를 저지른 연유가 더욱 중요하다. 말하라, 너는 어찌 그곳에 손을 댈 생각을 한 것이냐."

부제를 중심으로 두 천관녀가 심문의 과정을 지켜보고 있었다. 그녀들 곁으로 다섯 화랑이 함께했다. 전삼부서 창고 관리 곡사흔, 좌삼부 대화랑 갑영, 우삼부 대화랑 요함, 별방 화랑 채훈, 천언부 소속 윤이었다. 낭도들은 자리를 물렸다. 형의 집행이 아닌 심문의 과정까지 보일 필요는 없었던 것이다.

"이유가…… 뭐가 있겠습니까."

가래 끓는 탁한 소리가 들렸다. 푹 숙였던 고개가 바들바들 떨리더니 비뚜름히 위로 올라왔다. 자포자기한 것인지 죄인의 얼굴에 냉소가 가득했다.

"잘살아보려고 그랬습니다. 나도 좀…… 잘 먹고 잘살아보려 그랬습죠."

"화랑도에서 내려주는 녹미가 부족한 것인가?"

깨끗한 미간을 찌푸린 환웅의 말에 죄인 마한이 바들바들 어깨를 떨며 웃었다.

"크하하! 그런 건 중요하지 않습니다. 창고에 곡식이 풍족하고 관리는 허술하니 이거 원, 나에게 가져가라는 말 아니겠습니까? 그래서 내 가져갔습니다. 내가 조금 먹고, 귀한 건 팔고. 내 그리하려고 가져갔습니다. 그게 그리 큰 죄입니까, 부제? 그런 겁니까!"

그의 말에 일순 단희의 미간 찌푸려졌다. 그것은 죄인 마한에 대한 혐오나 질타의 빛은 아니었다. 그저 그의 말을 제대로 인지하지 못하는 의문의 찌푸림이었다. 가지고 있음에도 더 가지려고 하는 저 마음은 무엇일까? 보이면 취한다는 것이면, 내 것이 아님에도 가진다는 것인가? 아직 단희는 느껴보지 못한 감정이었다. 그녀의 마음이 어지럽게 흐트러졌다.

"가지고도 더 가지겠다는 건가……."

물러서 있던 단희가 저도 모르게 중얼거렸다. 자문하는 듯 낮은 그 목소리를 들었던 것인지 옆에 서 있던 취선이 가만히 고개를 돌려 단희를 바라봤다. 문득 느껴지는 시선에 단희 또한 취선을 바라봤다. 요즘 들어 항상 나른하고 졸음 가득한 취선의 눈이 서늘하게 단희를 바라보고 있었다. 어지간해서는 단희에게 말을 걸지 않는 취선이 어쩐지 단희를 바라보며 입을 열었다.

"가지고도 더 가지겠다는 것 아닙니다. 여전히 가지지 못했기에 끊임없이 원하는 것입니다."

"예?"

"사람에겐 가져도 채울 수 없는 주머니가 있습니다. 시작부터 채워지지 않았기에 포만이라는 것을 모르는 것입니다. 그 허기짐을 채우기 위해 때때로 사람들은 배덕한 욕망을 품습니다. 단희 낭주는 알 수 없을 것입니다. 그 허기짐을……. 가져도 모자란 그 공허함을……. 그랬기에 끊임없이 원해야 하는 그 마음을 말입니다."

취선의 고개가 다시 돌아갔다. 그녀의 시린 눈동자가 쿨럭쿨럭 기침을 뱉어내더니 죄인 마한을 감흥 없이 쳐다봤다. 마치 단희에게 그 어떤 말도 내뱉은 적 없는 것처럼 취선의 입가가 고요했다.

단희는 그녀의 말에 뭐라 반박을 하고 싶었다. 어쩐지 서글픈 그녀의 말을 위로하고 싶었던 것이다. 하지만 들려오는 환웅의 말에 더 이상 취선에게 뭐라 말을 할 수가 없었다. 취선 또한 그녀에게 어떠한 말도 듣고 싶지 않다는 듯 단호하게 고개를 돌렸다.

"좋다, 내 이번 일로 배운 바가 있으니 배움값을 치러주마."

엄하게 말하던 환웅이 입꼬리를 말아 올렸다. 잔인하고 서슬 퍼런 분노가 서려 있는 미소였다. 부드러운 버들가지 공자는 그곳에 없었다. 무군武軍이자 현 화랑도의 두번째 수장이 거기 있었다.

"수레에 머리와 사지를 묶어 몸을 찢어 죽이는 거열車裂, 사지를 베어 죽이는 사지해四支解, 시장이나 길거리에서 사람들이 보는 가운데 공개적으로 처형하는 기시棄尸, 묘에서 시체를 파내어 다시 참수하는 육시戮屍, 참斬. 이 중에 마음에 드는 것이 있느냐?"

듣기만 해도 무시무시한 형벌이었다. 그 고통을 상상하면 더욱 무서워질 것이다. 환웅의 말이 끝나자, 히죽거리며 웃던 마한의 온몸이 바들바들 떨리기 시작했다. 그는 미친 듯이 고개를 내저었다. 그 어느 것도 마음에 드는 것이 없었기 때문이다. 죽음길을 알려주는데 무엇을 선택하라는 것인가. 지척으로 다가온 죽음의 입김이 새삼 그의 몸을 흔들어댔다.

"모두 별로인가 보구나. 좋다, 어차피 너에게 내려질 형벌은 아니었으니 말이다. 절도죄라 하면 죄인에게 장형을 치르고 그 가족을 모두 노비로 삼는 것이 관행이나, 네가 취한 것이 국가의 재산이라 죄형이 그리 가볍지 못하다. 허나! 내, 너에게 배움값을 치러야 하니 사형은 면해주마."

잠시 말을 멈춘 환웅이 마한이 그를 돌아볼 때까지 기다렸다. 마한의 눈동자가 환웅에게 닿자 그가 천천히 일러주듯 차분히 다시 말을 이었다.

"너는 앞으로 평생 북쪽 문천蚊川 옆 빈가의 울타리를 넘을 수 없다. 너는 그들을 위하여 일해야 하고, 그곳을 지켜야 하며, 네 평생 그곳 이상의 삶은 바랄 수 없다. 그토록 잘 살아보고자 했으나 너는 결코 단칸 초가 곁방의 신세를 면할 수 없을 것이고, 그 누구보다 낮은 곳에서 봉사하며 살아야 한다! 손이 부서질 때까지! 발이 넝마가 될 때까지 말이다!"

사늘한 바람이 지나갔다. 환웅은 그리 말하고 뒤를 돌아 옥사를 나갔다. 희끗한 그의 옷자락 하나도 옥사 흙바람에 더럽혀지지 않았다. 뿌옇게 번져가는 하얀 옷자락을 황망히 바라보던 죄인은 소리 없이 오열했다. 그를 동정에 차 바라보는 이는 없었다. 벌을 내림에 있어서 연민은 금물이었다. 하나둘 떠나가는 옥사 뒤로 쓸쓸한 죄인의 숙인 고개만 보였다.

고개를 숙이고 눈물을 뚝뚝 떨어뜨리는 죄인의 눈에는 살아 있음에 대한 감사함도, 삶에 대한 미련도 없었다. 그에게는 더 나아질 미래라는 것이 없었으니……. 재물을 탐한 죄로 무상無想의 희망을 빼앗겨버렸다.

"…… 풍월주의 처분을 기다리셨어야 하는 것은 아닙니까?"

환웅의 뒤를 따르던 곡사흔이 조심스럽게 입을 열었다. 그의 물음에 힐끔 뒤를 돌아본 환웅이 슬쩍 웃음을 보였다.

"내가 그 정도의 권한도 없을 것이라 생각하느냐?"

"그런 것이 아니라……. 혹여 이 일로 부제께 노염이라도 가실까 봐 염려가 됩니다."

"하하!"

펄럭거리는 백의 자락을 휘날리며 긴 다리가 거칠 것 없이 앞으로 향했다. 곡사흔의 염려 섞인 말을 웃어넘긴 환웅이 소리를 높여 단희를 불렀다.

"단희, 너도 풍월주의 처분을 기다렸겠지?"

멍하니 걷고 있던 단희가 퍼뜩 정신을 차리며 대답했다.

"처분은 더하고 뺄 것도 없이 훌륭하셨습니다. 다만 제가 기다리는 것은 설찬랑 그 자체입니다."

"아무렴, 그렇겠지. 그러엄!"

"한데 도대체 풍월주는 언제 오시는 겁니까? 달포가 훨씬 지났지 않습니까? 무슨 연통이라도 오지 않았나요?"

멍했던 정신을 추스르며 단희가 쪼르르 환웅의 옆으로 왔다. 바삐 달려가는 그녀의 뺨으로 차가운 바람이 칼날처럼 스쳐 지나갔다. 짧은 가을이 지나고 성큼 겨울이 다가왔다. 새벽이면 시큰하게 아린 콧등이 벌써부터 겨울바람이 무섭다 성을 내고 있었다.

"글쎄……."

사촌 오라비의 무심한 대답이 이른 겨울바람에 왠지 더욱 서러웠다. 뉘엿뉘엿 지는 땅거미의 모습을 걱정스레 바라보며, 단희는 오늘도 오지 않은 설찬랑의 모습을 그리고 있었다.

*

"단서는 역시 아무것도 없는 건가?"

"그래, 아무것도 없어 도리어 수상하다네. 누구의 소행인가? 마치 바람 같단 말이야."

"······ 바람이라. 어디서 부는 바람이냐가 중요하겠군."

작년 이맘때쯤 막 보은현 현령으로 부임한 감찬을 마주하며 설찬은 무미건조하게 중얼거렸다. 마치 저 산기슭 너머에 괜찮은 사냥터를 발견했다는 듯 대수롭지 않은 중얼거림이었다. 설찬의 말에 보은현령 감찬이 가슴을 탁 내려치며 말했다.

"그렇지, 어디에 있는 누구에 의해 부는 바람인지 모르겠네. 이곳은 주요한 요새네. 백제와의 전쟁에서 단 한 번도 적진이 넘어설 수 없었던 곳이야. 이곳의 산성지기 또한 일반인이 아니지. 병졸들이 교대로 돌고 있고, 문을 지키는 이들도 체계적으로 훈련받은 자들이야. 절대 쉬이 당할 이들이 아닌데."

소태를 입에 문 듯 잔뜩 구겨진 감찬의 눈빛이 분노로 일렁였다. 새로 부임 온 현령은 온화하기가 햇살 같다고, 소문이 파다했다. 하지만 그의 내면은 내 사람을 지키는 것에 있어 고집스러울 만치 투철한 이였다. 옥색 포를 단정히 입은 하얀 얼굴의 서생 같은 모습은 태어날 때부터 무신武神처럼 보이는 그 앞의 설찬과 극히 대조되었다. 하지만 그 잔인하리만치 강인한 성정만큼은 꼭 닮은 두 사람이었다. 그렇기에 어려서부터 친우라 어울려 다닐 수 있었던 것인지도 몰랐다.

"어쨌든 단 하나 확실한 것은, 그자들이 신라인들은 아니라는 것이군. 나비가 잠시 머물듯 스치다 홀연히 사라졌으니."

설찬의 말에 묵직한 한숨을 내쉰 감찬이 고개를 끄덕였다.

"허면 내 그리 제께 보고를 올릴 것이야. 아마 월성에 들면 다시 조사를 다녀야 할 것 같군. 사태가 예사롭지 않아……."

"음, 나도 이곳에서 조사를 강행하겠네. 무너진 백제군의 잔당일 수도 있어."

감찬의 말에 설찬이 단호하게 고개를 저었다.

"그건 아닐 것이야. 이미 지난번 백제 부흥군이 참담하게 무너지고 다시 일어설 여력을 충분히 모을 수 있는 기간이 되지 못했어."

"그렇다면 도대체 어디서……. 반란군인가?"

"……."

그도 아닐 것이다. 현제 태흥제의 위치는 하늘이었다. 또한 그 하늘을 떠받쳐주는 이가 바로 소지 태후였다. 태후의 세력이 버티고 있는 한 당분간 반란은커녕 반란의 씨앗도 발아하지 못할 것이다. 머리를 굴려봤지만 벌써 스무 날을 고민한 문제에 갑자기 해답이 나올 리 없었다. 두 사내의 미간이 동시에 찌푸려졌다.

"어쨌든 내일 왕경으로 출발할 것인가?"

"아아."

감찬의 말에 설찬이 짧게 고개를 끄떡였다. 그의 대답에 감찬의 눈이 가늘어지더니 잠시간 친우의 얼굴을 노려봤다. 그 눈빛에도 설찬의 얼굴 위에는 티끌만큼의 변화 없이 고요했다. 날카로운 눈빛으로 설찬을 노려보던 감찬이 몇 번 입술을 달싹이더니 이내 크게 한숨을 내쉬었다.

"후아! 이 친구, 좀 궁금해하는 표정이라도 보이게나!"

"뭐를 말이지?"

"나를! 내 모습을 말이야."

"…… 자네?"

설찬의 눈이 감찬을 위아래로 훑었다. 천천히 세밀하게 훑어보던 그가 도리어 짜증이 난다는 듯 미간을 찌푸렸다.

"똑같은 모습인데, 무엇을 궁금해하라는 건가? 보은에 와서 계집 놀음에 빠졌다더니만, 알 수 없는 말을 하는 것이 계집들에게 배운 건가?"

"어허, 이 사람 말조심하게! 내 언제 계집 놀음에 빠졌다고. 크흐흠! 그게 아니라……. 내 이렇게 뭔가 할 말이 있어 보이는 얼굴 아닌가?"

감찬이 그 자리에 펄쩍 일어나 설찬에게 삿대질을 했다. 하지만 그렇다고 무서워할 그가 아니었다. 감찬의 말에 콧방귀도 뀌지 않는 설찬이 말했다.

"그러니까 내게 지금 뭔가 바라는 게 있는 거로군."

"아하하! 뭐 큰 것은 아니네만……."

넉살 좋게 웃어 보인 감찬이 슬그머니 품속에서 서찰 하

나를 꺼내 들었다. 하얀 종이가 아닌, 진달래 물을 먹인 듯
고운 빛깔의 종이었다. 순간 설찬의 얼굴이 단박에 구겨지
고 말았다.

이제는 완연히 날이 차가워졌다. 산 이슬을 머금어 더욱
냉랭해진 바람이 달리는 말의 발길에 세차게 저항했다.
타그닥! 타그닥!
설찬은 감찬이 입에 침이 마르도록 자랑한, 무너지지 않
는 철옹성이라는 삼년산성을 달렸다. 높고 낮은 지형에도
그의 애마는 주인의 지시에 쉼 없이 발을 놀렸다. 그런 그
의 뒤로 전방대 화랑 적품이 그림자처럼 바짝 뒤따르고 있
었다.
적품의 눈에 보이는 주군의 뒷모습이 어스름한 달빛에
더욱 시리게 빛났다. 가느다랗게 뜬 눈으로 설찬을 바라보
는 적품의 마음이 어쩐지 싸하게 가라앉았다. 비단 이 추운
마음은 쌀쌀해진 날씨 탓만은 아니었다.
"워!"
보은현에서 가장 달이 높이 뜬다는 오정산 꼭대기에 다
다라서야 말은 내달리던 발을 멈췄다. 달리는 내내 한마디
말도 없던 두 사람이 동시에 머리 위를 바라봤다. 그 풍성
함이 지난 한가위 어머니의 치맛자락 같은 동그란 달이었
다. 설찬은 잠시간 그 동그란 달을 고집스레 노려봤다. 밤

이면 밤마다 머리 위로 찾아오는 저 달을, 그는 보은에 와서 매일같이 바라봤다.

굳게 다문 입술, 딱딱하게 굳은 어깨 그리고 반듯한 허리가 말 위에서도 흐트러짐 하나 없건만, 그 고고한 자세와 달리 그의 마음 한편은 어쩐지 여전히 가을바람이 부는 듯 적적했다.

오늘은 풍성한 저 달보다 조금 어그러지고 못난 달의 모습이 보고팠다. 그 모자람의 끝에는 항상 작고 소담한 얼굴이 어스름히 떠올랐다. 아니, 그 달을 보고만 있으면 자연스럽고 스스럼없이 떠오르는 얼굴이었다. 이 겁도 없는 환영은 주인을 닮은 것인지 더욱 대담해졌다. 어느새 환청까지 동원해 그의 귓가를 어지럽히고 있었다.

'곧 모자란 달을 좋아하게 되실 겁니다.'

어림도 없다 중얼거리던 그날의 기억이, 조금 전 모자란 달의 모습을 그리워하던 제 모습을 비웃듯 선명하게 떠올랐다. 설찬이 고개를 흔들었다. 내일 돌아간다 생각하니 별생각이 다 나는구나 싶었다.

잡념을 지우려 그가 잠시 눈을 감았다가 떴다. 딱딱하게 굳은 그의 턱 끝에 오기가 묻어났다.

"벌써 이곳에 계신 지 달포나 지났습니다."

정적을 깨고 적품이 먼저 입을 열었다. 그의 말에 설찬의 고개가 미미하게 틀어졌다.

"그래, 달포가 지났군."

"설찬랑."

항상 평온한 말투로 말하는 적품답지 않게 그의 음성에 걱정이 묻어 있었다. 무엇을 걱정하는지 그조차도 알지 못한 채 그는 불안한 눈빛으로 주군을 올려다봤다. 그의 주군은 항상 옳았다. 그의 주군은 항상 바르고, 강했으며, 아름다웠다. 그를 흔드는 것이 이 세상에 존재하는지조차 의심스러울 만큼 적품에게 설찬은 완전무결한 존재였다. 하지만 오늘의 설찬은 조금 달랐다. 돌처럼 깡깡 얼어붙은 호수 위로 그어진 실금처럼, 뚜렷하게 보이진 않지만 어딘가 모르게 불안한 기운이었다.

'주군을 흔들 수 있는 것이 있는가? 얼마나 대단한 것이기에 저 고고한 영혼을 잠 못 들게 하는 것인가.'

적품의 불안을 읽은 것일까? 설찬은 그답지 않게 조금 길게 말을 늘어놓았다. 마치 스스로에게 말을 걸듯 느릿하고 모호한 단어의 나열들.

"조그마한 것이 언제 이리 굴러들어 박혀버린 것인지. 내 그것을 다시 빼낼 수 있는지 자문해보려고 그런 것이다. 작은 가시라고 무시하면 큰 코 다치는 법이거든……. 이제 돌아가야 할 때가 되었군."

적품은 그의 말을 온전히 다 이해하지는 못했지만 감히 그것을 다 알아내려고 하지도 않았다. 설찬은 적품을 상대로 무엇을 털어놓고자 하는 것이 아니었다. 그저 그 순간 적품이 그의 곁에 있었을 뿐. 그래서 적품이 우연히도 그의 말을 엿듣게 된 것, 그뿐이었다.

"내일, 날이 밝으면 즉시 왕경으로 출발한다."

"예!"

침묵을 또 하나의 벗으로 둔 두 화랑이 달을 등지고 하산 했다. 산길 위에 달은 여전히 무척이나 풍만하여, 어둠 속에 숨어든 티끌마저 보일 듯 예민하게 빛나고 있었다.

3장 남산에는 선녀가 산다지?

　왕경이 소란해졌다. 지난밤 기별도 없이 근 50여 일 만에 풍월주 설찬이 돌아왔다. 먼 길 다녀온 풍월주와 화랑들의 귀환에 화랑도는 기뻐하고 반가워했다. 또 한편으로는 그가 없는 틈에 화랑을 어지럽힌 사건에 불호령이 떨어질 것을 두려워하며 불안해했다. 하지만 불호령이 떨어져도 가장 먼저 갈 곳은 윗분들이지, 자신들이 아니기에 낭도와 화랑들은 우선 돌아온 이들을 반가워했다.

　그중에서도 가장 소란한 곳이 바로 천관녀가 속해 있는 천언부였다. 새벽같이 나와서 안절부절못하는 단희가 만면에 웃음을 가득 매달고 돌아다녔다. 수시로 부제를 쫓아가 설찬랑은 어디 있느냐며 끊임없이 보챘다. 하지만 사랑

190

스러운 사촌 동생의 귀여운 재촉을 즐기는 듯 환웅의 입에
서는 좀처럼 그녀가 원하는 대답이 나오지 않았다.

"그만 약 올리시고. 어디 갔냐니까?"

"글쎄, 곧 오지 않겠느냐? 기다려보려무나."

집무실에 자리하고 앉아 누런 종이 위로 무엇인가를 끊
임없이 적어 내려가며 환웅이 딱 시치미를 뗐다. 요 근래
가장 어여쁜 옷을 꺼내 입은 단희가 어깨 아래로 내려온 머
리카락으로 손장난을 치며 시무룩하게 중얼거렸다.

"벌써 그 말만 쉰다섯번째라고."

"그만큼 네가 나를 보챘다는 뜻도 된단다."

"치사해, 오라버니."

"내가 무얼?"

환웅은 반듯한 눈을 크게 뜨고 나는 아무것도 모르오, 하
는 표정을 지어 보였다. 그 얄미운 얼굴에 결국 단희의 물
앵두 같은 입술이 부루퉁 튀어나왔다.

"되었어, 내가 바보지. 내가 알아서 찾아볼 것이오. 흥!"

"어이쿠? 어디로 가시려고?"

반짝반짝 옻칠을 한 의자에서 벌떡 일어난 단희가 팽 돌
아서 밖으로 뛰어나갔다. 그녀의 뒤로 환웅의 숨죽인 웃음
소리가 뒤따랐다.

*

　제께서 설찬을 부르신 곳은 남산 서쪽 기슭에 위치한 포
석사鮑石祠였다. 남산에서 내려오는 곡수를 받아 구불구불
돌길로 흘려보내는 아름다운 이궁離宮은 왕족과 귀족들의
연회나 신성한 제례를 위한 장소가 되기도 했다. 하지만 오
늘은 연회나 제례가 있는 날이 아니었다. 그저 태흥제 장천
의 발길이 이곳으로 향했을 뿐이다.

　"폐하, 풍월주 설찬 인사 올립니다."

　구불구불 흐르는 물길을 내려다보는 장천의 뒤로 묵직한
저음이 울렸다. 무척이나 오랜만에 듣는 그 딱딱한 음성에
장천이 웃으며 돌아봤다.

　"설찬."

　"강녕하셨습니까?"

　"귀찮을 정도로 나의 안녕과 신체를 챙기는 것들이 천지
이니 억지로라도 강녕해야 하지 않겠느냐."

　달라붙은 신하들과 후의 관심이 귀찮은 듯, 장천이 슬쩍
넌더리를 내며 대답했다. 그런 제의 모습에 설찬이 말없이
조용히 웃음 지었다.

　"이곳에 홀로 나와본 것이 무척이나 오랜만이더구나. 그
기분이 색다르니 오늘은 어쩐지 기분이 좋군."

　"……."

장천이 설찬을 돌아보며 손짓했다.

"이리 가까이 오거라. 너도 이 물길을 한번 보거라. 물소리가 방울 소리처럼 살가우니, 내 너의 딱딱한 목소리를 이 물소리로 달래며 들어야겠구나."

설찬이 장천의 옆으로 가 아래를 굽어보니 두 장신의 모습이 든든한 기둥처럼 웅장했다. 포석사를 가르는 아름다운 유상곡수에 드리워진 태산처럼 듬직한 무신들은 왕경 서라벌을 지키는 가장 든든한 버팀목이리라.

시비들을 모두 물린 장천은 설찬을 옆에 두고도 한동안 물소리에 귀를 기울이고 있었다. 황제의 자리에 있음에도 그는 매번 서두르지 않았다. 그것이 그의 마음에 여백을 두어 상대를 꿰뚫어보게 했는지도 모른다. 벌침처럼 정확하고 신속하게 파고드는 소지 태후와는 완전히 다른 양상이었다.

"그래, 이번 보은 유람遊覽은 잘 다녀왔느냐."

장천의 말에 설찬의 얼굴이 더욱 딱딱해졌다.

"유람이라뇨, 폐하. 감찰이었습니다."

"딱딱하기는."

대쪽 같은 설찬의 대답에 장천이 혀를 차며 다시 물었다.

"그래, 그럼 그 감찰은 어떻더냐?"

장천의 물음에 설찬은 더도 덜도 없이 정확히 그가 보고 온 대로 소상히 고했다. 더불어 보은 현령 감찰의 견해와 보은 주변에서 벌어진 다른 성문지기 살해 사건도 고했다. 설찬의 말에 장천은 고개를 끄덕이기도 하고 혀를 차기도 하며 반응했다. 상대의 말을 더 상세히 끌어내기 위한 그의 오래된 습관과도 같은 행동이었다.

"허면, 누구인지 밝혀내지는 못했다는 게냐?"

"송구하옵니다."

"흠, 그렇군."

잠시 생각에 잠긴 듯 장천은 입을 다물었다. 그와 더불어 설찬도 남자다운 입매를 단단히 굳혔다. 졸졸졸 흘러가는 물길을 내려다보던 장천이 이내 손을 들어 턱을 쓰다듬으며 말을 꺼냈다.

"좀 더 조사를 진행해야겠구나. 앞으로 화랑들이 바쁠 것이다. 자유롭게 오가기는 화랑들이 으뜸이니 유오(遊寤)한다 생각하고 각지에 침투하라."

"명 받들겠습니다."

나직하게 고개를 숙이는 설찬을 바라보던 장천이 문득 입가에 웃음을 매달았다.

"허고, 너 그 소식 들었느냐?"

"예?"

"며칠 전 화랑도에서 재밌는 사건이 있었더구나. 한데 그 것을 해결한 것이 천관녀라지? 너는 어젯밤에 당도하였으니 아직 보고를 듣지 못했을 수도 있겠구나."

제께서는 어찌 이 사건을 알고 계신 건가? 황제로서의 정무가 바쁘실 터이기 때문에 화랑도의 크고 작은 사건까지 일일이 주시하지는 못하실 텐데 말이다. 허면 이는 필히 누군가 폐하께 이를 보고했다는 뜻이렷다.

"단희라는 아이라지? 재밌구나. 내 한번 기회가 되면 그 아이를 보고 싶군."

순간 설찬의 가슴 아래로 불안한 바람이 스산하게 들어찼다. 그의 조용한 시선이 천천히 제에게로 향했다. 굽이치는 물결을 바라보는 제의 얼굴은 평온했다.

"부제가 잘 처리했더구나. 여튼, 앞으로 화랑도가 바빠질 것임이 틀림없지. 안으로나 밖으로나 말이야."

제의 말을 곱씹으며 설찬의 머릿속이 분주해졌다. 고요한 얼굴로 허공을 바라보는 눈빛이 매서웠다. 그가 없었던 달포. 그리고 그가 돌아오기 직전의 열흘여 동안 무슨 일이 있었던 것일까.

포석사를 빠져나온 설찬은 낭문으로 복귀할까 잠시 고민하다가 이내 발길을 돌렸다. 그를 기다리고 있던 석이 아범에게 거추장스러운 관복을 맡기고는 이내 가벼운 옷차림으로 그의 애마만 데리고 어딘가로 향했다. 가는 길에 적품을 마주쳤지만 그에게도 가는 곳을 말하지 않았다. 적품은 설찬의 얼굴에서 얼핏 귀찮음을 보았다. '무슨 일로 그러신지요?' 하고 묻기도 전에 설찬의 말이 빠르게 그의 곁을 스치고 지나갔다. 그런 설찬의 뒷모습을 적품이 유심히 바라보았다.

붉은 해가 뉘엿뉘엿 땅 아래로 끌려가고 있었다. 해가 지는 하늘을 힐끔 올려다본 설찬은 거북 문양이 새겨진 커다란 나무 문 앞에 섰다. 벽에 걸린 문패에는 귀당비장 비류금이라는 글씨가 묵직하게 새겨져 있었다.

'정말 내 이런 일까지…….'

설찬은 나지막이 한숨을 내쉬고는 무거운 손을 들어 문을 두드렸다. 단단한 주먹으로 점잖게 문을 두드린 그가 잠시 기다리니 대문이 열리며 늙은 집사가 머리를 내밀었다.

"뉘신지요?"

"요화 낭주를 뵈러 왔네."

그리 말하며 설찬은 자신의 목패를 내밀었다. 화랑의 풍월주라는 휘직(徽織: 표식)을 본 집사의 눈이 화등잔만 해졌다. 그를 알아본 그가 급히 머리를 조아렸다.

"풍월주께서 여, 여긴 어쩐 일로……. 귀당비장 나리께서는 지금 출타 중이신데……."

"귀당비장을 뵈러 온 것이 아니네."

"아! 요화 아씨를 뵈러 오셨다 했지요? 잠시 기다려주십시오."

"내 보은에서 왔다고 전해주면 알아들으실 것이야."

순간 집사가 그의 말뜻을 알아들었다는 듯 얼굴빛을 달리했다. 설찬은 집사가 이미 무슨 일로 그녀를 찾는지 알고 있다는 것을 깨달았다. 한걸음에 안으로 달려간 집사는 곧이어 설찬을 저택 안으로 들였다.

그 안에서는 그가 오기를 간절히 기다리던 이가 버선발로 뛰쳐나왔다.

적품이 막 낭문 안으로 들어설 때였다. 평소 흑의黑衣를 즐겨 입는 그는, 오늘도 검은 옷을 걸치고 느지막이 낭문에 들어섰다. 짧지 않은 시간 동안 자리를 비웠으니 정리할 것도 있거니와, 그를 따르는 낭도들도 추슬러야 했던 탓이다. 한데 적품은 낭문 안에 들어서 채 백 보도 가지 못하고 천관녀 단희에게 붙들리고 말았다.

"적품랑!"

입관 의식 이후로 대화 한번 해보지 못한 천관녀였지만 적품은 한눈에 그녀를 알아봤다. 맑은 눈동자가 그를 보며 반갑게 반짝거렸다.

"보은은 잘 다녀오셨는지요?"

"천관녀께서 무사 귀환을 빌어주신 덕분에 잘 다녀왔습니다."

그의 어깨 아래에나 간신히 오는 작은 여자는, 무엇이 그리 흥분되는지 붉어진 볼을 숨기지 못하며 복숭아꽃처럼 환희 웃음을 보였다.

"부끄럽습니다. 저는 그저 편안하고 안전한 곳에서 기도를 올린 것밖에 한 게 없습니다. 잘 다녀오셨다니 얼마나 다행인지 모르겠습니다."

입관 의식에서 처음 그녀를 보았을 때는 천관녀 취선과 비교해 볼품없다 할 정도로 초라하던 그녀였다. 하지만 단 60여 일이 지났을 뿐인데 몰라볼 정도로 달라져 있었다. 훌쩍 키가 큰 것도 그렇지만 그것보다도 그녀를 빛나게 하는 것은 푸른 산천을 닮은 싱그러움과 탄탄한 아름다움이었다. 해사하게 웃는 얼굴에서는 자신감이 그득했고, 비단으로 가려진 곡선은 유려하게 변해 있었다. 여자는 참으로 신기한 존재였다. 적품은 단희를 보며 다시 한 번 그것을 깨달았다.

"이런, 까마귀 한 마리를 낚아채셨군. 천관녀께서 말이야."

두 사람 사이로 정다운 목소리가 슬그머니 끼어들었다. 어디서 나타난 것인지 요함이 그들 곁으로 다가왔다.

"아니, 요함랑! 오랜만일세."

요함을 본 단희의 얼굴에 낭패감이 역력했다. 그런 단희를 보며 짓궂은 눈빛을 빛낸 그가 적품을 와락 끌어안으며 반가움을 표시했다.

"하하! 잘 다녀왔는가? 오늘까지는 쉬어도 될 법한데 어찌 벌써 복귀한 게야?"

"할 일이 쌓여 있으니 내 잠시도 쉴 수가 없군."

"어이쿠! 그렇게나 바쁜 자네를 한가한 천관녀께서 덥석 붙들고 계셨던 게로군!"

"그게 무슨 말인가, 붙들리다니. 천관녀께서 인사를 건네주신 것뿐이야."

조금 무례하다 싶을 정도로 서슴없는 요함의 말에 적품이 곤혹스럽게 대꾸했다. 그가 힐끔 단희의 눈치를 살폈지만 그다지 노한 기색은 없어 보였다.

"요함랑은 오늘 낭도들과 향악을 하러 가신다 하지 않으셨나요? 일찍 들어오셨습니다."

"오늘내일은 내 꼬박꼬박 낭문에 들러야지, 암! 귀한 볼거리가 있을지도 모르는데."

단희의 고까운 물음에 요함이 히죽 웃으며 말했다. 단희는 끙 앓는 소리를 내며 머리를 짚었다. '귀한 볼거리'라는 것을 저가 제공해줄 것만 같은 느낌이 든 탓이었다.

"그래요, 그렇군요. 여튼 저기 적품랑……."

반쯤 포기했다는 얼굴로 단희가 조심스럽게 적품을 올려다봤다. 우물쭈물 망설이는 듯하면서도 입가가 근질근질 올라가는 것이 말을 꺼내지 않으면 못 견디겠다는 얼굴이었다. 적품이 슬쩍 고개를 기울였다.

"왜 그러십니까?"

"저, 어찌 혼자 오십니까? 같이 오셔야 할 분이 보이질 않습니다."

"예?"

"그분 있잖습니까, 눈썹이 이렇게 짙어가지고 매일 인상만 쓰고 다니면서 늠름하고 아름다운 화랑."

단희가 미간에 주름을 만들며 우스꽝스러운 표정으로 누군가를 흉내 냈다. 그런 그녀의 모습을 보며 요함이 푸하하하! 하고 커다란 웃음을 터트렸다. 잠시 어리둥절해하던 적품이 순간 떠오른 누군가의 모습에 손바닥을 내리치며 말했다.

"아아, 풍월주 말씀입니까?"

그제야 천관녀의 뺨을 농익게 만든 원인을 눈치챈 적품이 곤란한 얼굴로 고개를 저었다. 이 천관녀의 외사랑이야 이미 오래전부터 화랑 안에서 유명한 이야기였다. 그 앙큼하고도 지고지순한 마음이 곱기도 했지만, 한편으로는 그녀에게만 항상 냉랭한 주군을 아는지라 안쓰럽기도 했다.

"이런, 그토록 기다렸는데 적품랑마저 모른다 하니…….
이거 우리 천관녀께서 속이 상해서 어쩌나?"

적잖이 실망한 기색이 역력한 단희를 보며 요함이 능글맞게 놀려댔다. 그런 요함의 말에 약이 오른 듯 시무룩한 얼굴로 슬쩍 흘겨보던 그녀가 어깨를 늘어뜨리며 '그렇군요' 대답했다.

'심술궂은 친구 같으니.'

200

적품은 속으로 쯧쯧 혀를 차고서는 부드러운 어조로 말문을 열었다.

"풍월주께선 아침부터 월성에 드신 걸로 압니다."

"월성요?"

"예, 궁에서 부름을 받으셨거든요. 조금 전에 나오시는 것을 뵀습니다. 아마 곧 이곳에 들르실 것입니다."

"정말요? 언제요? 오래되었습니까?"

"글쎄요, 한 시진 정도 된 것 같습니다."

순간, 단희가 눈살을 찌푸리며 잠시 입을 다물었다. 동그란 눈으로 말똥말똥 적품을 올려다보더니 이내 고개를 갸웃거렸다.

"한데 적품랑께서는 설찬랑께 행선지를 묻지 않으셨습니까?"

"그건……."

적품이 말끝을 흐리며 고개를 저었다.

"서두르시는 듯하여 따로 묻지는 않았습니다만."

"이상하군요."

"예?"

단희가 입술을 뾰로통하게 내밀며 조곤조곤 말했다.

"적품랑은 설찬랑을 그림자처럼 따른다고 들었습니다. 설찬랑께서 가장 가까이 두는 화랑이 바로 적품랑이지요. 하는 일이 많은 부제인지라 설찬랑을 따로 보필하기 어려워 적품랑이 특히 곁에 머문다고 알고 있습니다. 한데 그냥 그렇게 보내셨다고요? 거짓말은 나쁜 겁니다."

단희의 날카로운 말에 순간 적품이 놀란 듯 눈을 가늘게 떴다. 거짓말이 서툰 그인지라 티가 나는 것인가 했지만 딱히 거짓말을 한 것은 없었다. 그는 정말로 설찬에게 따로 행선지를 묻지 않았던 것이다.

순간 말문이 막힌 그의 앞으로 단희가 한 걸음 더 다가왔다.

"숨기시는 것이 있다면 말씀해주십시오."

"……."

당혹스러움에 휩싸인 적품이 지우인 요함을 바라봤지만 도움은 바랄 수 없었다. 믿었던 친구마저 호기심에 눈을 반짝거리고 있었던 탓이다. 요함은 한술 더 떠서 적품을 재촉했다.

"나 또한 풍월주께 긴히 드릴 말씀이 있다네. 어디 계신가?"

"풍월주께서 말씀해주신 것이 아닌지라……."

"허면 풍월주의 뒤를 밟으셨다는 것입니까? 주군의 뒤를 몰래 밟는 것은 거짓말보다 더욱 나쁜 것입니다."

"아니, 몰래라고 할 것까지는……."

"몰래가 아닙니까? 그럼 설찬랑께서 행선지를 일러주신 건지요?"

"아니, 그게 아니라."

조여오는 단희의 물음에 적품이 진땀을 뻘뻘 흘리며 물

러났다. 그렇게 기어코 몇 번의 질문을 받고 나서야 그는 그녀에게서 벗어날 수 없다는 것을 깨달았다. 체념의 한숨을 들이마신 그가 마지못해 입을 열고 말았다.

"아마 풍월주께서는 제가 뒤를 따르고 있다는 것을 알고 계셨을 것입니다. 몰래라고 하기엔 너무나 명명백백하니까요."

"허면 그분께서 어디로 가신 겁니까?"

"그게……."

다시 또 망설이는 그를 보던 요함이 목소리를 낮춰 적품을 불렀다.

"한시가 급한 사안이야. 어서 말씀해주시게."

하아. 짧게 한숨을 내쉰 적품이 고개를 끄덕였다. 그를 올려다보고 있던 단희의 눈빛이 부담스러울 정도로 직설적이었다. 풍월주께서 행선지를 딱히 숨기려는 의도는 없어 보였기에 그는 마침내 입을 열고 말았다.

"설찬랑께서는 귀당비장 어르신 댁을 찾아가셨습니다."

"귀당비장 어르신은 지금 댁에 안 계실 터인데?"

월궁을 지키는 직이었으니 시시때때로 궁을 돌아야 하는 직이었다. 짐작컨대 아직은 사가로 들어올 시간이 아니었다. 그러자 적품이 더욱 곤란한 얼굴로 우물우물 말을 이었다.

"그것이…… 실은 비당 어르신을 뵈러 간 게 아니라……."

요함과 단희의 눈이 마주쳤다. 순간 당황한 단희가 다시

적품을 바라봤다. 비장 어르신을 뵈러 간 게 아니라면? 순
간 단희의 언니들 미령, 요령과 비견되어 왕경에서 아름답
기로 둘째가라면 서럽다던 여인의 이름이 떠올랐다.

요화謠花.

바로 노래하는 꽃이라 장내에 소문이 파다한, 귀당비장
비류금의 금지옥엽이었다.

*

"오늘은 어찌 나가지 않누?"

별채 한편을 차지하고 앉아서는, 춥지도 않은지 겹문을
활짝 열어놓은 단희를 향해 요령이 물었다. 바느질을 하는
것도 아니고, 그렇다고 그 좋아하는 서책을 끼고 앉은 것도
아니고, 그저 멍하니 남산 자락을 바라보는 동생의 눈길이
아련했다. 요령은 저 불편한 눈길의 연유가 어젯밤 저잣거
리에 은근히 맴돈 소문 때문이라는 것을 확신했다.

'쯧쯧, 미련한 것.'

슬쩍 고개를 내저은 요령이 사뿐사뿐 걸어가 단희의 어
깨를 감싸 안았다. 나긋한 손길이 소담한 어깨를 부드럽게
다독였다.

"고뿔 든다. 안 그래도 요즘 무릎이고 관절이고, 삭신이
다 쑤셔서 잠도 못 자는 애가 어찌 찬바람을 맞고 있어."

"마음 불이 홧홧한데 동장군 입김으로도 꺼지지가 않네."

"으이그, 그런다고 화랑엘 안 나가?"

요령이 가볍게 탓하니 단희가 그제야 고개를 돌려 언니를 보며 뽀얀 볼을 부풀려 웃어 보였다.

"갔다 왔어, 이른 아침에. 얼굴만 내밀고 아프다며 다시 들어오긴 했지만……."

"오늘 설찬랑이 조회를 보는 날이 아니더냐. 그렇게 손꼽아 기다렸으면서 그걸 쏙 피해서 왔니?"

불현듯 떠오른 임의 이름에 곱게 웃음꽃을 피우고 있던 단희의 안색이 굳어버렸다. 잠시 인상을 찡그린 그녀가 입술을 앙다물더니 불퉁스럽게 중얼거렸다.

"오늘은 보고 싶지 않다고, 흥!"

"어머?"

요령이 소리 없는 웃음을 터트리며 동생을 얄궂게 쳐다봤다. 그녀의 새치름한 눈매 끝에서 꽃향기가 날 것만 같았다. 그런 언니의 고운 웃음을 보며 단희가 울상을 지었다.

"정말이야, 언니."

"그래그래, 언니가 믿어줄게."

동생의 귀여운 투정에 키득키득 웃음을 보인 요령이 잠시 단희에게서 멀어졌다. 단비 털로 만든 폭신한 배자褙子를 입었음에도 한기가 느껴지는 것을 보니 날이 너무 찼다. 그녀가 손을 뻗어 열린 창호 문을 잡았을 때 저 멀리 중문을 넘어오던 마지가 그녀들을 불렀다.

"단희 아가씨!"

"마지야, 마침 잘 왔다. 방이 식어서 그러는데 화로에 숯 좀 넉넉히 넣어주련."

요령이 살갑게 묻자 마지가 냉큼 알겠다고 대답했다. 하지만 애초에 그가 온 목적은 아기씨들의 편의를 봐주기 위해서가 아니었다. 단희를 찾는 손님이 온 것을 알리기 위해서였다.

"단희 아가씨, 손님이 오셨습니다. 아가씨 뵙기를 청하는데요?"

마지의 말에 단희가 반색하며 벌떡 일어났다. 말하지 않아도 그녀를 찾아온 손님이 '그'이기를 감히 바라고 있다는 것이 절절하게 티가 났다. 설마 내가 조회에 보이지 않았다고 찾아오신 겐가? 만약 그렇다면 설령 잔뜩 화가 난 얼굴로 찾아왔다고 해도 배꽃처럼 환히 웃으며 그를 맞이할 텐데.

"누구? 누가 온 거야? 화랑에서 온 거야?"

"아, 그게……. 화랑에서 왔다고 해야 하나? 아닌가?"

마지가 고개를 갸우뚱하며 말끝을 흐렸다. 어수룩한 대답을 참지 못한 단희가 냉큼 방에서 뛰쳐나왔다. 쌀쌀한 날씨에 웃옷 하나 걸치지 않은 단희의 모습에 요령이 그녀를 불러 잡았지만, 성질 급한 막냇동생은 벌써 중대문을 벗어나고 있었다.

참새처럼 날래게 대문으로 달려간 그녀가 서성이고 있는
누군가의 모습에 우뚝 멈춰 섰다. 기억 속에 어렴풋이 남아
있는 사내였다. 그 또한 달려오던 단희를 발견하고는 주춤
주춤 인사를 했다. 허리를 굽히고서는 천천히 고개를 든 그
가 머쓱한 웃음으로 말했다.

　"안녕하십니까, 저…… 기억하시는지요? 낭문으로 갔었
는데 오늘은 일찍 들어가셨다고 그래서."

　"아, 아! 그때 약방에서 봤던!"

　단희가 손을 탁 내리쳤다. 어름어름한 기억 속에 어깨를
다쳐서 온 청년이 떠올랐다. 제 손으로 붕대를 갈아준 이라
더욱 잊지 못할 얼굴이었다. 놀란 것도 잠시, 단희는 금세
반가운 미소로 그를 반겼다. 그러자 청년의 얼굴에도 수줍
은 미소가 떠올랐다.

　"한데 어인 일로 저를 찾으신 건지요? 아, 혹시 어디 몸이
안 좋으신 건가요?"

　단희가 걱정스럽다는 말투로 물었다. 그녀의 눈이 겉으
로는 말짱해 보이는 그의 어깨에 잠시 머물렀다. 그 착한
눈동자에 사내의 얼굴 위로 선한 웃음이 피어났다.

　"아닙니다. 상처는 깨끗하게 잘 아물었습니다. 쌀가마도
질 수 있을 정도로요."

　"한데 여긴 어찌?"

　어린 여인의 맑은 눈동자 앞에서 미흌은 얼굴을 붉히며

느릿하지만 뚜렷한 음성으로 말했다.

"실은 낭주님을 따르고 싶어서 이리 왔습니다."

"따르고 싶다고요?"

"예, 단희 낭주님의…… 아니 천관녀님의 낭적(郎籍: 화
랑도의 명단을 가리키며 풍류황권風流黃卷으로 불리기도 한다)에
오르고 싶습니다."

"어머나?"

단희가 진심으로 놀랐다는 듯 입술 위로 손을 가져갔다.
절로 터지는 작은 탄성을 막아내는 손짓이었다. 두 눈을 동
그랗게 뜬 그녀가 사내의 진심을 보려는 듯 그의 눈을 깊이
바라봤다. 숨길 것이나 거리낄 것 없다는 듯 깨끗한 눈동자
가 선하게 웃어 보일 뿐이었다.

"제 이름은 미휼입니다. 저뿐만 아니라 제 동기들이나 친
우들 모두 낭주님을 따르기를 원하고 있습니다. 저희를 받
아주시겠습니까?"

눈앞의 사내는 조금 긴장한 듯 너른 어깨를 딱딱하게 굳
혔다. 미휼. 이름처럼 든든하고 건장한 사내였다. 단희는
잠시 이 상황이 믿을 수 없어서 숨을 깊게 들이마셨다.

미휼은 척 보기에도 반듯하고 건강해 보이는 사내였다.
눈매는 선했고, 어깨는 마지만큼이나 넓었다. 바깥일을 얼
마나 했는지, 까맣게 그을린 피부는 그를 더욱 성실해 보이
게 했다.

단희의 낭정에 오른 낭도들의 수는 꽤 되었다. 하지만 그것은 대부분 '천관녀'라는 소속과 부제의 사촌 동생이라는 배경에 기인한 것이었다. 그도 아니면 아버지의 깨끗한 명성을 흠모하는 이들이었다. 이렇듯 그녀를 따르고 싶다고 직접 찾아와 진심을 내보이는 이는 처음이었다. 단희의 소담한 입술 끝자락이 절로 올라갔다. 어찌 이 사내의 발걸음이 고맙지 않을쏘냐? 어찌 기쁘지 않을쏘냐? 소박한 그녀의 마음이 두둥실 떠올랐다. 벅차올랐다고 하는 것이 더 맞을 것이다. 그에게 감사한 마음이 추가되어 단희의 목 아래에 걸렸다. 그녀의 고개가 저절로 숙여졌다. 미흘의 눈이 대보름달처럼 동그래졌다.

"이런! 나, 낭주님!"

당황한 미흘은 단희의 머리보다 더욱 깊이 머리를 조아렸다. 어쩔 줄 몰라 하는 손이 허공에서 버둥거리고 있었다. 그럼에도 단희의 무거운 고개는 올라올 기색이 보이지 않았다.

"잘 부탁드리겠습니다."

내가 잘하겠습니다, 나 또한 좋은 화랑이 되겠습니다. 스스로의 약속을 마음속에 고이 새기며 그녀가 부드럽게 미소 지었다. 숨기지 못한 설렘이 탐스러운 단희의 볼을 분홍빛으로 물들였다.

화랑들의 훈련이 시작되기 전, 설찬이 짧은 조회를 마쳤다. 칼날 같은 그의 성정처럼 간결하고 필요한 말만으로 이루어진 단출한 조회였다. 무사히 돌아왔음을 환영하고, 그가 없었음에도 화랑도의 기강이 흐트러지지 않았음을 보고하는 자리는 그렇게 순식간에 끝났다. 설찬은 그 뒤로 즉시 집무실로 돌아와 자리에 앉았다. 그가 봐야 할 것들이 책상 위로 수북했다.

설찬은 망설임 없이 그 자리에서 목간*簡을 펼쳐 읽어 내려갔다. 산처럼 쌓인 것들을 차곡차곡 읽고 확인하던 설찬이 희미하게 들리는 인기척에 고개를 들었다.

"풍월주, 부제입니다."

말과 동시에 문이 열렸다. 그것을 굳이 무례라고 생각지 않는다는 듯 선선히 웃음을 보인 환웅이 집무실 중앙 서탁에 자리를 잡고 앉았다.

"어디를 갔다 오느라 이리 늦은 건가."

"어디를 다녀오긴? 부름을 받자마자 당장에 달려온 것인데."

"달려온 것치곤 참 굼뜨군. 자네 실력 녹슬지 않았나 내 조만간 대련이라도 해봐야겠어."

"오! 좋지. 검 말고 수박(手搏: 손을 사용한 무술의 일종)으로 하는 것이 어떤가?"

설찬의 어조에 섞여 있는 언짢음을 읽었음에도 능구렁이

담 넘어가듯 슬쩍 비켜서는 환웅이었다. 설찬이 눈을 작게 뜨며 환웅을 노려봤지만 환웅은 헛기침 한 번으로 시선을 외면했다. 짧게 한숨을 내쉰 설찬이 딱딱하게 굳은 입술로 입을 열었다.

"내 자네를 부른 이유는…….."

"창고 사건의 경위를 자세히 듣기 위함이지?"

눈치 빠른 환웅의 말에 설찬이 고개를 끄덕였다. 환웅이 그럴 줄 알았다는 듯 고개를 끄덕이며 입을 열었다.

"단희의 기지가 빛난 사건이네. 덕분에 쉽고 빠르게 잡을 수 있었지. 손잡이에 옻을 발라놓았을 줄이야. 빼도 박도 못하게 만들어버렸지, 뭔가?"

하하 웃으며 말하는 환웅이 슬쩍 설찬을 바라봤다. 그 눈이 마치 '내 사촌 누이 참으로 귀엽지 아니한가?' 하고 묻듯 반짝였다. 그를 바라보는 설찬의 한쪽 눈썹이 올라갔다. 기분이 그다지 좋지 않을 때 나오는 그의 습관이었다. 환웅이 설찬의 무뚝뚝한 반응에 아이처럼 입술을 삐죽대며 말을 이었다.

"어찌되었건 범인을 잡은 경위와 사용된 도구들은 거기 맨 아래 목간에 자세히 적어놓았어. 또 범인과 그 후의 처리에 대한 제시까지 써놓았으니 참고하게. 내 이번 사건으로 화랑도에 구멍이 있다는 것을 알게 되어 범인에게 배움값을 좀 주었다네. 그것도 거기 자세히 적어놓았으니, 확인해보고. 아! 그런데 바깥에는 이 일을 내가 처리한 걸로 공표해놓았지. 단희가 개입된 것은 나와 요함 그리고 곡사흔밖에 모르네."

"왜 그렇게 했지?"

"단희의 부탁이었어. 아직 자리도 잡지 못한 천관녀가 이일에 개입했다는 것이 알려지면, 실이 되면 되었지 득이 되지는 않는다 그러더군. 또 부제인 내가 처리해야 더욱 기강이 살 것이라고 덧붙이면서 말이야."

"…… 그렇군."

단희의 말은 일리가 있었다. 어느 날 갑자기 들어온 천관녀의 존재를 부정하지는 않지만, 화랑들 대부분은 그녀들을 아직 화랑이라고 인정하지 않았다. 화랑과 그녀들은 다른 존재인 것이다. 그런데 곁을 내어준 지 얼마 되지도 않은 단희가 그들의 죄를 찌르고 도려냈다는 것이 알려지면 괜한 반발심이 생길 가능성이 있었다. 순박하고 천진한 얼굴 뒤로 총명함이 비상한 계집이었다.

문득 설찬의 머릿속에서, 지난날 하얀 춤사위로 부서질 듯 낭창거리던 단희의 모습이 스쳐 지나갔다. 어리기만 하던 여아가 하루가 다르게 여자가 되어가고 있었다. 두 달전에도 조금씩 태가 나기 시작한 얼굴이 지금은 어떻게 변해 있을지 상상도 되지 않는 그였다.

'그런데…… 얼굴을 비추지 않는다, 이거지.'

생각에 잠겨 있던 설찬의 얼굴 위로 비뚜름한 미소가 올라왔다. 분명 어제부터 그를 찾아 동동거리는 천관녀에 대한 이야기를 들었다. 낭문 안에 온갖 사람들을 붙잡고서 그의 행방을 물는다는 소문이, 그의 집 담장 안에까지 장장했다. 설찬은 그랬기에 당연히 오늘 조간 조회에도 그녀가 가장 가까이, 가장 먼저 나와 있을 줄 알았다. 내심 그럴 것이라고 확신 아닌 확신을 했건만…… 이 깜찍한 것이 그의 뒤통수를 친 것이다. 당최 그 작은 머리는 무슨 생각을 담고 있는지. 설찬은 그녀의 예상치 못한 행동에 종종 가슴이 내려앉을 때가 있었다. 도저히 예측을 할 수 없는 그 작은 계집 때문에.

"어허이! 거참."

한동안 말없이 자신만의 상념에 휩싸여 있는 설찬을 환웅이 헛기침 소리로 불러들였다. 설찬은 가만히 고개를 들어 환웅을 바라봤다. 할 말이 있으면 해보라는 눈빛이었다. 그 모습에 환웅은 굳은살이 박인 손가락으로 탁상을 몇 번 두드렸다. 마치 심각한 고민이 있다는 듯 미간까지 굳히며 한숨을 쉰 그가 마침내 입을 열었다.

"오늘 단희가 안 나왔지?"

"……."

"어허! 이거 참. 이거 원, 이게 이게."

단희라는 미끼만 던지고서는 환웅은 다시 입을 다물었

다. 이미 그녀의 부재에 대하여 생각이 많던 설찬이 환웅을 지그시 바라보는 것으로, 그의 말을 듣겠다는 의지를 보였다. 하지만 환웅이 그 뒤로도 몇 번이나 더 '어허! 이거 원!'을 외치자 무표정하던 설찬의 얼굴에 짜증이 올라왔다. 그것을 확인한 환웅이 슬쩍 웃음을 흘리며 입을 열었다.

"아니, 요즘 단희가 말이야. 밤에 외출을 그렇게 다닌다고 하더군. 낭문을 나서 집에서 저녁을 먹고 밖으로 나온다는 거지. 그리고 새벽달이 뜰 때에야 귀가한다는 말을 내 엊그제 이모님께 전해 들었다네. 내 아니 그래도 그 아이에게 오늘 이 해괴한 소문에 대해 해명을 들으려고 하는데, 어찌 알고 단희가 통 모습을 보이지 않는군."

환웅은 주절주절 말을 늘어놓으며 힐끔 설찬을 훔쳐봤다. 설찬의 얼굴에 큰 변화는 없어 보였다. 그저 날카로운 눈으로 환웅의 입매를 주시하고 있을 뿐이었다.

'단희야, 단희야. 이것아! 너는 이 오라버니에게 감사해야 할 것이야.'

속에서 끓는 화를 식히려 집에 꿍 박혀 있을, 사랑스러운 사촌 동생에게 들리지 않게 으스댄 환웅은 벌떡 자리에서 일어났다. 점잖은 발걸음으로 설찬의 앞을 오락가락하던 환웅이 한숨을 내쉬며 말했다.

"아니 그래도 단희가 이제 내일모레로 만 15세가 되지 않나? 그 나이면 주변에서 혼례를 올린 이도 적지 않게 볼 수 있지. 그뿐인가. 자네가 아직 못 봐서 그렇지 단희가 요즘 퍽 태가 나더군. 여인의 태가 말이야! 우리 이모님 핏줄이니 내 언젠간 필 줄 알고 있었지만, 허허! 요즘은 내가 봐도 참 곱더군. 단희가 걸어가면 이제는 제법 눈들이 돌아간다네. 이제는 키도 훌쩍 자랐고 말이야. 아, 자네는 못 봤지? 그런데 그렇게 다 큰 처녀가 밤마실을 다닌다니, 내 오라버니로서 참으로 걱정이 되지 않겠나?"

몇 번이나 은근슬쩍 '자네는 아직 못 봤지?'를 강조하며 환웅이 슬쩍 웃음을 보였다. 놀리는 기색이 다분했다. 그러나 그런 환웅을 바라보는 설찬의 자세는 여전히 한 치의 흐트러짐이 없었다.

"환웅."

"음?"

설찬이 조용히 환웅을 불렀다. 환웅이 그를 돌아봤다.

"언제부터 이렇게 수다스러웠나?"

조용히 말하는 설찬의 말에 환웅이 너털웃음을 지으며 고개를 털었다.

"그러게 말이네. 내 언제부터 이렇게 말이 많아졌는지. 여튼 내 그걸로 요즘 고민이 많다, 이 말인 게지."

"할 말 마쳤으면 나가보시게. 오늘 일 없나?"

"일이 없긴. 내 자네보다 업무가 많은 것을 모르나?"

"그럼 가서 일 보시게."

예, 예. 풍월주. 멋쩍게 대답하며 환웅이 물러났다. 문밖으로 사라지는 환웅의 모습을 보던 설찬이 다시 시선을 내려 가지런한 목간 위를 훑었다. 붓을 들어 몇 글자를 휘갈겨 적던 그의 손이 우뚝 멈췄다. 마침내 목간 위를 배회하던 손이 바닥으로 뚝 떨어지고, 그의 빳빳한 고개가 옆으로 돌아갔다.

"하……!"

밤마실? 기가 막힌 말이었다. 이것이 지금 밤길 무서운 줄 모르고 그렇게 나돌아 다닌다 이 말인가? 왕경을 떠난 60여 일 동안 무슨 바람이 든 것인가? 그것보다, 천관녀로서의 품위는 밥 말아 먹은 것인가? 생각하면 할수록 속이 언짢아지는 설찬이었다. 몇 번이고 '그래, 내 상관할 바 아니지' 하고 곱씹으며 다시 목간 위의 글씨에 집중하려 했지만 번번이 실패였다.

탁.

설찬은 결국 붓을 내려놓고 말았다. 그의 고개가 신경질적으로 올라왔다. 단단히 닫힌 창호 문을 노려보던 설찬은 결국 소리를 높였다.

"거기 누구 없느냐! 가서 천관녀를 불러오라!"

초승달처럼 반듯한 단희의 눈썹 한쪽이 새치름하게 올라갔다. 마지가 단단히 닫아놓은 곁문이 다시 활짝 열려 찬바람이 들어오고 있었다. 그 안으로 미랑환 댁의 자랑인 꽃 세 송이가 나란히 앉아 있었다. 그중에서 이제 막 개화를 시작한 막녀 단희가 입을 열었다.

"못 갑니다."

"예, 에?"

그녀의 말을 못 알아들었다는 듯 풍월주의 심부름을 온 대도(大徒: 낭두 중 가장 높은 계급) 무한이 고개를 들어올렸다. 흰자가 다 보이도록 눈을 크게 뜬 그가 당황하여 다시 말했다.

"처, 천관녀님. 풍월주께서 부르신 것입니다."

"알고 있습니다. 그래서 내 대답하지 않았습니까? 못 갑니다. 오늘 몹시도 몸이 안 좋아 자리에서 일어날 수도 없었습니다. 허니 그리 전해주십시오."

무한은 눈을 크게 뜨고 그녀를 바라보는 것으로 놀란 심경을 대변했다.

'아니 천관녀님께서 어찌 나에게 이러시는가?'

지금 그녀는 대놓고 그에게 거짓말을 고하라 말하고 있었다. 그것도 감히 풍월주께 말이다!

옷을 단단히 여며 입고 머리도 곱게 치장한 단희는 지금 올곧게 앉아 그를 보며 생긋 웃어 보였다. 그 볼 위로 불그스름한 홍조마저 보이거늘 자리보전하고 누워 있다 말하는 그녀의 목소리가 참으로 천연덕스러웠다. 무한의 시선에 꺼림칙함이 보이자 단희가 사뿐히 손을 들어 머리를 짚었다.

"아이고, 머리야. 흠흠, 목도 좀 아픈 듯하고……. 찬바람을 맞으니 내 다시 몸이 안 좋아지려 하네요. 언니, 지금 단희 이마가 뜨끈뜨끈하지 않아?"

단희가 옆에 앉아 있는 두 언니들을 향해 물었다. 막냇동생의 작은 심술을 재미나게 지켜보고 있던 두 여인이 서로 눈을 마주쳤다. 그중 단희의 말에 맞장구를 쳐준 이는 세 자매의 맏이 미령이었다. 밖으로 마실을 나갔다가 동생이 몸이 아파 들어왔다는 소식을 듣고 귀가한 미령이, 보는 이들의 가슴을 철렁이게 만들 정도로 애련한 표정을 지어 보이며 말했다.

"이런, 열이 올라오는구나. 보십시오. 아니 그래도 요즘 계속 몸이 좋지 않던 동생입니다. 태어나 병이란 것을 모르던 아이인데, 이리 아프다 하니 내 이 아이를 밖으로 내보낼 수가 없더이다. 조금 미덥지 않더라도 그대가 풍월주께 말을 잘 해주시오."

무한은 초겨울에 갑자기 훈풍이 부는 것 같다고 느꼈다. 내려간 눈매에 촉촉한 입술을 가진 미인의 안타까운 표정은 듣는 이에게 저절로 죄책감을 들게 만들었다. 저 미인에게 누가 슬픈 표정을 짓게 한단 말인가? 저런 애달픈 얼굴로 말을 하는데 감히 아니 된다 강경하게 말할 수 없었다.

그는 얼굴을 붉히며 고개를 숙였다.

무한이 막 주춤주춤 물러서려는데 다시 단희의 입이 열렸다.

"혹여……."

"예?"

잠시 뜸을 들이던 단희가 무한이 고개를 들어 그녀를 볼 때쯤 천천히 말을 이었다.

"혹여 풍월주께서 믿지 못하겠다 하시면 직접 와서 확인해보시라고…… 그리 전해주시겠습니까? 단희는 얌전히 예서 기다리고 있을 것입니다."

반쯤 열려 있는 곁문의 문고리를 잡으며 단희가 생긋 웃었다. 아프다 말한 혈색 위로 숨기지 못한 계집의 고집과 도발이 걸려 있었다.

"오실 때까지 말입니다. 그럼 살펴 가시어요."

"몸이 아프다?"

"예, 풍월주."

무한은 턱이 가슴에 닿을 정도로 고개를 푹 숙이며 말했다. 온몸에서 식은땀이 비 오듯 쏟아지고, 앞에서 느껴지는 냉한 기운에 손발이 다 차가워졌다. 하지만 그는 천관녀를 소환할 재주도 힘도 없는 일개 낭두일 뿐이었다. 또한 풍월주에게 억울함을 호소할 만한 능력도 없었다. 그저 전하라

는 대로 전할 수밖에 없는 그가 마른침을 꿀꺽 삼키며 어렵
게 다시 입을 열었다.

"저…… 그리고."

"……"

눈치를 살핀 무한이 냉큼 시선을 내렸다. 살짝 올려본 풍
월주의 안색에서 숨 막히는 압박이 느껴졌다. 원체 말이 없
고 표정이 풍부하지 않은 풍월주였지만 그를 감싸고 있는
찌를 듯한 기운만은 확연하게 느껴졌다. 그 기에 짓눌려 죽
을 것만 같던 무한은 서둘러 말을 마치고 나가야겠다 판단
했다.

"정히 안부가 궁금하시면, 직접 오시라고…… 그리 말씀
을 전해달라 하셨습니다. 기, 기다릴 것이라 하시며."

무한의 말을 들은 설찬이 입술을 꾹 다물고 질끈 눈을 감
았다. 단단한 턱이 악물려 굳은 설찬은 주먹을 꽉 쥐고는
그의 눈치를 살피고 있는 무한에게 나가보라 말했다. 무한
이 나가고 완전히 문이 닫히자 설찬은 눈을 감고 깊게 심호
흡을 내뱉었다. 단희의 빤히 보이는 장난질에 설찬은 오래
간만에 '화'라는 것을 삼키고 있었다.

"…… 네가 나를 가지고 놀려 한다 이거지."

한 글자, 한 글자 씹듯이 내뱉은 그가 번쩍 눈을 떴다. 미
간을 구기며 비릿하게 미소 지은 그가 벌떡 자리를 박차고
일어났다.

"그래, 네가 이기나, 내가 이기나 보자꾸나."

절대로 네가 있는 그곳에는 가지 아니할 거라고, 감히 나를 가지고 놀려 하는 네 깜찍한 계략에 놀아나지 않을 거라고 다짐하며 설찬은 집무실을 박차고 나갔다. 머리를 식히는 데는 말을 타고 달리는 것이 으뜸이었다.

"너 어쩌려고 그러니?"

차갑게 보관한 연시를 가져오며 요령이 먼저 운을 뗐다. 조금 전 단희의 그 당돌한 언행이 내심 걱정되는 그녀였다. 그 곁으로 옹기종기 모여 앉아 뜨거운 차를 따르고 있던 단희와 미령이 서로 눈을 마주쳤다. 곤란한 듯 동그란 눈을 또르륵 굴리는 단희의 모습에 큰언니 미령이 먼저 넉넉한 웃음을 보여주었다.

"단희가 없는 말 한 것도 아니잖니? 요즘 우리 단희가 종종 몸이 아파 뒤척이는 것을 너도 봤잖아? 무술의 무 자도 모르는 애가 밤낮으로 뛰어다니니 골병이 든 거지. 그러니 하루쯤은 쉬어도 괜찮을 것이야."

"언니, 내 그 말이 아니잖수. 쉬는 거야 뭐, 그렇다 칩시다. 한데 풍월주에게서 온 전령을 그렇게 돌려보내도 되는 건지…… 걱정이 돼서 내가."

요령이 자매들 앞으로 연시 하나씩을 들려주며 걱정스레 말했다. 그러자 미령은 길고 하얀 손가락으로 둘째 동생의 이마에 슬쩍 딱밤을 내렸다.

"아야!"

"이것아, 네 치마폭에 정신을 못 차리던 공자들에게 미안하지도 않니? 어찌 그렇게 남자 마음을 몰라? 단희가 잘한 것이지."

"무슨 말이우? 응?"

이마를 슬슬 문지르던 그녀가 작은 수저로 연시를 떠먹고 있는 단희와 큰언니를 보며 고개를 갸웃했다. 그 사이로 단희는 그저 두 언니의 품이 좋은지 웃음을 보일 뿐이었다.

"주기만 하던 단희였지 않아? 설찬랑도 그것을 당연시하고 있음이 틀림없지. 눈에 넣어도 아프지 않을 우리 동생을 그리 홀대하는 이였으니, 어디 없을 때도 있어봐야 하지 않겠어? 시기도 적절하니 이참에 설찬랑도 단희의 존재를 다시 되새겨봐야겠지."

가만히 미령의 말을 듣고 있던 요령이 슬그머니 미소를 지었다.

"박을 타기 시작했군?"

"그렇지."

"슬금슬금 톱질하다 보면 박이 잘라지겠네."

"옳지!"

단희의 두 언니는 뭐가 좋은지 웃음을 터트렸다. 그 사이로 얌전히 연시를 떠먹던 단희도 덩달아 웃음을 보였다. 실

222

상은 두 사람이 무슨 말을 하는지 정확히 이해하지는 못했다. 하지만 조금 전 설찬에게서 온 전령을 돌려보낸 일은 속이 조금 시원하여 웃음이 났다. 어쩐 일인지 언니들도 좋아하고…….

단희는 그저 작은 복수를 하고 싶을 뿐이었다. 이 앙큼한 복수극에 설찬이 동참해줄지는 확신하지 못했다. 그러나 조금 전 그녀를 부른 전령을 생각하면 반은 치고 들어간 느낌이 들었다.

사실 부른 게 어딘가? 그동안 그녀를 찾기는커녕 눈앞에 두고도 모른 척하기 일쑤였는데. 다시 호호 웃음을 보인 단희가 탱글탱글한 연시의 옆구리를 쿡 찔렀다. 입에 들어오는 감향이 오늘따라 더욱 달콤했다.

*

풍월주가 화랑도로 돌아온 지 벌써 나흘이 지났다. 그동안 단희는 단 한 번도 설찬을 보러 가지 않았다. 심지어 화랑 집결 때도, 소회의 때도 잘도 빠져나가는 그녀였다. 아프다는 핑계는 첫날만 하고 끝냈다. 사적인 일에 공적인 일을 미루는 것은 하루면 되었다. 나머지는 그녀 재량껏 피해 다닌 것이다.

'아니, 그래도 그렇지. 정말 오다가다 한 번을 못 마주치

다니.'

　저가 피하고 있음에도 묘하게 섭섭한 마음은 어쩔 수 없는 단희였다. 감히 설찬이 그녀에게 져달라고 바라지는 않았다. 작은 복수로 시작된 이 힘겨루기는 시간이 지날수록 그녀에게 더 많은 의미를 가지고 있었다. 서로를 도발하는 이 시간들이, 그에게 단희가 신경 쓰이는 존재임을, 분명 그 안에 그녀가 있음을 알게 되는 계기가 되기를……. 그 단출한 희망을 위해 그녀는 지금 이 소비적인 싸움을 지속하고 있는 것이었다.

　'에휴.'

　하지만 정말 그가 지금 그녀를 신경 쓰고 있는 것일까? 한 치의 틈도 없어 보이는 마음에 그녀가 비집고 들어갈 수 있을까? 새삼 마음이 약해지는 그녀였다. 분명 그가 전령을 보냈을 때만 해도 자신만만한 그녀였건만, 여러 날 보지 못한 임의 얼굴에 점점 마음이 서글퍼졌다. 더 많이 품은 사람이 더 많이 내어줘야 하나 보다. 단희는 외사랑을 통해 또 한 번 사랑의 서글픈 일면을 이르게 깨달았다. 결국 목마른 사람은 그녀 자신임을, 멀리 보이는 그의 집무실 치미를 바라보며 인정해야 했다.

　저절로 입술이 툭 튀어나왔다. 주인의 마음을 대변하듯 아이처럼 붉어진 입술에서 쉴 새 없이 불만에 찬 말이 흘러나왔다.

"사내대장부가 여인네랑 싸움에 기어이 이겨먹을라 하
고. 치잇, 치사해서 내가 진짜……. 내 나중에 필히 꼭 이 마
음고생 시킨 값을 후하게 치르게 하고 말거야. 흥!"

곧 있을 대한大寒에 쓰일 제기祭器들을 살펴보러 가던 단희
가 다시 말을 멈추고 담장 너머를 새치름하게 노려봤다. 아
무도 보는 사람도 없고 듣는 사람도 없건만 꿍얼거리는 품
새가 퍽 대찼다. 동장군 앞바람이 귓불을 시뻘겋게 물들였
음에도 마음만은 의기를 다지듯 다시금 옹골찼다.

"흥이다, 흥!"

야무지게 허리에 손을 얹고 그녀가 다시 씩씩하게 발걸
음을 뗐다. 열흘이 지나더라도 달포가 지나더라도 먼저 오
게 만들 것이다. 오자마자 요화 낭주를 보러 달려갔으면서,
그녀가 기다린다고까지 했는데 오지 않은 것이 못내 섭섭
한 그녀였다. 꼭 그가 먼저 그녀를 찾아줬으면 하고 바라는
결정적인 이유도 바로 그 섭섭함 때문이었다.

"천관녀님!"

제기를 보관한 천언부 고庫로 향하던 단희의 발걸음이 우
뚝 멈췄다. 다급하게 그녀를 부르는 소리에 뒤돌아보니 천
언부 소속 화랑 윤이 달려오고 있었다.

"윤랑, 왜 그렇게 뛰어오세요?"

2백 보쯤 되는 거리를 단숨에 뛰어온 것인지, 윤이 숨을
헐떡이며 단희의 앞에 멈춰 섰다. 잠시 숨을 고르던 그가 화

등잔만 하게 커진 눈으로 그녀를 바라보며 입을 들썩였다.

"차, 찾으시는 분이 있습니다."

"네?"

평소 같지 않게 사색이 되어 그녀를 잡아끄는 윤의 모습에 단희도 덩달아 눈을 동그랗게 뜨고 그를 따라갔다.

*

"우선 선발조 일곱 명을 먼저 차출하여 당항성(黨項城: 현재의 공주 지역)으로 보내도록 하지. 또한 다른 곳으로 파견을 위해 예비조도 마련해놓도록 하고."

"예, 풍월주."

넓찍한 서탁에 모여 앉은 화랑 5개조의 대화랑들과 보좌화랑들이 설찬의 말에 일제히 고개를 숙였다. 활발하게 의견을 조율하는 소회의실에 불현듯 조심스러운 그림자가 졌다. 감히 소회의를 방해할 수 없어 깨금발을 들고 살금살금 들어온 이는 우삼부 대화랑 요함의 화랑인 사헌이었다. 요함의 크고 작은 심부름을 담당한 그는 어려서부터 그를 따르던 육촌 동생이기도 했다. 동그란 얼굴에 순하게 내려간 눈매의 사헌이 요함의 곁에 서서 서둘러 귓속말을 전했다.

서탁의 한편을 차지하고 있던 요함이 사헌의 속살거림에 눈썹을 올리더니 작은 탄성을 내질렀다. 그 소리에 설찬의 시선이 그에게로 향했다.

"뭐지?"

"아, 아닙니다. 급히 전갈이 와서…… 죄송합니다."

요함이 웃음을 보이며 넉살좋게 사과하자 다시 회의가
속행되었다. 무표정한 설찬의 얼굴이 서탁 끄트머리에 앉
은 취선에게 닿았다.

"취선, 대한의 제사를 천언부에서 주관하는 것으로 알고
있습니다. 그에 대한 준비는 잘되고 있습니까?"

"제기 관리는 오늘 중으로 마무리될 것입니다. 길례吉禮를
행함에 있어서 최선을 다할 것이니 염려치 마십시오."

취선의 담담한 말에 설찬이 고개를 끄덕였다. 냉한 눈빛
으로 좌중을 다시 한 번 훑어보던 설찬이 마지막 안건을 물
었다.

"준비된 안건은 모두 종료되었다. 다루고자 하는 다른 사
안이 있는가?"

그때 마침 얌전히 있던 전방대 화랑 적품의 손이 번쩍 올
라갔다. 설찬이 말해보라는 듯 시선을 건넸다. 차분하고 깨
끗한 음성이 소회의실에 울려 퍼졌다.

"근래 왕경에 해괴한 소문이 돌고 있습니다. 요즈음 왕경
뿐만 아니라 각 지방에서도 수상한 소문이 나돌고 있는 시
점에 왕경에 떠도는 이 소문의 진상을 밝혀야 하지 않을까
생각됩니다."

"해괴한 소문? 그게 무어냐."

설찬의 얼굴이 굳었다. 그가 자리를 비운 사이에 왕경에도 무슨 변고가 생긴 것일까? 굳게 다문 입술로 설찬이 적품을 재촉했다. 살짝 고개를 끄덕인 적품이 좌중을 훑으며 동의를 얻듯 말을 이었다.

"분명 이 안에도 그 소문을 들어본 분들이 계실 것이라 생각합니다. 남산의 소선녀에 관한 풍문이지요."

적품의 말에 화랑들이 서로를 쳐다봤다. 그중 가장 놀랍다는 듯 눈을 크게 뜬 두 사람이 있었는데 바로 부제인 환웅과 대화랑 요함이었다.

"달이 머리 위로 떠오르는 술시를 넘어 남산에 가면, 검을 휘두르는 선녀를 볼 수 있다고 합니다. 때로는 활을, 때로는 은빛 날을, 때로는 창을 휘두르는 선녀는 나풀거리는 모습이 신성하여, 소선녀의 환생이라는 설이 나돌고 있습니다. 그를 목격했다는 자들도 볼 수 있습니다. 모두들, 그런 소문 듣지 못하셨습니까?"

적품이 말을 마치자 좌중이 술렁거리기 시작했다. 이미 그 신비한 소문을 들은 화랑들이 고개를 끄덕이기도 하였고, 옆에 앉은 화랑에게 귓속말로 자신이 들은 소문을 보태어주기도 하였다.

그 가운데 환웅이 손을 들어 입가를 가리고 피식 웃음을 지어 보였다. 반대편에 앉아 있던 요함도 마찬가지였다. 그는 아예 고개를 숙이고 주먹으로 입을 가린 채 보이지 않게 낄낄 웃음을 짓고 있는데, 그를 가리는 게 힘에 겨워 보이기까지 했다.

하지만 그 속사정을 모르는 설찬의 표정은 홀로 심각했다. 누군가 인심人心을 흔들기 위하여 퍼트리는 소문인가? 그도 아니면 어떤 미친 여인이 밤마다 왕경을, 그것도 신성한 남산을 휘돌아다닌다는 것인가? 무엇 때문에? 어이하여? 만약, 이것이 헛소문이 아니라면 그 내막에 무언가 있을지도 모른다고 설찬은 생각했다. 목적이 있는 행동이리라.

국경 지역들에도 산성지기 상해 사건들이 퍼지며 요괴의 짓이라니, 미친 살인자가 돌아다니고 있다니, 민심을 흉흉하게 만들고 있었다. 어쩌면 이것도 같은 맥락인지 모른다. 설찬은 서탁 위로 올려놓은 손에 힘을 주었다. 단단히 턱을 굳힌 그가 적품을 바라보며 굳은 어조로 명령했다.

"수상하군. 적품, 너는 이것을 자세히 알아……."

"풍월주!"

대뜸 요함이 끼어들었다. 다급하게 얼굴을 정리한 그가 입술을 꽉 깨물더니 설찬을 간절히 바라보며 말했다.

"제가, 제가 알아보겠습니다! 적품랑께서 돌아오신 지 얼마 되지 않으셨으니, 제가 가겠습니다! 그게 낫지 않겠습니까?"

황급히 가로막고 서는 요함의 말에 설찬의 눈빛이 굳었

다. 칼같이 예민한 성정에 이상한 낌새를 눈치챈 것인지 휘어져 올라간 눈썹이 매서웠다. 그는 석연찮은 마음에 눈을 빛내며 요함을 지그시 바라봤다.

설찬의 예리한 직시에 요함은 장난기 스며든 눈빛을 환웅에게로 돌렸다. 구원을 요청하듯 간절히, 그러면서도 숨기지 못한 야살스러움을 빛내는 요함의 모습에 환웅이 동조하겠다는 듯 작게 고개를 끄덕였다.

"풍월주, 저도 적품보다는 요함이 적합하다 생각합니다. 적품은 여독을 푼 지 며칠 되지 않은 데다가 또 이런 야행 임무를 수행하는 것은 천부당만부당합니다. 우삼부 대화랑인 요함이 수행하는 것이 합당하지요."

기분이 묘해진 요함이 얼굴을 슬며시 구겼다. 그러나 환웅은 특유의 인자하고 훤칠한 미소로 모르는 척했다. 그러자 설찬이 마지못해 고개를 끄덕였다. 석연찮았지만 환웅의 말마따나 적품보다는 요함이 수행하는 것이 누가 봐도 합당했다.

"그러하면 요함 네가 가서 사건의 전위를 알아보거라."

"예, 풍월주."

그것을 끝으로 소회의는 끝이 났다. 마지막으로 환웅과 요함이 자리에 남았다. 모두를 내보내고도 정리할 것이 남았는지 설찬은 널찍한 소회의실에서 자리를 뜨지 않았다. 그 모습을 보며 잠시 눈치를 살피던 환웅과 요함도 슬슬 엉덩이를 뗐다. 어쩐지 혼자 있고 싶은 게 분명해 보이는 설찬의 뒷모습이었다. 그가 보고 있는 것은 아니지만 적당히 풍월주에 대한 예를 올린 두 사람이 슬그머니 발길을 돌리던 참이었다. 환웅이 요함에게 물었다.

"한데, 조금 전 무슨 전갈이 온 것인가?"

"아아, 그게 단희 낭주를 찾으러 갔다 온 것입니다."

"단희를?"

두 사람이 동시에 힐끔 뒤를 돌아보았다. 그러나 설찬은 뒤돌아선 채 창호문 밖을 바라보고 있었기에 표정을 알 수는 없었다. 그 넓고 듬직한 등을 보던 요함이 픽 웃으면 도리어 조금 더 큰 소리로 놀랍다는 듯이 말을 이었다.

"예, 잠깐 볼일이 있어 단희 낭주를 찾으러 갔는데 자리에 아니 계신다고 하더군요. 부름을 받고 자리를 비웠다 합니다."

"아니, 부름을 받다니? 어디서!"

환웅의 목소리도 덩달아 커졌다. 두 사람은 부러 걷지 않고 그 자리에 우뚝 멈춰 서서 이야기를 나누고 있었는데, 혹여 설찬이 듣지 못할까 목소리까지 한층 높여 말했다.

"궁에서 찾아왔다고 하더이다, 궁에서! 그것도 남당(南堂: 제가 정무를 보던 곳)에서 찾아온 시비에게 불려 갔다던데요?"

"어허! 남당이면…… 제께서?"

'제께서'를 강조하며 말하는 환웅을 보며 요함이 웃음을 참을 수 없어 소리 없이 어깨를 떨었다. 그러고는 깨금발을 들고선 '예, 예' 익살맞게 대답하며 그 자리를 나왔다. 회의실을 나서며 마지막으로 돌아본 설찬의 어깨가 딱딱하게 굳는 것을 보지 않아도 알 수 있는 두 사람이었다.

*

시린 바람이 코끝을 매섭게 치고 지나갔다. 단희는 코끝이 맵싸하여 손을 들어 코를 감쌌다. 손안에 남은 온기로 눈물이 쏙 나올 것 같던 한기가 잦아들었다.

'제께서 나를 왜 찾으시는 걸까?'

단희는 그녀를 찾아온 시비의 뒤를 따라 곧게 뻗은 길을 걸으면서 끊임없이 생각했다. 아무리 생각해도 그 이유를 도통 알 수 없었다. 알 수 없는 것은 마음을 두렵게 만들었다. 그것도 서라벌의 지존, 태흥제께서 그녀를 친히 불렀다 하니 어찌 두렵지 않을 수 있을까?

제비꽃 색 치맛자락을 움켜쥐고선 총총 길을 걷던 그녀가 멈춰 선 시비의 발걸음에 눈을 들었다. 떨리는 눈동자가 월궁 내에서도 가장 웅장하고 아름다운 남당에 들어서는 대문을 올려다보았다. 그녀는 잠시 호흡을 고른 후 석조 계단을 올랐다. 입술을 앙다물고 눈을 부릅뜨고는 다시 한 번 코끝에 스치는 맵싸한 바람을 느끼며 비장하게 안으로 들어섰다.

호랑이 굴에 들어가도 정신만 차리면 산다 하였으니 정신 똑바로 차리면 된다. 스스로를 향해 한없이 되뇌다 보니 어느새 웅장한 남청南廳에 들어서 있었다. 그리고 다시 몇 번의 심호흡을 하니 그녀의 눈앞에 태흥제가 있었다. 정신을 똑바로 차리라고 그렇게 다짐하였지만 어쩐지 태후마마를 뵐 때보다 곱절은 혼미한 그녀였다.

눈을 동그랗게 뜬 단희가 그 자리에 굳어 서서 제를 말가니 올려다봤다. 끔뻑끔뻑 몇 번 눈을 감았다 뜨니 그제야 저가 엄청난 무례를 저지르고 있다는 것을 깨달았다. 옥좌에 앉아 그런 단희를 바라보고 있는 장천의 얼굴에 재밌다는 듯 웃음이 피어났다. 그러고는 호쾌한 성정에 먼저 입을 열었다.

"재미있는 아이로구나."

그제야 단희는 저절로 헉 소리가 났다. 감히 제에게 예도 올리지 않고 눈을 똑바로 뜨고 있다니. 혀를 깨물고 싶은 것을 꾹 참은 단희는 눈을 내리깔았다. 발갛게 붉어진 뺨을 감추지 못하고 입술을 콱 깨문 그녀가 허리를 굽혀 예를 표했다.

"폐하를 뵙습니다."

"많이 놀랐나 보구나. 얼마나 놀랐으면, 혼백이 달아나는 게 눈에 다 보이는 듯하군."

제의 말에 눈을 내린 단희가 얼빠진 웃음을 보였다. 그것은 정말 제의 말이 우습거나 그 상황이 즐거워서가 아니라 그저 야릇한 민망함에 본능적으로 피어난 소녀의 미소였다. 그러나 이런 반쯤 정신이 나간 미소마저 제에게는 흔치 않은 볼거리였다. 느긋하게 뒤로 젖혀져 있던 그의 상체가 앞으로 기울었다. 심지어 무릎 위에 팔을 기대어 시전에 나와 있는 인형극을 구경하듯 느긋한 자세로 찬찬히 단희를 훑어보기 시작했다.

누가 제의 말에 저리 선뜻 웃음을 보인단 말인가? 정신이 반쯤 나가 지어 보인 미소든 아니든, 제의 눈에는 그의 말에 웃어 보이는 것으로 보였다.

"어찌 웃는 게냐?"

저가 웃은 줄도 몰랐던 단희는 갑작스러운 제의 물음에 눈을 들었다. 제는 그저 흥미가 동한다는 얼굴로 단희를 내려다보고 있을 뿐이었다. 황제에게 '그저 웃음이 나왔습니다'라고 내답할 수도 없는 단희가 잠시 입을 다물었다. 하지만 머지않아 곧 대답이 나왔다.

"혼백이 빠져나가면서 소녀의 입꼬리를 같이 끌고 나갔나 봅니다. 경거망동한 소녀의 혼백을 너그러이 용서해주십시오, 폐하."

황제의 눈빛이 반짝였다. 얌전히 고개를 내린 자세는 음전하였지만 그 입을 타고 흘러나오는 대답은 재치가 넘쳤다. 가타부타 말도 없이 단희를 내려다보던 제가 피식 웃음을 보였다.

"지금은 혼백이 다시 돌아온 것이냐? 어찌 입꼬리가 내려갔느냐?"

"반쯤은 돌아왔고, 반쯤은 여전히 나간 상태이오나 황제 폐하를 뵙기에 소녀, 간신히 가벼워지는 입꼬리를 다잡고 있나이다."

"반쯤은 돌아왔다? 허면 반은 어디로 간 것이냐?"

단희는 주절대는 제 입을 때려 막고 싶었다. 하지만 손으로 틀어막지 않는 이상 나불거리는 입이 쉬이 닫힐 것 같지 않았다. 더군다나 제는 이 말장난 같은 대화가 끝나는 것을 원치 않는 듯했다. 저절로 벌어져 나불거리는 입이 다시 나비처럼 나풀나풀 춤을 추었다. 그쯤 되자 단희는 떠들어대는 제 입을 그냥 포기하고 말았다. 입궐 때부터 까무룩 정신이 나가곤 하더니 입마저 돌아갔구나, 하고 체념했다.

"북풍한설이 데리고 가 월궁을 떠돌고 있는 것 같습니다. 소녀, 퇴궐하는 길에 필히 흩어진 혼백을 찾아내어 이와 같은 일이 다시 벌어지지 않도록 주의하겠습니다."

"북풍한설이라! 맹랑한 바람이로고. 후후!"

제가 웃자 단희는 그제야 입을 다물 수 있었다. 맹랑하다 말하는 바람은 단희, 그녀를 가리키는 것이리라. 하지만 그

옥음 속에 노여움이 없으니 단희는 그저 다행이라며 조용히 가슴을 쓸어내릴 뿐이었다.

"너."

그때 문득 제가 다시 단희를 불렀다. 단희는 얌전히 머리를 조아렸다.

"화랑도에서의 생활은 어떠한가?"

"너그러운 풍월주의 은혜와 아름다운 화랑들의 풍류 속에서 많이 배우고 느끼며 생활하고 있습니다."

"그런 지루한 대답은 싫다."

"…… 예?"

이게 대체 무슨 말인가? 단희는 고개가 기울어지려는 것을 간신히 다잡았다. 하늘에서 내리신 분이라 그러한가? 단희는 도대체 제의 심중을 헤아리기 어려웠다. 단희의 반문이 끝나고 다시 침묵이 이어졌다. 단희의 눈동자가 천천히 위로 올라갔다. 어린 계집의 눈동자는 맑고 곧아서 황제를 바라봄에도 흔들림이 없이 깨끗하기만 했다. 그런 단희의 작태를 지그시 바라보던 황제가 히죽 웃음을 보였다.

"재미있는 대답을 해보거라. 허울 좋고, 말만 좋은 대답을 한다면 내 너의 무례를 꼬집어 북풍한설에 맨발로 돌아가게 하는 벌을 내릴 것이다."

이 무슨 해괴한 요구인가. 단희는 저도 모르게 미간을 좁혔다. 또다시 의식하지 못한 소녀의 얼굴이 나와버렸다. 제의 명에 따라야 함을 알지만 그녀의 입이 선뜻 열리지 않았다. 그녀의 망설임을 읽었는지 황제가 소리 높여 시비를 불렀다. 단정한 옷차림의 시비가 들어와 가만히 고개를 조아렸다.

단희가 보이지 않는 그 알력에 한숨을 내쉬었다. 그녀의 눈앞에 있는 이는 서라벌의 지존, 하늘이 내린 황제 폐하였다. 아무리 엉뚱한 요구를 해도 그것이 제의 명이라면 마음을 다해 따라야 할 것이다. 곧 단희가 생각을 굳히고 입을 열었다.

"재미없습니다, 폐하."

"호오?"

더욱 말해보라는 듯 황제가 눈으로 웃어 보였다.

"아무것도 할 수 없어 재미가 없습니다. 천관녀라고 들어왔으나, 누구 하나 도움을 요청하지 않습니다. 저희에게 바라는 것이 없는 것이지요. 허니 천관녀라는 머릿수건을 쓰고 덩그러니 화랑에 자리만 차지하고 있는 꼴입니다. 그들이 밖으로 나가 민중을 살피고 폐하를 보좌할 때, 저희는 그저 무사 귀환을 빌고 있으니 답답할 따름입니다."

"그렇구나, 그럴 수 있지. 허고?"

황제는 재미있다는 듯 단희를 더욱 채근했다. 그녀가 미약한 한숨을 내쉬며 말을 이었다.

"더군다나 함께하고자 하는 임은 그 곁을 지킬 기회조차

주지 않으니 여간 마음이 심란하지 않을 수 없습니다. 화랑
도, 정말 재미없습니다!"

부루퉁 입을 내민 단희의 말에 장천이 무릎을 내려치며
파안대소하였다. 내전이 쩌렁쩌렁 울릴 만큼 시원한 옥음
이었다.

"아하하! 재미있구나. 그래, 재미있어!"

처음 알현한 황제는 무척이나 호탕하면서도 엉뚱했다.
질문과 웃음에서 자유로우며, 상대를 꿰뚫는 눈은 날카로
웠다. 단희의 조용한 눈동자가 황제의 호방한 웃음 속에 묻
혀 있는 그의 얼굴을 자세히 살폈다. 껄껄 웃어 보이던 황
제가 돌연 표정을 바꾸고 무릎을 내리쳤다.

"하지만 지나치게 당돌하다! 맹랑한 대답이야. 어느 안전
이라고 네 그 입을 함부로 주절거리느냐. 그래, 네 그 건방
진 대답에 대한 각오는 되어 있는 것이냐?"

불현듯 장천은 태도를 바꿔 엄한 얼굴을 지어 보였다. 그
리 말하라 명하였으면서도, 명을 따르니 치도곤을 내릴 듯
냉랭한 얼굴이었다. 단희의 눈이 동그래졌다. 그 동그랗고
총명한 눈동자가 내전을 압박하듯 냉기를 뿜어대는 장천
을 바라봤다.

허공을 날아다니는 먼지 소리가 들릴 만큼 고요한 시간
이 흘렀다. 그 잠깐의 고요 속에서 멀거니 황제를 바라보던
단희는 천천히 고개를 내렸다. 그녀의 입가에는 북풍한설

에 끌려 나갔다던 미소가 다시 걸렸다. 장천의 미간이 구겨졌다.

"웃어? 혼백이 다시 나갔다 말하려고 그러는 것이냐."

"아닙니다, 폐하. 소녀의 혼백은 지금 온전히 제 안에 담겨 있습니다."

"허면 네가 지금 나를 우습게 본다 이 말인 것이냐?"

"어찌 소녀가 폐하를 우습게 볼 수 있겠습니까? 당치도 않습니다."

단희는 극구 부인하며 시선을 내렸다. 그녀의 태도가 달라져 있었다. 처음에는 당황하여 입을 헤 벌리고 있던 어린 것이 이제는 황제의 호통에도 웃음을 보였다. 오히려 당황한 빛을 보인 것은 장천이었다.

"한데 네가 어찌 다시 웃음을 보이는 것이냐? 말하여라."

"소녀는 다만 폐하께서 소녀에게 바라는 바가 보여 웃음이 났을 뿐입니다."

"짐이 바라는 바라?"

한쪽 눈썹이 매섭게 올라갔다. 단희는 그것을 보고도 아니 본 척 시선을 내렸다. 골격이 장대하여 무장의 그것과 같으며, 숯을 바른 듯 짙은 눈썹과 옹고집이라고 말해주듯 굳게 다문 입술, 그리고 눈가에 자리 잡은 특유의 나른한 눈주름. 황제의 모습은 위협적이었건만, 단희는 어쩐지 시간이 갈수록 그가 무섭지 않았다.

처음은 봄을 알리는 첫 뙤약볕처럼 살갑고 다정한 얼굴로 그녀에게 원하는 대답을 캐내더니, 곧이어 그것이 거슬린다며 역정을 냈다. 누가 봤다면 황제의 변덕으로 단희가 곧 죽을지도 모른다 생각이 들 만큼 위험천만한 분위기였다. 그러나 단희는 그 속에서 변하지 않는 한 가지를 보았다. 그래서 그녀는 웃을 수 있었다. 바로 황제의 장난기 가득한 눈동자였다.

"예, 폐하. 어찌하여 이 어리석고 순진한 소녀에게 농을 거시는 겁니까? 저는 그리 대범한 성격이 되지 못합니다. 그러니 황제 폐하께서 저를 가지고 노시면 그대로 끌려 다니다 곤죽이 되어버릴 것입니다. 제발 소녀를 살펴주시옵소서."

"무어라?"

대범하게 말하여 놓고 스스로 대범치 못하다 말하는 작은 계집의 말에 황제는 입을 다물었다. 어찌 이리 맹랑한고? 그저 맹랑하기만 하다면 이리 웃기지도 않을 것이다. 이 작은 계집은 상대를 꿰뚫어보는 눈이 날카로웠다. 또한 제가 보고 판단한 바에 대해서는 확신이 있으니 듣는 이로 하여금 없던 마음도 생기게 할 만큼 현혹적이기까지 했다.

이만큼 상대를 흔들어놓고도 저는 아무것도 아니라는 듯 능청스럽게 납작 엎드려 있었다. 계집들이 가지고 있는 특유의 태연자약함과 사내들의 용맹함이 이 계집 안에 한데 뒤섞여 있었다.

'물건이로군.'

물론 그것들을 다 떠나 그가 마음만 먹는다면 무례하다고 경을 칠 수도 있었다. 하지만 장천은 그리하지 않았다. 그는 단박에 알아챘다. 새벽 첫 바람을 맞을 때처럼 유쾌한 기분이었다. 황제는 그녀를 내려다보며 히죽 웃음을 지어 보였다.

피융!

화살이 빠른 속도로 하늘로 높이 솟구쳐 올랐다. 특정한 목표 없이 하늘 높이 솟아오르는 화살촉을 보며 단희는 짧게 한숨을 내쉬었다.

"후우!"

하루 내내 쌓여 있던 긴장감을 화살에 담아 쏘아 올리기를 수차례. 새벽 공기가 폐로 들어오니 머릿속이 찌릿해졌다. 마지막 화살을 뽑아 들었다. 팽팽하게 잡아당긴 활시위가 턱 끝에 닿았다. 정면을 매섭게 노려보던 시선을 들었다. 거리감이 잡히지 않는 꺼먹한 하늘을 향해 손을 놓았다.

피융!

팽팽하게 긴장돼 있던 활시위가 순식간에 제자리를 찾았다. 순간 그녀의 머리도 아찔해졌다. 그만큼 오늘 하루가 고단했다는 뜻이었다. 아무리 되바라지고 맹랑한 그녀라지만 황제 앞에서 그렇게 입을 나불거릴 때는 무척이나 긴장됐다. 아니, 나불거릴 당시에는 잘 몰랐다. 남당을 빠져나오는 석조 계단을 밟았을 때에야 두 눈이 확 떠졌다.

'아이고, 또 사고를 쳤구나. 또.'

낮게 탄식하며 제 머리를 퍽퍽 쳐봤지만 이미 쏘아올린 화살일 뿐이었다. 제는 그녀의 말이 거슬려 벌을 주거나 앙심을 품을 생각은 안 했다. 도리어 그녀를 돌려보내는 게 아쉬운 듯 술을 청했다. 다행히 태후께서 제를 부르심에 그 자리를 모면하였지만 하마터면 첫 대면의 순간에 술시중까지 설 뻔했다. 재미있는 장난감을 발견한 듯 이채가 돌던 황제의 눈빛이 떠올랐다. 그녀의 예감이 맞는다면 제는 필히 수일 안으로 그녀를 다시 찾을 것이다.

'아아, 머리 아파.'

머리를 따라 온몸도 아팠다. 가슴이 욱신거리는 것은 물론, 몸이 나른하고 팔다리가 쑤셨다. 한마디로 온몸이 다 아팠다. 아프니 서러워졌다. 서러우니 외로워졌다.

외로우니, 그 사람이 생각났다.

멍하니 허공을 보던 그녀가 둥싯 떠오른 누군가의 뒷모습에 화들짝 놀라 머리를 털어냈다.

'정말 병이다!'

거세게 도리질한 그녀는 마음을 다잡았다. 이런 약한 마음으로는 그에게 흔하고 흔한 계집 중 하나밖에 될 수 없다. 간절한 만큼 무심해져야 한다. 특히 설찬처럼 고집불통인 사람에게는 그저 마음을 부딪치고 보여주는 것만이 능사가 아니었다. 그의 마음을 끌어내기 위해서는 자족하고 침묵할 줄 알아야 했다.

"두고 보라지! 흥!"

다시 한 번 결의를 다진 그녀가 쏘아 올린 화살촉을 찾으러 걸음을 옮겼다. 오늘도 쉬이 잠이 올지 않을 것 같은 밤이었다.

'으흠?'

곧 있을 길례를 위한 예행 연습이 한창인 천언부 앞에 다다른 설찬은 발걸음을 멈췄다. 머리부터 발끝까지 새하얀 의복으로 치장한 천관녀 둘과 그들을 따르는 낭도들이 보였다. 시린 겨울바람을 막아보려고 장작불 앞에 모여든 사람들은 뭐가 그리 즐거운지 하하 호호 웃음이 그치지 않았다.

그중에서도 가장 즐겁게 웃고 있는 계집이 보였다. 화르르 타오르는 불 언저리에 투명한 손바닥을 활짝 펴 보인 단희였다. 60여 일 만에 보는 얼굴이었다. 어쩐지 설찬의 눈이 쉬이 떨어지지 않았다. 계집은 언제 저리 컸는지 몰라볼 정도로 화사해졌다. 붉은 화롯불에 선홍빛으로 물든 얼굴로 환희 웃으며 시립한 낭도들의 농에 웃음을 보였다. 키는 훌쩍 자랐고, 볼살은 들어갔다. 투명하도록 뽀얀 얼굴은 여전했고, 입술은 통통하여 툭 불거져 나와 있었다.

젖살에 가려져 있던 미모가 드러나는 것인지, 오랜만에 본 그녀는 정말 어여뻤다. 설찬이 한동안 시선을 뗄 수 없을 정도로 말이다. 설찬은 빤히 그녀를 바라보던 중 문득 기분이 이상해졌다. 기분이 좋지 안다는 게 더욱 맞는 말일 것이다.

바로 그때, 까르르 터지는 웃음소리가 딱 멈췄다. 화롯가에 모여 있던 모두가 설찬을 발견했다.

"풍월주!"

"오셨습니까!"

낭도들은 화들짝 놀라 긴장한 채로 서 있거나 예를 갖추어 인사했다. 취선 또한 살짝 고개를 숙이고 예를 취했다. 단희는 동그란 눈으로 그를 한번 보더니 살짝 고개를 숙였다. 그러고는 그를 못 봤다는 듯 다른 곳으로 시선을 돌려버렸다. 괘씸한 눈이었다.

설찬은 부러 발소리를 내며 다가갔다.

"제사 준비는 어찌되고 있습니까?"

설찬은 단희를 보며 물었지만 그녀의 시선은 제 코끝만 바라보고 있다. 덕분에 대답을 한 이는 취선이었다.

"헌화 의식에 쓰일 꽃병을 기다리고 있습니다. 토기장의 실수로 오늘에서야 완성되었다고 하더군요."

"아아……. 모자라거나 부족한 부분은 없습니까?"

"예, 그것을 제외하면 순조롭게 진행되고 있습니다."

"그렇군요."

세 사람 사이로 묘한 정적이 감돌았다. 특히 이상할 만큼 냉랭한 단희와 설찬 사이에서 이러지도 저러지도 못하는 취선만 곤혹스러운 얼굴이 되었다. 그러던 중 곧 죽어라 코끝만 바라보던 단희의 입이 열렸다.

"저는 봉옥화들의 무복舞服을 점검하고 오겠습니다. 먼저 실례하겠습니다."

슬쩍 고개를 숙여 인사를 해 보인 단희가 그들에게서 멀어졌다. 돌아서 가는 그 길까지 그녀는 끝끝내 눈을 들지 않았다. 잠시 그 뒷모습을 바라보던 설찬은 불현듯 한쪽 눈썹을 추켜세웠다.

"저도 실례하겠습니다."

취선에게 까딱 고개를 숙여 보인 설찬이 달려가는 단희의 뒤를 따랐다. 황급히 사라지는 두 남녀의 모습에 취선은 도리어 가슴을 쓸어내렸다. 남녀의 어색한 공기 사이에 끼여 있는 것은 딱 질색이었으니까.

단희는 어쩐지 뒤가 오싹한 느낌이 들었다. 곧이어 그 원인을 알 수 있었다.

"춤을 춰야 하는데, 바닥 모래가 너무 곱지 않으냐. 이러면 흙먼지가 많이 일어난다."

단희는 생각지도 못한 목소리를 듣고 깜짝 놀라 어깨를 움츠렸다. 슬그머니 고개를 돌려 곁눈질을 하니 그토록 보고 싶을 때는 보이지 않던 임의 옷자락이 보였다. 왜 쫓아오셨대? 입술을 삐죽이며 대답하는 단희의 목소리가 절로 불퉁스러워졌다.

"예, 풍월주. 곧 바닥을 다듬으라 하겠습니다."

"모래가 이렇게 고우면 그렇게 새하얀 의상은 더러워지기 쉽다."

알 수 없다는 눈초리로 힐끔 곁을 돌아보던 단희가 못 미더운 목소리로 다시 대답했다.

"예, 알겠습니다."

그러고서는 총총 재빠른 걸음걸이로 전삼부로 가는 중문을 넘어섰다. 한데 그녀의 곁으로 여전히 따라붙는 발걸음이 있었다. 존재감을 숨길 수 없는 풍월주 설찬이었다. 그녀는 그의 동행이 못 견디게 신경 쓰였다. 하지만 신경을 쓰고 있다는 것을 티를 낼 수가 없었다. 예전 같으면 방긋 웃으며 조잘조잘 말을 걸었겠지만 지금은 그렇게 할 수가 없었다.

두 사람의 첫 신경전이었다. 처음으로 설찬이 그녀를 의식하게 만들었다. 그 기회를 단순히 날려버릴 수는 없었다. 결국 입술을 질끈 깨문 그녀가 발걸음에 더욱 속도를 냈다. 그래 봤자 총총거리는 발걸음이 긴 다리로 큼직큼직 걸어오는 사내의 걸음만 할 수는 없었다. 단희는 거의 뛸 듯이 발을 놀렸다. 오기로라도 뒤돌아보지 않고 앞서 걸어가려고 했다. 하지만 그 섣부른 발걸음이 결국 치맛단을 뒤엉키게 만들었다. 발끝에 걸리고 만 옷자락에 그녀의 몸이 순식간에 기울었다.

"엄마야!"

재빠른 손이 그녀의 허리를 감았다. 속절없이 무너지는 몸뚱이를 이기지 못한 단희는 단단한 팔 안쪽으로 제 몸을 허락하고 말았다. 그녀의 등에 돌덩이처럼 탄탄한 몸이 닿았다. 쏟아지는 머리채 뒤쪽으로는 나지막한 한숨이 들렸다.

"칠칠치 못하기는……."

화끈 붉어지는 얼굴을 홱 들어 올린 단희는 그때까지 숨겨왔던 눈으로 설찬을 노려봤다. 그 순간이었다. 그와 눈이 마주친 그녀는 적잖이 당황하고 말았다.

'웃고 있어?'

설찬은 웃고 있었다. 미약하게 말아 올린 입꼬리로 그녀를 보며 웃고 있는 것이었다. 타박하는 목소리와는 다르게 눈까지 슬쩍 휘어 그녀를 바라보고 있었다. 단희는 그런 설찬의 모습에 더 당황하고 말았다. 어째서? 왜? 끝을 알 수 없는 혼란이 그녀의 심장을 흔들어댔다. 미약한 떨림에 단희는 손을 들어 제 가슴팍을 움켜쥐었다. 화들짝 놀라며 떨어진 그녀가 떨리는 목소리를 간신히 추스르며 말했다.

"가, 감사합니다."

"그렇게 조심성이 없어서야 어찌 이 제사를 주관할 수 있 겠느냐?"

"……."

입을 꾹 다문 설찬의 다정치 못한 목소리에 단희는 다시 힐끔 시선을 들었다. 꿈이라도 꾼 것인가? 조금 전의 그 표 정은 백일몽이라도 되는 것처럼 말끔하게 사라져버렸다. 대신 언제나처럼 무심하고 차가운 얼굴이 그곳에 있었다. 환영이라도 본 것일까? 아니 그럴 리 없다. 아무리 그의 미 소에, 그의 따스함에 목이 마른 그녀라 할지라도 백주대낮 에 그의 미소를 환영으로 볼 정도는 아니다.

'대체 뭐람?'

설찬이 이상했다. 예전 같지 않게 그녀를 쫓아오는 것도 그러했지만, 알 수 없는 웃음이라니? 단희는 입술을 앙다 물고 설찬을 은근한 눈으로 노려봤다. 설찬은 한순간 그녀 의 기분을 들었다 놓았다. 이 사내에게 그녀의 마음은 너무 나도 쉬웠다. 그는 그것을 모르고 있을지라도, 그녀는 알고 있었다.

순간 단희는 기분이 더욱 심란해졌다. 새하얀 소맷자락 이 펄럭인다 싶더니 단희의 손이 설찬을 밀어냈다.

"봉옥화들의 의상을 확인해야 합니다. 여인네들 속살을 보고 싶은 게 아니라면 더 이상 따라오지 마시어요!"

단희는 새침하게 소리치며 달려갔다. 어쩐지 뒤통수가 몹시도 간지러운 것 같았다.

*

태후는 오랜만에 월궁의 동쪽으로 향하였다. 그곳에는 그녀가 사랑하는 절이 하나 있는데, 태후는 마음이 안정되기를 바랄 때면 항상 그곳으로 향하였다. 자박자박 옷자락이 끌리는 소리가 풀벌레 우는 소리처럼 흥겨웠다. 따르는 시비들을 최소한으로 물린 그녀는 두 손을 곱게 모아 법당 앞 9층 목탑 주위를 돌았다. 세월의 무게를 빗겨난 듯 초연한 아름다움을 가진 여인의 얼굴은 텅 비어 있는 듯 깨끗했다. 심화心火도, 걱정도, 어지러움도 없이 그저 평화로웠다.

염원을 비는 듯, 마음을 비우는 듯 느리지만 정성스럽게 움직이던 그녀의 발걸음이 낯선 인기척에 우뚝 멈춰 섰다. 합장의 예를 다 올린 그녀는 소리가 난 쪽으로 고개를 돌렸다. 아무것도 없던 표정 위로 고혹적인 미소가 떠올랐다.

입꼬리를 조금 올려 더욱 환희 웃어 보인 그녀가, 인사를 올리고 있는 상선을 향해 말을 걸었다.

"겨울바람이 시리기 때문에 더욱 깨끗하게 느껴지는 것을 아는지요?"

"겨울바람은 무거워서 여름의 바람보다 깨끗하게 느껴

지는 것이지요."

"새로운 시작을 하기에 앞서, 초목을 단정히 하기 위해 더욱 드세지는 것이 겨울이라고 생각합니다. 겨울이 있기에 봄이 더욱 반가운 것이고, 겨울이 있기에 강인한 생명력을 잉태한 봄이 올 수 있는 것이지요."

"태후마마의 지혜에 제가 오늘도 한 수 배웠습니다."

"당치 않습니다, 상선. 모두 알고 있는 것을 소리로 읊조린 것뿐인걸요."

호호 웃어 보이는 태후의 앞으로 뽀얀 입김이 서리다가 사라졌다. 태후는 아이처럼 다시 호 입김을 불어보고는 그것이 마음에 든다는 듯 빙그레 웃어 보였다. 누비옷 위에 여우 털을 곱게 이어 붙인 조끼를 입은 그녀가 발을 뗐다. 다시 자박자박 풀벌레 우는 듯 살가운 발소리가 들렸다.

"고구려에 내 사촌 동생이 하나 있습니다. 평양성을 지키는 사흘령 대장군의 부인으로 있는 전희 부인이지요."

"예, 알고 있습니다, 마마."

간소한 상선의 대답에 태후가 웃음을 보였다. 두 사람은 황룡사 중문을 넘어 화원으로 가는 길로 들어섰다.

"한데 그쪽에서 재미있는 이야기가 들려오더군요."

"그게 무엇인지요?"

"동혈의 의리로 저에게 먼저 여쭙겠다 하며 전언이 왔습니다. 고구려령에 신라인들이 침입하고 있다고 합니다. 적자인지 민간인인지 아직 밝히고 있는 중이나, 그것이 뜬소 문인지, 혹여 전쟁의 시발점이 되려는지 무척 기민한 사항 이라고 합니다."

"그런 말도 안 되는⋯⋯!"

태후의 말에 상선의 얼굴에 짙은 노여움이 드리웠다. 병 부령 영감으로 있는 그 조차도 모르는 사항이거니와 태후 도 금시초문이라는 듯 겸연쩍은 미소를 보였다. 허면 이게 대체 무슨 말인가? 상선은 얼굴을 붉히며 언짢음을 숨기지 못했다.

"그렇지요, 말도 안 되지요. 첫째로, 우리는 그런 적자를 심어 보낸 적이 없습니다. 황상께서도 마찬가지지만 저 또 한 황상에게 상의도 없이 그런 멍청한 일을 저지르지 않으 니까요. 둘째로, 만약 신라에서 적자를 심어놓았다고 해도 그렇게 멍청하게 들키게 하지 않습니다. 우리는 철저한 사 람들이에요. 신중하게 생각하고 기민하게 움직입니다. 그 렇지요?"

그녀의 입에서 흘러나오는 말은 매섭건만 그녀의 얼굴 위로는 따사로운 미소가 올라왔다. 태후는 누구보다 단단 한 가면을 가진 여인이었다. 그 가면이라는 것이 40여 년 의 세월 동안 굳어져, 누구에게도 그 속살을 보이지 않았 다. 무슨 생각을 하고 있는 것인가. 상선은 문득 오한이 드 는 팔을 비비며 고개를 조아렸다.

"내 오늘 상선을 부른 연유는 바로 이 이야기를 하기 위해서입니다."

"마마."

"믿을 만한 아이들을 추려 이를 조사해보세요. 흔적을 잡을 때까지 절대 아무에게도 들켜서는 아니 됩니다."

"……."

상선은 가만히 고개를 조아렸다. 그의 숙여진 머리끝을 보던 태후가 다정한 음색을 꺼냈다.

"내 월성에서 가장 믿는 사람이 바로 우리 포제 이사달입니다. 우리 비록 아버지는 다르지만 같은 배에서 나지 않았습니까? 어려서부터 포제가 이 누이를 무척이나 잘 따르는 것이 항상 고마웠습니다. 알고 계시지요?"

"마마……."

가슴 아래로 울컥 솟아오르는 무언가를 느끼며 이사달이 고개를 들었다. 그의 들린 고개 너머로 그를 다정히 바라보는 태후가 보였다. 문득 그녀의 얼굴 위로 지난 날 15세의 어린 나이에 시집오던 어여쁜 누이의 얼굴이 겹쳤다. 상선은 뭐라 말할 수 없는 복잡한 감정에 사로잡혀 그만 고개를 숙이고 말았다.

"내 상선이 잘해내리라 믿습니다."

다정하지만 단호한 목소리였다. 그 뒤로 홀연히 멀어지는 발소리를 들으며 상선의 마음은 바빠졌다.

*

"풍월주 요함입니다."

"들어와."

설찬이 막 자리에 앉을 참이었다. 불쑥 요함이 찾아왔다. 내실로 들어서는 요함의 얼굴은 굳어 있었지만 숨기지 못한 붉은 기운이 얼굴 여기저기에 피어 있었다. 설찬은 그를 요상하게 바라보았다. 화가 나서 붉어진 것인지, 그저 바깥 공기가 추워 붉어진 것인지 구분이 가지 않았다.

"무슨 일이지?"

설찬은 탁상 위로 단정히 손을 올리고 요함에게 물었다. 서류를 정리하고 연무장으로 가려던 참이었다. 요함은 잠시 숨을 고르는 듯하더니 미간에 주름을 새기며 진지하게 말했다.

"요 며칠 시정에 도는 남산 소선녀 소문을 조사하고 왔습니다."

"그래, 마무리된 것이냐? 소상히 이야기해보거라."

"그것이…… 아무래도 저 하나로는 부족할 것 같습니다."

요함의 말에 설찬은 당혹스러움을 감추지 못했다. 한없이 가벼워 보이는 풍류 공자이기는 하나 요함은 설찬이 인정하는 재원이었다. 더군다나 검이 빠르고 능수능란할 뿐만 아니라, 천부적인 재능으로 다루지 못하는 무기가 없을 정도로 훌륭한 무인이었다. 한데 그 혼자서 시전에 도는 소문의 꼬투리 하나 잡지 못한다는 게 말이 되는가? 설찬은 눈짓으로 요함에게 더 말해보라 일렀다. 설찬의 표정이 짐짓 심각해졌다.

"소문의 진상을 밝히기 위해 부단히 돌아다녔습니다. 남산을 샅샅이 뒤지는 것은 물론 잠복도 서슴지 않았습니다. 그렇게 돌아다닌 끝에 달빛 아래 춤을 추던 소문의 소선녀를 봤지요."

"한데?"

"한데 저 혼자 감당이 되지 않더군요. 아, 정말이지……."

힐끗 설찬의 눈치를 살피듯 끝머리를 끈 요함이 슬그머니 손을 들어 이마를 짚었다.

"허면 정말 남산에 그런 괴이한 여자가 나타난다 이 말인가? 요물이라도 되는 것이냐? 어찌 감당이 되지 않는다 하는 것이지? 아니, 그런 것이 있을 리 없다. 그것도 신성한 남산에 똬리를 틀고……."

설찬이 생각에 잠긴 듯 턱을 쓰다듬으며 중얼거렸다.

"요사스러운 여자였습니다. 허니 저 혼자 감당이 되지 않더이다. 풍월주, 무려 남산의 새벽을 가르는 여자입니다. 저는 이를 방관하면 아니 된다 생각합니다."

"허면, 오늘 밤 당장 화랑 1개조를 보내어 소탕……."

"아니! 그러기 전에……."

요함은 설찬의 말을 황급히 가로막으며 다시 말을 이었다. 그의 얼굴 위로 당황한 기색이 은연히 스치다 지나갔다.

"섣부르게 아이들을 보냈다가는 정신력 약한 것들이 홀려서 돌아올 수 있습니다! 또한 이것이 어떤 존재인지 파악하는 것이 먼저 아니겠습니까? 이지理智를 갖춘 것이니 충분히 말이 통합니다. 허니 제 생각에는 풍월주께서 먼저 살펴보고 오시는 것이 옳은 일이라고 생각합니다. 심과 신이 완전히 강인하시니 충분히 제압하고 오실 수 있을 것이라 믿습니다."

네가 화랑도에서 가장 강하니 한번 다녀와봐라, 라는 말을 잘도 돌려 말하는 요함이었다. 설찬은 요함이 말이 맞는다는 것을 알고 있지만 묘연하게 찜찜한 마음을 가눌 길이 없었다. 그래서 그런 것일까? 요함의 얼굴이 아무리 진중하고 진실되어 보여도 쉬이 고개를 끄덕이지 않는 그였다. 설찬은 매서운 눈으로 요함을 바라봤지만 그의 얼굴 위로는 아무런 표정도 보이지 않았다. 그저 입을 꾹 다문 채 진지하게 그를 마주 보고 있을 뿐이었다.

수상쩍다는 듯 요함을 한참 바라보던 설찬은 마지못해 입을 열었다.

"허면 내일 밤 내 먼저 다녀와보도록 하지."

그의 대답에 요함이 싱글 웃으며 대답했다.

"예, 제가 따르겠습니다."

설찬은 저 웃는 얼굴이 찜찜했다.

*

단희는 내대(內大: 왕이 기거하는 내실)를 빠져나오며 다시 한 번 고운 숨을 몰아쉬었다. 알싸하게 지나가는 겨울바람에 순간 몸이 부르르 떨렸다. 손을 들어 한기가 든 팔을 문지르는 그녀의 귓가로 제의 음성이 어른거렸다.

'너에게 수수께끼를 하나 내겠다. 내 시시때때로 너를 불러 이것의 답을 확인할 것이야. 너는 맞출 때까지 계속해서 나의 술벗이 되어주거라.'

도대체 무슨 생각으로 그리 말씀하신 것일까? 단희로서는 알 길이 없었다.

'하아.'

입을 가르고 새어 나가는 하얀 입김을 두 손으로 틀어막으며 단희는 총총히 궁문을 빠져나왔다. 그녀의 생각대로 제는 며칠이 지난 후 그녀를 불러들였다. 또 며칠 후 다시 불러들일 것처럼 보였다. 제는 어쩐지 그녀와 나누는 대화를 마음에 들어 하는 듯했다. 긴장하여 대내(大內: 대전의 안)로 들어섰더니 대뜸 주안상을 들였다. 허고 이것저것 묻고 말하는 모습이 딱히 그녀에게 하명할 일은 없는 듯 보였으니 그게 더욱 혼란스러웠다.

'가장 경계해야 함과 동시에 가장 능숙하게 다뤄야 할 것이라니…….'

월정교를 지나쳐 밖으로 향하는 정문에 다다랐다. 단희는 힐끔 시선을 돌려 그녀가 지나온 내궁을 바라봤다. 수수께끼는 쉬워 보였지만 결코 쉽지 않았다. 그녀에게 말하며 히죽 웃어 보이던 태흥제의 옥안이 떠올랐다.

"에휴."

비죽 웃으며 어디 한번 맞춰보라는 듯 눈을 빛내던 그분. 단희의 입에서 한숨이 흘러나왔다. 궁에는 온갖 독毒이 산다더니, 어쩐지 이곳에만 들어오면 몸과 마음이 다 피로해졌다.

사가에 들어온 단희는 생각지도 못한 인물을 보고는 눈을 동그랗게 떴다.

"아니, 요함랑이 어찌 여기 계시는 거예요?"

"어디를 그리 다녀오는 것이냐? 단희야, 내 한참을 기다렸다."

단희는 목에 두른 단비 털을 풀고 성큼성큼 별채로 들어섰다. 그녀는 이미 그 안에 앉아 있는 요령을 발견했다.

"언니?"

요령은 새치름한 눈초리를 돌려 단희를 바라봤다. 그러고는 생긋 웃으며 자리에서 일어났다.

"요함랑께서 너를 기다리는 동안 내 심심치 않도록 자리를 지키고 있었단다. 네가 왔으니 언니는 이만 자리를 비워줄게."

"아니, 어딜 가시려고."

요함은 막 발걸음을 떼려는 요령의 팔목을 덥석 움켜잡았다. 그에 깜짝 놀란 요령이 그의 손을 털어내며 슬쩍 단희의 눈치를 살폈다. 놀랍다는 듯 단희의 눈이 동그래져 있었다.

"섣부른 공자님의 손길은 매력 없습니다."

요령이 매몰차게 그의 손을 떼어놓으며 뒤도 돌아보지 않고 방을 나섰다. 요함의 눈은 그 새침한 뒷모습에서 떠나갈 줄 몰랐다.

"…… 침 떨어집니다."

"스읍! 하하, 그래?"

요령이 자리를 비우자 단희가 그 자리에 앉으며 타박했다. 턱 아래로 떨어지는 타액이 없음을 확인한 요함은 멋쩍다는 듯 호탕하게 웃어 보였다.

"여튼! 네 어디를 그리 다녀온 게냐? 내 화랑이 끝나고 바로 이곳으로 왔는데 너는 이미 없던데?"

"아아, 궁에 잠시 불려 갔습니다."

"궁에? 이미 며칠 전에 다녀왔는데 어찌하여……. 혹여 뭐 잘못한 것이라도 있는 게냐?"

요함의 물음에 단희는 웃으며 고개를 내저었다.

"아닙니다, 그저 제께서 이야기 벗이 되어달라 부르신 것 뿐입니다."

"제께서? 이런, 좋지 않구나."

"예?"

단희의 되물음에 요함은 뭐라 말을 하려 입을 달싹이더니 곧 다시 꾹 다물어버렸다. 그러고는 절레절레 고개를 내저었다.

"아니다, 신경 쓰지 않아도 될 것이야. 여튼 내가 이리 찾아온 이유는 말이다. 너에게 전해줄 말이 있어서다."

서둘러 고개를 털어낸 요함이 다시 은근히 장난기가 맴도는 얼굴을 꺼내 걸었다. 그의 모습에 단희는 토끼처럼 눈을 동그랗게 뜨고서 그에게 귀를 기울였다.

"전해줄 말요?"

"응, 요즘 수련은 잘하고 있는 것이지?"

"예, 아니 그래도 요즈음 제법 몸이 가벼워진 탓에 박차를 가하고 있습니다. 다만 대한제를 준비하느라 며칠간 뜸했지만요.

"그래, 제사 준비……. 여튼 그래도 오늘이랑 내일은 네가 필히 남산 자락에서 수련을 해야 한다. 새하얀 옷을 준비해 입으면 더욱 좋겠구나. 그래, 달빛을 받으려면 새하얀 옷이 좋을 것이야."

혼자 뭐가 그리 즐거운지 껄껄 웃음을 터트리며 말하는

요함을 보며 단희의 투명한 눈에 의문이 감돌기 시작했다.
요함은 껄껄 웃으며 끝내 그 연유는 이야기해주지 않았다.

"이상하네요, 요함랑. 뭔가 꾸미고 계신 거죠?"

"꾸미긴……. 너는 굿이나 보고 떡이나 먹으면 된다. 아, 생각만 해도 즐겁구나."

"어찌 또 이러실까, 무섭게?"

단희는 무섭다는 듯 눈을 흘겼지만 싱글싱글 웃는 요함을 보고 있자니 저도 모르게 저절로 따라 웃음 짓고 있었다.

요함이 식은 차를 입으로 가져가려다 다시 내려놓으며 물었다.

"요즘 네가 풍월주를 피하고 있는 듯한데 어찌 그러는 것이냐?"

"피하다니요, 제가 언제……."

새침하게 눈을 흘기는 그녀의 말에 요함이 웃음을 보였다. 마냥 꼬맹이 같던 작은 여자아이가 점점 여자가 되어가고 있었다. 제 핏줄도 아닌데 요함은 이상하게 그녀가 성장해가는 모습 사랑스러웠다. 그래, 단희는 누구에게나 이렇듯 사랑스러운 존재였다.

"혹여 일편단심이라던 마음이 변한 것은 아니더냐? 한 계절이 변할 만큼 오랜만에 보는 것인데 피하는 것이라면……. 내 그것밖에 생각할 수가 없구나."

"제 마음은 송죽처럼 요지부동입니다. 그런 섭섭한 말씀을 하시어요?"

"네가 섭섭할 것이 무엇이 있느냐. 섭섭하다면 설찬랑이 섭섭해야지."

"…… 흥! 섭섭해하긴요."

순간 단희의 입술이 불쑥 튀어나왔다. 약과를 빼앗긴 아이처럼 불퉁스러운 입매에 요함이 눈을 반짝였다.

'뭔가 있긴 있었구나.'

영민한 눈동자가 재빨리 단희를 훑어봤다. 그러고 보니 설찬랑이 요즘 유독 천언부에 신경을 쓰고 있다더니, 그 소문이 허언은 아닌 듯했다. 찻잔을 내려놓은 요함이 지긋한 눈으로 단희를 바라봤다. 그 눈빛이 하도 매서워 단희는 슬쩍 고개를 돌려버렸다. 문득 요함이 물었다.

"예전부터 묻고 싶었는데…… 단희 너는 설찬랑이 왜 좋은 것이냐?"

그의 물음에 단희의 입이 일말의 망설임도 없이 열리더니 주절주절 말을 늘어놓았다.

"천지의 기운이 영민하게 흐르는 콧날은 날렵하고, 절벽을 깎아 만든 미간은 깨끗하고 반듯하죠. 하늘의 은혜를 받았다밖에 말할 수 없는 아름다운 외모뿐만이 아닙니다. 말을 할 때마다 목소리에서는 달큼한 꽃향기가 나고, 검을 휘두르면 따를 자가 없으며, 듬직한 풍채는 나라를 지키는 대들보처럼……."

"그만!"

해가 질 때까지 읊어댈 기세인 단희의 입을 요함이 손을 들어 막아섰다. 요함은 슬쩍 고개를 기울이고 다시 물었다.

"외관? 정녕 네가 그토록 목을 매는 이유가 그 미려한 외관 때문인 것이냐?"

요함의 말에 단희의 입매가 곱게 틀어 올라갔다. 눈초리를 선선히 내리며 웃어 보인 그녀는 고개를 내저었다.

"눈빛."

"눈빛?"

"그 우직한 흔들리지 않는 눈빛에 빠졌습니다. 저는 그 깊고 강직한 눈동자가 몹시도 사랑스럽습니다. 한번 그 안에 품으면 절대적으로 신뢰할 것이 분명한 그 검은 눈동자에 온 마음을 다 빼앗겼습니다. 정녕 우습게도, 처음 보자마자 빠져버렸습니다. 또한 그 안에 잠재우지 못한 광풍, 회오리 또는 저 깊은 심해의 어딘가와 닮은 그 어둡고 촉촉한 수렁에 빠졌으니 헤어나지 못하는 것은 당연지사. 그 안에서 질식하지 않으려면 그 바다를 사로잡아야겠지요."

조금은 수줍게, 그렇지만 확고히 말하는 단희를 보며 요함은 고개를 내저었다. 어찌 저리 확고할꼬. 그 얼굴에 걸린 진중함이 몇 번의 사랑을 경험해본 여인처럼 애잔하기까지 했다. 한편으로는 누군가에게 저렇게 흔들림 없는 마음을 받는다는 것이 부럽기까지 했다. 짧게, 또는 가볍게 지나온 그의 지난한 애정사를 돌이켜보니 더욱 그러했다.

후르륵.

남아 있는 차를 들이켜며, 어쩌면 그에게도 이런 정성스러운 마음이 들어설 수도 있지 않을까 하는 막연한 자문이 가슴 한편에 맴돌았다. 순간, 조금 전 손안에 감겨들었던 희고 매끄러운 손목의 여운이 찌르르 그의 손바닥을 치고 지나갔다.

밤이 깊었다. 서늘한 겨울 밤공기가 설찬의 뺨을 스치고 지나갔다. 매서운 한기에 코끝이 다 시렸지만 설찬의 만면에는 변화의 기색이 보이지 않았다. 겨울 냉기로 버석하게 마른 나뭇가지가 발길에 차였다. 건장한 두 사내가 내는 발소리가 겨울밤을 조용히 부시고 있었다.

"조금 더 올라가면 일전에 제가 소선녀를 본 그곳이 나옵니다."

조용히 따르는 요함의 말에 설찬이 앞을 바라봤다. 잠 못 들고 홀로 우는 고즈넉한 새소리를 따라 가만히 고개를 끄덕인 설찬이 다시 앞으로 나아갔다. 발끝에 힘을 주어 한 식경 정도를 더 걷다 보니 한기마저 가셨다.

문득 설찬이 우뚝 멈춰 섰다. 눈에 익은 산세였다. 그의 고개가 천천히 주변을 훑으며 지나갔다.

'이곳은…….'

익숙하다 했더니 그의 사부 갑춘의 거처 근처였다. 설찬 뿐만 아니라 요함과 환웅 그리고 다수의 화랑들이 그의 손을 거쳤다. 지금은 그 자리를 내려놓았지만 그래도 그들에게 여전히 단 하나뿐인 스승이었다.

갑춘은 현재 한쪽 눈이 없지만 그렇다고 해서 그 실력까지 잃은 것은 아니었다. 아니 오히려 스승은 눈을 잃고 날선 감각을 얻었다. 그는 모든 것으로 느꼈고, 모든 것으로 보았다. 예민한 청각, 촉각, 후각 그 모든 것을 완벽하게 통제했다. 나이 든 용은 세월이 흐를수록 더욱 날렵해졌다. 지금의 풍월주인 설찬은 천부적인 무인이라 현재 그와 호각을 이루었지만 그것도 비등하게 겨루는 것이 다였다. 수십 년 세월 동안 전장을 누빈 원상화에게는 따를 수 없는 지혜와 비상함이 있었다.

한데, 스승의 거처 인근에서 요물 같은 소선녀가 출몰한다고? 문득 설찬의 마음이 가라앉았다. 의구심과 수상함의 골이 깊어지던 찰나, 요함이 그의 등을 밀며 재촉했다.

"풍월주, 놓치겠습니다. 바로 저 앞입니다, 조금만 더 가시지요."

요함이 손짓하여 가리키는 곳을 보던 설찬이 눈을 가늘게 떴다. 순간 달빛에 번쩍하는 무엇인가 숲 저 안쪽에서 보이다 사라졌다. 설찬과 요함이 눈을 마주쳤다. 그것은 달빛에 비쳐 번쩍이는 검날이 틀림없었다. 순간 더 이상의 생각은 무의미했다. 날렵한 설찬의 발이 순식간에 땅을 박차고 올랐다.

같은 순간, 히죽 웃음을 보인 요함이, 올라오던 방향 반대쪽으로 잽싸게 몸을 피해 달아났다.

너른 공터가 보였다. 그리고 수십 번의 발길질로 다져놓은 듯 탄탄하고 다부진 땅 위를 휘돌아다니는 한 송이 꽃이 있었다. 급히 발걸음을 멈춘 설찬은 그의 몸을 다 가리고도 남을 정도로 큰 나무 그늘 아래 몸을 숨겼다. 의도한 것은 아니었다. 다만 저절로 그의 발걸음이 나직해진 것이다. 달빛을 받아 피어나는 꽃이 있다던가. 그래, 그런 화초가 있다고 들었다. 허면 그 꽃이 살아 있다고 했던가? 아니, 그것은 듣지 못했다. 그러나 설찬은 그것을 지금 두 눈으로 똑똑히 보고 있었다. 야래향夜來香의 헌신을 그의 두 눈으로 확인하고 있는 것이었다.

새하얀 옷을 입고 검날을 치켜든 계집이라니. 새벽 달빛 아래 그 모습이 이토록 치명적일 수 있으리라고는 생각지도 못했다. 생각지도 못한 매혹이었다. 생각지도 못한 눈부심이었다.

'남산의 소선녀⋯⋯.'

그녀는 바로 단희였다. 흐르듯 유연하게 움직이고 공기를 가르듯 멈춰 선다. 무에 그리 흥에 겨운 건지, 계집의 검은 춤을 추는 것처럼 유려했다. 냉랭한 공기를 가르며 몸을 움직이는 그 상쾌함이 그녀의 얼굴 위로 피어올랐다. 보는 이마저도 절로 마음이 청명해지는 얼굴이었다.

조막만 한 얼굴 위로 슬그머니 올라온 입꼬리, 뾰족한 검의 끄트머리를 바라볼 때면 절로 반짝거리는 눈동자 그리고 여운을 남기며 휘어지는 눈초리. 설찬은 그 자리에 돌이 되어 그녀에게서 시선을 떼지 못했다. 그녀의 흥겨운 몸짓이 바람 사이로 너울거릴 때마다 그의 가슴 한편이 뻐근하게 저려왔다. 그토록 인정하지 않았던, 가슴속에 꾹꾹 눌러 놓은 감정이라는 놈이 솟구쳐 올라왔다.

단희가 쿵, 발을 내디디면 그의 맥박도 쿵, 내려앉았다. 그녀의 몸이 덩싯 떠오르면 설찬의 숨도 가빠왔다. 미간에 힘이 들어갔다. 제 몸 하나 다스리지 못하는 사내이고 싶지 않았다. 그것도 저리 어리고 미숙한 여아를 보며!

이를 악문 그가 애써 시선을 돌렸다. 괜스레 저 멀리 처박혀 있는 초목들을 바라봤지만 곧이어 고개가 제멋대로 스르르 움직여 단희에게 고정됐다. 뽀얀 입김이 붉어진 입술 사이로 연신 뿜어져 나왔다. 혈류가 돌아 더욱 투명하게 빛나는 얼굴이 어여뻤다. 그가 인정하지 않을 수 없을 정도로, 그렇게 어여뻤다.

'말도 안 된다. 여인은, 여인은…… 절대 아니 된다 그토록 다짐했건만!'

설찬의 아비인 환설은 가야의 뿌리였다. 어미를 두고도 수십 명의 여인을 가질 만큼 그는 색을 밝혔다. 아니, 여인들이 그를 찾아왔다. 아비는 아름다운 남자였고, 무척이나 치명적인 사내였다. 어머니는 그렇게 그를 말했다. 이곳저곳에서 그를 부르면 환설은 기꺼이 그곳으로 날아들었다. 궁주고 공주고 할 것 없이 그를 원하는 여자는 무척이나 많았으니 그는 가야 할 곳이 많았다.

또한 아비는 할 줄 아는 게 아무것도 없었다. 글도, 검도 싫어했다. 관직이고 위고 아무것도 필요치 않았다. 그저 그를 원하는 여인을 품으며 즐겁고 편안하게 살면 되었던 것이다.

그렇게 너무 많은 양기를 소진했던 까닭일까. 그는 설찬이 다섯 살 되던 해 요절했다. 급사였다. 집으로 돌아오던 길에 불현듯 쓰러지더니 그대로 황천을 건너버렸다. 어머니는 오히려 그의 죽음 뒤로 평안해졌다. 더 이상 빼앗길 일도, 빼앗기는 것을 눈으로 확인할 일도 없어 마음이 편안하였다.

그를 보고 자란 설찬이었으니, 여인이 그의 인생에 끼어드는 것에 진저리를 쳤다. 여인은 그의 길에 독이 될 뿐이었다. 그의 겉모습에 빠져 숱한 눈길을 주는 것도 진저리가 났다. 다행히 설찬은 강한 사내였고, 황제는 그를 아꼈다. 그는 힘이 있었고, 또한 차가운 성정 탓에 그네들이 쉽게 다가오지 못했다.

다만 저 아이, 단희…… 저 계집은 달랐다.

그를 보는 시선도, 그를 향해 부딪쳐오는 모습도, 의기도 모두 깨끗하고 담백했다. 숨기는 것이 없고 당당했다. 그래서 설찬은 유독 단희에게 약했다. 좀 더 매섭게, 차갑게 물리치지 못했다. 겉으로는 냉정하게 뒤돌아서더라도, 몇 걸음 물러나면 그녀를 뒤돌아보곤 했다. 그조차도 자신이 왜 그러는지 알지 못했다. 스스로 생각해도 아둔하고 답답하지만 한편으로는 굳이 알려고도 하지 않았다.

추위로 빨개진 단희의 손가락이 번쩍 치솟아 올랐다. 그러고는 뭐가 잘못되었는지 우뚝 멈춰 세웠다. 손목이 아픈 듯 검을 내리고는 팔목을 주무르니 뽀얀 입김이 그녀의 주위를 맴돌다 사라졌다. 눈 안에 새겨버린 그녀의 모습이 그가 정신을 차리기도 전에 스륵스륵 가까워졌다. 안 된다고 그렇게 자신을 다잡아보지만 그의 몸은 이미 그녀를 향해 가고 있었다.

그녀의 손에 맞춰진 검일지라도 무게는 만만치 않았다. 그 검을 들고 한 시진 반을 넘게 휘둘렀으니 손목이 시큰하지 않을 수 없었다. 어쩐 일인지 사부님은 나오지 않았고 종종 그녀의 상대가 되어주던 요함이나 환웅도 오늘은 아니 된다 고개를 내저었다. 덕분에 마음 가는 대로, 몸 가는 대로 신 나게 움직였다.

숲 속의 밤이 제법 무서울 만도 하건만 그녀는 그곳이 두렵지 않았다. 남산의 기운은 영험하여 악한 것이 오지 못했고, 지척에 사부님의 거처가 있으니 말이다. 또한 달이 가까워 밤이 되어도 이리 밝으니 무엇이 두려울까? 바람결에 흔들리는 나뭇잎 소리도, 그것에 맞춰 울음소리를 내는 저 이름 모를 새도 선율처럼 아름다웠다. 벌겋게 올라온 뺨을 후끈거리는 손으로 잠시 어루만진 그녀가 다시 자세를 고쳐 섰다.

시큰거리는 손목을 비스듬히 잡아 돌릴 때 불현듯 생각지도 못한 목소리가 그녀를 잡아챘다.

"그렇게 검을 잡으면 손목이 다 나간다."

그녀의 가슴이 철렁 내려앉고 말았다.

'이 목소리는……'

잘못 들은 걸까? 겨울의 환청이라도 들은 것인가? 단희는 믿을 수 없어서 큰 눈을 몇 번이고 껌뻑거렸다. 그런 그녀의 귓가로 들리는 마른 잎사귀들의 비명. 그리고 그 발소리에 맞춘 듯 쿵, 쿵, 쿵 떨어지는 그녀의 심장.

아니 어쩌면 북소리인지도 몰라. 그녀의 심장이 이 정도로 요란스럽게 떨어낸 적이 있던가. 마침내 지척으로 가까워진 누군가의 기척에 단희는 천천히 몸을 돌렸다. 그곳에…… 그가, 있었다.

"설찬랑! 어떻게 여기에……."

보고도 믿을 수 없다는 듯 단희는 숨을 들이켰다. 그런 그녀의 곁으로 설찬이 다시 한 발자국 가까워졌다. 왜 그러는지 모르겠지만, 단희는 뒤로 한 발 물러섰다. 그러자 설찬의 미간에 그림자가 드리워졌다. 그는 물러서는 그녀가 마음에 들지 않는다는 듯 다시 성큼 다가왔다. 이번에는 피할 수가 없었다. 그가 이상했다. 그녀를 보는 그의 눈빛이, 그를 감싸고 있는 기운이 사나우면서 또 한없이 보드라웠다. 그런 설찬을 마주하는 그녀의 가슴이 아직 식지 않은 열기로 뜨겁게 번져 올랐다. 그의 손이 천천히 그녀에게 다가왔다. 그 모든 과정이 몹시도 선명했다.

"…… 손목에 힘을 빼거라. 너의 손목과 검미劍尾가 일직선이 되어 움직일 때 더욱 부드럽게 휘둘러질 것이다."

얼음장처럼 식어 있던 그녀의 손목이 불에 덴 듯 뜨거워졌다. 단희는 설찬이 쥐고 있는 그녀의 손을 놀란 눈으로 쳐다봤다.

"손목과 어깨가 아닌 눈에 힘을 주는 것이다. 단전에 기를 모으고……. 너는 쓸데없는 움직임이 너무 많다."

"……."

단희는 그저 그가 그녀를 움직이도록, 그의 힘이 그녀를 움직이도록 내버려두었다. 아직도 그녀의 머리는 귀신에 홀린 듯 몽롱하기만 했다. 어느새 그의 탄탄한 몸이 그녀에게 바짝 밀착되면서 마치 그가 그녀를 끌어안은 듯한 자세가 되었다. 그저 팔을 같이 움직이기 위한 그 포개짐이 어찌 그리 꿈만 같은지. 단희는 등 뒤로 느껴지는 온기에도, 후각을 자극하는 그의 남자다운 체취에도 이것은 틀림없이 꿈일 것이라 생각했다. 또한 이것이 꿈이라면, 귀신에 홀린 귀몽임이 틀림없을 것이다. 그러나 만약 이것이 현실이라면, 지금 함께 검을 들고 있는 그가 정말 그 설찬이라면…… 설찬이 귀신에 홀려 있는 것이리라.

"언제부터 이리 밤을 가르며 훈련하고 있었던 것이냐?"

그녀는 대답 대신 고요한 침묵을 지켰다. 그 조용한 대답에 설찬은 작게 한숨지었다. 얼토당토않게 그의 따뜻한 숨결이 귀에 닿는 순간 단희는 이것은 정녕 꿈이 아니라는 것을 깨달았다. 그 순간부터 현실감이 몰아쳤다. 멍했던 정신이 퍼뜩 돌아왔다.

설찬은 다시 물었다.

"너는 왜 검을 든 것이냐."

순간 단희가 몸을 비틀어 그를 바라봤다. 달빛 아래 반짝이는 단희의 눈이 설찬을 가만히 직시하고 있었다. 그리고 그녀의 눈을 내려다보는 설찬의 눈동자 또한 차가우리만치 선명하고 뚜렷했다.

"왜 검을 들었냐 물으셨습니까? 정녕 몰라서 물으시는 겁니까?"

조금 도전적으로 눈을 치켜뜬 그녀가 또박또박 차분한 어조로 말을 이었다.

"은애하는 그분이 검을 들기에 저도 검을 들었습니다. 그분께서 붓을 드셨다면 저도 붓을 들고 있을 것입니다. 단지 함께하기 위해, 힘이 되기 위해 검을 들었습니다. 나아가 지켜드리기 위해, 그리고 같은 곳을 바라보기 위해 검을 들게 되었습니다."

　계집이 하는 말이 퍽 당당하였다. 꼿꼿하게 올라간 턱에는 기개가, 절대 돌리지 않는 눈동자에는 진심이 묻어나왔다. 그를 지그시 바라보던 설찬의 입에서 모진 말이 흘러나왔다.

"미련하고 멍청하구나."

　단희의 눈매 끝에 서글픈 웃음이 맴돌았다. 잠시 눈길을 옆으로 흘려 웃던 계집은 다시 천천히 눈을 돌려 임을 바라봤다.

"그렇습니까? 저는 나름대로 똑똑한 계집이라고 생각했는데……. 그리 보이시는군요. 하지만 같은 것입니다. 설찬 랑이 오롯이 검만 보는 것처럼, 저는 오롯이 사랑을 보는 것입니다. 그것이 저를 더욱 살아 있게 하기에, 그것이 더욱 저를 풍요롭게 하기에 그것으로 저는 충분합니다."

　단희는 저가 하는 말에 부끄럼 따위는 없었다. 오히려 눈에 선하게 보이는 그 당당함이 그를 당황시킬 만큼 당차기까지 했다. 겨울 매서운 바람에 흔들리는 옷자락이 차가웠다. 그 속에 코끝과 귀를 빨갛게 물들이고 선 계집이 참으로 시리도록 영롱했다.

*

높이 솟은 망루에서 아래를 굽어보는 다섯 화랑들의 모습이 아름다웠다. 공식 일정에 맞춰 입은 청의 자락에 흰색 포를 걸쳐 입고 금실로 장식된 띠를 둘러 입으니 하늘에서 내려온 천상공자들이 따로 없었다.

"남산의 소선녀라⋯⋯."

연회장으로 탈바꿈하고 있는 화랑 연무장에는 사람들의 소리로 시끄러웠다. 그 안에서 천막을 치는 일꾼들을 보며 설찬이 중얼거렸다.

"어찌되신 것입니까?"

설찬을 향해 말했지만 적품은 요함을 보며 눈살을 찌푸렸다. 어찌 풍월주와 단둘이 그곳을 다녀왔느냐는, 말 없는 타박이었다. 그것도 적품이 모르는 사이에 일어난 일이었다.

"잘 보고 왔다. 남산의 소선녀, 말이야."

"예? 그렇다면 정말 소선녀가 있었다는 말씀입니까? 그런 건가, 요함?"

믿을 수 없다는 듯 말하는 적품을 보며 요함이 슬쩍 환웅에게 너털웃음을 터뜨렸다. 그러나 환웅은 요함의 시선을 무시했다. 작당을 할 때는 언제고, 지금 와서 자신은 아무것도 몰랐다는 듯 어물쩍 회피하는 것이었다. 아이고, 이런. 이러다가 요함 그가 혼자 독박 쓰게 생겼다.

'믿은 내가 잘못이지.'

요함은 쓰게 한숨을 내쉬고는 슬쩍 환웅을 노려봤다. 그런 요함의 시선이 느껴질 법도 한데 환웅은 여전히 분주히 움직이는 낭도들에게 시선을 고정했다.

"내 다 생각이 있어서 풍월주를 대동하였던 것이라네. 그렇게 성난 이리 같은 눈으로 노려보지들 말게, 크흠흠."

"정녕 소선녀가 있었다 하면 큰일이 아닌가! 요물인지 선녀인지 정체도 알 수 없는 상태에서 그것이 무슨 장난을 칠 줄 알고……!"

"그만."

분개하는 적품의 말을 자르고 설찬이 손을 들었다. 망루 아래를 내려다보던 그가 뒤를 돌아 대화랑들에게 몸을 돌렸다.

"남산의 소선녀는 화랑의 천관녀 단희였다. 밤 산행을 다니던 약초꾼들과 사냥꾼들이 그것을 잘못 보고 소선녀로 오해했던 것이다."

"아니, 그게 무슨! 천관녀가 소선녀였다니……."

"낮에는 시간이 넉넉지 않고 번잡해 밤에 검과 활을 배우러 다녔다고 하더군. 원상화에게 말이야.”

설찬의 말에 적품이 당황스럽게 요함을 바라봤다. 요함은 어색하게 웃으며 어깨를 으쓱해 보였다.

“요함랑은 그것을 알고 풍월주를 대동한 것이오?”

요함이 다시 어설프게 웃어 보였다. 적품이 곱지 않은 시선으로 요함을 흘겨보더니 쯔쯧 혀를 찼다. 저 철부지 대화랑의 농간이었음이 자명했다.

“여튼 괴소문 속의 요녀가 아니어서 다행입니다. 한데, 천관녀께서 달밤에 검을 연습하셨다고요?”

설찬은 고개를 끄덕이고는 다시 몸을 돌려 망루 아래로 시선을 던졌다.

“기이하군요. 낭주께서 그분을 어찌 알고 찾아가신 겐지.”

대화랑 갑영이 고개를 갸웃거리며 의아함을 표했다. 조금은 찔끔할 법도 하건만 갑영의 말에도 여전히 환웅은 온화하게 웃는 얼굴로 모르쇠로 일관했다. 요함은 새삼스럽게 부제의 철면피에 감탄을 금치 못하고 있었다. 그가 환웅을 따라가려면 아직 한참은 남은 듯했다.

“소문은 그렇게 일단락 짓는 걸로 한다. 이제 내려가 제사 준비를 돕도록.”

설찬의 지시에 망루 위에 모여 있던 네 남자가 일제히 흩어졌다. 순식간에 텅 빈 망루 위에서 그의 눈은 여전히 저 아래 어딘가를 향하고 있었다. 그의 시선 끝에는 새하얀 옷자락을 흩날리며 몇 송이의 꽃을 끌어안은 단희가 있었다.

대한제는 태양이 머리 위로 곧게 떠오를 때 이루어진다. 24절기 중 가장 춥다는 날을 골라 마지막까지 추위를 잘 이겨내고자 하는 염원을 비는 제사였다. 한파 뒤에는 새봄이 온다. 새로운 생명의 날이 어서 오기를 기원한다. 그래서 대한제는 흥겨운 날이다. 제사이건만, 하늘을 향해 즐겁게 기도한다. 끝과 시작이 모두 한자리에 있는 날이었으니.

"태홍 대제께서 드십니다!"

이 즐겁고 귀한 날에 제께서 친히 낭문 안으로 걸음 하여 주셨다. 이번 제주祭主가 화랑도이기도 하였지만, 실상 대한제는 그렇게까지 큰 제사가 아니었다. 즉 제와 태후마마가 모두 동석하여 행차할 만큼은 아니라는 뜻이었다. 한데 제일 높은 곳에 태홍제가, 그 오른편에 태후마마가 또 왼편에는 정비 보량 부인이 자리했다.

"가장 추운 날이라 하건만 오늘은 날이 제법 따스하구나."

앉은 자리에서 태후가 먼저 입을 열었다. 하늘을 올려다보니 겨울이라 더욱 청명한 하늘 위로 높고 깨끗한 구름이 지나갔다. 그녀의 말에 장천도 웃으며 화답하였다.

"예, 날이 춥지 않아 다행입니다. 하늘도 어마마마 걸음하시는 길을 염려했나 봅니다."

"어미 기분을 띄우는 것도 여러 가지군요."

나긋하게 웃는 소지 태후의 말끝에 고동 소리가 높이 울렸다. 깨끗하게 정비된 연회장으로 눈처럼 새하얀 무복에 푸른 띠를 둘러 신비로운 두 천관녀가 들어섰다. 품에는 제사의 시작을 알리는 헌화가 들려 있었다. 토기장이 몇 날 며칠 진을 빼서 만든 화병을 품에 안고, 서두르지 않고 느리지도 않은 걸음으로 안으로 들어섰다.

　장천의 눈이 흥미롭게 반짝였다. 자박자박 걸음 하는 두 계집 중 유독 한 아이가 눈에 들어왔다. 옆에 선 계집에 비해 특출하게 아름다운 것도 아니고 홀로 경거망동하는 것도 아니었다. 얌전히 입술 끝에 미소를 매달고 천천히 장내에 들어설 뿐이었다. 그런데 장천의 눈은 저 계집에게서 떨어질 줄 몰랐다. 그 노골적인 눈빛이 가시가 되어 그녀를 지른 듯, 움찔 놀란 계집의 시선이 천천히 위로 올라왔다. 허공에서 그와 단희의 시선이 얽혔다. 장천은 재미있다는 듯 웃음을 보였다. 그리고 그녀 옆에 선 다른 천관녀에게는 단 한 차례도 시선을 주지 않았다. 아름답기가 경국지색이라고 하는 천관녀임을 알고 있음에도 말이다.

　그에게 실상 아름다운 여인은 차고 넘쳤다. 그는 이 신국의 황제였다. 태어날 때부터 황제였고 죽을 때까지도 황제일 것이다. 그런 그의 옆에 미인이라 함은, 어찌 보면 무척이나 당연한 것이었다. 그래서 미인에 대한 감흥이 없었다. 지겹도록 품고 안아온 미인들이 뭐가 그리 대단할까? 그의 정비인 보량도, 수많은 궁주들도 나라에서 내로라하는 절색들이었다. 그렇기에 그는 여인에게서 '다른 것'을 보길 원했다. 이를 테면 기량이라든지 재치 같은 것들. 그런 의미에서 단희는 그의 입맛에 딱이었다. 들어보니 계집이 보통 당돌하고 영특한 게 아니었다. 그뿐이랴? 황제를 앞에 두고도 또박또박 말도 잘했다. 그것은 그가 그녀를 마음에 들어 하고 있다는 것을 은연중에 알고 있다는 것이었다. 눈치가 빠르고 상황을 제 것으로 만드는 재주가 있었다.

장천은 다시 웃어 보였다. 노골적일 만큼 단희를 향해 웃어 보였다. 제께서 친히 웃음을 보이면 황송하여 얼굴을 붉힐 만도 한데 단희는 슬그머니 눈을 돌렸다. 자신은 본 적 없다는 듯, 애초에 눈을 마주친 적 없다는 듯 능청스럽게 눈을 돌려버렸다. 제를 앞에 두고 '감히' 말이다. 보면 볼수록 탐이 나는 여아였다.

"꽃이 꽃을 들고 오는구려."

장천의 음성에 보량의 고개가 그에게로 돌아갔다. 장천은 웃고 있었다. 그 모습에 보량의 가슴이 본능적으로 쿵, 떨어졌다. 장천은 웃음에 박한 사람이 아니었다. 그렇다고 웃음이 헤픈 것도 아니었다. 하지만 누군가를 보고 저토록 흡족한 얼굴이라니…….

그녀의 시선이 꽃을 들고 서 있는 두 여인에게 향했다. 동장군 입김에 펄럭거리는 흰 옷자락이 시리도록 아름다웠다. 코끝이 시큰할 만큼 추운 날씨에 하얀 옷자락만 입고도 표정 하나 변하지 않는 두 여인의 모습은 영험해 보이기까지 했다. 화병을 든 손이 번쩍 하늘로 향했다. 그 붉은 손끝이 아름다웠다. 보량은 다시 눈을 돌려 제를 바라봤다. 제의 눈동자에 별이 박혀 있었다. 대낮에 뜬 별은 밤중의 별보다 더욱 선명했다.

'아아……..'

보량은 저 눈빛을 알고 있었다. 너무나도 잘 알고 있었다. 그녀의 혈맥이 불안하게 날뛰었다. 소맷자락 아래로 숨긴 손으로 주먹을 쥐어봤다. 마치 정복 활동을 나서는 그때처럼 그의 눈이 호기로웠다.

'탐내고 있는 것이다. 그는 지금 저 둘 중 누군가를 탐내고 있다.'

보량의 눈빛이 깊어졌다. 그녀는 당비파 소리를 따라 물러서는 두 계집을 끝까지 바라봤다.

4장 그녀, 야래향

　1년이라는 시간은 눈 깜짝할 새 지나갔다. 푸르렀던 산이 몇 벌의 옷을 갈아입으니, 단희와 취선이 처음 화랑도에 들어왔던 그 시기가 다시 왔다. 그 1년여의 시간 동안 화랑도에는 몇 가지 변한 것들이 있다.

　첫째로, 단희의 낭도가 5백을 넘어섰다. 그것은 꽤나 이례적인 일이었다. 1년이라는 시간 동안 5백여 명이나 되는 낭도가 모여들었다는 것은, 그녀에 관한 크고 작은 덕행이 장내에 꽤나 소문을 탔다는 것이다. 이를 테면 그녀가 틈틈이 허름한 약방에 찾아가 손수 다친 이들을 돌봐준다든가, 그 신묘하고 아름답다고 일컬어지던 남산의 소선녀가 실은 천관녀 단희라든가 하는 것들 말이다. 화랑 내에서도 살갑고 다정한 그녀였기에 마주치는 이들 모두 그녀를 좋아했다. 하루는 화랑들이 모두 모여 사냥 대회를 한 날이었다. 수십 명의 화랑들은 파를 이루어 서로 경쟁을 했는데, 그중 유난히 몸집이 작고 낯빛이 하얀 사내를 두고 모두 제 편에 들이기를 꺼렸다. 그때 단희가 선뜻 그를 불러들였다. 명랑한 목소리로 까르르 웃으며 그를 향해 이렇게 말하였다.

"흠서랑이지요? 평소 흠서랑의 목소리를 타고 들리는 향가가 무척이나 듣기 좋아 마음 깊이 친애하고 있었습니다. 흠서랑께서 사냥하는 동안 같이 향가를 불러주신다면, 그 성질 나쁜 멧돼지도 우리 앞에 목을 바칠 것이 틀림없습니다. 함께해주시겠습니까?"

그가 가진 장점을 높여주고 자신을 낮춰 상대의 다친 자존심을 어루만져주니 그 후로 흠서가 그녀의 편에 서게 된 것은 당연했다. 활이나 검과 같은 무예뿐 아니라 학식과 풍류 또한 신라인의 중요 덕목 중 하나였다. 단희는 어디 한 곳에 치우쳐 인재를 선별하지 아니하였고, 그들이 가진 장점을 찾아 칭찬하곤 했다. 이렇게 하나둘 그녀의 사람이 늘어나기 시작하니, 전장에 따로 참전하지 않았음에도 그녀는 화랑도 내에서 낭도를 가장 많이 거느린 화랑 중 하나가 되었다.

그런데 이게 끝이 아니었다. 두번째 변화가 기가 막혔는데, 바로 풍월주 설찬이 단희를 찾는 날이 부쩍 많아졌다는 것이다. 그는 특히 단희가 월궁을 다녀온 날이면 어떻게 해서든 그녀를 찾았다. 한데 월궁에서 그녀를 찾는 날이 닷새에 한 번 꼴이었으니 설찬도 적어도 닷새에 한 번은 그녀를 불렀다.

이미 왕경 내에 단희의 외사랑을 모르는 이가 없었다. 한데, 이젠 슬그머니 외사랑이 아닐지도 모른다는 소문이 돌았다. 소문 좋아하는 유화들은 둘 이상 모이면 천관녀와 풍월주에 관한 이야기를 했다. 삼삼오오 모여 두 사람이 어제 또 마주쳤네, 풍월주께서 그녀에게 또 화를 내셨네 하며 주인공들보다 더 즐겁게 떠들어대곤 했다.

소문의 주인공인 설찬은 여전히 온기 없는 표정으로 그녀를 대했지만 미묘하게 달라진 분위기가 있었다. 문제는 주변조차 그것을 눈치챘는데, 정작 그 자신은 스스로의 변화를 모르고 있는 것이었다. 검은 매처럼 날래면서, 마음을 돌보는 눈은 곰보다 더 둔한 사내였다.

여튼 그 크고 작은 시간들이 모여 1년이 되었다. 구름은 높이 떴고, 하늘은 인간이 흉내 낼 수 없는 청명한 색깔로 깊게 물들어 있었다. 더 없이 쾌청한 단오날.

바로 오늘, 단희가 원화가 되는 날이었다.

*

푸른 허리띠를 둘러주는 손길에 팔을 벌리고 서 있던 단희는 문득 옆을 돌아봤다. 1년 사이 더욱 농염한 여인의 색을 입은 취선은 그 고운 속눈썹을 아래로 드리우며 꼿꼿한 자세로 시중을 받고 있었다. 그녀를 빤히 바라보던 단희가 호기심을 참지 못하고 입을 열었다.

"딱 한 해 전, 이 자리였지요."

단희의 음성에 취선이 슬쩍 그녀를 향해 고개를 돌렸다. 나른한 그 고갯짓이 참으로 아름답다 생각했다. 또래이건만, 그녀는 어딘지 모르게 여인의 향이 났다. 분명 같은 나이일진대 어째서 취선에게서는 언니들과 같은 분위기가 나올까? 단희는 어쩐지 먹먹한 가슴을 진정시키며 차분히 입을 열었다.

"원화의 자리를 가지는 것은 취선 낭주시라고, 단호하게 말씀하셨습니다."

취선이 입가를 비틀어 소리 없이 웃었다. 그러고서는 선선히 고개를 끄덕였다.

"예, 그랬죠."

"한데 오늘 이 자리가 분하지 않습니까?"

단희의 푸른 허리띠 위에는 금색 수가 놓여 있었다. 또 그녀의 어깨 위 표(表: 어깨에 두르고 앞으로 길게 띠처럼 내려

입는 의복 중 하나)에도 금실로 고운 수가 놓여 있었다. 소지태후가 집적 내린 원화의 의상이었다. 취선의 눈이 그 푸른 표에 잠시 닿았다가 흩어졌다. 그러고는 대수롭지 않다는 듯 담담한 목소리가 이어졌다.

"당시 내 원화가 되겠다 함은, 얻고자 하는 게 있었기 때문입니다. 그런데 그것이 원화가 되지 않아도 얻을 수 있을 것 같으니, 내 그 귀찮은 원화 자리는 필요치 않습니다. 그리고 나 또한……."

취선은 고개를 틀어 단희를 마주 봤다. 그러고는 뽀얀 얼굴 위로 특유의 나른한 웃음을 매달며 말했다.

"나보다 단희 낭주가 그 자리에 더 어울린다는 것쯤은 알고 있습니다."

단희는 어쩐지 취선의 말에 어깨 위에 두른 표가 조금 무겁게 느껴졌다.

*

축제의 장이 열렸다. 밤이 깊었음에도 하늘 위로 커다란 색색의 연이 휘날렸고, 깜깜한 거리에는 원화의 부흥을 위한 연등이 켜졌다. 잠들기 아쉬운 아이들도 오늘만큼은 밤거리를 마음껏 뛰어다녔다. 아이와 여인, 다정과 쾌락의 웃음소리로 온 거리가 시끄러웠다. 북적거리는 왕경 내에 웃지 않는 사람이 없을 정도로 흥겨운 밤이었다.

왕궁에서도 떠들썩하고 화려한 연회가 주최되었다. 태자궁 월지(月池: 안압지의 옛 이름)는 나라의 길일이면 으레 연회의 장이 되곤 했다. 자리를 빛내주기 위하여 잠시 들른 소지 태후와 보량 부인 그리고 연회를 주최한 태홍제 장천이 상석에 앉았다. 그들 옆으로 풍월주 설찬과 원화 단희, 그리고 부제 환웅이 있었다. 신료들은 물론이거니와 전군과 공주들도 각자 한 자리씩 차지하고 있었다.

풍악 소리가 앞을 다투며 월지에 고인 물을 흔들어댔다. 호탕한 성정의 장천이 먼저 뛰어들어 시원한 춤사위를 보였다. 제의 손짓에 하나둘 일어나 흥을 맞추며 발을 놀렸고, 너 나 할 것 없이 제의 춤사위에 경탄을 금치 못했다. 그 사이로 단희와 설찬만이 조용히 실랑이를 벌이고 있었다.

"한 잔만 하겠다는데 왜 이러시는 거예요? 딱, 한 잔만 하겠습니다. 오늘은 저에게 허락된 날 아닙니까?"

달콤한 향이 나는 감향주^{#香酒}가 찰랑이는 하얀 잔을 노려보며 단희가 아득바득 작게 우겨댔다. 그런 그녀의 손목을 잡아챈 설찬이 단호하게 고개를 내저었다. 으름장을 놓는 그의 목소리가 매서웠다.

"안 된다."

"차암, 왜요? 대체 왜?"

단희가 답답하다는 듯 설찬을 흘겨보았지만 그는 미동도

4장 그녀, 야래향 285

없이 고개만 내저었다. 그의 시선이 제에게 향하자 단희의 손이 슬그머니 술상 위로 향했다. 그러나 설찬은 관자놀이에도 눈이 달렸는지 여지없이 그녀의 손등을 쳐냈다.

"아야야!"

단희가 앓는 소리를 하며 입술을 삐죽였다. 설찬은 그런 그녀를 힐끔 내려다보다가 다시 시선을 돌려 전방을 주시했다. 허공에는 궁주들의 오색 빛깔 표가 바람에 나부끼고 있었다.

"이런 날일수록 더욱 신중하고 차분해야 한다. 어찌 여기서 술을 들겠다는 것이야? 턱도 없는 소리 하지 말거라."

"감향주는 아무리 들이켜도 취하지 않는다고 했습니다. 그렇지요, 부제?"

단희가 그녀의 왼편에 앉은 환웅을 향해 물었다. 제 편이 되어달라 간절히 눈을 반짝였지만 환웅은 능청스러운 얼굴로 고개를 저었다. 두 사람이 옥신각신하는 것을 보는 것이 요즈음 환웅의 가장 큰 즐거움이었다. 그것을 제 손으로 중단하기란 참으로 어려운 법이었다.

"글쎄요……. 저는 모르겠습니다."

"제께서 내리신 어주御酒입니다. 그것을 이리 방치한다는 것은 제에 대한 불충이지요. 그러니 저는 불충을 저지르지 않기…… 어?"

단희는 왕궁의 감향주가 그리 달콤하다는 소문이 자자하

기에 포기할 수 없었다. 기어코 그 한 잔을 마셔보겠다고 조잘대던 그녀의 입이 쩍하고 벌어졌다. 설찬이 그녀 앞에 놓인 잔을 덥석 집어 들고는 제 목구멍 안으로 털어 넣어버린 것이다. 한입도 되지 않는 술잔을 홀홀 털어 넣은 그가 무심한 얼굴로 그녀를 내려다봤다. 이제 욕심낼 것도 없으니 포기하라는 그 냉랭한 눈빛에 단희의 얼굴이 단박에 구겨졌다.

"…… 치사해."

"뭐라?"

툭 튀어나온 입술로 작게 불퉁거리는 그녀를 향해 설찬은 한쪽 눈썹을 들어 올렸다. 입술을 삐죽 내민 채 꾹 다물어버린 그녀가 홱 고개를 돌렸다. 참으로 야속한 임이었다.

오늘 하루는 몹시도 고되었다. 즉위와 함께 단오제를 치렀고, 전날에도 화랑들의 단오비재(재주를 겨룸)를 주관했기 때문에 정신이 다 아득해질 지경이었다. 노곤한 몸은 달고 시원한 무엇인가를 끊임없이 원하고 있는데, 마실 수 있는 것이라고는 보리를 우린 찻물이 전부였다. 입맛은 하나도 없고, 끊임없이 목만 탔다.

단희는 곧 삐죽대던 입술을 꾹 다물고 작게 한숨을 내쉬었다. 그러고는 작고 붉은 혀를 꺼내 마른 입술을 축였다.

"한 잔이면 괜찮지 않겠습니까?"

시무룩한 사촌 동생이 안타까웠던지 환웅이 슬그머니 주

병을 들어 올렸다. 단희의 얼굴이 단박에 밝아졌다. 방긋 웃는 얼굴로 고개를 끄덕이며 제 잔을 들려는 찰나, 설찬이 얼굴을 찌푸렸다. 바람 하나 샐 틈 없이 굳은 얼굴이었다. 결국 환웅은 고개를 내젓고는 들었던 주병을 내려놨다. 단희는 들고 있던 하얀 술잔을 탁상 위로 불만스럽게 콩콩콩 내리쳤다. 바로 그때, 검은 그림자가 그녀 위로 드리웠다.

"어찌 술이 없을꼬, 이 기쁜 날에?"

우렁찬 제의 목소리에 단희가 깜짝 놀라 고개를 들었다. 단정한 옷고름은 조금 흐트러졌고, 옥안 가득 익살이 가득했다.

"내 우리 원화를 위해 친히 어주를 내려줘야겠구나! 자, 잔을 들어라! 감향주가 향기롭다."

단희의 손안으로 짙은 감색의 술이 콸콸 쏟아졌다. 잔이 넘치도록 한가득 따라준 장천이 빙긋 웃더니 그녀를 내려다봤다. 흐트러진 겉모습과는 달리 그의 눈빛은 단호하게 그녀를 압박하고 있었다. 얌전히 눈초리를 내린 그녀가 설찬을 힐끔 바라봤다. 그의 미간이 굽이쳐 있었다. 그 안에 걱정을 본 것도 같았다. 하지만 친히 내려주는 어주를 거절할 수는 없는 법. 단희는 얌전히 고개를 돌려 잔을 홀딱 비워냈다. 목구멍을 타고 가지각색의 향과 맛이 흘러 내려갔다. 몸을 관통하는 그 풍부한 향취에 전율하며 단희는 얌전히 잔을 내려놓았다. 그러자 다시 콸콸 술이 쏟아졌다.

"맛이 괜찮지 않느냐? 아끼지 말고 들어라. 오늘은 너의 날이니."

악기 소리, 웃음소리, 이야기 소리 가운데 모두가 은근한 눈으로 단희를 주목하고 있었다. 따갑게 느껴지는 그들의 은밀한 시선에 정수리가 다 화끈할 지경이었다. 단희는 손에 들린 잔을 다시 연거푸 비워냈다. 평소 같지 않게 얌전하기만 한 그녀의 모습이 재미난지 장천은 몇 번이고 잔을 채워주었다.

친히 제가 그녀의 술시중을 드는 모습이라니. 그 앞에서 단희는 '이제 그만 주시어요'라고 말할 수도 없는 노릇이었다. 하는 수 없이 그렇게 연거푸 다섯 잔을 비워냈다. 그제야 그녀를 꽁꽁 옭아매던 제의 시선이 수그러들었다.

"하하하! 맛이 괜찮나 보구나? 하지만 조심해야지. 끝도 없이 들어가면 언젠가 술에 먹히고 만단다. 그것이 감향주의 무서운 점이니라."

"폐하, 새겨듣겠사옵니다."

얌전히 고개를 숙이니 머리맡에 드리워진 그림자가 거둬지는 게 느껴졌다. 곧이어 다시 왁자한 웃음소리가 저기 어딘가에서 터져 나왔다. 그 소란함에 안심하며 단희가 숙였던 고개를 천천히 들어 올렸다.

그런데 그 순간 머릿속이 핑그르르 도는 게 아닌가? 앉아 있음에도 잠시 눈앞이 어지러워진 그녀가 손을 들어 이마를 짚었다. 그러자 그녀의 등 뒤를 부드럽게 받쳐주는 손길이 느껴졌다.

"괜찮은 것이냐?"

바로 귓가에서 들리는 낮고 깊은 걱정의 목소리에 빙글빙글 돌던 단희의 머리가 불길에 휘말려 들었다. 깊은 동굴에 들어온 듯 은밀하게 울리는 그의 목소리에 단희는 어쩐지 다시 한 번 술기운이 도는 것처럼 느껴졌다.

그의 손이 그녀의 등에 닿았다. 얇은 비단을 뚫고 전해지는 그의 뜨거운 체온에 단희의 숨결이 달아오르고 있었다. 단희는 술에 한 번 취하고, 슬쩍 닿은 설찬의 온기에 두 번 취했다. 마지막으로 그의 목소리에 다시 한 번 취하고 말았다.

'어떻게 목소리에 취할 수가 있는 거지?'

저가 생각해도 참으로 야릇하고 우스워 그녀는 숙인 고개 아래로 배시시 웃음을 보였다. 아아, 기분이 좋다. 술은 이래서 먹는구나 싶었다.

"괜찮습니다."

"…… 괜찮지 않아 보여서 하는 말이다."

단희는 어쩐지 그의 목소리가 무척이나 다정스러워 웃음을 멈출 수가 없었다. 헤실헤실 웃는 얼굴이 경박해 보이면 어쩌나 걱정되었지만 입꼬리가 주체가 되지 않았다.

"정말 괜찮습니다."

설찬은 그런 그녀를 지그시 내려다봤다. 한참을 말도 없이 바라보는 시선에 단희의 눈동자도 그를 향했다. 설찬은 할 말이 많아 보이는 눈으로 그녀를 바라봤지만 그의 입에서는 그리 긴 말이 나오지 않았다.

"너는 항상 나에게 괜찮다고만 하는구나."

"예?"

"…… 항상 괜찮기만 한 것은 아닐 텐데 말이야."

그렇게 말하며 그는 언제 그녀를 보았냐는 듯 고개를 돌렸다. 그녀의 등을 받쳐주고 있던 뜨거운 손도 거두어졌다. 하지만 그 손은 그녀의 등을 지나 늘어져 있던 손등을 슬며시 스치고 지나갔다. 단희는 어쩐지 그 손등에서부터 다시 한 번 취기가 올라오려고 했다.

*

제께서 칠교놀이를 하자며 단희를 불렀다. 날이 좋아 낭도들과 마상 시합을 하려던 그녀가 비죽이 한숨을 내쉬며 궁에서 온 내관을 따라나섰다. 이런 일이 빈번하다는 듯 그녀를 따라나서는 미휼과 곡사흔 그리고 그녀를 따르는 다섯 화랑들이 체념의 미소를 보였다. 그 누구도 아닌 제께서 그녀를 아끼시니 기분이 좋기도 하고, 하루가 멀다 하고 빼앗기는 기분에 섭섭하기도 한 그들이었다. 단희가 체념하는 그들을 다독이며 발걸음을 돌렸다.

낭문 대문을 넘어 막 꺾어지는 길로 접어들 때였다. 단희의 발걸음이 길게 드리워진 그림자 끝에 걸려 멈춰 서고 말았다.

"어딜 그리 급히 가는 것이냐?"

한없이 익숙하고 또 덧없이 그리운 음성이었다. 단희는 고개를 들어 목소리의 주인을 바라봤다. 그 또한 월궁에라도 다녀오는 길인지 조우관(꿩의 깃털을 달았던 화랑의 모자)까지 잘 차려입고서 그녀의 앞을 가로막고 서 있었다. 햇살에 반짝이는 임의 모습이 오늘따라 유독 더 장대하고 미려해 보였다. 그를 보자마자 단희의 얼굴에 웃음꽃이 피었다. 쉬이 웃어 보이지 말라며 언니들이 그리 경고했음에도 설찬만 보면 까마귀 고기를 먹은 듯 매번 잊어버리고 마는 그녀였다. 그녀라고 어쩌겠는가, 머리보다 몸이 먼저 그에게 반응하는 것을.

"궁에 다녀오시는 길입니까? 정복을 입은 모습은 참으로 오랜만에 뵙는 것 같습니다."

"그래, 언제 입어도 참으로 불편하기 짝이 없는 옷이지."

"그래도 설찬랑께서는 정복을 입으실 때 제일 근사하십니다."

육체는 이미 어른이 되었지만 눈동자는 여전히 천진한 그녀가 한 치 스스럼없이 그를 보며 눈을 반짝였다. 어렸을 때처럼 손뼉을 짝짝 쳐가며 '설찬랑이 최고입니다'라고 말하지는 않지만, 여전히 그녀는 세상에서 가장 아름다운 사내를 보고 있다는 눈으로 그를 바라보고 있었다.

그렇게 미약하게나마 단희가 변하였듯 설찬도 변하였다. 그녀가 입이 닳도록 그를 칭찬할 때면 정색을 하며 냉랭히 자리를 피하던 그가 이제는 별다른 토를 달지 않았고, 어느 때는 기분이 나쁘지 않다는 듯 슬쩍 웃어 보일 때도 있었다. 마치 지금처럼 말이다. 그의 얼음 가면 같은 얼굴 위로 희미한 미소가 옅게 떠올랐다. 너무나도 희미해서 어지간한 사람들은 눈치채지 못할 정도로 사소하지만, 항상 그를 보고 있는 단희는 알 수 있을 딱 그만큼의 변화였다.

"하긴, 이제 이 옷을 입을 날도 얼마 남지 않았구나."

"예? 그게 무슨 말씀입니까?"

예상치 못한 그의 말에 안 그래도 동그란 단희의 눈이 더욱 커졌다. 그 질문 가득한 눈을 잠시 바라보던 설찬이 이내 다시 말을 돌려 본래의 질문으로 돌아왔다.

"그래서 지금 어딜 가는 것이냐? 이제 곧 귀가 시간이 아니더냐?"

"아, 저 그게……."

그가 입을 닫아버렸기에 단희의 궁금증은 더욱 커졌지만, 굳이 대답하지 않는 연유가 있을 것이라 헤아리며 다시 묻지 않았다. 하지만 그녀 또한 은근슬쩍 그의 첫 물음을 회피하였던 것인데, 다시 물어오니 곤란함에 입을 어물거리고 말았다. 유독 설찬 앞에만 서면 가면을 쓰는 게 어려운 그녀였으니, 그 앞에서는 에둘러 말하는 것도 힘들고 서툴렀다. 그래도 다른 이들에게는 제법 얼굴을 감추거나 작은 거짓말을 감쪽같이 해 보이곤 하는데 말이다.

그녀의 머뭇거림을 보던 설찬이 이내 멀찍이 떨어져 단희를 기다리고 있는 내관을 바라봤다. 그의 눈빛이 삽시간 사늘해졌지만 이내 그 빛을 지워냈다.

"궁에 가는 것이냐?"

"예, 대제께서 잠시 들르라 하셨습니다."

스치듯 사라진 싸늘한 눈빛을 눈치챈 그녀가 더 이상 숨길 길이 없다는 것을 깨닫고서는 탁 털어 말했다. 봄볕에 자라난 여린 새싹처럼 물렁해진 듯하면서도, 단희가 궐에 갔다 온다 하면 이상하게 다시 동장군처럼 차갑고 서늘해지는 설찬이었다. 그런 설찬의 서늘함 또한 아무도 눈치채지 못할 만큼 미약하고 철저했지만, 단희는 알 수 있었다. 유독 더 무뚝뚝해지거나 심술을 부리곤 했으니까.

"그렇군. 그래, 다녀오너라."

어라? 오늘은 어찌 이리 순순히 보내주시나? 그가 선뜻 그녀의 앞을 막아섰던 길을 비켜주었다. 적잖게 속으로 당황한 단희는 이내 고개를 주억거리며 멈췄던 발걸음을 떼었다.

"그럼 살펴 들어가시어요."

"아, 그런데……."

"예?"

정문 안으로 들어서던 발걸음을 멈추고 설찬이 막 생각났다는 듯이 입술을 달싹였다.

"며칠 전에 낭문 안에 있던 감나무를 홀랑 태워먹었더군. 낭도들이랑 고구마를 구워 먹다 그랬다지? 오늘 안으로 그 자리에 다시 감나무를 채워 넣도록. 그것도 화랑의 재산이니 책임을 져야지."

그리 말하며 뒤돌아서는 그의 얼굴 위로 심술궂은 미소를 본 것 같았다. 단희는 이마를 짚으며 '혹시나가 역시나였다'는 옛 성언을 다시 깊게 되새겨야 했다.

"폐하, 부르셨습니까?"

단희는 말 사이로 '또'라는 단어를 감히 붙이고 싶었지만 차마 그러지 못하고 얌전히 고개를 내렸다. 대제께 그런 말을 붙인다는 것 자체가 어불성설이라는 것을 잘 알고 있음에도 그 단어가 생각이 날 만큼 장천은 그녀를 자주 찾았다.

"늦었다."

"바로 왔습니다."

"바람처럼 달려왔어야 하지 않느냐."

웃음기 섞인 옥음에서 그녀의 말꼬리를 잡고 늘어지려는 기미가 보였다. 단희는 그렇게 말장난을 시작하면 끝이 없

다는 것을 지난날들을 통해 여러 번 깨달은 바 있다. 어지
간해서는 제의 기분에 맞춰 맞장구를 쳐주었지만 오늘은
돌아가서 할 일이 있는 그녀였다. 지금쯤 바지런히 적당한
감나무를 찾고 있을 그녀의 화랑들을 생각하면, 오늘은 서
둘러 다시 들어가봐야 했다.

"다음부터는 꼭 그리하겠습니다, 폐하."

"흠?"

단출한 그녀의 대답에 그의 음색에서 실망한 기색이 역
력했다. 단희는 그를 듣고도 오늘은 얌전한 척 눈을 내리깔
았다.

"그래, 어쨌든 왔으니 칠교놀이를 하자꾸나."

칠교놀이란 일곱 개의 교묘하게 짜인 나무 조각을 이용
해 온갖 재주와 지혜를 짜내는 놀이였다. 칠교판이라는 잘
짜인 색이 고운 판을 들고, 여러 가지 도해가 그려진 칠교
도를 보고, 그 틀과 모양을 짜내며 서로 지혜를 나누었다.
칠교도에는 무려 5백여 가지의 도해가 있다고 하는데, 그
모든 형상을 다 만들어낼 줄 알면 사서삼경을 숙독한 경지
와 같다고 했다.

곧이어 색이 고운 붉은색 칠교판을 든 여관女官이 들어왔
다. 단희는 그녀를 따라 장천에게 조금 더 가까이 다가갔
다. 멀리서는 할 수 없는 놀이이기에 이렇게 가끔 장천과
칠교놀이를 할 때는 부르지 않아도 가까이 가야만 했다.

"흠, 오늘은 월하노인이 좋겠구나."

신중히 도해를 살피던 장천이 선뜻 구부정한 노인의 형상을 가리키며 말했다. 장천이 먼저 칠교를 들자 그녀가 그의 뒤를 따라 도해를 고민했다.

"단희, 너는 월하노인을 믿느냐?"

칠교판을 내려다보던 장천이 무심한 목소리로 물었다.

"남녀 간의 혼사를 맺어준다는 노인 말입니까?"

"그렇지, 빨간 실로 인연을 엮어준다는 그 노인 말이다."

"글쎄요, 시전에는 그 빨간 실로 맺어진 인연들이 있다고는 들었습니다."

"오호? 그래?"

장천이 호기심을 보이자 단희가 살갑게 웃으며 고개를 끄덕였다. 단희의 웃음을 따라 웃음을 보인 장천이 물었다.

"왜 웃느냐?"

"아닙니다. 그저 매일 바삐 돌아다닐 월하노인을 생각하니…… 조금 안쓰러워서요."

"하하, 그렇구나. 그렇게 따지자면 짐보다 바쁠 수도 있겠구나. 쯔쯧, 노인이 얼마나 고생이 많을꼬."

장천의 말에 단희가 다시 소리 없이 웃음을 보였다. 동시에 그녀의 손이 바빠졌다. 노인을 생각하니 얼핏 그의 형상이 보이는 듯했다.

"돌아가면 월하노인께 치성이라도 드려야겠습니다. 덕분

에 우리 신국에 이렇게 원앙보다 아름다운 폐하와 마마를 모실 수 있게 되었으니까요."

순간 칠교판 하나를 쥐고 신중히 자리를 고르던 제가 고개를 들어 단희를 바라봤다. 그의 얼굴은 무심했지만 눈빛은 비틀어져 있었다.

"후⽻와 나는 연을 맺은 지 이미 여러 해가 지났다. 그것은 신경 쓸 필요 없느니. 중요한 것은 아직 남아 있는 너의 약지가 아니더냐?"

"제 약지는 이미 정해져 있습니다."

사람은 밥을 먹고 삽니다, 라는 대답을 하는 것처럼 당연하다는 듯 그녀가 대답했다. 장천은 들고 있던 칠교판을 다시 내려놓으며 단희를 바라봤다. 바른 자세로 칠교판을 꼿꼿하게 응시하고 있던 단희가 침묵으로 내려앉는 공기를 느끼며 천천히 시선을 들었다. 비뚜름한 자세의 장천이 무릎 위로 팔을 올리고 그 위로 턱을 괴고서는 그녀를 바라보고 있었다. 뭔가 심기가 좋지 않다는 듯 무심하게 산을 그리는 그의 눈썹 모양에 단희가 잠시 고민하다가 입을 열었다.

"왜 그러시는지요? 놀이가 재미가 없으신지요?"

"네 약지는 풍월주 설찬의 것이다, 이것이냐?"

호쾌하고 직설적인 성정처럼 단도직입적인 질문이었다. 이미 왕경 안에 공공연한 그녀의 외사랑을 모르는 이가 없다는 것을 그녀 자신도 잘 알고 있었다. 이게 벌써 몇 년인가? 5년이 다 되어가는 묵묵하고 꾸준한 외사랑이었다. 더군다나 이제는 더 이상 예부령 이찬 대감의 막녀이기만 한 단희가 아니었다. 화랑도의 또 다른 주인인 원화가 되었으니, 그녀의 일거수일투족이 모두의 관심사가 되었음은 두말할 필요도 없었다.

"답을 알고 하문하시는 것은 상대를 조이기 위함이라고 들었습니다. 혹 그게 아니면 굳이 다시 확인하시는 저의가 무엇이십니까?"

특유의 당돌한 음색에 장천의 낯빛이 무거워졌다.

"네가 그렇게 싸고돈다 한들 몇 년을 녹이지 못한 냉가슴을 이제 와 녹일 수 있을 것이라 생각하는 게냐? 너도 이제 더 이상 아이가 아니다. 그리 네 속에 있는 여인의 마음을 혹사시키지 마라."

"저는 조바심치지 않습니다, 폐하. 그분께서 제게 마음을 주지 않는다 하여 어쩔 줄 몰라 하는 그런 계집도 아닙니다. 그러니 저는 제 마음을 혹사한다 생각지 않습니다. 오히려 마음이 가는 대로 순응하며 살고 있습니다."

담담한 그녀의 대답에 장천이 눈을 가늘게 뜨고 그녀를 노려봤다. 짐짓 노한 듯 보이는 그 옥안에 간이 떨릴 만도 하건만, 단희는 음전한 얼굴로 칠교판을 내려다볼 뿐이었다. 장천은 단희의 시선을 들고 싶었다. 한 치의 망설임도 없이 말하는 저 목소리를 떨게 만들고 싶었다. 그리고 저

오롯한 마음에 제 것이 된다면 얼마나 황홀할까? 단단하고 날카로운 보검寶劍처럼 그녀의 단호한 마음은 부러지지 않을 것만 같았다. 장천은 그것이 참으로 탐이 나 미칠 것만 같았다. 새삼스럽게 파고드는 연심에 대한 탐욕이 황제의 마음을 갈급하게 만들었다.

"오만함인 것이냐, 체념인 것이냐."

"…… 그저 사랑하고 있을 뿐입니다."

"나는 얼마든지 너를 가지고 취할 수 있다. 그래도 너의 마음이 그렇게 단단할 성싶으냐?"

장천의 날카로운 말에 단희가 잠시 눈을 들어 그를 올려다봤다. 이제는 제법 성숙한 여인의 얼굴이 완연한 그녀는 이렇듯 말없이 올려다볼 때면 사내의 무엇인가를 자극하는 묘한 매력을 뿜어대곤 했다. 그린 듯이 완벽한 미인이라고 말할 수는 없지만 한번 바라보면 쉬이 눈을 돌릴 수 없는지 모를 묘한 미색이었다. 그것을 정작 그녀 자신은 잘 모르는 듯했다.

"제께서는 저를 꺾고 싶으신 겁니까?"

"꺾으면 꺾어지는 게냐?"

"지존께서 결정하신 일에 어떤 것인들 꺾이지 않겠습니까. 다만……"

그녀는 내리깔았던 눈을 들어 다시 그를 올려다봤다. 아까처럼 슬쩍 올려보고 내리까는 것이 아니라 고집스러운 눈으로 그를 보며 또박또박 제 할 말을 풀어냈다.

"제께서 저를 한번 꺾어 눌러보자고 이제껏 가까이 두신 것이 아님을 알고 있습니다. 쉬이 취하고 다신 보지 않으시려는 것이면 얼마든지 순응하겠습니다. 하지만 곁에 두고 마음을 나누고자 하신다면 저를 가벼이 버리지 마시오소서."

'고얀 것.'

단희의 대답을 듣고 있던 장천의 미간이 마침내 찌푸려졌다. 황제를 상대로 저만큼이나 배짱을 부리다니. 평소에 얌전한 척 순하게 그의 명을 잘 따르는 그녀였건만, 오늘만큼은 숨겨둔 배포를 꺼내 보였다. 제 목숨 줄을 쥐고 흔들 수 있는 지존이 앞에 있음에도 진심만큼은 거짓으로 말하지 못하는 저 뚝심이라니. 장천은 다시금 그녀가 탐이 나 배가 아팠다. 가지고 싶지만 당장 취할 수 없다는 사실이 미치도록 그를 갈증 나게 만들었다.

"…… 내 정말 너 같은 계집은 처음이다."

"송구하옵니다. 그러나 저 또한 신국의 여인으로 제를 은애함은 추호의 거짓도 없습니다. 그것을 알아주시어요."

마침내 단희가 빙그레 웃으며 어릴 때의 그것과 하등 다를 것 없이 순한 미소를 보였다. 순간 힘주어 꽉 붙들어 매고 있던 끝이 느슨해진 듯 장천의 마음이 풀렸다. 피식 웃음을 보인 그가 들고 있던 칠교판을 내던지며 불퉁거렸다.

"에잇, 칠교놀이는 다음에 하련다. 여봐라, 이것을 내가 거라."

나지막한 대답 소리와 함께 대기하고 있던 시비 둘이 냉큼 칠교판을 들고 나갔다. 그 뒤로 김이 모락모락 올라오는 따뜻한 차와 달콤한 꿀떡을 든 시비가 뒤따랐다. 한참 차를 식힌 장천이 문득 입가에 가져갔던 찻잔을 내려놓으며 심술궂게 되물었다.

"짐이 오래전 너에게 내준 수수께끼를 기억하느냐."

"예, 폐하."

"그래, 답은 찾았느냐?"

그의 물음에 단희가 눈을 휘며 웃었다.

"웃어?"

"송구하옵니다."

"언제부터 웃는 걸로 송구하고 그랬더냐, 네가."

불퉁스러운 제의 말에 단희가 다시 소리 없이 웃음을 삼켰다.

"어허? 그래, 답은 찾았단 말이냐, 못 찾았단 말이냐?"

"찾았다면 그 답을 말해도 되겠습니까, 폐하?"

"말 못 할 건 또 무어야?"

"제가 답을 말해버리면 제께서 저를 찾을 핑계 하나가 줄어들게 되니까요."

그녀의 말에 순간 장천의 눈이 부릅떠졌다. 한동안 말을 잇지 못하고 그녀를 바라보던 그가 입술을 비틀었다.

"…… 고얀 것!"

쓰게 중얼거린 장천이 후루룩 찻물을 들이켰다. 결국 단희는 식은 찻잔을 비우고 다시 한 번 더 따라 마실 때까지 내전에 붙잡혀 있어야 했다.

*

"출정 인원을 선발한다."

선문 안 별당에 오랜만에 모두들 모여 앉았다. 모두들이라 함은, 풍월주 설찬을 비롯하여 원화인 단희 그리고 부제 환웅과 삼부 대화랑들을 가리켰다. 이들이 바로 현재의 화랑도를 이끄는 핵심 수장들이었으니, 모여 거론하는 이야기는 모두 화랑도의 운영과 직결되는 것들이었다.

화랑들의 얼굴이 불현듯 사늘하게 가라앉았다.

"출정 인원이라 함은……."

갑작스러운 풍월주의 말에 환웅이 당황스러움을 감추지 못하고 딱딱하게 말했다. 요 몇 해 이상하리만치 전투가 없었다. 오래도록 마지않던 평화가 찾아온 듯 생활은 풍족했고, 주변국은 소란이 없었다. 공공연히 하늘의 자손인 신라가 최강의 나라가 되었음을, 신성하고 강인한 영토를 감히 탐낼 수 없음을 인정하듯 평화가 지속되었다.

"보고에 따르면 북한산성에서 불길한 조짐이 보인다고

한다. 잠입하여 살펴본 결과, 곧 그곳에는 이미 무장한 병력들이 주둔하고 있다. 다행히 우리 측에서 그것을 먼저 발견하였으니 전투에 대비하여 허를 찌르면 한결 수월히 해결될 것이다."

"위에서는 이미 끝난 이야기입니까?"

환웅의 물음에 설찬이 가만히 고개를 끄덕였다. 문득 그의 시선이 다소곳이 앉아 있는 단희를 향했다. 항상 밝아 보이던 그녀의 표정이 좋지 않았다. 깜짝 놀란 것도 아니었고 그렇다고 우울해하는 것도 아니지만 미묘하게 굳은 얼굴이었다.

단희는 회의가 계속될 동안 말없이 그들을 지켜봤다. 소란한 그녀가 조용히 입을 다물고 있으니 이상한 낌새를 눈치챌 만도 하건만 갑작스러운 출정 명령에 모두들 정신이 없었다. 얼마나 편성할 것이며 기간은 어떻게 될 것인지, 또 전투에 필요한 인력 및 작전은 어느 방향으로 설정될 것인지 정신없이 논하고 나니 벌써 인시(寅時, 오전 3~5시)였다.

서둘러 자리를 정돈하고 모두들 별당을 나섰다. 방긋 웃는 얼굴로 모두를 배웅한 단희는 그녀 앞으로 설찬이 걷고 있자 아무 말 없이 그의 뒤를 따랐다. 그렇다고 소리를 죽인 것도 아니요, 멀찌감치 떨어져서 걷는 것도 아니라 그의 뒤로 바짝 붙어 잘생긴 뒤통수를 노려보며 걸었다. 결국 두어 발자국 걷던 설찬이 따가운 시선을 이기지 못하고 뒤를 돌아봤다.

"말해, 왜 그러지?"

"모르고 하시는 말씀입니까? 아니면 알면서도 모르는 척 하시는 것입니까?"

"뭘?"

설찬이 떨떠름한 목소리로 대답했다. 그러자 단희의 표정이 심상찮게 구겨졌다. 자박자박 두어 걸음 다가온 그녀가 대차게 고개를 들어 올리며 말했다.

"제가 누구입니까?"

갑자기 왜 이러는 건가 싶은 눈으로 설찬이 그녀를 내려다보았다. 단정한 미간 사이로 아름다운 눈동자가 권위적으로 번득였다. 그러나 그런 그의 눈동자에 겁을 먹을 단희가 아니었다. 고운 계집의 얼굴 위로 붉은 혓바닥이 잠시 보이더니 아랫입술을 잠시 깨물고 놓아주었다. 설찬의 눈동자가 잠시 그 탐스러운 입술 위에 머물다 올라왔지만, 단희는 그를 의식하지 못한 채 제 할 말을 늘어놓았다.

"저는 원화입니다. 화랑도 내에서 풍월주와 같은 위치에 있는 원화입니다. 아시는지요? 설마 잊어버리고 계셨던 것은 아니지요?"

"한데?"

그의 무심한 대답에 단희가 잠시 입을 다물었다. 그녀의 미간이 소리 없이 구겨졌다.

"…… 그럼 바꿔 말하겠습니다. 만약 오늘 그 자리에서 출정 소식을 전하는 입장이었고, 설찬랑께서 그 자리에서 전해 들었다고 생각해보시지요."

"……."

그제야 의문으로 굳어져 있던 설찬의 미간이 꿈틀거린다. 그는 나지막하게 한숨을 내쉬며 고개를 끄덕였다.

"그래, 그것 때문이었나?"

"예, 그것 때문입니다. 저는 부제가 아닙니다. 대화랑도 아닙니다. 원화입니다. 그것도 설찬랑께서 직접 훌륭한 원화가 되라 말씀하신 그 원화입니다. 그런데 어찌 풍월주께서 먼저 저를 원화로 대하지 않으시는 겁니까?"

"그것이 속상하더냐?"

"아니요, 화가 나 있는 것입니다."

단희는 단호하게 말하며 설찬을 바라봤다. 이것은 차후 서로의 신뢰에 관한 문제였고, 그의 마음속에 있는 그녀의 위치에 관한 문제였다.

"나 또한 얼마전에 우연히 병무령 영감을 통해 전해 들었다. 따로 너부터 불러 일러준다 한들 무어가 달라지는 것이냐?"

"많은 것이 달라집니다. 설찬랑, 정녕 그것을 모르시옵니까?"

단희가 답답한 마음에 숨이 가쁜 듯했다. 그러나 설찬의 딱딱한 눈매는 변하지 않았다.

"달라지는 것은 없다. 또한 출정 인원에는 원화가 포함되지 않으니 더욱 그러하다."

"…… 그게 무슨 말씀이십니까?"

"말 그대로다."

"말 그대로라고요? 지금 저를 출정에서 제외시키겠다, 그 말이십니까?"

"그래, 너는 출정에 나갈 만큼 능숙하게 검을 다루지 못하고 전투에도 익숙하지 않다. 네가 출정하면 오히려 화랑들은 너를 지키려 용맹하게 싸우지 못할 것이다. 그러니 너는 왕경에 남아 화랑도를 맡아주거라. 그것이 네가 할 일이다."

그의 말은 꽤나 딱딱하고 냉정했다. 또한 누가 들어도 지당한 말이었기에 순간 단희는 입을 다물었다. 하지만 감출 수 없는 분함과 역정이 그녀를 휘감았다. 조금 전 그가 그녀에게 출정을 먼저 의논하지 않은 맥락과 같았다. 그는 그녀에 대한 신뢰가 없었다. 원화의 자리에 있었지만 그는 그녀를 진정한 '원화'로 인정하지 않았다.

"싫습니다."

그리 말하며 단희는 가슴 앞으로 팔짱을 꼈다. 그녀를 바라보는 설찬의 그늘진 눈빛이 매섭게 번득였다.

"저는 출정할 것입니다. 설찬랑께서 그리 말씀하셔도 저는 갑니다. 또한 잊지 말아주십시오. 저는 설찬랑의 명령을 듣는 수하가 아닙니다. 의논하고 상의해야 할 원화란 말입니다! 아시겠습니까? 그렇게 일방적인 통보는 들어줄 수가 없습니다. 그러니 저도 출정하는 걸로 아시지요!"

톡 쏘아붙인 그녀가 휙 돌아섰다. 분하여 참을 수 없다는 듯 한일자로 다문 입술이 꽤나 비장했다. 그러나 곧 그녀의 몸은 거칠게 되돌아서야 했다. 강인한 손에 이끌려 제자리로 돌아온 그녀의 몸을 따라 길고 풍성한 머리카락이 너울거렸다. 반은 묶고, 반은 풀어 내린 머리카락에서 그녀의 체취가 은은하게 퍼졌다. 본인은 느끼지 못하고, 가까이 선 이들에게는 강렬하게 다가오는 그런 향기.

치명적으로 그를 공격하는 그 향기를 모른 척하며 설찬이 잇새로 말을 이었다. 또박또박 끊어지는 그의 말투에서 절절 끓는 화가 넘실대고 있었다.

"북한산성이라고 말하지 않았느냐? 고구려와 경계에 있는 곳이다. 아무리 가벼운 전투라 하여도 우습게 여겨서는 아니 되는 전투야. 고구려의 전사들은 모두 용맹하기가 범과 같고, 호전적인 성격으로 전투에 능하다! 알겠느냐? 너 같은 애송이가 함부로 덤벼서는 단칼에 목이 베일 수 있어! 위험한 곳이라는 말이다!"

그녀의 팔을 잡고 있는 손이 매서웠다. 단단한 손가락이 가녀린 그녀의 팔을 옥죄었다. 마치 그녀를 위협이라도 하듯 낮고 깊은 목소리로 으르렁대는 설찬의 기세는 밤을 찢는 범보다 매섭고 광포했다.

그러나 도리어 단희는 턱을 치켜들고 고집스럽게 말했다. 그의 위협에 굴하지 않겠다는 듯 작은 고개를 들어 올리며 그와 눈을 마주쳤다.

"모든 전장은 위험한 곳입니다."

"첫 전투를 치르기에 그곳은 너무 위험하다."

"첫 전투는 누구에게나 생명의 위협을 느끼게 합니다."

"하!"

정말 미치겠군. 설찬의 중얼거림을 들은 단희가 더욱 미칠 지경이었다. 그가 강하다는 것은 잘 안다. 그녀가 그에게 턱없이 모자랄 만큼 약하다는 것도 잘 알고 있다. 하지만 그를 지키기 위해, 그와 함께 하기 위해 원화가 된 그녀였다. 안방에 들어앉아 그들의 승전 소식을 기원하고 덧없이 달만 바라보고자 새벽이면 남산을 오르고 그토록 고왔던 손에 굳은살을 박아 넣은 것이 아니다!

픽!

"…… 큭!"

순간 그녀의 팔을 움켜잡고 있던 설찬의 손에서 힘이 빠져나갔다. 단희가 있는 힘껏 그의 정강이를 걷어찼기 때문이다. 하지만 있는 힘껏 걷어찼음에도 설찬은 잠시 움찔 놀라기만 할 뿐 몸을 구부린다든가 맞은 부위를 쓰다듬는 그런 인간적인 행동은 보이지 않았다. 수련으로 단련된 단단

한 몸은 예기치 못한 충격에 잠시 놀라기만 할 뿐 타격을
받지는 않았다.

"설찬랑께서 아무리 그리 말씀하셔도 저는 갑니다! 어디
한번 막아보시든가요!"

그러나 그 틈을 놓치지 않고 단희가 재빨리 팔을 빼냈다.
그러고는 재빠른 걸음으로 그 자리를 벗어났다. 고운 얼굴
위로 단단히 뿔이 올라왔다. 감히 사랑하는 풍월주를 향해
발길질을 했다거나 바락바락 대들었다는 것에 대한 자책
이나 후회 따위는 없는, 오히려 속이 시원하단 얼굴이었다.

"너 거기 서지 못해!"

"너라니요! 원화라고 부르십시오!"

"단희!"

"싫습니다, 제가 왜 설찬랑 말을 들어야 합니까? 매번 저
를 못 삼아먹어서 안달인데! 됐습니다! 저도 오늘 속이 상
하니 오라버니들처럼 술이나 진탕 마실 겁니다. 술에 취해
남천에 빠지기라도 하면 모두 설찬랑 탓이니 구천을 떠도
는 처녀 귀신이라도 돼서 괴롭혀드리겠습니다."

단희는 얄밉게 톡 쏘듯 말하며, 다다다 치맛자락을 휘날
리며 달렸다. 어려서부터 날랜 것 하나는 왕경 제일이라며
자신하던 그녀였다. 무예를 익힌 후로는 더욱 야무지게 달
릴 수 있었다. 지금 그녀는 어린 망아지와 시합을 해도 거
뜬할 정도였다.

그녀의 말에 기가 막혀 잠시 얼이 빠져 있던 설찬이 다시 정신을 차렸을 때는 이미 단희가 저기 멀리 달아나고 없었다. 멀리에서도 팔락거리는 비단결 같은 흑단과 연분홍 치맛자락이 너울거리는 것이 보였다. 더없이 밝아진 햇살 속에서 반짝거리며 뛰어가는 그녀의 모습에 설찬이 거친 한숨을 토해냈다.

"…… 하."

절레절레 고개를 흔든 그가 손을 들어 이마를 짚었다. 그의 마음이건 몸이건 어느 순간 보면 항상 그녀에게 휘둘리고 있었다. 단희를 보고 있는 눈이라든가, 그 잘록하고 나긋나긋한 허리에 절로 올라가려는 손 같은 것은 이미 말썽이었다. 하지만 그보다 더 통제하기 어려운 것이 그의 평정심이 흐트러지는 것이었다.

'후우……'

지끈거리는 정수리를 주먹으로 꾹 눌러 내린 그가 크게 숨을 내쉬었다. 가슴속에서 뜨거운 김이 올라오는 것만 같았다. 그녀를 통제하려고 하면 할수록 그 힘이 반동되어 더욱 거세게 튀어 올랐다. 현실 속 그녀 자체도 그랬거니와, 그의 마음속에 있는 무형無形의 단희도 그러했다. 억누르면 억누를수록 더욱 거세게 반항해왔다. 그는 이제 그것을 도무지 어떻게 해야 할지 알 수 없었다.

"젠장!"

돌멩이를 괜히 발로 찬 설찬이 그녀가 사라진 방향을 노려봤다.

"어디 한번 진탕 마시기만 해봐."

가만두지 않을 테니까.

공교로운 일이었다. 일부러 그런 것은 아닌데, 물이 흐르듯 자연스럽게 그리 되어버렸다. 마치 이번 해 감나무에서 첫 홍시가 떨어지기 전에 동혈同穴의 연을 맺기로 혼약한 요령과 요함처럼, 무척이나 자연스레 단희는 술에 취해 있었다. 정말 진심으로 일부러 그런 것은 아닌데 그녀가 설찬에게 뱉은 말처럼 되어버린 것이다.

그 첫 잔은 이리 시작되었다.

"쉽지 않은 길을 들러주신 여장부께, 저 아랑이 술 한잔 올리겠습니다. 설마 호희녀의 잔이라 거절하지는 않으시겠지요?"

처음 보는 사람임에도 마치 여러 해를 알고 지낸 사이처럼 살갑고 다정한 어투로, 호희녀 아랑이 단희의 술잔을 그득 채워주었다. 호기롭게 호희녀들이 오가는 객주까지 오기는 했지만 이런 경우는 처음이었던 단희는 잠시간 망설였다. 하지만 이내 서운함을 보이는 아랑의 얼굴 위로 꾸짖듯 그녀를 내려다보던 설찬의 얼굴이 겹쳐지며, 잠시간의 망설임은 저 남산 너머로 날려버리고 잔을 홀짝 들이켰다.

'그래, 내가 못 마실 것도 없지!'

호승지심을 부리며 단희는 부러 더욱 씩씩하게 잔을 내려놓았다. 그러자 기다렸다는 듯 두번째 잔이 날아왔다.

"자, 나의 잔도 한잔 받아주거라. 원화와 대화랑이 아닌 곧 있으면 한 가족이 될 너와 나로서 잔을 나누고 싶구나."

대외적인 자리에서는 항상 지나치리만큼 깍듯하게 단희를 보필해주던 요함이었다. 매사 장난치기를 좋아하고, 설렁설렁 사는 듯 보이지만 공과 사의 구분이 뚜렷한 그였다. 단희가 천관녀로 화랑에 처음 발을 내디딜 때부터 그는 항상 단희를 보좌해주었다. 남들이 눈치채지 못하도록 남산에 올라 그녀의 무예 수련 상대가 되어준다든가, 대화랑으로서 처음으로 단희의 화랑으로 낭적을 옮겨준다든가 하는 크고 작은 도움을 주었다. 그런 요함이 처음으로 따라주는 술을 단희는 거절하고 싶지 않았다.

옳다, 이건 마셔야 하는 잔이다! 단희는 호기롭게 잔을 들이켰다.

"허면 제 잔도 받아주십시오. 그간 술 한잔 올릴 길이 없어 속상하던 차였습니다. 딱 한 잔만 받아주시지 않겠습니까?"

"내 잔이 먼저네. 자네는 날 따라 입적한 이가 아닌가. 그러니 잔을 올려도 내가 먼저 올려야지."

"어불성설! 시기가 중요한 것이 아니지 않나. 문제는 마음의 깊이와 마음을 나눈 추억이지. 그런 의미에서 내가 먼저네."

"어허, 내 마음은 깊지가 않다는 것인가?"

"뭐, 나에 비한다면야 지나가는 삽사리의 눈곱만큼이라고나 할까?"

"이 친구 이거 안 되겠구먼!"

그렇게 모두들 앞다투어 잔을 권하기 시작했다. 단희는 그들의 잔을 거절할 수 없었다. 모두 그녀가 어려울 때 항상 따라주는 이들이었다. 단희는 선선히 웃으며 그들의 잔을 모두 받아 마셨다.

그렇게 한 잔, 두 잔 비워내는 술잔에 취하는 것은 당연지사였다. 자리가 무르익는 그 가운에 단희는 흐트러지려는 자세를 바로잡으며 찬물을 찾았다.

"괜찮으십니까?"

그때 불쑥 차가운 물이 튀어나왔다. 요함과 곡사흔이 그녀에게 잔을 내밀 때도, 또 다른 화랑들이 그녀를 위하여 잔을 올릴 때도 그 자리에 꼼짝없이 앉아 있던 미흘이었다. 그는 언제나처럼 조금 우직하고 고집스러운 얼굴로 한 걸음 떨어진 곳에서 자리를 지키더니, 언제 온 것인지 그녀에게 물 잔을 내밀고 있었다.

"미흘은 한 잔도 안 한 거예요?"

너무나도 말짱해 보이는 그의 얼굴 위로 취기는 보이지 않았다.

"예, 저는 할 일이 있으니까요."

그렇게 말하며 미휼은 조금 수줍게 웃어 보였다. 모두들 왁자하게 떠드는 가운데 유독 조용한 사내였다. 그녀는 그런 미휼을 무척이나 아끼고 좋아하였다. 처음으로 그녀의 낭도가 되겠다 찾아와준 사내. 낮은 지위지만 한 번도 그에 불만을 갖지 않고 그 자리에서 항상 자신이 할 수 있는 일로 그녀를 위했다. 그러고는 성실히 수련하며 열심히 배우더니 제법 젊은 나이에 낭두가 되어 지금은 그녀의 팔과 다리나 진배없었다. 이 사내가 어찌 고맙지 않을까? 단희는 제 앞에 비워진 술잔을 들어 미휼에게 내밀었다.

"술은 즐기며 마시면 마음을 나누는 물이라고 하더군요. 한데 내 미휼에게 단 한 번도 술을 나눠준 적이 없네요. 오늘은 내 미휼에게 꼭 한잔 주고 싶어요. 받으세요."

"원화……."

불쑥 내미는 그 잔을 차마 거절하지도 못하고, 또 받아들지도 못한 그런 어정쩡한 자세로 미휼이 그녀를 바라봤다. 복잡하게 얽혀 있는 그 얼굴을 보며 단희가 빙그레 웃으며 소리 없이 그를 재촉했다. 곤란한 듯 그녀를 바라보던 미휼이 이내 입술을 질끈 깨물고는 고개를 내저었다.

"죄송합니다. 저는 지금 마시지 못할 것 같습니다."

"아니, 왜요?"

'못' 마신다는 건 무슨 뜻일까? 그녀의 표정을 읽은 것일까? 미흌이 곤란한 웃음과 함께 대답했다.

"원화를 거처까지 모셔드려야 하니까요."

그의 대답에 단희는 눈을 동그랗게 떴다. 차분히 잔을 내
려놓는 미흌을 보고 있자니 그의 진심 어린 마음이 느껴졌
다. 미흌은 정말로 그녀를 위하고 있는 것이었다. 단희는
기분이 좋은 듯 후후 웃음을 보였다. 미흌의 저 다정한 마
음이 지친 그녀를 다독여주고 있었다. 오래된 평화는 때로
사람을 무기력하게 만든다. 그 무기력이 독이 되어 심연 어
딘가를 갉아먹곤 한다. 지금 딱 단희가 그 직전에 와 있는
것만 같았다. 특히나 설찬의 과잉보호는 더욱 그녀를 무력
하고 단절되게 느끼게 했다. 단희는 미흌의 투박한 손을 부
드럽게 감싸 쥐었다.

"고마워요, 미흌. 그렇지만 나는 보호해주는 사람이 되고
싶지, 보호받는 사람이 되고 싶지는 않아요. 그러니 내 걱
정은 말아요."

부드럽게 고개를 내젓는 단희를 보는 미흌이 머뭇거리며
입을 열었다. 멈칫거리던 입술 모양과는 다르게 그의 목소
리가 제법 단호했다.

"주군은 응당 아랫사람을 이끌어줘야 하지만 아랫사람
또한 주군을 지키고 받쳐줘야 하는 것이 당연한 일입니다.
그것을 굳이 거절하거나 밀어내려 하지 마십시오. 저, 아니
저희 모두가 스스로 결정하고 스스로 따르고자 하는 일이

니까요."

단희가 미휼의 대답에 당황할 틈도 없이 누군가 불쑥 두 사람 사이로 끼어들었다.

"암요, 그렇습니다! 미휼, 이 친구가 평소에 말이 없더만, 한번 말하니 아주 청산유숩니다?"

조금 취한 듯 기분 좋게 말을 건네는 곡사흔이었다.

"단희 원화를 섬길 수 있어 내 마음이 기쁘기 그지없습니다. 모두들 그렇지 않습니까?"

그의 말에 모두들 동조하듯 와하하 웃음을 터트렸다. 그 호응에 기분이 좋아진 것인지 그가 번쩍 술잔을 들어 올리며 호기롭게 외쳤다.

"우리 그런 의미에서 다 같이 한잔합시다. 아! 물론 이 잔을 마지막 잔으로 하고요. 기분에 취해야지, 술에 취하면 아니 되지 않겠습니까."

모두가 "옳소!" 하며 잔을 들어 올렸다. 그때였다.

매끄럽게 문이 열리며 거대한 그림자가 드리웠다.

"거기에 내 잔 하나 보태고 싶군."

서늘하고 낮게 울리는 목소리. 그 자리에 있는 모두가 알고 있으며 모두가 경외하고 또 모두가 두려워 마지않는 풍월주의 음성이었다.

"괜찮겠나, 원화?"

하나둘 돌아가는 시선의 끝에 그가 서 있었다. 가늘게 뜬

눈으로 단희를 내려다보며 비틀린 입술로 차갑게 웃고 있
는, 설찬 그가.

"어찌 말이 없는 것이냐?"

몰라 묻는 말입니까? 버럭 소리치고 싶은 것을 단희는 꾹
참아 내렸다. 이미 그 자리에 있는 이들은 모두 사라져버렸
다. 눈은 웃고 있지 않는데 입꼬리만 올려 웃는 모습이 어
찌나 차가운지, 모두 그 자리에 엉덩이를 붙이고 있을 수가
없었다. 대놓고 나가라 말하지 않았음에도 그들은 알아서
엉덩이를 털고 슬금슬금 밖으로 나갔다.

"갑자기 합죽이라도 된 것이야? 아니면 나와는 말을 섞
기 싫다 이건가."

비꼼이 가득한 그의 말에 단희가 가만히 인상을 찌푸렸
다. 하지만 여전히 다물어진 입은 열리지 않았다. 설찬의
눈이 더욱 가늘어졌다.

"마음을 나누는 물이라……. 너는 그들과 마음을 나누면
서 나와는 말도 나누기 싫다 이것이냐?"

낮게 울리는 그의 목소리가 차가웠다. 단희는 조용히 눈
만 들어 그를 올려다봤다.

"그게 무슨 말씀이신지요?"

"진탕 마신다 하더니, 내 정말 네가 그리 마실 줄은 몰랐다."

"그렇게 많이 마시진 않았습니다만."

대답하는 단희의 눈에 문득 나뒹구는 술병이 들어왔다.

318

머쓱한 기분에 도르륵 눈을 굴려 다른 곳을 보았다. 설찬 또한 그녀의 말이 우습다는 듯 헛웃음을 웃었다. 그러다 불현듯 앞에 놓인 술병을 들어 향을 음미했다.

"솔송주구나."

병 입구를 잡고 몇 번 향을 일으킨 그가 나뒹구는 빈 잔 하나를 들어 가득 술을 채워 넣었다. 문득 조금 전에는 전혀 느껴지지 않던 솔향기가 물씬 풍겨왔다. 단희는 코를 간질이는 그 향기가 설찬과 무척이나 잘 어울린다 생각했다. 차고, 푸르른 성격. 언제 맡아도 물리지 않는 독특한 향이 설찬과 꼭 닮아 있었다.

가득 찬 잔을 들어 올린 설찬이 망설임도 없이 목구멍 안으로 술을 털어 넣었다. 단숨에 빨려 들어가는 맑은 물방울을 홀린 듯 바라보고 있던 그녀 앞으로 불쑥 잔이 다가왔다. 단희가 손을 들어 잔을 받으니 그 안으로 술이 흘러들기 시작했다. 곧이어 잔에 술이 가득 차더니 이내 주르륵 흘러넘치기 시작했다. 넘쳐흐르는 술을 보고 있으니 설찬의 목소리가 다시 가시처럼 돋아났다.

"가득 차면 조금만 흔들려도 이리 흘러내리고 만다. 약간 모자라다 싶으면 조금 흔들려도 안에 있는 것을 쉽게 흘리지 않는다. 마치 네가 말한 그 모자란 달처럼 말이다."

'모자란 달.'

단희가 마치 그녀 같다고 말했던 그 달. 채울 수 있어 좋고, 흘리지 않아 좋은 그 달. 설찬이 그 말을 기억하고 있다 말하고 있는 것이다. 그녀를 잡아먹을 듯 강렬한 눈으로 바라보며 그녀에게 대해서 이야기하고 있었다. 그 모자란 달은 곧 그녀였으니⋯⋯. 단희의 등줄기로 전율이 일었다.

"참으로 이상도 하지⋯⋯."

나지막하게 읊조리듯 말하던 그가 손을 들어 그녀가 마시지 않고 들고만 있던 술잔을 움켜쥐었다. 차가운 술을 가운에 두고 두 사람의 손이 겹쳐졌다. 그 갑작스러움에 단희의 눈이 커지고 말았다.

그가 강하게 움켜쥐는 바람에 다시 술이 넘쳐흘렀다. 차갑고도 뜨거운 그 느낌에 그녀의 심장이 쿵쿵 달음박질을 시작했다. 오늘 하루, 그로 인해 몇 번이나 그녀의 가슴이 땅 끝과 하늘 위를 오르락내리락했던지⋯⋯. 헐떡임이 올라오려는 숨을 참아 내리며 단희가 그녀의 손을 결박하고 있는 손을 노려봤다.

"나는 요즈음 그 모자란 달이 좋다, 단희야."

그의 말에 단희는 마침내 참았던 숨을 들이켜야 했다. 욕심도 장하시지⋯⋯. 더 가져갈 것도 없는 그녀의 마음을 몽땅 가져가려고 했다. 띠끌 한 점 남겨두지 않고 모조리.

위로 겹쳐진 그의 손에 힘이 가해졌다. 꽉 눌러 잡은 그 손이 일순간 멀어졌다. 그의 손이 멀어지니 감각의 여운이 홍수처럼 터져 나왔다. 뜨거움, 축축함, 끈적거림, 은밀함…….

"곧 좋아질 거라던 네 말 대로 말이야."

단희의 시선이 설찬에게로 올라갔다. 그가 나른하게 내려 뜬 눈으로 그녀를 바라보고 있었다. 곧이어 그녀의 손을 잡은 그의 손이 입술로 향한다. 손에 흥건히 남아 있는 술을 빨아들이며 그녀를 직시했다. 그녀가 알지 못하는 홍염紅焰이 그녀를 휘감아버렸다.

그녀가 멈칫하는 사이 설찬의 몸이 점점 그녀에게 기울어졌다. 뜨겁게 달궈진 단희의 얼굴 위로 차가운 그의 손가락이 쓸고 지나갔다. 화끈 올라오는 열기를 이기지 못한 그녀가 촉촉하게 젖은 입술을 한 모금 깨물어버렸다. 그의 시선이 그녀의 입술에 닿았다.

쿵, 쿵, 쿵.

누구의 혈이 이리 날뛰는가? 그 또는 그녀? 누가 되었든 그것은 이미 부질없는 것이었다. 설찬의 손끝이 부드러운 단희의 턱 선을 훑고 그대로 입술까지 미끄러졌다.

설찬은 분홍빛 입술 선을 따라 움직이지 않는 제 눈을 어쩌지 못하고 있었다. 그를 화나게 만들고, 들끓게 만들며 끊임없이 신경 쓰이게 하는 이 어린 계집, 그의 원화.

되바라지게 그의 허리를 끌어안고 제 것이라 말할 때는 언제고, 이제는 제법 수줍은 계집처럼 얼굴을 붉히고 그를 유혹하고 있었다. 이 분홍 뺨이 언제 이리 탐스러워졌을까.

그리고 저 입술은 언제 이리 농익어버린 것인지.

문득 설찬은 해갈되지 않은 목마름을 느꼈다. 당장 저 입술에 맺힌 물기를 가지지 못한다면 타는 듯한 갈증이 그를 죽을 때까지 옭아매리라.

"술이……."

그는 말끝을 흐리며 단희에게로 몸을 기울였다. 당돌한 그녀의 눈동자가, 그가 다가오는 것을 고스란히 바라보고 있었다. 마침내 그의 입술이 막 그녀의 붉은 앵두를 머금으려 할 때 단희가 뒤로 물러섰다.

"취하셨습니다."

황급히 말한 그녀가 서둘러 자리를 박차고 일어났다. 울 듯 말듯 어려운 얼굴의 단희가 입술을 깨물며 설찬을 응시했다. 그리고 이내 그를 남겨두고 밖으로 나와버렸다.

"하!"

설찬은 허무하게 비어버린 눈앞을 보며 이내 헛웃음을 삼켜야 했다. 정말이지, 단희는 뭐든 하나 그의 말대로 하는 법이 없었다. 마치 어떻게 하면 그의 속을 뒤집어놓는지 아는 것처럼 단희는 항상 그를 자극하고 건드렸다. 심지어 모습이 보이지 않을 때조차 그녀는 그의 심장에 박혀 있는 작은 가시처럼 끊임없이 존재감을 피력했다. 나는 여기 있다는 듯, 나를 신경 쓰라는 듯 그를 못살게 굴었다.

"하, 하하하!"

그는 너털웃음을 터트리며 손을 들어 눈을 가려버렸다. 진하게 남아 있는 단희의 향기가 여전히 그의 감각을 예민하게 건드렸다.

'정말, 단 한 번도 내 마음대로 하게 하질 않는구나, 너는.'

모처럼 다 같이 둘러앉아 아침상을 들려던 차였다. 국을 뜨던 미령이 문득 단희를 보며 말했다.

"얼굴빛이 좋지 않구나?"

작년에 시집을 간 미령이 만삭의 몸으로 오래간만에 집을 찾았건만 막냇동생 얼굴빛이 칠흑이었다.

"잠을 못 잤니?"

염려가 가득한 미령의 말에 요령이 단희의 얼굴을 살뜰히 살펴보기 시작했다.

"으응, 조금."

"그러고 보니 눈 밑이 거뭇하네?"

"그래?"

날카로운 언니들의 눈에 단희가 눈을 굴리며 어설픈 웃음을 보였다. 실상 간밤에 잠 한숨 자지 못한 그녀였다. 도무지 쿵덕쿵덕 뛰는 가슴이 진정되지 않아 잠을 이룰 수가 없었다. 이리 뒤척, 저리 뒤척이다 결국 새벽 해가 뜨기 전에 먼저 일어나 별당 후원을 거닐었다. 지난 저녁 때 마신 솔송주는 새벽 내내 설찬의 얼굴이 되어 몇 번이고 올라왔다.

'그가 왜 그랬을까?'

그 생각으로 새벽이 뜨거웠다. 뜨겁다 못해 녹아내릴 지경이었다.

"더 안 먹어?"

결국 밥도 입에 들어가지 않았다. 단희가 웃으며 식사를 물렸다.

"입맛이 없네. 약과나 하나 먹고 나가봐야겠어."

벌떡 일어난 단희가 먼저 방을 나왔다. 남겨진 두 언니의 얼굴이 구겨졌다.

"이상하지?"

"응, 단희가 밥을 다 남기다니."

"그치? 아침이 가장 중요하다며 한 번도 빼먹지 않던 애가 말이야."

"어젯밤에 들어올 때도 얼굴이 벌겋던데……."

"어제 무슨 일이 있었던 게 분명해. 요령아, 너 오늘 가서 요함랑에게 여쭤봐라."

"응, 그래야겠어. 단희가 밥을 남기다니……. 어휴!"

그릇 안에 도톰하게 남아 있는 밥 무더기를 보며 미령과 요령이 다시 고개를 내저었다. 17년을 통틀어 단희가 밥을 남기는 것은 정녕 처음 봤다.

출정 준비가 순조롭게 진행되었다. 5개조로 화랑들을 개편하고 낭도들을 각각 3백 명씩 편성하였다. 향악을 울리고, 거문고와 피리 소리가 가득하던 선문 안에 음률이 잦아들고, 발소리가 커졌다. 무기를 점검하고 진영을 짜는 소리가 은근히 소란했다. 연무장은 비워질 틈 없이 검을 휘두르는 낭도들로 그득했다. 그 너른 연무장 안으로 단희가 들어섰다.

"원화다."

"단희 낭주가 오셨다!"

여기저기서 그녀를 발견하고 웅성거리는 소리가 요란했다. 그런 그들의 요란함을 한 귀로 흘리며 단희가 한적한 공터로 자리를 옮겼다. 그녀의 뒤로 미휼과 곡사흔이 따랐다. 각자의 손에는 섬뜩한 검날을 자랑하는 예리한 검이 들려 있었고, 그들 뒤로 다양한 무기를 든 낭도가 하나 따르고 있었다.

"두 사람이 나를 공격하면 내가 막아보겠습니다."

"동시에 말입니까?"

"예, 무엇이라도 나를 공격해도 괜찮습니다."

"허나 어찌……."

단희의 확고한 말에도 곡사흔은 내키지 않는다는 듯 검을 들어올리기를 망설였다. 그러나 미휼은 달랐다. 그는 그녀의 말이 끝남과 동시에 검을 들어 그녀를 향해 빠르게 내질렀다. 미휼의 검은 비정하지 않고 믿음이 가득했다. 망설이고 있던 곡사흔이 놀라 크게 떠진 눈으로 두 사람의 경합을 바라봤다.

챙! 채앵!

미홀의 검은 힘이 넘치는 반면 단희의 검은 빠르고 유연했다. 그녀는 순식간에 미홀의 검을 쳐내고 제압했다. 춤을 추듯 유려한 몸짓이 섬뜩할 만큼 아름다운 순간이었다.

"미홀 혼자로는 소용이 없습니다. 두 사람이 동시에 오십시오."

검을 쥔 그녀의 손이 단호했다. 망설이고 있던 곡사혼의 얼굴빛이 바뀌었다. 원화는 그가 생각했던 것보다 약하지 않았다. 아니 오히려 생각보다 훨씬 강했다. 단 한 차례의 검식劍式만 보고도 알 수 있었다. 그녀는 무예 수련을 게을리하는 사람이 아니었다. 이렇듯 연무장에 와서 검을 휘두르는 것은 이제껏 단 한 차례 보지 못했거늘, 언제 이렇게 실력을 키웠단 말인가?

곡사혼은 새삼 그녀의 자질이 놀라웠다. 아무도 몰래, 그러나 확실하게 실력을 갈고 닦고 있었던 것이다. 원화로서, 화랑으로서 그 무엇도 하나 놓치지 않고 있었다.

"그럼 이제부터 저도 공격에 들어가겠습니다."

"말하지 말고 시작하시지요. 전장에서 누가 그리 친절히 공격해주겠습니까."

그녀의 목소리에 웃음기가 살짝 배어 나왔다. 하지만 그 웃음은 순식간에 사그라졌다.

챙!

미휼과 곡사혼의 검이 무섭도록 빠르게 치고 들어왔다. 살랑거리는 의복에도 불구하고 그녀의 몸놀림이 더욱 빨라졌다. 남산 한구석에서 수련할 때도 거치적거리는 치마를 꼭 입은 그녀였다. 그녀는 여인이었으니 치마를 입은 상태로 얼마든지 위험에 빠질 수 있었다. 그럴 때마다 발에 거치적거리는 치맛자락에 걸려 검을 놓치거나 발이 엉킨다면, 수련을 해도 백방 소용이 없는 짓이었다. 때문에 수련을 할 때도 치마를 입었다. 전장에서는 갑옷을 입어 다르겠지, 언제 어디서 무슨 일이 일어날지 모르니 어떤 상태에서도 최고의 실력을 끌어 올리고 싶은 그녀의 마음이었다.

챙! 채쟁!

칼날이 부딪치는 날카로운 소리가 쉴 새 없이 울려 퍼졌다. 질끈 묶은 머리카락이 그녀의 뒤를 따라 움직였다. 어느새 세 사람의 주위로 사람들이 몰려들었다. 단희는 결코 힘이 센 편이 아니었기에 상대의 힘을 흘리고 되받아치는 것으로 공격을 했다. 정면에서 막지 않고 옆으로 흘려 막았다. 그 힘을 반동처럼 이용해 다시 길게 자르듯 공격해 들어갔다. 어느 하나 버리는 힘이 없었다. 주변에 모여든 화랑들의 감탄이 흘러나올 때쯤 바삐 움직이던 세 사람 사이로 날카로운 무언가가 빠른 속도로 날아왔다.

"으악!"

엉켜 있던 세 사람의 검이 떨어져 나갔다. 그리고 그 가운데로 정확하게 꽂힌 물체를 직시했다. 살상력이 크지는 않지만 정확하게 꽂힌다면 위협적인 무기인 화살이었다.

"화살……?"

연무장 안으로 누가 화살을 쏜 것이지? 당황한 그녀가 고개를 들기도 전에 묵직한 발소리가 주변을 가르며 들려왔다.

"풍월주!"

놀란 목소리가 터지는 곳으로 단희의 고개가 돌아갔다. 그를 보기도 전에 그의 기운이 먼저 느껴졌다. 정리하지 못한 거친 호흡 때문에 그러는 것인지, 아니면 돌연 등장한 설찬 때문인지 단희의 심장이 가슴뼈를 치고 나갈 만큼 거세게 박동했다.

"모두 제자리로!"

언제나 그렇듯 차분하고 말끔한 목소리였다. 그의 말이 끝남과 동시에 웅성거리던 낭도들이 흩어졌다. 하지만 그들의 의식과 시선은 여전히 이곳에 몰려 있음을 단희도, 설찬도 알고 있었다.

"떨어진 화살촉을 집어주겠나."

"…… 그러지요."

바닥에 꽂힌 화살을 뽑아 든 단희가 그것을 설찬에게 내밀었다. 두 사람의 눈빛이 허공에서 부딪쳤다. 순간 그의 눈을 바라보던 단희의 손끝에 바늘에 찔린 듯 찌릿한 쾌감이 올라왔다. 그의 깊고 그윽한 눈동자가 너무나도 적나라하게 그녀를 바라봤다.

"알려줄 게 있다."

설찬은 화살촉을 내밀고 있는 단희의 손을 강하게 움켜쥐었다. 그리고 그녀가 미처 대답하기도 전에 그 손을 잡아끌어 그곳을 빠져나갔다.

"설찬랑?"

잡힌 손목이 시큰하게 아려올 때쯤 단희가 입을 열었다. 묘하게 강압적인 설찬의 모습이 낯설기까지 했다. 성큼성큼 걷는 발걸음이나 딱딱하게 굳은 얼굴 따위의 것들이 잡힌 손목보다 더욱 강하게 그녀를 압박했다.

"어디로 가시는 겁니까? 설찬랑?"

"……."

"설찬랑!"

참다못한 단희가 발에 힘을 주고 멈춰 섰다. 눈살을 찌푸려 그를 올려다보니 그제야 서늘한 눈동자가 그녀에게 돌아왔다.

"너는 기어코 전장엘 나가야 직성이 풀리겠느냐?"

"그 이야기는 이미 끝난 것 아니었습니까?"

"끝났다? 누구 마음대로?"

그의 고개가 비뚜름하게 기울어졌다. 짙은 눈썹 한쪽이

산을 그리며 올라가는 모습을 보고 있자니 지금의 이 대치가 썩 마음에 들지 않는 듯했다.

"일방적으로 네가 갈 것이다 악다구니를 지르고 도망쳐 버린 것을 너는 끝났다고 말하는 것이냐?"

"악다구니라뇨?"

단희가 당황스럽게 되물었다. 그의 말이 주는 어감이 불쾌하다는 듯 그녀가 입술을 앙다물더니 또박또박 제 할 말을 쏟아냈다.

"제가 틀린 말을 한 적은 없지 않습니까? 그렇다고 설찬랑의 그 명령 같은 통보를 제가 들어야만 하는 입장은 아니니까요."

"명령이라……."

"예, 일방적이고 강압적인 명령. 제가 출정하고 말고는 설찬랑 혼자 결정할 사안이 아니지 않습니까?"

그렇게 말하며 단희는 슬쩍 고개를 돌렸다. 부루퉁 튀어나온 입술에서 그녀의 어지러운 심기가 묻어났다. 설찬에게 한없이 약한 단희였으나 이번만은 달랐다. 사랑하는 사람이기에 더욱 질 수 없는 부분이었다.

그녀의 말이 끝나고 잠시간의 침묵이 두 사람 사이로 가라앉았다. 그러더니 이내 옅은 한숨 소리와 함께 설찬이 한층 누그러진 목소리로 말했다.

"좋다, 네게 보여줄 게 있으니 일단 따라오너라."

"보여줄 것이라니……."

단희가 머뭇거리자 설찬이 먼저 등을 보이며 돌아섰다.

"이것도 명령이라며 따라오지 않을 것이냐?"

그의 뒷모습에서 어쩐지 아이 같은 치기 어린 심통을 본 것만 같았다.

설찬이 그녀를 데리고 간 곳은 왕경을 조금 벗어난 한적한 촌락이었다. 수도인 왕경 내에서는 귀족들이나 실권자들이 주로 기거하고 있었고, 하층민이나 패망한 귀족들은 이렇듯 왕경을 벗어난 곳에 살고 있었다. 이보다도 더 가난한 자들은 북쪽 문천蚊川 옆 빈가에 촌락을 이루며 살았는데, 일전에 화랑의 녹미를 훔치다 들킨 죄인 마한이 갇힌 곳이기도 했다.

"단완斷腕 있는가?"

허름한 초가지붕 앞에서 설찬이 누군가를 불렀다. 그러자 엷은 한지 문 너머로 인기척이 들려왔다.

"뉘시오?"

걸걸한 목소리가 이미 문간을 넘어왔음에도 인기척은 무척이나 굼뜨고 느릿했다. 마침내 부스럭거리는 소리가 멈추고 삐그덕 문이 열렸다. 높은 문지방으로 불쑥 나이 든 남자의 상체가 튀어나오더니 문 앞에 서 있는 남녀의 모습에 툭 튀어나온 눈을 더욱 크게 부릅떴다.

"아이고! 아이고, 풍월주! 여, 여긴 어찌……."

설찬을 발견한 그가 헐레벌떡 몸을 일으켰다. 그런데 그의 움직임이 부자연스러웠다. 놀라 살피던 그녀가 마침내 그에게 있어야 할 팔 한쪽이 없다는 것을 알아챘다. 불편한 몸으로 그는 중심을 잡고 문 밖으로 뛸 듯이 튀어나왔다.

"잘 지냈는가?"

"아니, 이런 미천한 놈을 살펴주시러 이 먼 길을 다 오셨단 말씀이십니까? 아이고, 아이고. 제가 먼저 찾아가 뵀어야 하는데, 이리 귀찮은 걸음을 다 하게 만들다니……."

"그런 말 말게나."

한 걸음 뒤에 서 있던 단희는 조금 놀란 얼굴로 설찬을 바라봤다. 그의 태도가 여느 때와는 달랐다. 먼저 웃으며 어쩔 줄 몰라 하는 사내의 등을 다독여주었다. 쉽사리 볼수 없는 따뜻한 눈빛이었다. 설찬은 그 누구를 대할 때도 항상 일관된 태도로 사람들을 대했다. 딱딱하고 서늘한 태도로 틈을 주지 않았다. 그런 그가 팔 한쪽이 없는 늙고 허름한 사내를 보듬고 웃어 보였다. 단희는 어쩐지 기분이 묘했다. 두 사람 사이가 퍽이나 각별해 보이는 것이 무슨 사연이 있는 것이 틀림없었다.

"헌데 저분은……."

"원화라네. 들어 알고 있겠지?"

"아!"

설찬의 짧은 설명에도 사내는 금세 그녀가 누구지 알아보았다. 황급히 달려와 허리를 넙죽 숙여 보이는 늙은 사내의 모습에 단희가 당황하여 그를 일으켜 세웠다.

"과한 인사는 접어주시어요. 제가 부끄럽습니다."

"아이고! 아닙니다. 원화님을 뵙다니 이 미천한 것의 광영입니다. 역시 소문대로 매화보다 아름답고 이화향처럼 향기로우신 분이십니다. 저는 단완이라고 합니다요."

어수룩한 중년의 사내는 단희를 감격에 겨운 눈으로 바라봤다. 단희는 수줍게 사내를 일으키며 고개를 끄덕여 화답했다.

"두 분께 대접해드릴 것이 마땅치 않지만 어서 안으로 드시지요."

"오는 길에 꿀개떡을 좀 사 왔네만."

설찬은 시전에 들러 사 온 꿀개떡을 내밀며 허름한 마루 위에 걸터앉았다. 끝없는 의심과 의문이 단희를 괴롭혔지만 일단은 그것을 밀어내며 단희 또한 마루 위로 엉덩이를 붙였다,

"뉘십니까?"

경쾌한 조랑말의 발굽 소리를 가르고 단희가 물었다. 그녀의 물음에 설찬의 애마 청풍이 푸르르 콧김을 내뿜으며 먼저 대답했다.

"나의 낭도 중 한 명이지."

"팔을 다치셨는데요?"

신체가 미흡하면 낭도가 되기 어렵다. 그것을 의미하는
그녀의 물음에 설찬이 담담하게 대답했다.

"무관성 전투에서 팔을 하나 잃고 낭도에서 자진 사퇴하
였다."

"아아……."

그 말을 끝으로 다시 두 사람은 말을 아꼈다. 흙길을 따라
따그닥 따그닥 말발굽 소리만 고요한 적막을 어루만져주
었다. 문득 주변의 풍경이 눈에 들어왔다.

"여긴……?"

주변을 둘러보던 그녀가 설찬을 쳐다봤다. 분명 그녀의
시선을 느꼈을 법도 한데 그는 말없이 앞만 보며 걸었다.
탁 트인 전경과 푸르른 물길이 아름다운 보문 호수였다. 낮
은 능선이 주변을 아름답게 감싸고 있었고, 강바람은 언제
고 시원한 곳이었다. 반월성 주변에서 제법 떨어진 곳이었
건만 언제 이곳까지 오게 된 것인지…….

하지만 놀람도 잠시. 단희는 새삼 황홀한 물이 만든 환
상적인 반짝임에 눈길을 빼앗겨 숨을 멈췄다. 여름날의 뙤
약볕에 달궈진 땅의 기운을 잠재우듯 호수는 맑고 시원해
보였다. 햇살이 주는 축복이 물 위로 춤을 추며 반짝거렸
다. 강렬한 생명의 기운과 신령한 하늘의 기운이 어우러지

니 새삼스러운 감동이 밀려들었다. 설찬의 청의 자락이 펄럭이는 소리가 경쾌했다. 순간 단희는 그와 실랑이를 벌이며 보이지 않는 기싸움에 기력을 빼앗긴 것이 모두 허무처럼 느껴졌다. 슬쩍 흔들리는 바람결에 그의 향기가 실려 왔다. 시원하고 남자다운 체취와 맑은 물 냄새가 어우러져 그의 사나운 기백이 한층 더 강렬하게 느껴졌다. 단희는 크게 숨을 들이마시며 쿵쿵 뛰기 시작한 가슴을 진정시키려 했다. 하지만 그럴수록 설찬의 기백이 그녀를 휘감았다. 그는 그저 서 있을 뿐인데, 넘실거리는 그의 기운이 그녀를 가득 채우려 들었다.

"방금 보고 온 그 단완에게는 단교라는 동생이 하나 있었다."

물결만큼이나 잔잔한 설찬의 목소리가 그녀의 몽롱해지려는 정신을 깨워 일으켰다.

"상선께서 아막성 탈환 작전을 할 때 나와 그 두 사람 모두 출정했지."

"그때 큰 공을 세우셨다 들었습니다."

"그렇다, 나는 당시 패기가 과했던 탓에 적진을 향해 곧바로 뛰어들었다. 스스로의 실력을 과신하고 호기롭게 덤벼들었던 것이지."

"……."

단희는 그의 말을 묵묵히 들어주었다. 막연히 옛 이야기에 빠져드는 것은 아닐 것이었다. 무언가 그녀에게 할 이야기가 있는 것이리라.

"당시 그렇게 어린 소년이 홀로 뛰어들 것을 예상치 못한 것인지 적진은 동요했고, 나는 그 틈을 놓치지 않고 장수를 향해 창을 날렸다. 그것은 곧바로 날아가 그의 가슴을 관통했다. 그때부터는 우리 군의 우세였다. 상대 군의 전열은 이미 흐트러졌고, 적진의 장수는 어린 소년에게 가슴을 꿰뚫렸으니 본격적으로 싸우기도 전에 그들은 이미 패전한 것이나 진배없었지. 그때 나는 성급하게 승리를 과신했다. 한데, 궁지에 몰리면 악을 쓰는 게 인간이더군."

그렇게 말하며 설찬은 조금 자조적인 웃음을 보였다. 그의 입가에 올라온 미소가 마치 그날의 잔상이 눈에 선연한 듯 씁쓸했다.

"죽은 줄 알고 엎드려 있던 시체 같은 병사 하나가 내가 가까이 오기를 기다리다 칼을 들었다. 경험이 모자랐던 나는 그 흉측한 모습에 당황했고, 마지막 힘을 쥐어짜며 내 발목을 틀어쥔 또 다른 누군가로 인해 발이 묶여버리며 얼어버렸다. 그때 나를 구해준 낭도가 바로 단완이다. 내 곁에 바짝 붙어 있던 그가 나를 대신해 어깨를 내밀었지."

"아아……."

탄식인지 안타까움인지 구분을 짓기 어려운 숨소리가 단희의 목구멍을 타고 흘러나왔다. 하지만 그때까지도 설찬의 말은 끝나지 않았다.

"한데 단완은 그때 다른 곳을 향해 달려가던 중이었다. 바로 동생인 단교를 구하기 위해 달려가던 중이었지. 그런데 그 걸음을 돌려 나를 대신해 검에 맞았다. 그의 동생도 바로 그 순간 가슴이 꿰뚫렸지. 나를 구하기 위해 단완은 그의 동생을, 자신의 한쪽 팔을 내주었다. 그러니 그가 아무리 화랑을 나갔기로서니 나의 낭도가 아닐 수 있겠느냐."

그의 말은 담담했지만 그만큼이나 애틋했다. 차마 목소리에도 드러내지 못한 그의 안타까움, 슬픔, 탄식이 숨소리를 통해 느껴졌다. 뜨거운 숨결을 무겁게 내쉰 그가 단희를 돌아보았다.

"전장은 무서운 곳이다. 내 괜히 너에게 이런 말을 하는 것이 아니다. 준비가 되지 않은 이는 전장에 먹히고 말 것이다. 어렸던 그때의 나처럼……. 알겠느냐?"

그가 우려하는 바를 단희는 충분히 느낄 수 있었다. 또한 이제껏 알지 못했던 그가 지고 있던 책임과 의무의 무게가 어렴풋이나마 느껴졌다. 그는 풍월주로서, 장수로서 얼마나 고단한 시간을 보내왔을까. 그저 막연하게만 느껴지는 설찬의 삶의 무게에 단희의 가슴이 먹먹해졌다. 목구멍 아래로 커다란 찹쌀떡이 껴서 숨이 쉬어지지 않는 것만 같았다.

"죽지 않겠습니다. 희생하지도 않겠습니다."

"단희, 너!"

"절대 죽지 않을 것입니다. 살기 위해, 지키기 위해 최선을 다할 것입니다."

"내 말뜻을 못 알아들은 것이냐! 어찌 이렇게 멍청이처럼 굴까! 너는 아직 준비가 되지 않았다!"

"허면 제가 언제쯤 준비될 것이라 생각하십니까, 설찬랑? 내년요? 아니, 내후년요?"

"……."

"아니요, 설찬랑께서는 언제가 되어도 저를 그리 보실 것입니다. 준비가 되지 않았다고요! 하지만 아닙니다. 예, 저도 알고 있습니다. 그곳이 치가 떨릴 만큼 무서운 곳이라는 것을요. 어찌 두렵지 않겠습니까? 하지만 각오하고 있습니다. 제가 두려운 만큼, 제가 무서워하는 만큼 저의 낭도들도 두려워할 것입니다. 또한 다른 모든 이들도 두려워하고 있을 것입니다. 한데 저만 쏙 빠지라고 말하는 것입니까? 저는 원화입니다. 그들을 지켜주고, 더불어 당신을 지키는 원화란 말입니다!"

격하게 소리치는 그녀를 보던 설찬이 눈을 질끈 감았다. 불현듯 그가 이를 악물더니 번쩍 눈을 떠 그녀를 바라봤다. 그의 눈 속에서 검은 불꽃이 일렁거리고 있었다. 무척이나 뜨거운 검은색이었다. 푸른 불꽃이라도 보일 것만 같다고 느껴지던 그 찰나, 그녀의 몸이 기울어졌다. 여린 손목 위로 강인한 힘이 느껴지더니 그녀의 몸이 그에게로 스러졌다.

"!"

외마디 비명을 지를 틈도 없이 폭풍처럼 설찬이 밀려들었다. 살짝 벌어진 분홍빛 입술이 황포한 침략자 같은 설찬의 입술로 뒤덮였다. 뭐라 말할 수 없는 놀람과 충격이 단희를 휘감았다. 아찔한 그의 촉감을 느끼기도 전에 입술이 뭉개지는 통증이 먼저 그녀를 놀라게 했다. 처음 느껴보는 사내의 입술이, 임의 입술이 너무나 광포했다. 아프고 어지러웠다. 숨 쉴 틈도 없이 말캉한 그의 혀가 그녀의 입술이 벌리고 있었다. 허리와 손목을 움켜쥔 설찬의 힘이 무시무시했다.

순간 무언가 두려운 느낌이 엄습했다. 포식자 앞에 선 존재의 나약함이 아니었다. 무엇인가 흐트러지면 안 되는 것이 흐트러질 것만 같은 두려움이었다. 아껴주고 소중히 대해줘야 하는 그런 연약한 무엇인가 깨질 것만 같은 불안감이었다.

'아니야, 이건 아니야!'

그녀를 떨리게 만든 그의 체취는 여전했고, 그의 입술은 부드러웠지만 단희는 어쩐지 두렵고 무서웠다. 숨을 쉴 수 없어 가슴이 비정상적으로 심하게 쿵쿵거렸다. 마침내 머릿속이 핑 도는 것 같던 그녀가 그의 입술을 강하게 물어뜯으며 설찬을 밀쳐냈다.

"무, 무슨……."

숨을 헐떡이며 단희가 놀라 설찬을 쳐다봤다. 흔들리는 그녀의 눈동자에서 그녀의 놀람과 불안함이 고스란히 보였다. 어찌나 세게 물어뜯었는지 설찬의 입술에서 피가 흘렀다. 손등으로 대강 그것을 훔쳐낸 설찬은 잠시간 눈살을 찌푸렸다. 하지만 그녀를 향한 찌푸림은 아니었다. 돌연 그가 몸을 돌려 섰다.

"…… 고작 이런 일로 놀라면서 네가 전장에 나갈 수 있는 깜냥이 된다고 말하는 것이냐."

수년 전 그때처럼 그녀를 향한 그의 목소리가 차가웠다. 하지만 그 끝이 흐릿하게 떨렸음을 그도, 단희도 눈치채지 못했다.

*

추적추적 비가 내리기 시작했다. 여름 한 철을 뜨겁게 달군 햇빛에 성을 내기라도 하듯 새벽부터 내리기 시작한 비는 오후가 되어도 그칠 기미가 보이지 않았다. 보통 때라면 해가 쩅쩅한 한낮이건만, 먹구름이 낀 하늘 때문에 벌써 밤이 성큼 다가온 것처럼 어둑했다. 바싹 마른 대지를 적셔줄 단비에 농부들은 즐거워 웃고 있었지만, 제의 부름에 월궁 안에 들어서는 남녀의 얼굴은 흙빛이 완연했다.

회랑을 드리운 월정교 안으로는 비가 침입하지 못했다.

그저 축축한 공기가 어색한 기류를 타고 두 사람의 주변을 말없이 맴돌았다.

　길다면 길고 짧다면 짧은 다리 위를 걷는 단희의 얼굴은 태연하건만, 그 속은 며칠 동안 끙끙 앓아온 탓에 잔뜩 썩어 있었다. 힐끔 돌아가는 눈을 몇 번이나 다잡으며 단희는 앞만 보고 씩씩하게 걸어가려고 애쓰는 중이었다. 하지만 보지 않아도 설찬이 느껴졌다. 굳이 눈을 돌리지 않아도 그가 옆에 함께 걷고 있다는 것이, 그녀보다 더 태연한 얼굴로 걷고 있음이 선명하게 느껴졌다.

　'어쩜 이리 무심하신지…….'

　섭섭하다는 말로는 다 설명하지 못할 아픈 가슴이었다. 아무리 얼굴이 태연자약하다고는 하나 속이라고 그러할까. 그날의 '그것'은 입맞춤 따위가 아니었다. 그것은 폭력이었고 그녀를 향한 그의 응징이었다. 출정 따위는 언감생심 꿈도 꾸지 말라는 경고였음이 틀림없었다.

　냉혹한 성정이라고는 하나, 어쩜 그리하실 수 있는가? 그녀의 마음을 난도질하는 그 뜨겁고 거친 입맞춤은 그 어떤 폭력보다 잔인했다. 그를 사랑하는 그녀였기에, 단단한 가면 아래로 여린 속살을 감추고 있던 그녀였기에 더욱 아프고 잔혹한 입맞춤이었다.

　말도 못하게 서럽고 속상한 마음에 잠도 오지 않았다. 홧홧 올라오는 화가 뜨거워 잠 못 드는 그녀의 밤을 달궜다.

덕분에 항상 뽀얗고 예쁘기만 하던 그녀의 안색이 며칠 사이로 거뭇하고 파리하게 죽어 있었다.

"…… 아침에 현훈(眩暈: 어지럼증) 증상을 보였다지."

다리를 모두 빠져나올 때쯤 꽁꽁 얼어 있던 설찬의 입이 열렸다. 단지 그의 목소리만으로도 단희의 가슴이 철렁 내려앉았다. 섭섭하고 야속하다 생각했건만 이율배반적인 가슴이 먼저 반응했다. 그런 저의 못난 가슴이 단희는 미웠다. 저 얄미운 임의 목소리에 시린 눈을 크게 부릅뜨고 애써 습기를 삼켜버렸다.

"발을 헛디딘 것뿐입니다."

가슴이 꽉 막혀 껄끄러운 목소리가 나올 것 같았지만, 생각보다 의연한 소리가 나왔다. 단희는 가슴을 쓸어내리고 싶은 것을 애써 참아내고 담담히 길을 걸었다. 추적추적 내리는 비를 가리기 위해 슈룹(우산의 옛말)을 펼쳐 들었다. 대나무와 비단 그리고 짚을 엮어 만든 작은 슈룹은 큰비에는 소용없지만 조용히 내리는 비를 가리기에는 충분했다.

"남을 살피기 전에 자신부터 돌볼 줄 알아야 한다."

"…… 알고 있습니다."

'당신 때문에 그런 것이지 않습니까?' 되받아치고 싶었지만 다시 한 번 속내를 꿀꺽 삼킨 단희의 말투가 차분했다. 아니 도리어 그녀의 말속에 시린 냉기가 올라오고 있었다. 두 사람 모두 아무 일도 없었던 듯 행동하고 있지만, 아무 일도 없었던 것이 아니다. '무슨 일'이 있었고, 그 일로 두 사람의 관계가 변하고 있었다.

어린 병아리처럼 항상 따뜻하기만 하던 그녀의 말투가 처음으로 새벽 냉기를 품었다. 그러다 문득 단희의 눈동자에 그의 옆모습이 스쳐 지나갔다. 일부러 보려고 한 것은 아니었지만 자연스럽게 돌아간 눈동자였다. 잔잔히 내리는 빗줄기가 그의 어깨를 적시고 있었다. 비 가리개를 준비하지 못한 것인지, 아님 이깟 단비는 기꺼이 맞아주겠다는 심보인 것인지 설찬의 내리는 비에 그 커다란 몸뚱이를 내어주고 있었다. 이미 양쪽 어깨가 흥건히 젖어 짙은 그림자를 내보였다.

'미련하게 왜 비를 맞고 다니시는 겐지.'

자꾸만 그의 젖은 어깨가, 젖어드는 머리카락이 신경 쓰였다. 보지 않으려고 해봤자 눈이 돌아갔다. 마음이 쓰였다. 어리석은 남자에, 고집쟁이 무인이 뭐가 예쁘다고⋯⋯. 그녀의 마음에 잔인하기만 한 미운 임이건만 젖은 어깨가 왜 그리 마음이 아픈 것인지. 설찬보다도 더 어리석고 바보 같은 이가 바로 단희 자신이었다.

안 본다, 안 본다 하면서도 힐끔힐끔 그를 곁눈질하던 단희의 눈동자가 허공에서 설찬의 눈동자와 딱 마주치고 말았다. 순간 그녀의 얼굴이 눈에 띄게 굳었다. 검고 푸른 설찬의 눈 안에 단희가 갇히고 말았다. 항상, 그토록 저 눈 안에 살기를 바라왔건만 지금은 이상하게도 그의 눈에서 달아나고 싶었다. 아니, 그저 달아나는 것으로는 성이 차지 않았다. 그를 흩트려놓고 싶다. 설찬의 저 평온한 얼굴을 와장창 깨트리고 싶었다.

창백한 안색을 숨기지 못한 그녀가 고개를 돌려버렸다. 그 작은 도리질에 차가운 바람이 스산하게 두 사람을 스쳐 지나갔다.

"늦었습니다. 제께서 기다리고 계실 것입니다."

참은 숨을 토해내듯 재빠르게 말을 뱉어낸 그녀가 부러 뛰어가듯 발을 놀렸다. 그의 몸이 차게 젖든 말든 자신이 무슨 상관이란 말인가! 제 마음을 아프게 했으니, 당신도 아팠으면 좋겠다는 치기 어린 여자의 미움을 두 발에 꾹꾹 눌러 담으며 그녀는 이를 앙다물었다. 그러다 진짜 그가 아프기라도 하면 더 마음 아플 자신을 알고 있으면서도 말이다.

*

"전투 준비는 잘되고 있는 것이냐?"

툭 내뱉듯 말을 꺼낸 장천은 그의 대내에 들어선 두 사람을 번갈아 바라봤다.

"예, 폐하. 모든 준비가 순조롭게 진행되고 있습니다. 사흘 안으로 출정할 수 있도록 준비하고 있습니다."

둘 중 누구 하나를 정해놓고 물은 건 아니지만 먼저 대답한 이는 설찬이었다. 그는 여느 때처럼 틈 하나 보이지 않는 냉정한 얼굴과 든든한 목소리로 대답했다. 하지만 어쩐지 묘하게 딱딱한 긴장감이 그를 감싸고 있었다.

또한 재잘재잘 명랑한 목소리로 떠들어주던 단희는 이상하게 조용했다. 장천이 아끼고 사랑하는, 되바라지고 유쾌한 눈동자는 아래로 내려가 올라올 줄 몰랐다. 그녀답지 않게 빳빳한 고개 또한 마찬가지였다.

"이번 출정에서는 원화도 함께한다 들었다. 그래, 단희는 자신 있는 게냐?"

장천은 부러 단희를 향해 물었다. 단희는 잠시 숨을 고르는 듯 느리게 대답했다.

"최선을 다해 소홀함이 없이 준비하고 있습니다. 풍월주께서 부족하고 모자란 원화를 보듬어 일러주시니 크게 걱정하지 마시어요."

단희의 목소리가 조곤조곤 대내에 퍼짐과 동시에 석상처럼 굳어 있던 설찬의 고개가 슬쩍 돌아갔다. 그것은 아주, 아주 미약한 움직임이었고, 은밀한 시선이었지만 두 사람을 살피고 있던 장천은 눈치챌 수 있었다.

'오호? 이것들 봐라?'

그제야 장천은 아까부터 묘연하게 느껴지는 이상한 기류의 낌새를 알아챘다. 안 보는 척하면서도 끊임없이 서로를 의식하는 앙큼한 꼴이라니.

장천의 눈썹 한쪽이 불쑥 올라갔다. 어쩐지 배알이 뒤틀렸다. 심기가 불편하고 심통이 올라와 견딜 수가 없었다. 분명 두 사람 모두 그가 아끼는 인재이자 신하였다. 한데 저 두 사람이 하나로 묶일 것이라 생각하니 이상하게 속이 쓰리고 마음이 불편했다. 마치 설찬에게 단희를, 단희에게 설찬을 빼앗기는 느낌이었다.

"그래, 내 오늘 두 사람을 부른 연유는 그를 묻기 위함이었으니……. 두 사람의 출정 준비가 순조롭다 하니 이 얼마나 다행인지 모르겠구나."

"성은이 망극하옵니다."

"용무는 끝났다. 화랑으로 돌아가 준비에 박차를 가하라."

"예, 폐하."

대답을 마친 두 사람이 자리를 털고 일어나려는 찰나였다. 다시금 제의 음성이 대내에 울려 퍼졌다.

"원화는 거기 있거라."

"예?"

저도 모르게 되물어버린 단희를 보며 심술궂은 웃음을 보인 장천이 시비를 불렀다.

"여봐라! 거기 밖에 누구 없느냐."

당장 읍하고 시비가 나타나니 장천이 주안상을 들라 했다. 순간 당황한 단희가 우뚝 서서 제를 올려다봤다.

"아, 설찬은 그만 나가봐도 되느니."

그렇게 말하며 장천은 굳어 있는 설찬을 바라봤다. 반은 뒤로 돌아가 있고, 반은 돌아가지 못한 설찬의 너른 어깨가 딱딱하게 굳어 있었다. 잠시 머뭇거리던 그가 장천을 올려다보고 있는 단희를 바라봤다. 그리고 마침내 느릿하게 몸을 돌려 대내를 빠져나왔다. 마치 가기 싫은 곳에 이끌려가듯 느리고 무거운 발걸음이었다.

거나하게 차려진 상을 보며 단희가 결국 입을 열고 말았다.

"정무는 안 보시는지요?"

체념하다 못해 상황을 받아들이기로 결정한 것인지, 그녀의 목소리가 담담했다. 술잔에 그득 담긴 달콤하고 시원한 향을 음미하던 장천이 너털웃음을 지어 보이며 넉살 좋게 대답했다.

"신국엔 훌륭한 정치가들이 많다."

"그거 참 다행입니다."

저도 모르게 고개를 내저은 단희가 한숨을 내쉬었다. 문득 비어버린 옆자리가 허전했다. 그녀는 보지 못했지만 설찬은 분명 망설임 없이 돌아서 나갔으리라. 마치 이 대내에 더 이상 미련은 없다는 듯 그렇게 훌훌.

"본래 이번 출정은 짐이 직접 나가려 했지만……."

"당나라에서 손님이 오시니, 제께서 자리를 비우시면 아니 되지요."

"그래, 왜 하필 지금 오겠다는 겐지."

장천은 평소 같지 않게 불만스럽게 중얼거렸다. 전장을
좋아하고 정복 활동을 사랑하는 황제는, 몇 년이나 얌전히
정무나 보고 앉아 있는 지금의 상태가 썩 마음에 들지 않
았던 것이다. 몸도 풀고 그 작당들의 정체를 친히 밝혀내고
싶었건만 월성에 앉아 얌전히 사신단이나 접대해야 할 꼴
이라니.

다시 생각해보아도 유쾌하지 않은지, 장천은 들고 있던
잔을 훌쩍 비워냈다.

"그나저나, 너."

"예?"

탁 소리가 나도록 경쾌하게 잔을 내려놓은 장천이 얌전
히 앉아 그의 잔을 마저 채워주는 단희를 보며 호전적으로
물었다.

"너 살아 돌아올 각오는 되어 있느냐?"

쪼르륵 내려가는 술 방울을 내려다보던 단희가 슬그머니
웃음을 보였다. 그녀의 손끝에서 모자라지도 넘치지도 않
게 잔이 채워졌다. 그 조용하고 음전한 자태에서 덤덤한 각
오가 엿보였다.

"너는 기필코 살아 와야 한다, 단희야. 실수로라도 주검
이 되어 돌아온다면 사달이 날 것이다."

"사달요?"

"그래, 사달. 큰일 난다 이 말이지."

"그게 무슨……."

이해할 수 없는 제의 말에 단희의 말끝이 흐려졌다. 그런 단희를 보며 히죽히죽 웃음을 터트리던 장천이 술잔을 내려놓더니 불현듯 단희의 손을 움켜잡았다. 단희는 놀라서 숨을 들이켜며 장천을 올려다봤다. 그러자 그의 눈에 가득하던 웃음기와 장난기는 온데간데없고 형형하게 빛나는 검고 묵직한 눈동자만이 거기 있었다.

"네가 죽어 오면 네 가족을 멸할 것이고, 네가 다쳐 오면 너를 가질 것이다. 너는 무사히 돌아오는 것만이 가장 무사할 수 있는 길이다. 무슨 일이 있어도 다치지 않고, 죽지도 않고 그대로 돌아오라."

"…… 티끌만큼도 다치지 않고 살아 돌아오겠습니다."

맹랑하고 고까운 그녀의 대답에 장천이 혀를 차며 웃어 보였다.

"뭐, 조금은 다쳐서 돌아와도 괜찮을 성싶구나."

"예?"

"그래, 내 사람을 시켜 네 팔뚝에 상처 하나 내라 해야겠구나! 그게 좋겠어."

"폐하!"

"아하하!"

언제 무겁게 말을 이었냐는 듯 장천의 헌걸찬 웃음소리
가 대내를 장악했다.

*

무기고를 둘러보던 환웅은 저 멀리 보이는 청의 자락에
서둘러 발길을 돌렸다. 어제 들어온 화살촉의 이음새가 영
시원찮아 확인한 후 주문을 다시 내리려던 참이었다. 마침
선문 안으로 복귀하여 들어선 풍월주를 졸졸 쫓아가던 환
웅은 거의 뛰다시피 설찬의 집무실 안으로 들어섰다. 벌컥
문을 연 그가 손에 쥐고 있던 화살촉을 들이밀며 헐레벌떡
말을 이었다.
"아, 이거 보시게! 이거, 미금 공장의 솜씨가 예전 같
지……."
주절거리던 환웅은 돌아선 설찬의 얼굴을 보고서는 가슴
이 철렁 내려앉고 말았다.
'아니, 이 친구…….'
"왜 그리 괴로운 표정을 짓고 있는 겐가?"
표정이 거의 없는 그의 친우의 얼굴에 미처 숨기지 못한
괴로움과 아픔의 표정이 완연했다.

단희가 월궁을 나올 때쯤 되니 비가 그쳐 있었다. 비에 젖

어 움푹움푹 들어간 흙길이 그녀의 비단신을 더럽혔지만 단희는 제께서 친히 내려준 수레를 거절하고 걸었다. 한 사람의 발만 더러워지면 되는 것을 굳이 수레꾼들의 발마저 더럽히고 싶지 않았다. 그렇게 그녀는 월성을 나섰지만 선문도 거치지 않고 곧장 집으로 돌아왔다. 그리 늦은 시간은 아니었지만 오늘은 그곳에 다시 들어서고 싶지 않았다. 아니, 정확히 말하면 그곳에 있을 설찬을 다시 보기가 힘들었다. 요즘 들어 부쩍 덜커덕 떨어지는 가슴이 힘겨웠다. 설찬만 생각하면 손끝에 얼음이 달린 듯 시려왔다. 야속한 그가 미웠고, 그럼에도 불구하고 그에게 반응하는 그녀의 영혼이 가여웠다. 며칠 동안 그녀를 괴롭힌 그날의 잔상이 지치지도 않는지 잊을 틈도 없이 찾아왔다. 모진 그의 모습에도 5년을 꿋꿋하게 지켜온 그녀의 사랑이 안쓰러웠다.

　결국 단희는 저녁을 먹는 둥 마는 둥, 밥그릇을 다 비우지 못했다. 부모님과 언니들의 걱정하는 눈초리가 느껴졌지만 도저히 입에 들어가지 않았다. 돌을 씹듯 밥 알갱이가 목구멍을 지나갈 때마다 꺼끌꺼끌했다. 밥맛이라는 것이 이렇게 마음을 따라 달라질 수 있다는 것이 마냥 신기하기만 했다.

　"…… 그게 뭐라고."

　한숨을 쉰다고 한 건데, 가슴 안에 있던 말이 튀어나왔다. 후원의 대나무 뜰 앞을 바라보던 그녀가 제 목소리에 놀라 손으로 입을 가렸다. 그러나 이미 그녀의 말소리를 다 들었다는 듯 대나무가 우우우 소리를 내며 바람결에 흔들렸다. 보드라운 저 흔들림이 그녀에게 답해주니 어쩐지 마음이 시큰했다.

단희는 이제껏 제 마음이나 사랑을 한 번도 의심해본 적이 없었다. 심지어 설찬의 마음까지도 의심하고 안달해본 적이 없었다. 아니, 생각해보니 그의 마음을 생각해본 적이 없었던 것 같다. 항상 중요한 것은 그녀의 마음과 확신이었으니까.

'어쩜 이리도 이기적인가.'

5년이 지나고 나서야 그의 마음을 생각해보다니……. 자조의 웃음이 떠올랐다. 아무리 어려서 시작한 사랑이라고는 하나 스스로 그렇게 어리석다 생각해본 적은 없거늘. 이제 다시 보니 참으로 어리석은 여인네였다.

어쩌면 그녀의 사랑이 그에게는 뇌꼴스러울 수도 있었다. 귀찮고 성가신 존재일 뿐인지도. 그녀의 사랑은 영영 환영받지 못하는 것일까? 이 사랑은 옳은 것일까? 그에게 그녀는 성가시고 귀찮은 존재일 뿐인가? 그래서 항상 그는 그녀를 몰아세우는 것인가?

며칠 밤을 괴롭힌 물음들이 다시 심연의 못에서 둥실둥실 떠올랐다. 하나둘 떠오른 의심과 의문은 홍수가 되어 그녀를 덮쳤다. 그 의심의 파도에 푹 젖어버리니 머리가 멍했다. 씩씩하고 의연하던 모습은 온데간데없었다.

그리고 그의 차가운 입술. 그의 입술을 생각하자니 다시 마음이 아려왔다. 그녀의 마음을 짓이겨버린 그의 입술이 미웠다.

"하아……."

아무리 생각해봤자 답이 나오지 않았다. 무책임하게 깊어가는 마음이 그녀를 괴롭혔다. 단희를 괴롭히고 설찬을 괴롭히는 것만 같았다.

'이 마음을 지우자.'

생각해봤다. 그를 사랑하지 않고, 그를 떠올리지 않고, 그가 없는 세상을. 그러니 아무것도 없었다. 가슴 절절한 고통과 함께 그녀의 세상이 송두리째 지워져버렸다. 그녀의 세상에서 그를 제외하니 공허만 남았다. 그는 이미 그녀의 세상이고, 그녀의 일부였다.

그에게 아무것도 원하는 것 없이 주고만 싶다고 했건만, 정작 그의 마음이 그녀에게 잔인하다 생각하니 사무치게 서럽고 슬펐다. 거짓말이었다. 사랑하는 이에게서 아무것도 바라는 게 없다는 것은 스스로를 우롱하는 거짓부렁이었다. 멍청이같이, 그녀의 어수룩한 마음을 의연하게 포장하려 해봤자 이렇게 쉬이 드러나는 진실이거늘.

그녀는 그를 바랐다. 그녀에게 다정한 그의 마음을 바라고 있었다. 외면받지 아니하고, 그의 온전하고 따스한 애정을 바라고 있었다.

"바보였구나, 단희."

무심결에 흘러나온 자조 섞인 목소리가 고요한 후원을 진동했다. 그녀는 제 자신이 제법 영민하고 똑똑하다 생각했건만 이렇듯 바보였다. 멍청이였다. 그의 무심함에, 그의 외면에 가슴이 아팠다. 몇 번이나 짓이겨지고 외면받고 나서야 깨달았다. 그제야 아프다는 것을 깨달은 것이다. 바보같이…….

달에 물이 차올랐다. 아니, 달을 바라보는 그녀의 눈에 눈물이 차올랐다.

오늘 처음으로 그녀의 사랑이 참으로 서럽게 느껴졌다.

그 시각, 잠들지 못하고 바람결을 짚어보는 손길이 하나 더 있었다. 돌담으로 둘러쳐진 작은 연못가. 같은 자리에 망부석처럼 몇 시진을 그리 멍하니 서 있는 사내였다. 즐겨 입는 청의의 색이 유독 짙어졌다. 검은색에 가까운 의복이 그의 마음처럼 캄캄했다. 눈을 뜨고 있는데도 시야를 확장하지 못하는 눈동자에는 오직 하나의 영상만 가득했다. 온종일 그의 시야에서 떠나지 않는 얼굴이었다.

날이 더운 이 여름날에 그녀의 눈동자 속에는 차가운 얼음이 얼어 있었다. 그를 올려다보던 그 까만 눈동자 안으로 그를 향한 시린 원망이 담겨 있었다. 항상 말갛고 뽀얗던 얼굴이 초췌해져서 그가 밉다고 말하고 있었다. 그 상처받은 눈동자가 계속해서 설찬을 뒤돌아보게 했다. 자꾸만 그녀를 떠올리게 했다.

곁에 없어도 눈에 선하고, 곁에 있어도 눈에 밟혔다. 이게 도대체 무슨 감정인지 도무지 알 길이 없어서 더욱 괴로웠다. 감정에 무지한 그의 마음이 답답했다.

충동적인 입맞춤이었다. 그의 말을 듣지 않고 고집만 피우는 그녀에게 화가 끓어올랐고, 또 물기 젖은 그녀의 향기에 취해 저질러버린 일이었다. 그럼에도 그 충동적이고 잔혹했던 입술의 기억이 계속해서 떠올랐다. 그녀의 감촉이, 한순간 그를 미치게 했던 그녀의 향기가 선명하게 떠올랐다. 그게 더욱 그의 가슴을 아프게 만들었다. 그 부드러운 입술을 그가 짓이겼다. 그녀의 보드라운 마음을 그가 짓이긴 것이다.

"내가 왜 그랬을까……."

중얼거리는 그의 목소리가 공허하게 울려 퍼졌다. 내가 왜……. 한숨처럼 다시 한 번 중얼거린 그가 하늘을 올려다봤다. 까만 하늘 위로 단희의 얼굴이 새겨졌다. 월정교를 지나 빗속에서 더욱 시리게 빛나던 너의 눈동자. 너의 원망 가득한 눈빛.

설찬은 끊임없이 되새기며 생각했다. 상처받았음이 분명한 그 눈동자가 자꾸 그를 옭아맸다. 아무것도 생각하지 못하게 했다. 그를 보며 다정히 눈빛을 빛내주지 않은 것은 처음이었다. 그녀의 다정함이 그리웠다. 마치 다시는 그를 향해 웃어주지 않을 것만 같았다. 그리고 그 순결하고 맑은 웃음은 온전히 다른 이의 것이 되어버리겠지. 순간 설찬의 가슴이 떨어져 나갈 듯 욱신거렸다. 누군가 단희를 취한다면? 만약 그것이 제라면? 숨이 턱 막혀왔다. 질끈 눈을 감고 깊게 숨을 들이마셨지만 소용없었다. 생소한 아픔이 그의 가슴을 갈기갈기 찢어놓았다. 스스로의 모습을 믿을 수가 없었다. 그를 아는 누구도 믿지 못하리라.

설찬은 굳은 듯 서 있던 그 자리를 벗어나 아담한 후원을 거닐었다. 저벅저벅, 조용하게 퍼지는 그의 발걸음이 몇 번을 서성인 끝에 담장 아래 소담하게 자리 잡은 꽃 한 송이를 발견하고 멈춰 섰다. 해가 지고 어스름한 달빛만으로 피어나는 꽃이었다. 어디서 얻어 온 것인지 어머니는 담장 아래를 희귀한 꽃들을 가꾸었다. 이 꽃도 그중 하나였다. 당나라에서 건너왔다는 야래향. 다른 꽃과 달리 달을 보며 피어난다는 야화夜花였다.

달과 색을 맞춘 듯 노랗고 영롱하게 피어 있는 꽃망울을 훑어보던 설찬은 문득 참을 수 없는 충동에 사로잡혔다. 달빛 아래 하얗게 부서지던 남산의 소선녀. 한 송이 꽃이 되어 하늘로 날아갈 듯 어여쁜 그녀.

손가락 끝으로 꽃을 더듬어보던 그가 마침내 참을 수 없다는 듯 꽃의 줄기를 휘감았다. 꽃을 꺾어낸 그가 성급한 발을 돌려 마침내 마음이 향하는 어딘가로 달려가고 있었다.

"들어오지그러니?"
"조금만 더 있을게. 비가 와서 그런지 밤공기가 좋아서 그래. 언니, 몸도 무거운데 뭐하러 나왔어."
"그럼 언니도 같이 걸을까?"
다정하고 따스한 미령의 제의를 단희는 부드럽게 거절했다. 혹여 미끄러운 흙에 발이라도 헛디디면 큰일이었다.
"우리 조카님 생각해서 들어가주시겠어요?"
"후원 좀 걷는다고 애가 성이라도 낼까?"
"언니."
고집을 피우려는 큰언니를 향해 단희가 가만히 고개를 내저었다.
"밤이 깊어 시야가 어두우니 내일 아침 해가 뜨면 그때 같이 산보하자, 응?"
끝끝내 미령을 다시 안으로 들이고 나서야 단희는 한시름 놓은 듯 작지도 크지도 않은 후원을 뱅뱅 맴돌았다. 마지가 닦아놓은 것인지 후원 한편에 있는 나무 마루 위는 물기 하나 없이 깨끗했다. 몇 번 뱅뱅 제자리를 맴돌던 단희가 막 그곳으로 발을 돌리려던 차였다.
바스락!

예민한 귀에 인기척이 들렸다. 순간 멈춰 선 그대로 귀를 기울였지만 조금 전의 인기척은 온데간데없었다. 그러나 어쩐지 찝찝한 마음이 가시지 않아 단희는 그렇게 한동안 발을 옮길 수가 없었다.

'잘못 들었나?'

고개를 돌려 주변을 둘러보던 그녀가 유심히 어둠 속을 살폈다. 탄탄하고 야무지게 둘러쳐진 담장은 높지는 않았지만 그 뒤로 나부죽 엎드린 낮은 소나무들의 숲을 이루고 있었다. 담장 바로 아래로는 작은 수로를 내어 조경을 위한 물길이 흐르고 있었고, 그 옆으로 작고 아담한 대나무 숲이 운치 있게 자리 잡고 있었다. 잘 짜인 가구처럼 정갈하고 단정한 후원의 모습은 흐트러짐 없었다. 그럼에도 불구하고 이 석연찮은 느낌은 무엇일까?

단희는 지워지지 않는 찝찝함을 털어내려고 몇 번이나 고개를 흔들었다. 아무래도 밤 산보는 그만하고 들어가야겠다 싶었다.

바로 그때였다.

투둑!

조금 더 뚜렷하고 확실한 소리가 그녀의 귓가를 울렸다. 단희의 고개가 반사적으로 돌아갔다. 빠르게 돌아간 고개 때문에 그녀의 머리카락이 허공에 휘날렸다. 하얀색 끈을 길게 내려 장식한 머리카락이 밤하늘에 안개처럼 뽀얗게 흩어졌다.

"!"

뒤돌아본 단희의 눈동자는 더할 수 없을 만큼 커다래졌다. 툭 벌어진 입술에서 익숙한 이름이 신음처럼 터져 나왔다.

"설찬랑……."

설찬은 높지는 않지만 탄탄하게 둘러쳐진 담장 위로 서 있었다. 이 밤처럼 새카만 옷을 입은 그가 무척이나 태연하게 그녀를 내려다보고 있었다.

"내가……."

낮지만 힘 있는 목소리가 고요하게 울려 퍼졌다. 어쩐지 밤을 등지고 서 있는 그의 모습이 도깨비불의 환영 같았다.

"월담을 다 해보는구나."

훌쩍 담에서 뛰어내린 그의 모습이 단희의 눈을 시리게 만들었다. 그녀는 점점 가까이 번져오는 그의 모습이 믿을 수 없어 질끈 눈을 감고 말았다,

꽁꽁 언 공기 속에서 바스락거리는 마른 발소리가 들렸다. 질끈 감은 두 눈을 뜨지 못한 단희의 고개가 슬쩍 미끄러지듯 비스듬히 숙여졌다. 마치 비가 내리는 소리처럼 경쾌하고 은밀한 발소리. 그 선율에 맞춰 그녀의 가슴이 거세게 박동했다. 돌덩이가 쿵쿵 내려앉듯 거칠게 오르내리는 가슴이 진정되지 않았다. 문득 바람에 향기가 몰려왔다. 물 냄새와 소나무 향기가 섞인, 뭐라 한마디로 정의할 수 없는 독특한

설찬의 향이었다. 그가, 그녀 앞에 서 있었다. 바람결이 그녀의 뺨을 쓰다듬으며 그의 향기로 알려주고 있었다.

"어찌 고개를 숙였느냐. 놀란 것이냐?"

설찬의 손이 단희의 작은 턱을 잡아 올렸다. 비단결보다 부드러운 살결이 그의 손가락 끝에 닿았다. 설찬은 저도 모르게 굳은살이 박인 엄지손가락으로 그 보드라움을 슬쩍 쓰다듬었다. 따뜻한 품을 찾는 아이의 그것처럼 의식하지 못한 본능적인 손놀림이었다. 그러나 단희는 아니었다. 그녀는 그 쓰다듬을, 그의 손을 의식할 수밖에 없었다. 하아. 가쁜 숨이 절로 차올랐다. 질끈 감았던 눈꺼풀이 천천히 비상했다. 비스듬히 쏟아지던 그녀의 시선이 서서히 그에게로 향했다.

"환상일 거라 생각했습니다."

"…… 환상?"

"예, 달이 만들어낸 환상 말입니다."

단희의 눈동자는 그때까지도 믿을 수 없다는 듯 망설임이 가득했다. 그런 그녀를 바라보는 설찬이 단희의 턱을 잡고 있던 손을 움직였다.

"이찬공 담벼락을 넘게 만든 나의 노력이 너에겐 환상으로 보이느냐?"

설찬의 손이 단희의 뺨을 감쌌다. 생생하게 느껴지는 거친 손바닥이, 힘이 넘치는 커다란 손이 피부 위로 절절하게 느껴졌다. 환상일 리 없는 그의 손이었다. 단희의 눈동자가 그의 손을 향해 슬쩍 움직였다. 그 은밀하고 조용한 움직임이 달빛 아래 무척이나 아름다웠다. 단희의 뺨에 닿은 설찬의 손에 힘이 들어간 것은 바로 그 남심을 흔드는 아련한 아름다운 때문이었다.

"……."

"너에게……. 바로 내가 말이다."

그가, 설찬이 그녀를 보러 담을 넘어왔다. 그것이 어찌 환상이지 않을 수 있나? 오히려 현실이라는 것이 믿을 수 없거늘. 뺨에 닿은 그의 감촉이 무척이나 생생했다. 어찌 이 감촉이 환상일 수 있을까.

뭐라 한마디로 형용할 수 없는 벅차오름에 단희는 그저 입을 다물고 그를 올려다봤다. 왜 이러실까? 도대체 왜?

그의 눈 속에서 해답을 찾아보려 했지만, 까맣고 서늘한 눈동자에는 그녀의 환영만이 아른거릴 뿐이었다. 새카만 밤이거늘 어찌 그녀의 모습이 그의 눈동자에 투영되는 것일까? 이것이야말로 환상 아닌가? 분주한 머릿속에서 봉오리가 툭 개화하고 말았다.

"저를 보러 오신 겁니까?"

"너밖에 없지 않느냐, 내가 보러 올 사람은."

어쩐지 그의 대답이 조금 이상했다. 묘하게 가슴 한쪽이 간지러운 듯한 어투였다. 단희는 입술을 질끈 깨물고 한 걸음 뒤로 물러섰다.

"어찌하여 보러 오신 겁니까? 또 너는 전장 따위에 나갈 깜냥이 되지 않는다 경고하러 오신 겁니까?"

"단희야."

"그렇다면 그냥 돌아가십시오. 이렇게 다시 찾아와 경고하지 않으셔도 알고 있습니다. 하지만 저는……."

"단희야!"

설찬은 점점 멀어지려는 단희를 붙잡았다. 그녀의 여린 손목에 다시 그의 손자국이 새겨졌다. 불로 지지는 듯 뜨겁고 강렬한 감각이 그녀의 팔을 타고 전신을 휘감았다. 설찬의 날렵한 콧날 위, 청아한 미간 사이가 어지럽게 구겨졌다. 괴로운 듯 짓이긴 그의 미간 사이로 그의 감정 또한 요동치고 있었다.

"그런 말을 하러 온 것이 아니다! 너를, 너를 보러 온 것이야. 내, 참을 수가 없어서……. 도저히 참을 수가 없어서 온 것이란 말이다!"

그의 감정이 격동했다. 그것이 고스란히 단희에게 느껴졌다. 그녀의 눈이 황망히 굳었다. 커다랗고 동그란 눈은 설찬이 무슨 말을 하는지 헤아려보려는 듯 분주하게 흔들리고 있었다.

그녀를 보러 온 것이란다.

"그저, 참을 수가 없어서……."

무엇을? 무엇을 참을 수가 없었다는 것일까?

"그게 무슨……."

"네 생각이 멈추지 않는다, 단희야. 내가 왜 이러는 것이 냐? 너는 나에게 무슨 짓을 한 것이지? 어째서 너만 생각하면 이 심장이 뜨거워지는 것이냐. 말을 해주어라. 네 탓이니, 너 때문이니 네가 대답을 해줘야 하지 않겠느냐."

설찬에게 잡힌 팔목이 뜨거웠다. 단희의 입은 얼어붙은 채 할 말을 찾지 못했다.

"단희, 들어갔니?"

조금 전 안으로 들어간 미령의 목소리가 들렸다. 자박자박 단정한 발소리에 놀란 단희가 설찬에게 잡힌 손목을 이끌었다. 발소리도 죽이고 순식간에 대나무 숲과 담장 사이로 들어갔다. 어스름한 달빛, 겹겹이 서 있는 대나무들이 두 사람의 그림자를 지워버렸다. 때마침 부는 밤바람에 대나무들이 우우우, 우는 소리를 냈다. 마치 두 사람의 인기척을 가려주기라도 할 듯 살가운 소리였다.

"어머, 들어갔나?"

멈춰 선 발소리와 동시에 미령의 중얼거림이 들렸다. 밀착하여 가까이 선 두 사람이 숨을 죽였다. 그의 가슴 안에 안겨 있는 꼴이었지만 그게 문제가 아니었다. 이 모습을 들킨다면 난감하고 또 난감할 일이었다. 그렇게 잠시간 숨을 죽이고 있으니, 사뿐사뿐 걸음 소리가 멀어져 갔다. 허나 아직 안심할 수 없어 숨까지 참으며 소리를 죽이고 있던 단희의 머리 위로 설찬의 목소리가 낮게 울렸다.

"…… 대답해주어라."

"쉬잇!"

당황한 단희가 눈을 동그랗게 뜨고 손으로 그의 입을 막으려고 했다. 이분이 대체 왜 이러시는지, 이러다 들키면 곤혹스러운 것은 당신이거늘……. 그러나 그의 입을 막으려는 단희의 손을 설찬이 잡아챘다. 바짝 밀착한 그대로 그의 고개가 그녀의 귓가로 숙여졌다. 뜨거운 숨이 느껴졌다.

"어서."

낮고 깊게 울리는 그 목소리에 순간 단희의 허리로 오소소 소름이 돋았다. 저도 모르게 미약하게 헉 소리를 터트린 그녀가 잡힌 손을 내려 제 입을 막아버렸다. 단희의 눈동자가 설찬을 노려봤다. 오늘 설찬은 참으로 이상하다. 마치 이성이 마비된 듯 평소 같지 않게 당황스러운 일을 벌이고 있었다.

"입을 막으면 대답할 수 없지 않느냐."

그리 말하며 설찬은 그녀의 입에서 손을 떼어냈다. 어쩐지 힘이 잘 들어가지 않았다. 그 이유는 어느 틈엔가 그녀의 허리를 잡아주고 있는 그의 손 때문일까, 아니면 위험한 밤놀이를 즐기는 듯 보이는 두 사람의 야릇한 자세 때문일까.

"이것 보거라. 내 너가 생각나 가여운 꽃도 꺾어 왔다."

노오란 꽃이 그녀의 손으로 들어왔다. 가녀리게 매달린 꽃이 달빛 아래 유려한 아름다움을 뽐내고 있었다. 처음 보는 꽃이었다. 이게 무엇일까, 아니 이 꽃이 무엇이든 중요하지 않다. 정말 중요한 것은 이 꽃을 전해주러 설찬이 이곳까지 침입해 왔다는 것이다.

불현듯 단희의 뺨이 붉어졌다. 그래, 그가 이것을 전해주려 찾아왔다. 그 설찬이 말이다. 멍하니 꽃을 바라보던 단희가 고개를 들어 설찬을 바라봤다. 그의 얼굴은 고요했지만 그 속에는 초조함과 당황스러움이 배어 있었다. 마치 세상을 처음 만난 아이처럼 당황하고 있었고, 대답을 갈구하고 있었다. 머뭇거리던 단희는 그를 향해 물었다.

"그날, 설찬랑은 저를 응징하기 위하여 입을 맞추신 겁니까? 아니면……."

"아니면?"

설찬이 다급하게 되물었다. 단희는 짧은 숨을 들이켜고는 그의 앞섶을 와락 움켜쥐며 물었다.

"그저 그리하고 싶어 그러신 겁니까?"

설찬이 잠시 숨을 멈췄다. 깊고 그윽한 눈동자가 그녀의 얼굴을, 어스름한 달빛 아래 뽀얗게 빛나는 단희의 얼굴을 샅샅이 살폈다. 그리고 마침내 그의 시선이 붉은 입술에 닿자 참아왔던 숨을 몰아쉬듯 그녀의 말에 답했다.

"그리하고 싶었다. 그리고 지금도…… 그리하고 싶구나."

전율이 일었다. 온몸을 간질이는 전율에 단희의 가슴이 벅차올랐다. 그녀를 바라보는 설찬의 눈이 절실했다. 멍텅구리. 이 눈을 못 보고 있었다. 그녀는 그만 본다고 했으면서 정작 그의 눈을 보지 않고 있었나 보다. 입술이 간지러워 웃음이 올라왔다.

"바보입니다. 설찬랑은 멍청이예요."

"그런가?"

단희의 말에 설찬의 얼굴에 자조의 웃음이 흘러나오려 했다. 그러나 그보다 단희의 움직임이 빨랐다. 그의 앞섶을 잡고 있던 손에 힘을 주니 밀착해 있던 그의 상체가 그녀에게 쏠아졌다. 깨금발을 든 단희가 고개를 들어 순식간에 그의 입술을 덮쳐버렸다. 일전의 그것보다 훨씬 보드랍고 몰캉하게 두 입술이 맞닿았다. 설찬이 놀라는 것을 느낀 단희가 슬쩍 닿아 있던 입술을 떼고서 말했다.

"그냥 하면 될 것을……."

거세게 튀어 오르는 혈맥을 무시하며 단희가 웃어 보였다. 그에게 꽁꽁 놀라 그녀를 내려다보던 설찬의 입매가 순간 웃음으로 뭉그러졌다. 아주 살며시 올라간 입꼬리였지만 밤의 공자는 참으로 미려하고 아름다웠다.

"너를 또 화나게 하고 싶지 않으니까."

어쩜 이리도 다정한 말이 있을까. 뺨이 달아오를 만큼 다정하고 또 다정한 말이 그의 입에서 나왔다. 그 사실만으로도 단희는 어쩐지 벅차고 감격스러웠다.

"설찬랑에게 화가 났던 것은 당신을 연모하는 제 마음을 우롱하였다 생각했기 때문입니다. 업신여기고 짓밟혔다고 생각했기……."

"그런 게 아니다."

"쉬이! 제 말을 마저 들어주세요."

그녀의 말을 막아서는 설찬을 향해 웃어 보이며 단희가 다시 말을 이었다.

"그랬기에 화가 났던 것입니다. 제 마음이 가엽고 서러워서. 하지만 그게 아니라면, 그런 게 아니라면 제가 화가 날 이유가 없지 않겠습니까? 설찬랑은 멍텅구리라서 제가 이렇게 일일이 일러줘야만 아시는 듯하지만……."

그를 바보라고 말하면서도 그녀의 눈은 사랑스럽게 빛나고 있었다. 그것을 보고 있는 설찬이었으니 '멍텅구리'라는 그녀의 말에 화가 날 이유가 없었다. 단희가 그를 향해 다정히 웃어주니 그의 살얼음판 같던 마음은 녹아내리고도 남았으니.

"설찬랑의 이 가슴 안에 제가 들어간 겁니다. 아시겠습니까? 이 단단하고 여물은 가슴 땅 위에 단희가 뿌리를 내렸으니 이제 절대 나가지 않을 것입니다. 설찬랑은 이제 정말 제 것입니다."

단희의 손이 그의 가슴을 지그시 눌렀다. 어린 그녀가 어느 날 했던 그 말이 다시 환청처럼 겹쳐졌다.

'설찬랑은 제 것입니다! 잊지 마시어요.'

그도, 그녀도 지금보다 어렸던 그때는 저 말에 얼굴을 굳히던 그이건만 마음의 빗장을 부수고 쏟아져 나오는 감정을 깨달아버린 지금, 설찬은 그녀의 말이 도무지 싫지 않았다. 그뿐이랴? 단희의 단호한 눈동자가 더없이 사랑스럽기까지 했다. 그를 향한 그녀의 흔들림 없는 애정이 이렇게 안심될 줄이야. 이렇게 그를 안도하고 편안하게 만들어줄 줄이야. 꿈에도 몰랐던 일이다.

설찬은 다시 단희의 허리에 손을 둘렀다. 온전히 안겨오는 말랑하고 부드러운 여체를 끌어안으니 그의 마음이 이상해졌다. 안고 있는데도 부족하고 단희의 향기가 지척에서 진동하여도 모자랐다. 달뜬 한숨을 몰아쉬며 설찬이 다시 고개를 숙여 그녀의 귓가에 속삭였다.

"너는 항상 나를 미치게 만드는구나."

"예?"

영문을 몰라 반문하는 그녀의 턱을 잡아 올리며 설찬이 중얼거렸다.

"네가 분명 그냥 하면 된다 하였다."

그리고 순식간에 그의 입술이 그녀를 찾아 내려왔다. 조금 전 단희가 그랬던 것과는 비교도 안 되는 갈급한 입맞춤이었다. 거세게 들이닥치는 그에게 밀려 단희의 등이 차가운 돌담에 닿았다. 뜨거운 입술과 냉한 돌담의 기운이 맞물려 단희의 어린 몸을 더욱 달아오르게 만들었다. 부르르 떨리는 몸을 휘어 감는 강인한 손길이 느껴졌다. 헐떡거리는 숨을 몰아쉴 틈도 없이 설찬이 그녀의 입술을 탐하고 또 탐했다.

처음 느껴보는 생경한 입맞춤. 그리고 그것이 그녀가 은애하고 사랑하는 임과 하는 것이라니, 어찌 이 밤이 뜨겁지 않을쏘냐. 아찔해지는 정신을 다잡으며 단희는 몇 번이고 설찬의 어깨에 매달렸다. 눈물이 날 만큼 달콤한 숨소리가 대나무 뜰 뒤편을 달큰하게 적시고 있었다.

소지 태후에게는 네 명의 자식이 있었다. 첫째는 선왕을 모시기 전 상대등 비춘과의 사이에서 낳은 미영 공주였고, 둘째가 바로 선왕과의 사이에서 낳은 태흥제 장천이었다. 장천에게는 장현土城이라는 동생이 있었는데 어려서부터 몸이 병약하여 전장이나 분쟁 지역에는 나가지 못하고 글과 향가 짓기만 좋아하는 천생 서생이었다. 강인하고 정력적인 형 장천과 매사 비교되어 중신들의 입에 오르내리기가 여러 번이었으니, 어린 장현은 그를 견디지 못하고 모든 왕실의 굴레를 벗어놓고 한적한 산으로 들어가 조용히 기거했다.

마지막으로 넷째는 선왕이 붕하시고 전남편인 상대등 비

춘과의 사이에서 낳은 막내아들 미진부美進剾였다. 소지 태후는 특히 이 막내아들 미진부에게 신경을 많이 썼다. 그는 형제들과 나이 차가 꽤 많이 나는 막내둥이였는데, 하필이면 잘나고 잘난 누나 형들에게 밀려 초라하고 못나 보이기까지 했다. 그는 키가 작고, 눈이 맑지 못해 사내다워 보이는 외관은 아니었다. 거기에 운동하기를 싫어하여 살집이 두툼하게 올라 몸이 둔하고 느렸다. 형제들은 모두 아름다운 외모에 바지런한 성정, 영특한 머리를 가지고 있었는데 유독 미진부만 그러지 못하니 소지 태후는 아픈 손가락처럼 항상 미진부가 걸리곤 했다.

"그게 무슨 말이냐?"

그리고 미진부가 항상 걸리는 이유는 그뿐만이 아니었다.

"천관녀를 가지고 싶습니다."

그는 언제 사고를 칠지 모르는 철부지 전군이었다. 바로 이 철없는 욕심과 괴팍한 성정 탓에 더욱 어미의 마음이 조마조마했다. 태후는 고운 미간을 잠시 찌푸리더니 다시 침착하게 물었다.

"천관녀라 함은, 화랑의 그 천관녀를 말하는 것이냐?"

"예, 어마마마. 신국에 또 다른 천관녀가 있는 게 아니라면 그녀가 맞을 것입니다."

그렇게 말하며 미진부는 자신만만하게 웃었다. 투실투실 살이 올라 작아진 눈이 벌써부터 욕심으로 번들거리고 있었다. 살찐 얼굴 중에서도 오직 코 하나만 어미를 닮아 오뚝하니 곧게 뻗어 있었다. 새삼 통통한 막내아들의 둔한 얼굴을 보며 한숨을 내쉰 소지 태후가 고개를 저었다.

"아니 된다. 허할 수가 없구나."

그의 요청이 거부될 것이라 생각지 못했던 미진부의 얼굴이 삽시간에 굳었다. 웃느라 두텁게 올라갔던 광대가 사늘하게 내려갔다. 순간 무거운 침묵이 두 사람 사이로 끼어들었다.

"왜 아니 된다 하시는 겁니까? 연유를 말씀해주십시오."

미진부의 목소리가 떨리고 있었다. 그가 격노할 만한 일이 아님에도 그의 목소리 사이사이로 숨기지 못한 분노가 스며 있었다. 소지 태후는 뭔가 이상한 낌새를 읽었지만 섣불리 그것을 건드리지는 않았다. 다만 침착한 목소리가 그가 원하는 연유를 말해주었다.

"그녀는 이미 장현과 연이 닿아 있다. 오래전에 약조한 인연이니 네가 끼어들 틈이 없구나."

"장현 형님과…… 말씀입니까?"

"그러하다. 이번 해에 있을 큰일을 잘 치르고 나면 취선은 장현에게 갈 것이다. 그러니 네 욕심은 접거라."

"형님에게는 이미 다화 부인이 있지 않습니까? 뿐만 아니라 궁주도 둘이나 거느리고 계십니다. 굳이 취선까지 내어줄 연유가 없지 않습니까!"

"다화는 지금 병석에 누워 오늘내일 한다더구나. 명줄이 그린 긴 이는 아닌 모양이야."

그리 말하는 소지 태후의 목소리에는 온정이 없었다. 건조한 그녀의 목소리에서 이미 그 사안은 그녀의 마음속에서 일단락되었음을 알 수 있었다.

"허면 다화 부인을 내치고 그 자리에 취선을 앉히시겠다는 겁니까? 그것은 아니 되지요! 권마 상대등이 가만있지 않을 것입니다!

미진부가 격노한 목소리로 대답했다. 권마 상대등은 다화 부인의 아비 되는 자였다. 미진부의 말이 끝남과 동시에 소지 태후의 눈빛이 사늘하게 식었다.

"가만있지 아니하면……?"

순간 미진부는 자신이 경솔했다는 것을 깨달았다. 어마마마는 그 누구보다 권위에 도전하는 것을 용납하지 않는 분이었다. 현명하고 아름다우며 절대적인 태후. 그녀는 본디 후의 자리보다 제의 자리에 어울리는 영혼의 소유자였다.

"죄송합니다, 어마마마. 소자 입을 잘못 놀린 것 같습니다. 노여움을 푸소서."

영민하지 못하다고 해서 눈치가 없는 것은 아니었다. 미진부는 잘난 형제들 사이에서 살아남으려고 끊임없이 주변을 살펴왔고, 필요하다면 그때그때 태도를 달리하였다. 힘을 휘두를 때는 절대자 같은, 그리고 납작 엎드릴 때는 땅과 같은 사내가 바로 미진부였다. 미진부는 깊이 머리를 숙이며 눈을 딱 감았다. 막내아들이 납작 엎드린 모습을 본 소지 태후는 이내 굳어 있던 얼굴을 풀었다.

"…… 되었다. 노여워할 것이 무에 있을까. 다만 이 사안은 더 이상 거론하지 말자꾸나."

"……."

어미의 말에 미진부 또한 응당 그러하겠다 대답했다. 이미 자신이 청한 사안은 잊은 듯 투실투실한 얼굴로 선히 웃은 그가 맛있는 꿀타래를 들고 왔다며 어미에게 진상했다. 향긋한 차와 다디단 꿀타래를 입에 넣고 나서야 미진부는 태후의 궁을 나섰다. 선선히 웃으며 담소를 나눌 때와는 달리 태후의 궁을 나서는 그의 얼굴은 잔뜩 찌그러져 있었다. 미간 사이로 보이는 잔혹한 찌푸림이 심상치 않았다.

"취선이라……."

궁에 홀로 남은 태후는 쓰디쓴 칡차를 입에 머금고 다시금 생각에 잠겼다. 기다랗고 하얀 손바닥 위로 뜨겁게 달궈진 찻잔을 올려놓고 그 안으로 불투명하게 흔들리는 찻물을 바라봤다. 새카만 찻물을 들여다보고 있자니 이미 궁을 떠난 미진부의 마음이 보이는 듯했다.

"어리석은 것."

순하게 웃는 얼굴로 상황을 무마하려 했지만 제 배 속에서 나온 자식이었다. 웃는 얼굴 이면에 숨기지 못한 욕망이 꿈틀거리고 있다는 것을 눈치채지 못할 태후가 아니었다. 허나, 이상한 것은 그가 어찌 천관녀 취신에게 관심을 가지게 되었냐는 것이었다. 그것도 그냥 관심 정도가 아니었다. 반드시 그녀를 가져야겠다는 진한 욕망이 느껴지는 눈빛이었다. 평범하다 못해 못난 외모 탓인지, 미진부가 유독 아름다운 것에 집착하는 것은 알고 있었다. 그것이 남자가 되었든 여자가 되었든 가질 수 있는 것은 모두 가지려 한다는 것도.

허나 취선은 장현과 연이 닿은 순간부터 두문불출하며 그 모습을 잘 드러내지 않았다. 독기 어렸던 그 모습을 내리고는 선선히 '때'를 기다리는 아이였는데…… 어쩌다 미진부의 눈에 띄게 된 것인지.

'그놈이 사고나 치지 않으면 좋으련만…….'

쯔쯧, 혀를 차던 그녀가 들고 있던 찻차를 다시 입가로 가져갔다.

"마마, 화랑도의 풍월주와 원화가 궁에 들었다 하옵니다."

바로 그 순간, 조용히 그녀를 부르는 시비의 목소리가 들려왔다. 놀랄 것도 없는 차분하고 조용한 음성이었건만 태후의 손바닥 위로 찻물이 흘러넘쳤다.

"이런……."

새카만 찻물이 새하얀 손바닥 위로 흥건했다. 흘러넘친

찻물을 바라보는 태후의 눈동자가 심란했다.

*

"아니 그래도 한창 바쁠 때인데 이리 불러들여 미안하구나."

"아닙니다, 마마. 조심히 다녀오라 축언을 내려주시는데 한걸음에 달려와도 모자라지요."

"환웅은 여전히 매끄럽게 말하는구나."

무뚝뚝한 풍월주를 대신하여 환웅이 부드럽게 읍하니 태후의 얼굴에 웃음이 피었다. 자색 실로 수놓은 편편한 요에 반쯤 누워 있던 태후가 생긋 웃으며 단희를 바라봤다.

"요란스럽게 퍼트릴 일이 아니라 크게 배웅하지 못한다. 허나, 원화의 첫 출정이니만큼 다치지 말고 좋은 결과를 가져오길 바란다."

"예, 마마. 그 마음에 꼭 부응하도록 하겠습니다."

여문 꽃잎처럼 어여쁜 입술로 단희가 야무지게 대답했다. 이제는 어엿한 여인이 되어 의젓하게 앉아 있는 그녀의 모습에 소지 태후의 얼굴 위로 흐뭇한 미소가 떠올랐다. 작고 소담한 아이였던 그녀에게 풍만한 여인의 향이 가득했다.

"그리 큰 전투는 아니라고 들었다. 제압만 하고 오면 된다지?"

"예, 마마. 일반 백성들로 이루어진 군락이라고 합니다. 훈련을 하고 있으나 그 수가 겨우 2백이라고 하니 크게 걱정하지는 않으셔도 될 것입니다."

대답을 한 것은 설찬이었다. 그의 담백하고 나직한 목소리가 태후의 내실에 조용히 울려 퍼졌다.

"그렇구나, 허나 방심은 금물이다. 어떠한 때라도 긴장을 늦추지 말거라."

"명심하겠습니다."

설찬에게 만족할 만한 대답을 들은 태후가 고개를 주억거리더니 곧이어 눈을 돌렸다. 눈에 띄지 않도록 얌전히 앉아 그들의 대화를 듣고만 있는 취선이었다. 태후에게 부름받은 이는 총 넷, 풍월주 설찬과 원화 단희 그리고 부제 환웅과 천관녀 취선이었다. 이제껏 한마디도 하지 않고서 묵묵히 앉아만 있던 취선이었으나 불현듯 태후의 시선을 느끼고는 고개를 들었다.

"화랑들이 무사히 돌아올 때까지 취선 너는 매일같이 기도를 올려야 할 것이다."

"예, 그러할 것입니다."

"그래, 좋다. 모두 나가보아라. 그대들을 하늘이 보살피고, 보살님이 살펴주실 것이다."

"예, 마마."

한입으로 대답하듯 일제히 터져 나오는 음성 속에서 태

후의 시선이 유독 취선에게 꽂혀 있었다.

　태후의 궁을 나와 거처로 돌아가는 길이었다. 앞서 걷던 환웅이 문득 뒤를 돌아 단희에게 물었다.

"무구는 모두 점검했니?"

　오라비의 걱정 가득한 물음에 단희는 다정한 얼굴로 대답했다.

"그럼요, 오라버니. 아니 그래도 열흘 전부터 어머니며 아버지께서 닦달을 하시더라고요. 못난 딸로 인해 걱정이 크신가 봅니다."

"부모님 눈에야 언제고 어린아이겠지. 하하!"

　오랜만에 기분이 좋아 보이는 단희의 얼굴이 반가워 환웅도 껄껄 웃음을 보였다. 요 며칠 찬바람보다 더한 칼바람을 몰고 다니던 그녀였다. 이제는 어엿한 숙녀라고 어렸을 때처럼 마냥 천진하지만은 않은지라 환웅도 덜컥 위로하려 들지 않았다. 그뿐이랴? 풍월주까지도 냉한 기운을 아낌없이 내뱉으며 주변을 얼게 만들었으니, 화랑들은 말할 것도 없고 낭도들조차 수장들의 눈치를 살피는 나날이었다. 부제인 환웅까지도 어색하게 주변을 살필 정도였으니 그 냉기가 어지간했으랴.

　환웅은 어쩐지 반가운 사촌 동생의 모습에 손을 들어 보드라운 머리통을 몇 번 쓰다듬었다. 오라비의 다정한 손길

에 호호 웃음을 보인 그녀가 걱정스러운 눈길로 그의 손목을 내려다봤다,

"그나저나, 오라버니는 일전에 다친 팔목이랑은 다 나으신 거죠?"

"암, 이것 봐라 멀쩡하지? 내 너 하나쯤은 너끈히 들어 올려 저기 남산 너머로 던져버릴 수 있단다."

그렇게 말하며 환웅은 요란스럽게 팔목을 돌려 보였다. 단희의 웃음소리가 뒤따랐다. 멀리서 보나 가까이서 보나 무척이나 사이가 좋아 보이는 오누이를 지켜보는 한 쌍의 눈은 영 고깝게 번득거리고 있었다. 한 걸음 뒤에서 앞서 걷는 단희와 환웅을 지켜보는 설찬이었다.

환웅의 손이 그녀에게 닿을 때마다 그의 짙은 눈썹이 매섭게 반응했다. 환웅의 손길에 단희가 웃음을 터트리면 설찬의 입매는 딱딱하게 굳었다. 스스로의 변화를 눈치채지 못해 숨길 생각조차 못하는 그였다. 두 사람이 살갑게 눈을 맞출 때면 설찬은 그 자신조차도 감내하기 힘든 불편한 짜증이 올라왔다. 친우인 환웅의 존재가 뇌꼴스럽고 거슬려 보이기는 처음이었다.

'사이가 좋다고는 하나 과년한 처녀의 머리카락을 저리 헤집어놓다니……'

단희의 머리를 쓰다듬는 환웅의 손이 싫었다. 그 손으로 그녀의 어깨를 짚어주는 것도, 웃고 장난을 치는 것도 싫었

다. 다정하게 눈을 마주치는 것은 더더욱 마음에 들지 않았다. 오라비라고 해도 싫었다. 친하다고 해도 그 동그란 어깨나 삼단 같은 머릿결에 타인의 손이 닿는 것이 미치도록 싫었다. 누구도 만지게 하고 싶지 않았다. 설령 같은 핏줄인 환웅이라 할지라도…….

그의 마음에 단희가 있다는 것을 인정하고 나니 모든 것이 바뀌었다. 설찬, 그의 세상이 바뀌고 있었다. 뿌리부터 머리끝까지 달라졌다. 숨이 막히도록 그의 감각에 단희가 가득 찼다.

"너를 데려다 줄 겸 나도 오늘 이모님 댁에 들러 밥이나 한 끼 얻어먹고 가야겠구나."

"돌아가서 쉬시지 않고?"

"밥 한 끼 먹는 데 얼마나 시간이 걸린다 그러니."

마침내 설찬의 얼굴이 와락 찌푸려졌다. 단단하고 강인한 팔이 불쑥 단희의 어깨를 잡아챘다. 깜짝 놀란 그녀가 동그란 눈을 돌려 그를 올려다봤다.

"설찬랑?"

단희의 뺨으로 복숭앗빛 홍조가 올라왔다. 단순히 그를 올려다보고 있음에도 그녀는 그를 향한 마음을 숨기지 못했다. 그 모습을 보니 이내 뇌꼴스러웠던 그의 마음이 누그러졌다.

"내 이찬 댁에 들를 일이 있으니 원화는 내가 바래다주겠네. 내일 새벽 출발인데 무리하지 말고 들어가게나, 부제."

"......?"

"서두르자꾸나. 해가 지기 전에 들어가야지."

힘주어 확 끌어당기는 설찬이 남겨진 환웅과 취선에게
작별의 말도 제대로 듣지 않고서 발걸음을 옮겼다. 얼떨결
에 그에게 끌려가게 된 단희만 어설프게 몸을 돌려 두 사람
을 향해 고운 손을 힘겹게 흔들어 보일 뿐이었다.

〈2권에 계속〉

화랑애사 1

© 이지혜, 2014

1쇄 발행일 | 2014년 8월 16일

지은이 | 이지혜
펴낸이 | 정은영
책임편집 | 이수지
편 집 | 최민석 김민혜 조연수
마케팅 | 이대호 최형연 전연교
제 작 | 이재욱

펴낸곳 | 네오북스
출판등록 | 2013년 04월 19일 제2013-000123호
주 소 | 121-840 서울시 마포구 서교동 396-33
전 화 | 편집부 (02)324-2347, 경영지원부 (02)325-6047
팩 스 | 편집부 (02)324-2348, 경영지원부 (02)2648-1311
E-mail | neofictionjamobook.com
Home page | www.jamo21.net

ISBN 979-11-5740-043-0(04810)
      979-11-5740-042-3(set)

이 도서의 국립중앙도서관 출판시도서목록(CIP)은 서지정보유통지원시스템 홈페이지
(http://seoji.nl.go.kr)와 국가자료공동목록시스템(http://www.nl.go.kr/kolisnet)에서
이용하실 수 있습니다.(CIP제어번호: CIP2014021090)